碑

王雨 著

重庆出版集团 重庆出版社

图书在版编目(CIP)数据

碑 / 王雨著. —重庆：重庆出版社，2017.8
ISBN 978-7-229-12105-1

Ⅰ.①碑… Ⅱ.①王… Ⅲ.①长篇小说—中国—当代
Ⅳ.①I247.5

中国版本图书馆ＣＩＰ数据核字(2017)第056997号

碑
BEI
王雨 著

责任编辑：罗玉平
责任校对：刘小燕

重庆出版集团
重庆出版社 出版

重庆市南岸区南滨路162号1幢　邮政编码：400061　http://www.cqph.com
重庆出版社艺术设计有限公司制版
重庆市国丰印务有限责任公司印刷
重庆出版集团图书发行有限公司发行
E-MAIL:fxchu@cqph.com　邮购电话：023-61520646
全国新华书店经销

开本：720mm×1000mm　1/16　印张：17.5　字数：273千
2017年8月第1版　2017年8月第1次印刷
ISBN 978-7-229-12105-1
定价：36.00元

如有印装质量问题，请向本集团图书发行有限公司调换：023-61520678

版权所有　侵权必究

目录

第一章 / 1

第二章 / 10

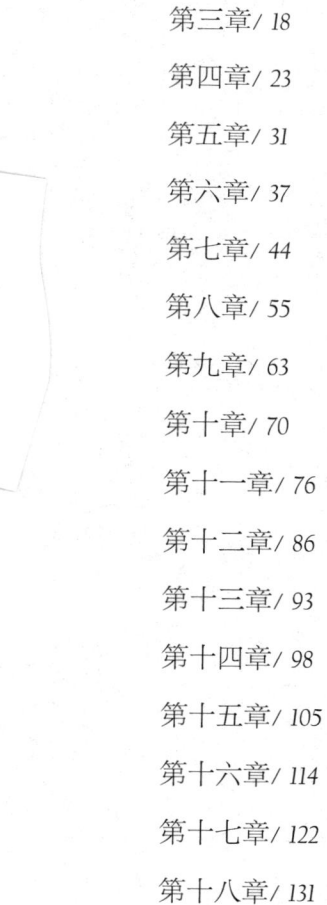

第三章 / 18

第四章 / 23

第五章 / 31

第六章 / 37

第七章 / 44

第八章 / 55

第九章 / 63

第十章 / 70

第十一章 / 76

第十二章 / 86

第十三章 / 93

第十四章 / 98

第十五章 / 105

第十六章 / 114

第十七章 / 122

第十八章 / 131

第十九章 / 137

第二十章 / 144

第二十一章 / 154

第二十二章 / 163

第二十三章 / 169

第二十四章 / 178

第二十五章 / 186

第二十六章 / 192

第二十七章 / 203

第二十八章 / 211

第二十九章 / 220

第三十章 / 225

第三十一章 / 236

第三十二章 / 239

第三十三章 / 247

第三十四章 / 252

第三十五章 / 256

第三十六章 / 261

第三十七章 / 267

后记 / 273

碑，竖石也。

——《说文》

第一章

这碑是炸出来的。宁孝原这么看。

这夜里,19 岁的倪红在吊脚屋里烫脚。菜油灯的豆火跳动,灯草的火头有灯花。她把冻僵的双脚试探地放入缺了瓷的洋瓷盆的滚水里:"啊,呼……"痛快地喊叫。烫一阵,水就冷了,拎起身边八磅的藤条外壳的水瓶往瓷盆里掺开水,再烫,她那双没有缠脚的脚趾脚背脚跟就都充血发红。1941 年的这个冬天好冷,烫脚睡觉暖和。烫完脚,她将瓷盆里的水倒进发黑的土灶边的水槽里,舀水缸里的水洗净瓷盆。又拎水瓶往瓷盆里掺开水,兑了冷水。大姨妈刚走,还得要擦洗,脱裤子下蹲。

屋门"吱呀"开了,一个拎朱红色牛皮箱的军人进门来,反身关死屋门。灯光将他那魁梧、晃动的身影摁在篾墙上。

倪红提起裤子扑到他怀里:"孝原,宁孝原,你可回来了……"捶打他,嘤嘤哭泣。

"回来了,我回来了。"宁孝原搂她亲吻。

倪红系好裤腰带,将他那老重的皮箱拎到衣柜边,从橱柜里取出三个鸡蛋敲开,倒进土碗里,"哆哆哆"用筷子捣碎,倒水瓶的开水冲,加了白糖,递给他:"饿了吧,蛋花汤快当。"

宁孝原接过蛋花汤呼呼下肚:"安逸,热络。"

"你不去前线了吧?"

"要去。受伤了,上司准假回来看看。"

"啊,伤哪里了?"

宁孝原指肚脐眼下,倪红倒抽口气。宁孝原露出肚脐眼下一道似干瘪的荸荠样的伤疤来:"没有伤到命根子。"抱倪红扔到绷子床上。"你有伤!"倪红说。"跟你说了,没有伤到命根子,你看,他妈的,这颗子弹像长了眼睛。"倪红没见他这么雄过,打仗是顾不上玩女人的:"活像都邮街那碑。"绷子床嘎吱吱响。宁孝原想到什么:"哦,倪红,我给你的那信物可千万要保存好了,那可是我家祖传的宝物。"倪红说:"我锁在衣柜里的,那就是我的命。"宁孝原龇牙笑，军人的命在刀枪上，说不定哪天就死了，放在倪红这里保险。

倪红说活像都邮街那碑，宁孝原就决计要去都邮街转转。

第二天早上，倪红的衣服裤子都还没有穿规整，宁孝原已蹬军裤穿军衣套军靴戴军帽披军大衣出了门。

倪红紧跟出门锁门。

"你这篾条门，锁不锁都一屄个样。"宁孝原说。

倪红这竹篾茅屋俯临长江。出门是一段她父母垒砌的陡峭石梯，两边长满夹竹桃，石梯连着踩出来的弯拐的泥巴小路，泥巴小路连着山脚早先的官道现今的马路。马路两边是高矮参差不齐的古旧或是新修的房屋，马路上行人穿梭，有黄包车、板板车、马拉车、汽车往来。马路下面是长江，被水浪常年冲击的沙滩形成一道灰色的蜿蜒的江岸线。回水处是太平门水码头，有木船轮船往来。江对岸是山势起伏古木参天的南山，山间可见老君洞的飞檐翘角，山林里有茶马烟岚的黄葛古道。

来自大雪山的江水悠悠，哼唱着深情的歌。

吊脚茅屋背靠怪石林立的后伺坡，壁画般挂在崖壁上，风吹摇晃。后伺坡与金壁山连着，金壁山脚曾有川东道衙、重庆府衙、巴县县衙。明郡守张希召在山上筑有"金碧山堂"，登堂饮虹览翠，清香沁人，有"金碧流香"之说。民国十八年，这里建了"中央公园"，重庆设为战时首都后，更名"中山公园"。

都邮街在"中山公园"的坡顶上。

他二人出门后，先沿石梯和泥巴小路下到山脚，再从公园那人工修筑的老高的石梯上爬。倪红穿紫色斜襟棉袄、蓝布长裤、青色圆口布鞋，她回脸看见，山脚下那条沿江马路上的汽车多了，几乎都是往长江上游的方向开。就看山顶，山顶的第二盏大红灯笼已经高挂。她喜欢大红灯笼，大红灯笼总给她过年过节的快乐，而此时里，这两盏在彤云密布的天空里飘摆的大红灯笼，如同两只惊惧扭曲的血红泪眼。

宁孝原也看见了两盏高挂的大红灯笼。

江风无孔不入往人的热身子钻，如同刀割肌肤。倪红的心子被割痛，前年初，她父母就是在第二盏大红灯笼高挂后不久被日机炸死的。"啊，挂球了，第二盏灯笼都挂起来了，日本飞机过万县了！"倪红惊惧喊叫，合掌祈

祷，"老天爷保佑，唯愿是场虚惊……"宁孝原看长江下游，江水埋在浓云雾气里，狼脸拖长："狗日的日本飞机钻不过来。"他心里清楚，狗日的日本飞机钻得过来。拉倪红加快步子，"你们女娃儿就是胆子小，莫怕，有我！"宁孝原在密集的子弹连番倾泻的炮弹里活过来的，早没有了惧怕，担心的是倪红。

"呜呜，呜呜！……"警报声骤响，短促而尖厉。

大江下游冒出密密麻麻的白点，渐大，顷刻，二十多架日本飞机呼啸而来，看得见机身机翼那刺眼的红膏药。跟着，子弹、炸弹、燃烧弹飞泻，山城又陷火海。爬到公园山腰处的宁孝原拉倪红躲到一尊铁狮子后面。倪红目视野兽般嚎叫俯冲的日机，身子发抖。宁孝原紧护倪红。

日本人的雨落般的炸弹在中国陪都重庆的上空张牙舞爪、尽兴狂舞。火光冲天，硝烟弥漫，呻吟的天空欲要垮塌下来。

登山下山的人们四散躲避。

炸弹呼啸直落，炸垮了山石、引燃了房屋、拔起了树根，一对惊惶躲避的母子被炸飞滚落山脚。"啊，我的妈妈呀……"倪红尖叫，想到被炸死的父母亲，悲声号啕。宁孝原狼眼喷火，拳头攥得咕咕响，眼珠子欲爆出眼眶。我方的高射炮突突突还击，发出一串串红黄色的火球，像一条条长绳在空中飘飞。宁孝原凑到倪红耳边大声说："炮弹应该是从海军司令陈绍宽指挥的军舰上发射的。"倪红颤声说："你咋晓得？"、"我当然晓得，我在军界、商界、袍哥里的兄弟伙多，消息灵通。我跟你说，那'永绥'号炮舰就隐蔽在朝天门码头下游的……"敌机似乎不惧，依旧轮番狂轰滥炸。"空军，空军咋还不来！"宁孝原喊天。他知道，此时的中国空军极度困难，在重庆上空几乎失去作战能力。

十多架战机飞来。

宁孝原激动挥拳："好，好呀，说曹操曹操到，我们的空军雄得起，是苏制伊－16驱逐机！"、"真的？"倪红渴望是我方的飞机。"真的！"宁孝原紧搂倪红，"我跟你说，我从小就喜欢武器，可以说对陆海空武器无一不知无一不晓……"狡猾的日机不知是惧怕还是已经轰炸够了，调头返航。我方飞机追去。宁孝原看着摇头："龟儿子日本'零式'战机，看起来五短身材，其实厉害，追不上的。"怒骂，"小日本鬼子，血债血还……"

自上前年早春起，日机就连番无差别轰炸重庆，眼前这依山而筑的公园的山林花草房屋早被炸得面目全非，这尊铁狮子也炸歪斜了。倪红觉得公园这山都炸歪斜了。

两人被浓烟熏得满脸花糊。

宁孝原担心倪红说的那碑被炸，用军大衣搂了倪红登山。高个头的他身材敦实，曾祖父宁承忠遗传给他的一张狼脸轮廓分明，眉黑眼大厚嘴唇，说话大大咧咧，走路一步两跨。他跨了三梯，小肚子酸胀。

宁孝原命大，肉搏战时，日本鬼子的刺刀在他身上留下了11道伤口，有颗三八大盖的子弹射穿了他的小腹。勤务兵把他从烽火战场背到野战医院时，他一身血糊糊的，昏迷不醒。军医说是失血性休克，输血开刀把他抢救过来。去年五月的那场"枣宜会战"打得惨烈，汉水泣血。人说国军有两杆枪，一杆是步枪一杆是烟枪。面对入侵的日本鬼子，国军怒砸烟枪。带头砸烟枪的是佩中正剑的第三十三集团军总司令张自忠，他拉了也抽大烟的战区法官到悬崖边，说，我拉你到这里来，是要你陪我一起戒烟，你还要监督我戒烟。你若不答应，我就拉你一起从这里跳下去！战区法官哪敢不从。张将军当众毁了他的烟枪，当众宣布，军中官兵有烟癖者，若不自动戒除，即依法严惩！营长宁孝原在场。张将军盯他说，宁孝原，你三叔爷当年让勤务兵把他锁在屋子里戒烟，难受得头都撞破了。他挺胸说，报告总司令，我学三叔爷，戒烟！他叫勤务兵将自己捆绑在军用床上，给他喂吃喂喝，任凭他狼嚎也不许为他解开绳子，戒掉了烟瘾。张将军不惧怕来犯的日本第十一军，挥师汉水迎敌，以弱对强，不幸壮烈牺牲。独立团宁孝原营仅残存十之二三，他要不是负伤被送去野战医院，兴许也阵亡了。

"闻到香气没得？"宁孝原宽慰倪红问。

倪红还在恐惧里，细鼻子抽动："全都是烟子的味道。"

"金碧流香呢！"宁孝原说，"早先巴县那县太爷王尔鉴来这里寻香，迎了江风诗兴大发：'巴山耸秀处，金碧有高台。何处天香至，疑从月窟来。江环千嶂合，云度九门开。每一凭栏眺，清芬拂草莱。'他身边的慧能和尚说，不是风动也不是幡动，是仁者的心在动。"

倪红说："你书读得多，会说。"中学没读完的她好羡慕进过大学堂的宁孝原。

"有人寻到了香源，是从附近那县学堂飘来的书香，说那县学堂里藏有元文宗写的《万里归程》，还有'御书楼'，流香飘逸五百年。其实，是真有香气的，你跟我去过'金碧山堂'的，站在堂前观山看水，就闻得到大河的水香、南山的林香。"宁孝原说，肃了脸，"日他妈，恁好个山堂，前年那五三、五四大轰炸，被龟儿子小日本炸垮了。"

倪红咬牙切齿，"小日本鬼子就该千刀万剐！"

"该下油锅！"宁孝原说，"倪红，我跟你讲，宁道兴说，金碧流香不是气香是心香，他跟慧能和尚说那意思差不多。"

"老爷的书也读得多。"倪红说。

"Shut up！"宁孝原不高兴，叫她闭嘴。他读书数理化成绩不行，英语却是优秀。

倪红嘟嘴："听不懂，又跟人家说外国话。"

宁孝原说："他那书读邪了，心歪了。"

"他是你爸爸。"

"你就是心软，不说他……"

二人边说边气喘吁吁登山。

倪红说的都邮街那碑是"精神堡垒"。

宁孝原参加了前年5月1号那宣誓大会。那日清晨，身为连长的他带领100名官兵跑步去了下半城国民政府军委会的行营广场。广场里陆续来了有上千号人。遇见了邻居曹大爷的儿子曹钢蛋，曹钢蛋罗汉脸，17岁，是佛图关巴县县立三里职业学校的学生，他校接受指派也来了100名学生，一个个都穿油绿色的布衣制服，全都挽袖扎裤穿草鞋背斗笠。曹钢蛋喜眯了眼，说是吃肥了，这一身穿着全都是会上发的，他们扮的是农民代表。宁孝原揪他耳朵，小崽儿，你跟到起作假嘛！为掀起国民精神总动员抗战高潮，政府定于当天在重庆、成都、贵阳、桂林、兰州、昆明、吉安等地同时举行宣誓大会。重庆参会的有党政军青农工商妇八个界别，各派代表100人。陡立的山崖俯视庄严肃穆的会场，会场那礼堂的顶上镶有国民党党徽，竖有戎装佩剑的蒋委员长的巨幅画像。场中立有三级火塔，塔身是玻璃的。等的时间老长，直到天黑大会才开始。军乐声响，聚光灯齐射向主席台。宁孝原看见蒋委员长和一群官员款步上台，整齐站立。他没有见过委员长本人，在画像上电影里见过，一眼就认出来，血往上涌，想走近些又不敢，全队官兵纹丝不动挺立。司仪是新生活运动总干事黄仁霖先生，先是全体人员为阵亡将士和死难同胞默哀，继而是献金，再是年逾古稀的浓眉白须的国民政府主席林森宣读训词。之后，由蒋委员长带领全体人员宣誓。委员长左手叉腰右手挥拳，激昂的奉化腔如同倾泻的连珠炮弹。宣誓毕，火塔的塔顶燃火，哔啵作响的火焰照亮一张张狰狞的脸。各界各派三人上塔引火，宁孝原去了。熊火引燃他手中的火把引燃他心中的怒焰。燃烧的24炬火把的怒火传递给了愤怒的各界同胞，齐声高唱："精神总动员，民族复兴。抗战必胜，建国必成……"齐都围了场地呐喊游行。会后决定，在重庆市区繁华地段都邮街路口的大什字建造"精神堡垒",以示誓死抗战之决心!

"精神哦,要得!"倪红听他说后,激动,"这一向都没有去都邮街了,那碑怕是已经完工了……"

二人登上山顶。

都邮街不远,说话间就到。都邮街原名督邮街,因有官办的邮局而得名,四条街道交会的街心称为大什字。重庆设陪都后,督邮街改名为都邮街。街心那就要完工的"精神堡垒"没有被炸,搭建的木架已拆除多半,刚躲过空袭的做扫尾工程的技术人员和工人们又开始忙碌。这碑呈方锥形,碑身黑如胶漆,雄指高天,四围的房屋显得矮小。宁孝原拍碑身。有工人黑眼盯他,见他是少校军官,就没有说话。"木头的,稳不稳实啊?"宁孝原说。"钱少,只能这样。"他身后有人说。宁孝原回脸看,是个也满脸花糊的穿旧西装戴眼镜的老者,喜道:"哈,是你!"老者蹙眉看穿油垢军服的宁孝原:"你……"、"前年5月1号,那誓师大会。"、"啊,想起来,你这个军官好莽撞,手头那火把将我的衣服烧了个洞,说是要请我喝茶赔礼道歉。"、"嘿嘿,我第二天去前线了。"、"去前线了嗦,好,英雄!"、"我啥子英雄啊,我那老乡王麟才是英雄。"、"王麟啊,也是我老乡呢。壮哉!'国势衰颓多愤慨,民生凋敝总忧心'是他挂在床头的劝勉,他给他婆娘写信说,倭寇未灭何以为家,成功成仁,在所不计。啊,还有个老乡柳乃夫,也是英雄!"老者说。"认得,我们一个乡的,小个子人。"宁孝原没了笑,此人乃是共党分子。攘外必先安内,一统方能御侮,未有国不能一统而能取胜于外者。这是委员长说的。"他呢,是共党。"老者说,"派到38军参战,被日军包围,血洒黄河,死时才29岁……"为抗战死的,也有功。宁孝原想,问:"你是这里的督办?"、"我啥子督办啊,穷土木工程师一个。"有人急走过来,对老者说:"赵工,你快过去看看!"老者就跟来人走去。赵工是老乡呢。宁孝原想。见倪红往碑座的小门里钻,被警卫呵斥。他过去对警卫亮了少校军衔,和气说,想进去看看。警卫不买账,理由不容置疑,还没有竣工揭牌剪彩。他只好与倪红围了碑看。碑四围被炸开的空地辟为了通衢广场。碑的底座呈八角形,分写有"忠孝仁爱信义和平"字样。碑顶有报时钟、风向仪,饰有新生活运动蓝底红边的会徽和"礼义廉耻"四字,悬有国旗,碑垛上置有个深蓝色的大瓷缸。碑朝向民族路的一侧写有"精神堡垒"四个大字,其余三面分写有"国家至上,民族至上"、"意志集中,力量集中"、"军事第一,胜利第一"。打问工人得知,这碑通高七丈七尺,寓意七七事变抗战纪念日。那大瓷缸可放置棉花、酒精,集会时用做点燃火

炬。碑身涂成黑色是为防空，要赶在年前竣工……

巡看了"精神堡垒"，宁孝原想到最近流行的打油诗："不怕你龟儿子轰，不怕你龟儿子炸，老子们有坚强的防空洞，不怕！不怕你龟儿子凶，不怕你龟儿子恶，老子们总要大反攻，等着！"热血上涌，小日本你炸嘛，炸出个誓死抗战到底的碑来！对倪红说，他必须要尽快回部队参战。倪红两眼水湿。他拍她肩头宽慰："倪红，你放心，老子命大，死不了的。"面对"精神堡垒"举起右手，"我，宁孝原，今天对碑发誓，非倪红不娶，返回战场之前就与她完婚！"

倪红小鸟般依到他身上。

乱云飞渡。屹立空中的"精神堡垒"俯视这对恋人，像是在为他俩默默祝福。

宁孝原喊饿，倪红带他去找吃食。"精神堡垒"四周的房屋、商店、餐馆有的被炸，华华公司的大楼被炸毁。消防队员们在灭火，寻人寻物者大呼小叫，拉尸人拖板板车默默收尸。

敌机是要来炸的，日子是要过的。

街上的大人细娃儿伤兵叫花儿又多起来，其中不乏忙工作的求生活的逃难的人们。重庆人已适应了这种生活，一旦敌机离开，就立马在废墟上重建家园。随处可见搭建的用来做商店、餐馆或是住屋的简易棚屋。棚屋的墙壁多是钉在框架上的薄木板，抹上石灰、泥土、头发混合的灰浆，不牢固，炸弹可以震垮，垮了又建。倒塌房屋的砖头、门板、钉子、木梁等材料都反复使用，连泥灰也从砖头上刮下来再用。重庆人越炸越勇，不虚日本人。重庆设陪都后，这里成了战时政治、经济、文化的中心。政府机关迁来，工厂、学校、银行、商铺、报社、文化单位等西撤而来。人们穿着各异，南腔北调，这内陆城市倒越发闹热。

一个蓬头垢面衣衫褴褛的疯子老叫花儿与他俩擦肩而过，他手里拿着个缺了角的脏兮兮的土碗，嘴里念念有词："修碑了，碑修了，修不修都有……"倪红喊："疯子，等到，给你钱！"老叫花儿回身伸手。倪红给了他几块铜钱。老叫花儿收了铜钱走："吃小面……"宁孝原搂倪红肩头："倪红，你心好！"倪红说："这疯子好可怜。"

两人走进来龙巷，有家小面馆的门前挂有"越炸越强"的牌子。宁孝原看牌子击掌："好，格老子的，这牌子要得，就在这里吃。"这面馆室内狭长昏暗，食客不少。小老板下的面条利索，几乎无汤，姜葱蒜红油芝麻酱，添几匹嫩绿菜叶，麻辣爽口。宁孝原呼呼吃完两碗小面，倪红那一碗还没有吃完："看你饿得啊，早饭不吃就急匆匆出门。"倪红心疼说。宁孝原笑，揪她脸蛋："我急着看碑。"、"哎哟，把人家揪痛了！"倪红打他，眼泪儿花花。

　　宁孝原去前线时，倪红去朝天门码头送他。满河滩密密麻麻的川军，实业家卢作孚那几艘民生公司的疲惫不堪的轮船全都载得满满。司令长官刘湘率川军出川抗日，未捷先亡，留下遗嘱："抗战到底，始终不渝，即敌军一日不退出国境，川军则一日誓不还乡！"川军官兵每天升旗必同声诵读。太阳颤巍巍露脸，窥视潮涌的穿黄军服蹬草鞋背斗笠的士兵和大呼小叫拉扯悲鸣的送行人。倪红立在宁孝原跟前，泪水蒙面。恁多的川军上前线打仗，前头去的多半都死了："孝原，你不能……"曹钢蛋走过来，背上缝有白布条，缀有道劲醒目的"死"字。曹钢蛋来扭过宁孝原，非要当兵上前线，倪红就认识了曹钢蛋。看见曹钢蛋背上这"死"字，倪红的心揪紧："钢蛋，你该缝个'活'字。"曹大爷走过来："是我给他写的，我给他缝上去的，不怕死才可活。"倪红晓得，曹大妈躲日机轰炸闷死在了防空洞里。曹大爷对曹钢蛋好一番叮嘱，倪红听不懂，她晓得，他父子俩说的是客家话。孝原跟她说过，曹大爷念过私塾，是他老乡，老家也在荣昌县万灵镇，那里的人多数是湖广填四川时的客家移民后代，不少人都会讲客家话。孝原也会说些闽西客家话，她说是鸟语，她记得的是，说太阳好大，他用客家话说是"聂透好大"，孝原说"聂透"就是"日头"的意思，这不是鸟语是啥子。曹钢蛋当了宁孝原的勤务兵，他二人随了大部队上船。曹大爷盯儿子一阵，拧了把鼻涕，转身勾首走了。倪红泪眼婆娑目送宁孝原上船。宁孝原到船栏边朝她挥手。倪红像棵草，在江风里歪来倒去，他担心她要倒下，她立住了，朝他嘶声喊叫。汽笛鸣响，轮船启动，他没有听清楚她喊的话。他晓得，她是要他活着回来。他在前线九死一生，所属川军部队被日军打散，他与曹钢蛋等十余名幸存者被遇见的三十三集团军冯治安部收留，参加"枣宜会战"负伤，终还是活着回来了，就急着来找她。

　　"你在前线，我一天到晚担心死了……"倪红看他，泪眼婆娑，他没有战死，今天又躲过一劫，心里高兴。见他的眼神被人拽走，是个进面馆来的穿雪青色西服的长发飘逸的高挑姑娘，使力掐他，"狗改不了吃屎，就喜欢漂亮女娃儿！"

　　"男人嘛。"宁孝原从衣兜里掏出包"国军牌香烟"，看烟盒上那骑白马吹军号怒目向前的军人的图画，嘿嘿笑，抽出根烟闻闻，划火柴吸燃，火光

在他脸上闪动,这个长头发妹儿,弄得这面馆都亮了,"倪红,我喜欢你,还不是因为你长得好看。"

倪红瘪嘴巴笑。

第二章

　　宁孝原、倪红吃完小面走出面馆。冷风飕飕。倪红叫宁孝原回附近的家去看望他父母，宁孝原说不去，还是跟了倪红走。倪红搓揉两手取暖，她那秀气的脸蛋、露出的足踝冻得发红。

　　他经不住她这秀脸嫩脚的诱惑占有了她。

　　倪红的父母是水上人。那天，夫妻二人划渔船在江中打鱼，日机突袭轰炸，一颗炸弹直落渔船，爆炸腾起的水浪冲天，船体被炸烂，她父母尸骨未见。后伺坡那破旧的吊脚屋里就剩下孤苦伶仃的她。她去人市找活路糊口。宁孝原的父亲宁道兴将她雇来做丫头。穷人的孩子早当家，秀外慧中的倪红精于女红，勤快乖巧，高兴时还哼唱几句四川清音："佳人早起出兰房，睡眼蒙眬赛海棠……"喊唱几声川江号子："小河涨水大河清，打鱼船儿向上拼。打不到鱼不收网，缠不上妹不收心……"脆悠悠的，好听，很受宁孝原父母喜爱。

　　忙于军务的宁孝原回家的次数不多，倪红丫头给他留下的印象不错。

　　那日黄昏，他跟一伙袍泽兄弟在嘉陵江边的"涂哑巴冷酒馆"喝夜酒晚了，酒馆离父母家近，醉醺醺的他就回家住。穿布衣短裤圆口布鞋的倪红端了热气腾腾的茶水到他屋里来，说是喝茶解酒。他嚯嚯喝茶，目光被她那清秀的脸蛋结实的大腿白嫩的足踝吸引，气就粗了，饿狼叼羊。公子哥儿的他在妓院里亏损多，老二不争气，费尽全身力气。

　　宁孝原在檀木大床上占有倪红后，还是心生惧怕，这毕竟不是在妓院玩女人是在父母家里。倪红一声未吭，穿好衣服后，说："我无依无靠，你要不嫌弃，我侍候你一辈子。"他见过的玩过的女人多，像倪红这样清纯貌美心善能歌的女子少，觉得也是缘分，答应娶她。倪红目露疑惑。他说："言为心声，我说话算数。"倪红还是目露疑惑。他说："也是，空口无凭，这样，我给你件信物。"光身子下床，从军衣兜里取出串钥匙，打开衣柜抽屉，取出个肥皂盒般大小的土色木盒，打开盒盖，拿出个有锈迹的银器给倪红看。倪红看银器，上面刻有诗句，字迹依稀可见。他说："这是我家的宝

父亲怒骂他是不孝之子是败家子。说今日他是痛下决心了,从此解除父子关系,喝叫他滚出这个家门!父子俩翻了脸。

物。康熙五十一年，我家老祖宗宁徙万里迢迢离闽填川，把这银器长命锁挂在幼小的长子身上保平安；这土色木盒是老人用她种植的樟木树制作的，老人说，用土色是不忘艰难垦荒获得的土地。倪红，你是我的人了，交给你放心，这两百多年前的宝物是无价的。"指长命锁上的诗句，"'骏马登程各出疆，任从随地立纲常。年深外地犹吾境，日久他乡即故乡。'这是她老人家怕儿子万一走失的认祖诗。我找老汉要来的。老汉说，这是珍贵的文物，是宁家的至宝，本就是要传给你的，你还要传给后代，代代相传。你要是弄丢了，我捶死你！"将长命锁放进木盒里，交给倪红。倪红接过木盒，感动地点头。

跟倪红说定婚事后，他就去跟父母说。父母一直希望他早日娶妻。母亲说。儿呃，倪红比你小11岁，怕是不保险。父亲冷脸说，不行，说昏话，早就叫你去相亲，你一直不见人家！他说，爸，现在是民国了，你还想包办！父亲说，我就是要包办，倪红是个丫头，不般配！他说，我已经把她搞了。父亲面呈猪肝色，动家法拿皮鞭抽他，抽得他额头出血。父亲怒骂他是不孝之子是败家子。说今日他是痛下决心了，从此解除父子关系，喝叫他滚出这个家门！

父子俩翻了脸，他住到了倪红那吊脚屋里。上前线前，他留给倪红一笔钱。倪红是个孝女，虽然他俩没有办婚礼，她已将他父母当成公婆看待，不时前去探望，称呼没敢改，还是喊老爷、太太。生米已经煮成熟饭，时间一久，他母亲心软，不拒绝她来家。而他父亲说，孝原在前线打仗，是死是活未知，你就不要来了。她说，我已经是孝原的人了，他就是死了，我也是宁家的人。他父亲浑身打战，乌黑了脸不说话。

冬日的山城冷死人。

宁孝原随倪红走过宽仁医院，侧脸还看得见"精神堡垒"的碑顶，朝冻僵的手指头哈热气："这碑是四面八方都看得见的呢！"倪红的脚指头冻得发痛，跺脚走，钻进临江门的城门洞里。宁孝原跟上。这石头垒砌的城门洞可进八抬大轿，人流拥塞。有股臭气，是几个挑粪担的下力人过来。"临江门，粪码头，肥田有本。"宁孝原晓得，临江门是重庆城的正北门，是易守难攻的要塞，临江门码头是最大的粪码头，粪肥多半从这里上岸或是转运出去。他二人好不容易随人流走出城门洞，眼前豁然明亮，抬首可见岩顶那西医院宽仁医院的黑砖楼房，眼前是直抵嘉陵江滩的陡峭悬崖和慢坡地，捆绑房、吊脚楼、茅草屋、小洋楼密匝匝一大片，蜿蜒交错的石板梯道、泥巴小路网布其间。养鸽人的鸽群凌空翻飞，鸽哨鸣响。不时传来江上行舟的汽笛声和号子声。

江风刺骨。

宁孝原打寒战,对倪红说:"走,顺路去'涂哑巴冷酒馆'喝酒驱寒。"山城的冷酒馆多。所谓冷酒馆,顾名思义就是不烧火的小馆小店。"涂哑巴冷酒馆"在慢坡东侧的山腰处,俯视嘉陵江。老旧的板屋,板壁长满苔藓,檐下布满蜘蛛网,大蜘蛛比核桃还大,有蓬展的黄葛老树遮掩。室内简陋,唯土陶酒坛醒目。两张原木本色的老旧木桌,几张条凳,可坐十来个人。还没有到吃午饭的时间,店里没有食客。宁孝原拉倪红进屋落座,比画着粗声喊叫:"涂哑巴,哥儿我大难不死回来了,快来个双碗加个单碗!"取军帽放到木桌上。双碗是每碗四两酒,单碗是每碗二两酒。白面书生模样的涂哑巴是说不出话的,他是先聋后哑的,可涂哑巴会看表情看手势。他见是宁孝原和倪红,笑着咿哇比画,意思是高兴孝原哥回来了,就在发黑的柜台上摆了两个粗糙的土陶坦碗,用竹制的酒提打酒。常言说,快打酱油慢打酒,这一提酒的分量的多少就在打酒者手提的快慢上。涂哑巴打酒的动作慢,满满一提酒滴酒不漏倒入坦碗里,一提是二两,他打了三提酒,在一个酒碗里倒了一提,另一个酒碗里倒了两提,下细地端到宁孝原、倪红跟前。酒是清香扑鼻的干酒。宁孝原急不可耐,端了四两的酒碗大口喝,抹嘴巴:"嗨,安逸,热和了,倪红,喝。"倪红端了二两的酒碗喝了一小口:"孝原,莫喝多了,免得老人家吵。"宁孝原说:"你就怕他,他是他我是我,他管不得我。"涂哑巴喜滋滋端了沙炒豌豆胡豆、水煮花生米和卤豆腐干来,盯宁孝原啊啊地点头摇头。宁孝原说:"要得,都要,再给哥子来两盘卤鸭脚板。"做鸭子浮水手势。涂哑巴咧嘴巴笑,很快端来卤鸭脚板。精灵的涂哑巴晓得宁孝原跟倪红的事情,比画说他请客。"不用你请客,哥子是来照顾你这小生意的。"宁孝原比画说。

盛酒用的大坦碗,下酒菜用的小碟子,生意人总是精打细算。

富家子弟的军官宁孝原不在乎钱财,在乎的是氛围。这冷酒馆他爱来,涂哑巴是他自小一起玩耍的毛庚朋友。当然,还有层原因,他自小就喜欢涂哑巴的姐姐。涂哑巴的姐姐比他大七八岁,他们都叫她涂姐,他读高小时,涂姐已是个大姑娘了。涂姐蓄短发,身材丰盈,有重庆女子的俊俏和重庆崽儿的火烈。涂哑巴的母亲死得早,父亲是扛扁担的,前年那五三、五四大轰炸被日本飞机炸死了,留下他姐弟二人。姐弟俩都生得周正,看面相不像是下力人家的儿女。认识倪红后,宁孝原认定,人的容貌是不能以家贫家富来定的,不管父母如何反对,他绝对要娶倪红。"涂哑巴,你姐姐呢?"他打

手势问。涂哑巴咿哇比画，做拜把子手势。"啊，涂姐也嗨袍哥了？"他打手势。涂哑巴啊啊点头。"嘿，女袍哥，要得！"宁孝原朝涂哑巴伸拇指，他祖奶奶喻笑霜就是重庆的首个女袍哥，是重庆仁字号袍哥的头儿，"倪红，我给你说过我祖爷爷祖奶奶的事的，不想涂姐也嗨了袍哥。好，在这乱世里混，嗨了袍哥好，有袍泽兄弟护着，才好做事情。"跟倪红碰碗，喝酒吃菜。涂哑巴比手势咿咿哇哇，意思是他要出去买几瓶酱油，等会儿吃午饭时这里要打拥堂。"你去，我们给你看着店子。"宁孝原比画说。涂哑巴就提了竹篮子出门。"倪红，我跟你说，我妈呢，好说话，我老汉，不，那个宁道兴难说话。不管你对他哪个好，他都不会答应我俩的婚事。"宁孝原端碗喝酒。"书上说了，金诚所致，金石为开。"倪红说，啃鸭脚板。"宁道兴他不是金石，也不是钻石，是皮子。"、"说啥啊，啥皮子？"、"他那面皮，比金石钻石都硬……"

两人说时，门影一闪，进来个人，水上漂般掀门帘进了里屋。宁孝原眼尖，哈，是涂姐！他让倪红各自喝酒吃菜，起身跟去。他掀门帘进到里屋，眼前寒光一闪，一把匕首顶住他胸口。持匕首者是刚进来之人，是涂姐。短发齐耳的她密扣黑衣，怒目喷火。当兵的宁孝原不惧，何况她是涂姐："涂姐，我是你孝原弟娃！"涂姐说："我晓得你是宁孝原，穿一身黄皮来坐等我。"锣鼓听声，说话听音，入了仁字号袍哥的宁孝原判断涂姐遇了事情："栽了？弟娃保证给你搁平！"匕首往他的胸口使劲，"呃，涂姐，你连弟娃我都不认了么？"、"你装嘛，你咋晓得我今天要回店来，说！哼，你们这些个披黄皮的，都不是好人！"涂姐气愤说。宁孝原笑："哎呀，涂姐，你是误会弟娃我了……"说了自己刚从前线回来诸事。涂姐才收了匕首叫他坐："你去前线了嗦，哑巴还说你怕是把我们忘了呢。"长长叹气。涂姐定是遇到天大的难事了，事情一定跟军人有关。

涂姐像他小时候那样抚摸他的头，她又是温和的涂姐了。

在他们那群小伙伴里，涂姐最喜欢他了，其次是娃儿头黎江，再才是袁哲弘、柳成那两个崽儿。涂姐是把他当成亲弟娃看待的。那天，他兴冲冲奔进"涂哑巴冷酒馆"找涂哑巴去偷和尚粑粑，闯进了里屋，涂姐正赤条条站在大脚盆边洗澡。他第一次看见女人的身体，心怦怦跳。涂姐柔软结实的身体是铜红色的，他想到了熟透的柿子，想到了家里石榴树上挂的石榴果。涂姐看见他，说，哑巴下河担水去了，孝原弟娃，把灶上那壶热水给我提来。他就赶紧去外屋的灶头上提了熏得发黑的壶嘴老长的热水壶来。帮我掺到脚盆里。涂姐说。他就掺水，掺完，飞跑去河边找涂哑巴，边跑边想，水汽里的涂姐就活像是母亲讲的下河洗澡的七仙女。那年夏天，国军那个络腮胡子的窦营长又来找涂姐，请涂姐去大什字附近的国泰大戏院看孙悟空大闹天宫的京戏，涂姐就喊了他去。他坐他俩中间。窦营长不时给他讲说，说戏班子是从上海过来的了不得的厉家班，演孙猴子的是了不得的厉慧良，他的戏唱得好，跟斗翻得好，金箍棒转得人眼花缭乱。涂姐不说话，看戏台的两眼放亮，笑得甜。涂姐是喜欢窦营长了，他当时想，就不太喜欢窦营长了。本来他是喜欢窦营长的。念过黄埔军校的窦营长从腰间掏出勃朗宁手枪让他耍玩。给他讲说连发毛瑟枪、曼利夏枪、马克沁机枪、克虏伯炮。给他讲说来自英、美、法、苏、意、比利时、捷克、瑞典、匈牙利的装甲车、飞机、战舰。还教他射击、拼刺刀。窦营长的枪法准，拼刺刀的功夫了得。他成了武器迷，一心要当兵。

外面响起脚步声，涂姐警惕地掀门帘看，低声说："还真是撵来了，孝原弟娃，给姐挡住！"飞身越出后窗。门帘被掀开，一个中校军官探头进屋，看见宁孝原，先是一愣，后大喜："哈，宁孝原！"、"哈，袁哲弘，你这些年跑哪里去了！"二人拥抱。涂姐也喜欢袁哲弘的，他咋会来抓她？宁孝原满腹狐疑，涂姐是绝对要保护的："我是来看望涂姐的，她却不在。"袁哲弘说："我也是来看望涂姐的。"、"走，我哥儿两个到外屋喝酒去，也许她会回来。"、"要得，我们坐等涂姐！嗨，我哥儿俩多年不见，今天来个一醉方休！"二人出了里屋。涂哑巴正好买了酱油回来，看见袁哲弘好高兴，咿咿哇哇比画，意思是好久不见，好念想他。袁哲弘激动地搂抱涂哑巴："涂哑巴，我也好想你！"比画问涂姐咋不在。宁孝原偷偷朝涂哑巴摇手，涂哑巴理会，比画说，姐姐好久都没回来了。宁孝原招呼袁哲弘坐，介绍了倪红。袁哲弘彬彬有礼："幸会，哲弘祝福你两个，大喜之日定来讨杯酒喝！"

涂哑巴添了碗筷和干酒，又加了冷菜卤菜，比画说他请客。

"哪要哑巴你请客啊，今天这桌我付钱。"袁哲弘比画说。这店里的三个毛庚朋友里，他年岁稍长。

"要得嘛，就你哥子请客，你军衔也高。"宁孝原说。

喝酒说话间，宁孝原才知道袁哲弘是逃婚离家出走的，后来去了黄埔军校，现在国民政府军事委员会调查统计局里做事，至于做啥他没有说，军人宁孝原不问。宁孝原想问袁哲弘来这里做啥也没问，他若是来抓涂姐的问了也是白搭，只要拖住他不去追捕涂姐就行，涂姐的身手非凡，会逃走的。就说些好久不见的客套话。自小的毛庚朋友相见，他还真心高兴。袁哲弘问宁

孝原下一步作何打算。宁孝原说，处理完个人私事就回老部队去。袁哲弘伸拇指说，三十三集团军好样的，张自忠将军乃是我辈学习之楷模。现冯治安将军继任总司令，调归于第六战区管辖，转战于湘鄂豫一带。宁孝原对袁哲弘刮目相看，老兄不愧是军统的人，对战局了如指掌。袁哲弘摇头笑，我不过晓得些皮毛，是不能跟你这位沙场战将的大营长相比的。宁孝原说，我不过一战地武夫，你乃党国之栋梁，没有你们刺探情报，驱逐日寇就难。彼此彼此。袁哲弘举碗喝酒。酒多话多，两人天南地北神吹，说到了日本偷袭珍珠港之事。袁哲弘酒色满面，神秘说，委员长去年就下令加强刺探日方的情报，今年5月，军统六处破译了日本的外交密电，分析日本要对美国采取断然行动，地点可能是珍珠港，时间可能会选择在星期天。通知了美方，可对方没予重视，以致酿成了惨重的后果。宁孝原锁眉摇头，我听军界朋友说过，不太相信，今天话从你老兄嘴里说出来，怕是真的。又说到我国对日宣战之事。宁孝原不明白为啥至今才对日宣战。袁哲弘说，国力太弱，一旦宣战，则必有一国倒下。宁孝原说，倒下的肯定是小日本。袁哲弘点头又摇头，难。这不宣战呢就只是个事变，还有私下谈的空间。宁孝原说，私下谈个锤子，整死小日本！袁哲弘笑，你呀，从小嘴巴就不干净，读了大学当了军官，说话还是带把子。咳，此乃国家大事，你我是知其一不知其二。不过呢，蒋委员长是要誓死抗战到底的，修建"精神堡垒"就是例证。宁孝原拍袁哲弘肩头，你老兄说得对头……

　　二人说不完的话喝不尽的酒，把个倪红晾到一边。

第三章

宁公馆坐落在临江门慢坡西侧的山腰处，十分幽静。院子被一人多高的围墙包绕，墙脚长满灌木，墙头爬有牵牛花。院中有幢三层小洋楼。房子很陈旧了，倒还完好。这楼房是从宁孝原爷爷那里传下来的。楼前有块三合土坝子，坝子当间有水池假山。坝子右边有块绿毡子样的草坪地，小时候，宁孝原常跟一帮小伙伴在草坪上打滚嬉戏。坝子左边是花园和石榴林。站在小洋楼的阳台上可以一览嘉陵江水。院子的大门面江，门前有棵历经日晒雨淋雷击的虬曲鹏展的黄葛老树。树下是陡立的三百梯，梯道两旁长有夹竹桃、苦楝树。梯道直通江滩。嘉陵江水很美，捧在手里透明，放到江中碧绿。小时候的宁孝原很觉奇怪。他母亲说，傻娃儿，山青水就绿嘛！

在"涂哑巴冷酒馆"喝完小酒的宁孝原枣红一张脸，随倪红走进了宁公馆。时已黄昏，云层散开，冬日的夕阳露出苍白的脸，白亮的夕辉减弱了宁孝原脸上的酒红。他看了看不远处他勤务兵曹钢蛋的父亲开的那杂货店，没敢去探望曹大爷，冒死背他下火线的曹钢蛋至今生死不明，阵亡名单里没有查到他的名字，等钢蛋有确切的消息后再去看望他老人家。海量的他步态依旧稳实，打着酒嗝。倪红数落他喝酒不要命，又该挨老人家训了。他说，他凭啥子训我……传来咳嗽声。穿深色西装披毛呢大衣的宁道兴在花园里说话：

"是哪个随便闯进我宁公馆！"

宁孝原母亲从宁道兴身后奔出来："我的儿耶，你可是平安回来了，妈一天到晚是担心死了……"抹眼泪拍打宁孝原。

宁孝原的鼻子酸："妈，我也想你。"

"你就不想你爸爸，他都快满六十了，他这辈子好难。"

"是他把我赶出家门的。"

"他说的是气话昏话，你就当真了。老头子呃，儿子平安回来了……"宁孝原母亲回脸对宁道兴喊。

宁道兴已拄文明棍进了楼屋。

宁孝原母亲的泪水断了线。

倪红的泪水在眼眶里打转。

宁道兴进楼屋客厅后，仰坐到乳白色皮沙发上，心口痛。老妈子赵妈端了开水拿了药盒来："老爷耶，少爷从前线回来了，你该高兴才是。"取出药丸递给宁道兴，她在后屋听见了院子里的说话声，庆幸少爷平安归来。她也是万灵镇的人，是老爷的孪生妹妹宁道盛介绍她来这里帮工的。宁道兴吞服药丸："赵妈，我没得事儿，你各自去忙。"赵妈点头，出客厅去迎少爷。

客厅那米白色格窗外可见石榴林，寒风碰落树叶，光裸的树杈上有鸟儿鸣叫，不是喜鹊是只老鸦在呱呱叫。"富不过三代的，富不过三代的……"宁道兴感觉的是这话，怒冲冲起身到窗前用文明棍驱赶乌鸦，乌鸦不惧，继续抬首鸣叫。他无奈摇头，心寒如冰窟。这话父亲对他说过，父亲是怕这大个家败在他的手里，是拿话激他。乌鸦嘴呢，他当时想，却不能指责父亲。父亲的话怕是要应验。他夫人是难产生下孝原的，之后一直未能怀孕。夫妇俩去邻近的和尚庙烧高香祈盼添子，带了孝原去。孝原就认识了邻居的一帮细娃儿，之后，时常邀约去偷和尚粑粑。孝原这娃儿自小就胆子大，胆大包天，打不怕。背着他夫妇到嘉陵江、长江打光巴胴下河洗澡，两条江都敢游个来回。跟那帮崽儿鬼混之后更是野得不行，爬虎头岩掏老鹰窝，下水田逮泥鳅，把帽子打湿吹胀当足球在沙滩上光脚板踢，谁输了球就被灌沙屁眼，还说脏话。又认识了那个窦营长，迷上了枪炮，念重庆大学的他，刚一毕业，就背着他夫妇去穿了身黄皮，说啥子国家有难匹夫有责。后来他才知道，就是那个窦营长怂恿帮助孝原去当兵的。打日本鬼子他宁道兴双手赞成，可振兴民族实业也是抗战的需要啊。而孝原说，只有刀枪火炮飞机战舰才能赶走日本鬼子，说他不是经商的料，决不经商。宁家的字辈是"宽仁承继道，孝廉智勇全"，轮到他的后代是"孝"字辈，他为儿子取名孝原，是望儿子孝顺亲长，遵从祖训。晚辈继承长辈之志乃是孝。儿子却违他心愿我行我素。孟子说，惰其四肢，不顾父母之养，一不孝也；博弈好饮酒，不顾父母之养，二不孝也；好货财，私妻子，不顾父母之养，三不孝也；纵耳目之欲，以为父母戮，四不孝也；好勇斗狠，五不孝也。孝原是几乎都沾了边。唉，咳咳，人都是要老要走的，是带不走这大个家业的。孝原不继承又谁来继承？他越思越担心越想越心凉。友人对他说，野马得用缰绳套住，野男得用婆娘拴住。是呢，必须得给孝原找个管得住他的婆娘，左思右想，想到回乡祭祖时结识的赵宇生工程师，他见过他那女儿赵雯，第一印象就好，那女子重庆大学毕业，人貌好，知书达理，能说会道，倘若能与孝原成婚，是可以管住他的，是可以改变他的那些恶习和混账想法的，也可早抱孙儿，后继有人。

有了这想法这欲望他来了劲头。混迹商场、见多识广、善交朋友的他想方设法亲近赵宇生，明里暗里说了两家结亲的想法，被赵宇生一口回绝，说他那女儿清高，他也不愿把宝贝女儿嫁给一个随时会丢命的军人。

宁道兴碰了钉子，碰出犟劲，如同他在险象环生的商场里搏击那样，越是难办之事越要办成。赵宇生喜好喝酒，他投其所好。"前方吃紧，后方紧吃。"大后方的陪都流行这话。都邮街一带有"小洞天"、"九华园"、"老四川"、"味腴"、"醉东风"、"白玫瑰"、"高豆花"好多的川菜馆。他请赵宇生去了"小洞天"："赵兄，你我是老乡，莫要客气，想吃啥子尽管点。"赵宇生晓得他的用意，倒也愿意跟他这个有钱的大亨交往："好嘛，哥子我就不客气了。"点了民国四年在巴拿马万国博览会上获得金奖的茅台酒，说下酒菜由他点。宁道兴就点了时兴的"美龄兔丝"、"软炸斑指"、"菊花鱼"、"鸡豆花"、"开水白菜"。解释说，川菜讲究一菜一格，百菜百味，这"美龄兔丝"原名"银针溜兔丝"，用豆芽和兔丝炒制而成，咸鲜清淡，色泽白亮。宋夫人美龄常邀曾是清代御厨的名师黄敬临到南山官邸下厨，特喜此菜，将其作为筵席的行菜，就改名"美龄兔丝"了。"软炸斑指"源于鲁菜，是国画大师徐悲鸿先生的最爱，软炸体现了川菜的多元。做法是，将菜油烧热后冷却一阵，放入裹了面糊的大肠头，用低温炸熟，吃起来外脆里软。徐悲鸿先生与发明这道菜的黄敬临厨师亦是好友。赵宇生很感兴趣，呵呵笑："再来个'轰炸东京'！"宁道兴就点了这菜。这菜有来由，重庆"凯歌归餐厅"的老板邀约朋友相聚，堂倌端菜上桌，盘中是炸得酥脆的锅巴，堂倌把一大碗滚烫多汁的肉片汤居高"淋"下，酥脆的锅巴就"噼叭"作响，有如轰炸之声。老板灵机一动，将这"响堂肉片"更名为"轰炸东京"，叫堂倌上菜时报菜名："轰炸东京！轰炸东京！"讨了口彩，契合人心，成为陪都的一道名菜。

酒菜上桌，二人吃喝得痛快，扯东道西神吹。

饭后是要喝茶的，宁道兴请赵宇生去罗汉寺对面的"翠芳茶园"喝茶，这茶园别致，巴渝古风带上海风情，三楼一堂，有男宾席、女宾席、包厢席。赵宇生爱热闹，选的堂座。除茶水外，桌上摆有糖果、瓜子。茶倌端来盖碗茶，用食指将手中白帕飞速旋转，成伞状成地毯状，抛至空中接到指尖，乐得赵宇生击掌叫好。陪都时兴跳舞，宁道兴请赵宇生进舞厅，给他讲说。赵兄，我跟你说，山城的舞风源自于大上海，上海那"百乐门舞厅"

风靡十里洋场，花样儿百出。啥子舞女选花选美，啥子选花国总统总理，名堂多。重庆落后了些，开先的舞场是用竹子搭的棚屋，以竹牌为票入场，男女不许同座。民国十七年，上海来了梅花歌舞团，在后伺坡上的机房街开了"悦和茶园"，有了男女演员同台共舞。到了民国二十四年，"白宫舞厅"在都邮街口的民族路开了张，重庆城有了头一家交际舞舞厅。重庆设陪都后，西撤来了好多的官员商贾军人，来了好多的美军，山城的舞厅就数不清啰。这都邮街一圈吧，就有"胜利大厦舞厅"、"扬子江舞厅"、"南国音乐厅"，"新世界游艺场"、"盟友联谊社"、"夜总会音乐厅"、"中亚音乐厅"、"福音堂音乐厅"。啊，要数"皇后舞厅"最为气派。赵宇生呵呵笑，不想重庆会有怎么多的舞厅！宁道兴领赵宇生进了"皇后舞厅"，舞厅的彩灯挤眉弄眼，专职舞女露臂亮腿，他叫了最为走红的下江摩登舞女跟赵宇生跳舞，跳狐步跳华尔兹跳探戈。乐队操的是拉管、圆号、贝司等西洋乐器，市民说是"洋琴鬼"，跟重庆水码头的川剧锣鼓、笛子、胡琴、狮子龙灯格格不入。而懂西文的去法国研修过的赵宇生津津乐道，有技术却囊中羞涩的他头一次进这么高档的舞厅，说宁道兴够朋友。宁道兴又请赵宇生进可容纳千人共舞的"国际俱乐部"，找了洋妞跟他跳舞。赵宇生乐了，结亲之事便应承下来。

目的达到，宁道兴高兴，却不想儿子孝原死犟，就是不去相亲，气得他心痛病发作住进宽仁医院。

窗外那只乌鸦扑翅膀飞走了，四围好静。宁道兴希望听见儿子进屋的脚步声，想跟儿子好生说话。儿子活着回来，这是他日日的渴盼。没有半点声响。咳，自己刚才那话是把儿子激怒了，个混账东西，硬是不认老子了！传来走走停停的脚步声，定是夫人在劝拉儿子进屋。他那倔劲又上来，拄文明棍橐橐橐上楼，直上到顶楼的屋子里。这里供奉有祖宗的牌位，万里迢迢移民来川的老祖宗宁徙的牌位居首，其次是历代祖上的牌位，再其次是爷爷奶奶和父母的牌位。香案上，精工制作的樟木匣子里摆放有"宁氏家谱"，他抖动手从匣子里取出家谱，借助天窗的光亮翻阅。这土纸印刷的线装家谱的书边已经发毛，天头地角印有外粗内细的线条边框，折页上部的顶框处印有鱼口，每页九行，每行二十四字，字迹尚还清晰："宁徙寻父离闽填川置业，历尽艰辛……"、"宁继富违背父愿，不走仕途倾力经商……"

宁继富是他父亲，给他留下的家业好大。父亲不是驰骋沙场的战将，是拼搏商场的斗士。为官的爷爷宁承忠的愚顽固执粗暴使父亲不敢对爷爷言说经商的万般苦情，而骨血相连的父亲秉承有爷爷的顽强执着。奶奶喻笑霜支持父亲，说是积沙成箩，滴水成河。父亲就这么做。父亲向包括洋人在内的银行界实业界的能人学习，向重庆商界首屈一指的李耀庭总理学习，以其智以其勇以其各种手段，将"大河票号"的业务做大做广，重庆为其总号，分号设到了北平、上海、广州、成都。重庆开埠后，民族工业兴起，父亲步入实业，开办了"荣昌夏布厂"、"荣昌陶器厂"。四叔筹办轮局，父亲也投了资。父亲对社会公益也没敢懈怠，兴学、修路都慷慨解囊，还资助《渝报》、《重庆日报》。这些都不是易事，有成功有失败。父亲是精疲力竭遍体鳞伤才留下来这份家业的。"富不过三代的。"父亲拿话激他。他痛下决心守住家业，千辛万苦将"大河票号"办成"大河银行"，不想日机连番轰炸，将"大河银行"的主楼都炸塌了。

　　父亲创业难，他守业难上难。他是在日寇进犯、国破家亡的危难时刻守业。一心指望儿子孝原能够助他守业，接下家业，可儿子不争气。起家如同针挑土，败家如同浪淘沙，这家业可不能败在了他父子的手里。对于儿子的上战场抗日，他倒是违心认可的，这娃儿也还有他的那种硬气……

　　夫人拉儿子孝原进屋来，叫儿子跟他好好说话，都不许说气话昏话。儿子的嘴动了一阵，终于出声："我回来了。"混账东西，连声爸爸都喊不出来，宁道兴怒视儿子，欲喝骂又忍住："祖宗的牌位在这里，家谱在这里，你说说，这个家未必要败在你我的手里？"宁孝原犟着头："让我经商才会败家。"、"你你你，"宁道兴气得走来回步，文明棍拄得红木地板橐橐响，"你胆大包天，当兵背着我和你妈一走了之，你妈哭肿了眼睛。我跟你说，你这次回来就不许再去前线，必须留下来承接祖业！"、"那唪个得行。"、"唪个不行，你是宁家的独苗！老祖宗宁徙在天上看着的，你学到她老人家丁点就好！"、"我就是学的她，她老人家天不怕地不怕，万里路走不倒，老虎吃不了，土匪吓不着……"、"混账，你是宁家的孽种！"、"我是宁家的正种！爸，没有国哪有家，日本鬼子不赶走何谈经商？"宁道兴摇头叹气，压住火气："好好，先说你的婚事，人家那个赵雯，多好的女子，你就是不见。"、"我就是为婚事回家来的，我要跟倪红拜堂。"、"不得行！"、"你不同意算了，我回万灵镇找姑妈操办！"、"你，你个不孝之子，逆贼……"

　　倪红在门口探头，感动、伤悲。

第四章

　　荣昌县万灵镇依山斜躺在清丽的濑溪河畔，与河对岸的万灵寺遥望。这古镇历经前人尤其是宁徙一帮填川移民的艰辛打造，如今是田连阡陌，栋宇错落，行人熙攘，祠堂、寺庙的香火不断。

　　此刻里，古镇街心的湖广会馆里好生热闹，画栋雕梁的高大戏台上锣鼓喧天、琴弦和鸣，正演出川戏《鸳鸯绦》。饰演公子李玉的小生戏子抛袖搓手、脖颈鼓胀唱："我好比开玉笼飞出鸾凤，又好比扭金锁走脱蛟龙。论二人都算得人才出众，张家女更要算女中英雄。谁不想燕尔新婚朝夕与共，怕误入温柔乡遗恨无穷……"喜爱川戏的宁孝原看得津津有味："嗯，这娃演的李玉要得，倒板唱得可以。"、"不想看，唱些啥子啊！"他身边的倪红拉他走。他不想走："再看看。"、"要看你个人看！"倪红挤出人丛去。宁孝原又看了一阵才恋恋不舍离开，人多，他挤出湖广会馆后没有看见倪红。就一条河街，他沿街寻找。寻到红灯笼高挂的十八梯，街边那木板瓦屋二楼的窗口探着两张年轻妹儿的脸，一个妹儿朝他细声唤："大军官，上楼来坐哈儿嘛，包你满意。"另一个妹儿盯他笑。两个妹儿都不过十七八岁，他那心痒痒。十八梯是妓女云集地，他在这里风流过。他朝那两个妹儿点头笑，抬脚走，没进那瓦屋，登石梯去找倪红。跟倪红相爱后，他就少有进妓院了。他看见了倪红，她正站在街边的花房大院门前，盯他揶揄说："别个正南齐北喊你上楼去，你啷个不去？"他龇牙笑："有所为有所不为，我有倪红了，这些个妹崽哪能跟你比。呃，倪红，我跟你说，那湖广会馆是我家宁徙老祖宗集资修建的，我本想领你好生看看。"、"你说带我上街买夏布衣裳的。"、"对头，荣昌这苎麻做的夏布衣裳花色品种多、细软，不透水。走，我领你去买。"

　　河街这弯拐狭长陡峭的清石板路很老旧了，石梯被踩得变了形，泛着青光。街道两旁翻修过的房屋、吊脚楼多是明清建筑，大青砖、小青瓦、穿斗高墙、长板门、木板墙、格子窗、抬梁柱，别具风情。街上的"宁家大米店"、"常家煤行"、"宁氏船运"、"生化堂"、"喻门旅馆"、"敖氏商号"、

"小雅钱庄"、"乔大食店"、"王艾粑"、"井水豆花"等店铺商号餐馆挨一接二。店内店外人多拥杂，有做布匹丝绸买卖的，有做银钱生意的，有做水上活路的，有做苦力的，有乡下人，也有官员、地头蛇和袍哥大爷。"一壶春"茶馆爆满，茶客们听穿长棉衫的说书人拍案说书，说的是移民先祖宁徙在万灵镇置业发家的传奇故事。路过的倪红住步听，宁孝原也住步听。说书人挥手抬足身子痉挛声音嘶哑，响堂木狠敲桌子："各位客官，你道这精神谓之何物？是爱是恨是甘是苦是荣是辱是尊是卑是生是死也！"、"叭！"说书人唾星四溅："欲知后事如何，且听下回分解。"端盖碗茶咕嘟嘟喝，拂袖扬长而去。倪红听宁孝原说过一些宁徙老人的事情，听了说书人这声情并茂的讲说，鼻酸眼热："宁徙老人真是了不起，大好人！"宁孝原搂倪红亲了一口："我的倪红，是我宁家的女人！"二人离开茶馆。倪红问："孝原，宁徙老人是女的，咋会传下来宁姓？"宁孝原说："说来话长，简单讲，宁徙老人那长孙儿一岁时就被与她有仇的土匪头子掳去，长大后来找宁徙报仇，他差点儿杀了自己的亲奶奶。后来，她那长孙儿得知了真情，羞愧不已，为赎罪，将自己的儿子改姓为宁，这血脉便传下来，传到了我这一辈。"倪红动情："孝原，你得跟你父亲和好，继承这好不容易传下来的家业。"宁孝原也动情："宁徙老祖宗的精神是要继承……"二人说着，进了"宁氏夏布庄"。就有个胖店员迎来："少爷，您来了！"、"来了来了，来给新娘子买件上好的夏布花衣裳。"胖店员笑说："请随便挑。"倪红四看，这宽敞的夏布庄里摆满了精致的夏布制品，有各式样各花色的衣服、窗帘、面料、鞋袜、手帕、被面、枕套、床单，看得她眼花缭乱，样样都爱不释手。宁孝原为她挑了件时兴的改装夏布旗袍，叫她去更衣间换。她换上这露出颈肉的夏布旗袍出来，胖店员眯眼笑："啊，光彩照人，这衣裳正好合身！"宁孝原盯胖店员："你娃会说，我倪红随便穿啥子衣裳都好看。"倪红到穿衣镜前扭动，脸红扑扑的："要得，就买这件。"胖店员恭维说："少奶奶要，拿去穿就是。"宁孝原说："这布庄虽说是我姑妈开的，还是各归各。"照价付了钱。

　　二人出夏布庄后，沿街走一阵，就看见了白墙黑瓦重檐翘角的宁家大院。这串架穿斗的老宅房院是老祖宗宁徙修建的，晚辈们翻修过，乃是走马转阁楼，四合院，三重堂，大槽门，大门当街，背靠濑溪河。房院正侧分明，设有厨房、牛屋、猪圈、储藏室。院子里有宽敞的天井，天井里有山石花卉。

　　宁孝原搂倪红进到宁家大院的堂屋时，他姑妈宁道盛正端坐在八仙大桌

边吹捻子点火抽水烟,她穿左右开衩十八镶边饰的锦缎棉氅衣,衣掩至足:"倪红,我孝原侄儿给你买的衣裳满意不?"倪红腼腆笑道:"满意。"宁道盛呵呵笑:"满意就好。"对宁孝原,"孝原侄儿,婚姻是终身大事,是急不得的。你们昨天才回来,明天就要办,那啷个得行。你说现在是战时,不按六礼程序办,就办个简单的新式婚礼,我呢,不反对,可也得准备一番,也得选个黄道吉日。"取了桌上的黄历翻阅,"我查过了,后天是吉日,就后天办,如何?"宁孝原想想,说:"也行。"办完婚礼他得赶回老部队去,去找回残部人员,弄明生死不明的曹钢蛋的下落。

  姑妈放下银质烟枪,招呼倪红过去说话。

  宁孝原就各自回住屋去。屋内古朴雅致,放有老祖宗宁徙留下的一些物品,算是古董了。是他找姑妈要来的,有宁徙老人当年开荒用的犁头、砍刀,骑马用的马鞍、马鞭,防土匪用的刀棍。他从柜子里拿出折叠工整的红锦缎打开,里面是一张发黄的边角有破损的从右至左写有"地契官纸"的证书,落款写有康熙五十二年字样,盖有老大的边框老厚的方形印章。是老祖宗宁徙移民填川插占土地官家颁发的地契。他好佩服老祖宗宁徙面对苦难百折不挠的执着奋斗精神。姑妈与他父亲是孪生兄妹,脾气跟他父亲相反,待人接物温和有礼。他不解的是,姑妈至今没有嫁人,一直守在老家经营爷爷留给她的万灵镇的布庄、米店、煤行和船运业。姑妈视他为亲生儿子,啥事都依顺他。他这次回来对姑妈说了跟父亲闹翻,要跟倪红在老家办婚礼的事,姑妈就叹气,少有地指责了他,也埋怨他父亲太固执。

  那天,他跟父亲彻底闹翻,怒气难消。不仅仅是与倪红之事,还因为父亲吃的那药丸。跟父亲话不投机,他拉了倪红下楼,决意回老家找姑妈操办婚礼。路过客厅时,看见茶几上的药盒,是日本产的"大河药厂"加工的"救心丸"。想到被日军杀害的数十万川军,想到生死不明的曹钢蛋,怒从心起,哼,父亲办的"大河药厂"竟然还在生产销售日本人的产品。他知道,多年前,日本黑心药商就把有毒的"东北马兜铃"冒充"川木通"在中国销售,还载入了《中国药典》。重庆就有人吃了中毒死亡的。父亲也给他说过,日本药商心黑,不仅将"川木通"混入重庆的药材市场,还将其引致的严重后果嫁祸于重庆的中药业,想搞垮重庆的中药市场。抓起那药盒扔到地上,用皮靴狠踩。父亲已经把话说死,他如执意要回老家去办婚礼,就再也不许回这个家来。不回就是,他铁硬了心。他跟母亲说,希望她来姑妈家参加他和倪红的婚礼。母亲只落泪不回答。他知道,母亲顺从心疼父亲,是不会来的。满心哀凉。

想起就心烦，他抽身出门去散心。

他漫无目的走，不觉走到附近大荣寨那幢熟悉的房院前，门前的牌子上写有"抗日英雄柳乃夫居所"，心一阵跳，想到方才说书人那何谓精神的讲说，由衷点头，柳乃夫的献身精神是可嘉的。他与柳乃夫年岁差不多，小时候在一起玩耍，知道这房子是道光年间修的。想进屋探望其家人又犹豫，他可是共党分子。门前有把大锁紧锁，心中释然，对了那牌子行注目礼，以示诚心哀悼。对了，离开万灵镇前得去荣昌城关老上司王麟团长的家里坐坐，探望问候他的家人。王麟比他年长，滕县保卫战中，率部在县城西北抵抗日军106师团一部的疯狂进攻，我军的工事全被摧毁，王麟团依旧打退敌军数次进攻。头缠绷带手提冲锋枪的王团长圆瞪怒目指挥作战，不幸被炮弹击中，弹片穿过他的下颌，整个下巴都被打碎了，惨烈牺牲。

真英雄啊！

宁孝原往回走，怒气满腔，得尽快回部队去痛击日寇，为英雄们为弟兄们报仇雪恨。

他走回到濑溪河边。

濑溪河西流去跟沱江汇合，时值寒冬，河水变瘦。河岸是舟楫林立的水码头，有食店、摊铺、货仓，不远处是"宁家旅馆"。这旅馆是万灵镇最大最气派的旅馆，三层楼的挑檐瓦屋，厚实的石板墙基，木柱白墙，院内有照壁、天井、回廊、餐厅，有高中低档数十间客房，四围翠竹绿树环抱。门口有条大黄狗儿，见他走来，朝他龇牙，没有叫，摇尾巴嗅他那皮靴。狗儿通人性，摇尾巴迎接住店的客人。他迈步进门，看见柜台里的穿青布马褂棉衫的二掌柜陈喜。年轻的陈喜蓄平头，拱手笑迎："啊，少东家来了，你是稀客呢！"父亲为促他经商，把爷爷留下的这旅馆转到了他的名下。这旅馆是老祖宗宁徙修的客栈，爷爷扩建为了"宁家旅馆"。宁孝原根本不愿意管这些破事儿，全权交由他远房亲戚陈喜管理。陈喜让他看账本，他只胡乱翻了翻，商场之事他总感头痛。

离开旅馆后，宁孝原登上附近的"大荣桥"，一个穿翻毛大衣的老者与他擦肩而过。面孔好熟！他回身喊："呃，你是赵工？"老者回脸看穿军服的他："呵呵，是少校军官啊。"、"是我，赵工，我们又见面了！"赵工笑："硬还是，又见面了。"、"回来探亲？"、"来接女儿，她说回老家耍两天，耍得不想回去了。"、"走走走，今天我还愿，请你喝茶。"

"品茗轩茶馆"在万灵镇街心，室内光线昏暗，显得慵懒，乡下人做的桌凳和陶瓷茶碗茶船添了亮色。穿着各异的茶客们吃瓜子喝茶抽烟摆龙门

宁孝原坐那条凳仿佛有磁,将他抬动的屁股吸引回去。赵雯,没想到父亲要他去相亲的女子就是眼前的她,真是少见的美人儿!在来龙巷那小面馆见到的那长发女子就是她了,心里好悔还痛,这女子要是被其他哪个男人享用,对他可是太残酷了。

阵，说市井奇闻讲官场秘事，上至清朝皇帝倒台，下至小寡妇偷人，消息真真假假，茶客们乐此不疲。此时里说得多的是日本人会不会打来重庆城，有说怕是会打来，有说绝对打不来，蜀道是难于上青天的……戴瓜皮帽执长嘴壶的茶倌唱着迎客："来了贵客两个，里面雅间请坐！"领宁孝原、赵宇生坐了临河的雅座。宁孝原要了上好的荣昌绿茶，窗外叶隙间可见枯水期冒出河面的白银石滩。二人喝茶说话抽烟，兴致勃勃，互道了姓名。宁孝原挑眉笑："你叫赵宇生啊，好，这名字大气！"赵宇生蹙眉盯他："搞半天你就是宁孝原啊，我认得你父亲宁道兴，大富商。"宁孝原苦笑："他么，以前是我父亲。"赵宇生不解："此话咋说？"宁孝原实话实说。赵宇生听后说："哦，搞清楚了，是说你不愿意跟我女儿赵雯见面，原来是你已经有相好了。"说了宁道兴找他提亲之事。宁孝原歉意："还不晓得是你老的女儿，实在是对不起了。"赵宇生吞烟吐云："这不怪你，其实也不怪你父亲，长辈总是有长辈的想法。"、"宁道兴他骚扰你了。"、"呃，话不能这么说，一家女百家提嘛。你呢，也不要跟你父亲斗气了，你是晚辈……"宁孝原少了兴致，打算告辞。

"爸，总算找到你了！"

一女子气喘吁吁走来，端起赵宇生跟前的盖碗茶就喝，咯咯一阵笑。

屋子亮了。

宁孝原的眼睛直了。

都说是重庆姑娘身材高挑，皮肤白皙，面容俊俏，腿杆结实，话如碰瓷，这女子是全都有了。长身玉立的她眉不描而黛，粉不施而白，穿雪青色西服戴藏蓝色鸭舌帽蹬褐色皮靴，一身男士打扮，唯额前若有若无的满天星刘海透露出女人的娇俏。

"这女子，也不见有客人。"赵宇生呵呵笑，对宁孝原介绍，"这就是我女儿赵雯，一天到晚野得很。"又给女儿介绍，"这位是我们老乡宁孝原，打日本鬼子上过战场的。"叫女儿坐。

赵雯坐下，对宁孝原肃然起敬，取了鸭舌帽，一头秀发如瀑水跌落。

精灵的茶倌早端了盖碗茶来，唱道："来了一枝花，喝碗清香茶！"

宁孝原坐那条凳仿佛有磁，将他抬动的屁股吸引回去。赵雯，没想到父亲要他去相亲的女子就是眼前的她，真是少见的美人儿！在来龙巷那小面馆见到的那长发女子就是她了，心里好悔还痛，这女子要是被其他哪个男人享用，对他可是太残酷了。

"宁老乡宁军官上过前线，快讲讲打日本鬼子的事情。"赵雯急切说。

提到打日本鬼子，宁孝原就心情沉重、面容严肃，那是枪炮对枪炮刺刀对刺刀的殊死搏斗。肉搏战中，拼刺刀功夫了得的他刺倒了一个日军大佐和三个日军士兵，他自己也身中11刀，满身是血。他刺倒的其中一个日本兵不过十八九岁，奄奄一息了，一双眼睛还死盯着他，勾动三八大盖扳机射穿他的小腹。勤务兵曹钢蛋奔过来，他那本来就鼓的眼珠欲冒出眼眶，朝那日本兵狠刺，嘶声哭唤："营长，营长……"连拖带拉救他下火线，躲过连番的子弹炮弹，背他走数十里路到野战医院。军医接收救治了他，曹钢蛋朝醒来的他挺胸并腿敬礼："营长，你好生养息，我回战场杀敌去，去给你报仇！"哇地哭，转身跑走。他获得了国民政府一等二级勋章，曹钢蛋至今生死不明。钢蛋，小老乡，你现在哪里？想着，他心里难受。讲了曹钢蛋冒死救他，讲了日本鬼子丧尽天良的残忍，讲了装备极差却以血肉之躯抗击日寇的川军，讲了张自忠、王麟的壮烈惨烈牺牲……

赵雯听得泪水蒙面，赵宇生抹了老眼。

第五章

　　宁孝原了了心愿，进到"精神堡垒"里面看了看。是袁哲弘领他进去的。袁哲弘有军统的证件，进得去。这碑统共五层，有旋梯登顶。碑身木料为柱，钉木板条，夹壁墙，墙面涂抹水泥砂浆。《说文》里讲，碑乃竖石也。按说，应该用石头或水泥建造的。战时资金紧缺，也只能这样。赵工说的也对。

　　他还有个心愿未了。

　　世间没有后悔的药，世间有后悔的人。在万灵镇"品茗轩茶馆"见到赵工的女儿赵雯后，他就有了这想法。倪红是不错，可跟赵雯比就差了。他想起父亲曾给他说过的话，父亲说，赵家那女子人貌好，重庆大学毕业的，很有气质，小你8岁，家庭也般配。对父亲的积怨少了，还感激父亲。啷个办，取消与倪红的婚礼？这对倪红的打击好大，可赵雯本该是自己的啊！当然，赵雯这女子清高，未必会看得上他，她对他不过是因为上前线打过日本鬼子而心生崇敬。也不一定，也许她爱他，或者相处后会爱他。跟赵工父女辞别后，他独自在万灵镇河街徘徊，心乱如麻，路过湖广会馆时，听见里面激越的川戏锣鼓声，想起《鸳鸯绦》那李玉的唱词："论二人都算得人才出众，张家女更要算女中英雄。谁不想燕尔新婚朝夕与共，怕误入温柔乡遗恨无穷。"是呢，当断不断反而生乱，现在决断还来得及，可不能遗恨无穷。他那军人的倔劲上来，公子哥儿的浪荡劲上来。对不起啰，倪红，赵雯才是我的心上人。可咋对倪红说？骗吧，也不是第一次骗了，为了得到赵雯只能骗倪红。婚礼是不能办的了。倪红，倘若赵雯不肯嫁给我，我还是娶你。他骗倪红说，他反复想了，父母都不来参加他俩的婚礼，于情于理还是说不过去，还是待说服了二老再办为好。不想倪红满口答应，说这样最好。倪红耶，你也是太单纯了。"我好比开玉笼飞出鸾凤，又好比扭金锁走脱蛟龙。"李玉是这么唱的，他却不轻松，心里压了块石头。宁孝原，你是个负心的混蛋！他骂自己，却不悔。

　　次日，他带倪红离开了姑妈家，姑妈赞同他所说的待父母同意后再办婚礼的假话。路过荣昌县城，他和倪红去探望问候了老上司王麟的家人，之后，就匆匆返渝。到重庆送倪红回后伺坡那吊脚屋后，他决意去找赵工。跟倪红说好暂时不办婚礼后，他犹豫着去找过赵工，去说他喜欢赵雯，愿意娶她为妻。在茶馆里他问过赵工在万灵镇老家的住址，登门去找他，没有见到，赵工老家的人说他父女去荣昌县城走亲戚去了，之后就回重庆。好遗憾。人有了动力会穷追不舍，他也问了赵工在重庆的住址，就在离"精神堡垒"没多远的十八梯。他朝十八梯走，走过"精神堡垒"，又住步回身看碑。这碑肃然俯视，仿佛在对他说，宁孝原，你是对了我发过誓的哦，非倪红不娶……心里生愧，就遇见了袁哲弘。

宁孝原、袁哲弘两个军官出"精神堡垒"碑座那小门后，时已黄昏，夕辉抹红人、碑、房屋和远处的南山群峰。袁哲弘说他搞到几张抗建堂的戏票，有白杨、张瑞芳、金山演出，问他去不去。他说去。都是他早就倾慕的大明星，对于他这个从前线回来又要去前线的脑壳别在裤腰带上的军人可是千载难逢的大好机遇，就看完戏再去赵工家，太晚了就明天去。

抗建堂在七星岗，走路半小时可到。

袁哲弘边走边说，抗建堂今年刚扩建过，专门演映抗战戏剧电影。说陪都现今是全国文化和大后方戏剧的中心。中华剧艺社、中国万岁剧团、中电剧社、中国艺术剧社、中央青年剧社等五大剧团都迁来了；孩子剧团、怒吼剧社、中国业余剧社也迁来了；夏衍、吴祖光、张骏祥、史东山、王瑞麟、王班、田禽、朱铭仙、舒绣文等名流也都来了，都常在抗建堂创作排练演出。

宁孝原的脚步加快。

爬坡上坎的重庆城，他二人喘吁吁登梯坎到扩建一新的坎梯式建筑的抗建堂门前时，天已经黑了，大灯雪亮。墙上正贴歪贴有各名角各剧目的彩画剧照，门首是遒劲的"抗建堂"三个楷书大字。袁哲弘说，这是国民政府林森主席的题字，是郭沫若先生请他写的，意为抗战必胜，建国必成。宁孝原说，郭沫若啊，军委会政治部三厅的厅长。袁哲弘说，他还兼任中国电影制片厂所属中国万岁剧团的团长，大才子。

宁孝原急不可待。

看剧的人好多，他二人随人流验票进到剧场里入座。宁孝原眼巴巴盯着紧闭的大幕，渴望快些看到明星们的精彩演出。这时候，剧场门外传来杂乱的吵闹声，还有枪声。军人的他俩都陡然起身，有汉奸作乱？掏出别在腰里的手枪快步出剧场。剧场门外大乱，十几个穿空军服的持枪军人与把守门前

的持枪军警对峙。一个魁梧的黑脸少校空军军官手持机枪怒喊："妈耶，老子们怎么也搞不到戏票，兄弟们成天在机场转在天上飞，好难得进城一趟，今天是非要进去！"说着，对空射击，枪口喷出火光。军警们依旧不退让，齐拉动枪栓。没得法，不能退让，门外不说这些空军了，还有不少穿西服、长衫的无票民众也在起哄。剧场已经爆满，验票进入这是规矩。双方怒脸僵持，火并一触即发。宁孝原、袁哲弘恶了脸，推开人群持手枪朝那空军少校军官走去。走拢时，两人都对他喊叫，柳成，你发疯呀！黑娃子，好久都不见你龟儿子了……柳成看清他二人，大喜，哈哈，是你两个噻！放下机枪交给身边的空军士兵，扑过来与他俩拥抱。他三人跟黎江、涂哑巴都是自小的毛庚朋友。袁哲弘从衣兜里掏出两张戏票交给柳成，说是只剩这两张票了，你再找个弟兄一起进去，马上要开演了。柳成欣喜又犯难，看他身后的空军官兵。这时候，剧场的一个负责人来了，说，你们空军英勇，轰炸日本兵营、抵挡日本飞机有功，就进去看，只是得委屈你们了，没得票的官兵只能是站着看。柳成说，要得，要得！空军官兵们齐都向那剧场负责人敬礼，列队跟随那负责人有序进场。宁孝原担心那些没票的民众要起哄，却见他们都轻丝雅静目送空军官兵进入剧场。就觉得军人还是光荣。

有剧目单，宁孝原借助舞台灯光看，今晚演的是话剧《屈原》，张瑞芳饰演婵娟，金山饰演屈原，白杨饰演南后，石羽饰演宋玉……"哈，堪称是黄金搭档！"他对身边的袁哲弘、柳成说，二人都说对头。大幕徐徐拉开，射向舞台的聚光灯渐亮，全场鸦雀无声，数百双眼睛齐盯舞台，观众渐渐入戏。屈原受陷害徘徊于汨罗江；婵娟寻师与之共问苍天，冒死闯殿痛斥南后陷害忠良，替屈原喝下毒酒赴死……台下人随了台上人的细语呼喊欢颜悲鸣而情动，有如涓涓小溪大河奔流云开雾散电闪雷鸣，时而安静时而低语时而叫好时而哭泣。剧终。全场掌声雷动，全场观众呐喊：还我屈原，还我国土！打倒日本帝国主义！……宁孝原也使劲鼓掌呐喊，恨不得立马回到战场杀敌。

艺术的力量。

三个毛庚朋友去了嘉陵江边慢坡上的"涂哑巴冷酒馆"喝夜酒，涂哑巴高兴得手舞足蹈，三人都喝得上脸。袁哲弘吟起诗来："凭空降滴一婵娟，笑貌声容栩栩传。赢得万千儿女泪，如君合在月中眠。"宁孝原说，不想你还会写诗。袁哲弘说，这不是我写的，名角张瑞芳首演话剧《屈原》就轰动了山城，编剧郭沫若大为感动，当即题写此诗赠给了张瑞芳。三人都感叹。柳成乜袁哲弘挪揄说，你们军统的人是凶耶，能搞到这么多张戏票。

袁哲弘嘿嘿笑，有点儿特权。说到涂姐时，袁哲弘说，我也是道听途说，好像是涂姐有人命案！柳成担心。宁孝原说，不会，绝对不会。我涂姐是不会杀人的，当然，也有可能，即便是她杀了人，那人也一定该杀，是不是。袁哲弘、柳成点头。宁孝原盯袁哲弘，呃，哲弘兄，我问你，你是不是在追捕涂姐，你今天给我和柳成讲老实话。袁哲弘喝酒，孝原，你不信别人可以，你得要信我，我咋个会追捕涂姐，我是在想方设法保护她。宁孝原说，涂姐自小对你就好，我且信你说的，喝酒喝酒。

嘉陵江边之夜，三人难得一聚，吃喝得痛快。宁孝原举杯喊："小河嘉陵江大河长江，喝酒当喝汤！"柳成附和："一朵浪花一杯汤，喝他妈到黄浦江！"袁哲弘喝酒，笑说："这是我父亲说的，你们比我记得还清楚。"他父亲是水上人。

涂哑巴忙着添酒上菜。

吊脚茅屋里，进门的左边是土灶、铁锅、水槽、水缸，右边是放在洗脸架上的洋瓷盆。当间是土漆方桌和两根条凳，方桌上的圆瓷盘里放有水瓶、茶杯。侧墙立有掉漆的衣柜，柜顶上平放着一个老大的藤箱，柜下竖放着一个朱红色的牛皮箱。藤箱是倪红放置衣物用的。牛皮箱是万县产的，结实耐用，是宁孝原随身携带的。衣柜靠后墙处有道弯腰才能进去的发黑的小木门，里面是仅能放置一张小床的小屋，倪红父母在世时她就住这小屋。衣柜外侧的衣架上挂着宁孝原的军大衣。宁孝原进屋时，倪红为他整理行装好忙了一阵。

绷子床挨后墙，床上躺着宁孝原和倪红。

月光钻进吊脚屋竹篾门窗的缝隙，怀疑地扫在宁孝原酒红的脸上。他跟倪红做事情，要紧时刻出来，把那玩意儿撒在她肚皮上。见到赵雯后，他警惕了，现在还不能让倪红怀上娃儿。

倪红亲吻宁孝原的额头、眉间、鼻梁："硬是，才回来就又要走。"

宁孝原任她亲吻："军人嘛。"

倪红埋怨："走怎么急。"

宁孝原说："跟你说了，顺便搭黑娃子柳成那军机，快当，当天就可飞到前线，少了车船劳顿之苦。柳成他们今晚住市区，明天一早开车去广阳坝机场，下午飞鄂西前线，我得跟车走。"

"孝原，你走了我咋办？"

"我，也不晓得。"宁孝原确实不晓得倪红今后咋办，抚摸倪红的额发，"我留给你的钱够用一阵了。"

　　"不稀罕，我就要你！"

　　"钱呢，不是万能，没得钱做啥子都不能，该是嘛。要不，你用这些钱做个小生意？"

　　"我去宁公馆，就去当佣人。"

　　"我老汉不会让你去的。咳，去哪里呢？"宁孝原在问自己，是他让倪红丢掉了宁公馆的丫头活路的，是他发誓娶她又变心意的，他那魂让赵雯勾走了，拉不回来了。跟赵雯早些相见就好了，她本该就是他的。他跟袁哲弘、柳成在"涂哑巴冷酒馆"喝完夜酒已经很晚了，半夜去找赵雯肯定是不行的，挥笔疾书了封信，用冷干饭粘牢信皮，托袁哲弘尽快设法交到赵雯手里。毕竟是要好的毛庚朋友，他信任哲弘，也只有这个办法了。

　　倪红闪着大眼睛看他："孝原，你这一走，莫要带个女人回来。"

　　宁孝原说："莫要想精想怪，我是去打仗。"

　　"我听说了，前线的战事没有那么紧了，你别遇见哪个村姑或是哪个妖艳的女军官就眼馋。"

　　"说啥子啊，日本鬼子没有赶出中国一天就得抗战一天，战事多，大战还多。即便是赶走了日本鬼子，还要剿共。"

　　"那你就一辈子打仗一辈子在外面，要是哪天你……"倪红抚摸他身上的道道伤疤哭泣，肩头抽动。

　　宁孝原捏她肩肉，他要活着回来，回来娶赵雯。倪红也娶，自己对她发过誓的，说服她委屈做二房。倪红温柔，其实脾气也犟，倘若跟她说不通，就只有忍痛割爱。赵雯是太美了，她也许根本看不上自己，那也要追，死皮赖脸追。母亲当年就看不上父亲，父亲就是死皮赖脸追到母亲的。

　　钻进竹篾门窗缝隙的天光微亮，月亮走了，黎明来了，有小鸟叽叽喳喳。

　　"孝原，你可不能死了！"倪红拉宁孝原那两只肌肉暴突的胳膊压到自己胸前贴到自己脸上："该死的，你为啥要缠上我，为啥要给我那么珍贵的信物？见面难结婚也难，你走后，我的日子哪个熬。死孝原，你把我的魂捉走了，我孤苦一人，就只有你了……"宁孝原难受，一声不吭。倪红忧伤地看他那高突的鼻子、被阴影遮着的眼睛、不出声的嘴唇，爱的激流奔涌，疯狂地亲他的脸颈、胳膊、阔胸，喘吁吁叨念。宁孝原感觉到了倪红的颤抖。"孝原，我离不开你，你带我一起去前线吧，从今往后，你到哪里我跟你到哪里,死也死在一起……"宁孝原的狼脸拖长,苦瓜一般:"倪红,莫说傻话,我不能带一个女人带一个老百姓去乘坐军用飞机。再说了,打仗是要流血的,是要死人的,打仗是我们男人的事情。"倪红咬他的肩肉:"我要跟你在一起,死也死在一起,部队里就有女兵……"

钻进竹篾门窗缝隙的天光晃眼,宁孝原侧身从枕头边的军上衣口袋里掏出瑞士小三针怀表看,陡然起身穿衣蹬裤:"遭了,时间要到了!"倪红赶紧起身披上棉大衣,匆匆打了三个鸡蛋,"哆哆哆"用筷子急速捣碎,倒水瓶的开水冲,加了白糖。她忙完转身时,宁孝原已军容严整拎皮箱开了竹篾屋门。

"孝原,喝了蛋花汤再走!"

"来不及了!"

宁孝原捧倪红的脸狠亲,她手中的蛋花汤撒了一地。

"I'll miss you."

宁孝原说了句英语,反身出门,拎皮箱飞步下石梯,离约好的出发时间不到半个小时了,他得赶到小什字柳成他们住的空军招待所。门前这段石板梯道看得清楚,他一步三梯。下面的弯拐的泥巴路模糊,他干脆侧身下滑,弄了一脸一身泥。军人必须守时,黑娃子脾气急,误了时他会开车走了的。那可就失去尽快赶去前线的大好机会了。远处的大江下游看见了晨阳的头顶,他希望太阳慢慢些露脸,希望小三针怀表的指针走得慢些。一夜未眠的他顾不得困顿,连跑带滑。到下半城街上时浑身冒汗,他脱了军大衣跑。过白象街了,他看见了大门紧闭的"大河银行",晨阳在银行高大的屋顶露出眼眉。这是他爷爷留下来的家产,如今是风雨飘摇。对不起了,爷爷,孙儿是当兵的料,孙儿得赶走日本鬼子。街上的行人渐渐多了,有食店开门,丘二们开始忙碌。冬雾浓了,看不清了太阳和前面的街道。跑累了的他疾步走,踩得黄葛树的落叶飒飒响。

他心里有阵痛,披棉大衣的倪红怕是还站吊脚屋门口泪眼婆娑望他。

第六章

重庆言子说，较场坝的土地管得宽。确实管得宽，就有卖木货的木货街、卖篾货的百子巷、卖瓷器的磁器街、卖草药的草药街、卖鱼的鱼市街。还有卖旧衣服的衣服街，旧衣服经过二道染水浆洗熨烫卖给穷人，即使不太合身，因价钱便宜，买的人还是多。这里是热闹的小商品集散地，街巷多以交易的货物命名。也有不以交易货物命名的，比如十八梯。袁哲弘是一直没有搞清楚这些大小街巷的，而十八梯他清楚。他从"精神堡垒"大什字的民权路走，很快进入较场坝，再前行不远就到了十八梯，看见了梯坎下面的长江和对岸的南山。

重庆市区是个半岛，因大河长江与小河嘉陵江合抱而成。长江气势磅礴，嘉陵江温丽清幽，有人说长江乃雄性为父，嘉陵江乃雌性为母，半岛是两江的孩儿。半岛即是母城。母城是座山，山上山下分为了上下半城。

十八梯是连接上下半城的天梯般的陡峭弯拐的老街，街边棚屋瓦屋吊脚屋密布，见缝插针有几幢两三层的楼房。房屋门前的石阶布满青苔，石阶下的阳沟湿漉漉的，空气也湿漉漉的。有妇人在门前的阳沟边用竹篾刷子"刷刷刷"洗刷尿罐，很用力，斜襟衣扣未扣严实，露出抖动的乳房。过路的行人游客或急或缓上下。杂货铺、布店、裁缝店、米店、烧饼店、白糕店、麻糖店、小面馆、饭馆、买丧葬用品的纸扎铺开门迎客。豆花饭馆里食客多，老板忙着大锅点豆花，搭梯子上冒热气的大蒸笼取烧白取粉蒸肉。麻将馆的杠炭火盆烧得旺，牌客们嘴手不闲抽烟搓牌点钞票。冬天了，还亮臂露腿穿草鞋的扛扁担的下力人"嗨佐嗨佐"挑货物上下。也有摇动腰肢走路的女人，穿琵琶襟夹棉开衩旗袍，提玲珑小包，用高跟鞋敲打石梯，"可吃可吃"。没有声响的是盘坐路边的叫花儿，伸着肮脏的枯枝般的手。

中校军官袁哲弘提了红纸包裹的礼品随人流下行，就有少妇看他指指点点，有姑娘偷偷盯他。他视而不见。追他的女人多，他是姜太公钓鱼稳坐钓鱼台——不急，等待母亲说的有缘的女人。他母亲是嘉陵小学的国文老师，礼义廉耻、精忠报国是母亲自小便教他的为人之道。对于婚姻，水上人的固执的父亲要为他包办，以至于他不得不逃婚出走；而开明的母亲并不强求他，只期盼他快些找到如意的女人。如意是得要有缘分是得要心动的。他一直这么想。他衣兜里揣着封信，按照其写的门牌号码寻到了赵宇生工程师的家。是栋临街望江的白墙黑瓦的两居室平房，二十来平方米大小，屋内家具老旧。因是在十八梯的半坡处，这平房的窗户越过了下面平房的屋顶，看得见江水，屋里光线敞亮。赵宇生听袁哲弘自我介绍后，收下他送来的礼品，请他坐，拆开礼品包，是精美的西洋糖果：

"这个宁孝原也是客气，还送礼。"

袁哲弘笑："赵工，就您一个人在家？"西洋糖果其实是他买的，嘴说是宁孝原送的，初次到别人家，总不能空手。

"老婆子到菜市场买菜去了，女儿一天到晚野得很，星期天也不落屋，晓得哪阵回来哟。"

袁哲弘伸手摸了摸衣兜里的那封信。

孝原再三叮嘱，托他一定要尽快设法把这封求婚信交到赵工的女儿赵雯手里。他说，你老弟有倪红了，还脚踩两只船。宁孝原说，长官里妻妾成群的多。在场的柳成插话，杨森军长就娶了好多个婆娘，十二金钗呢。宁孝原拍柳成肩头，知我者黑娃子也。你两个是没有见过赵雯，她可是世间少有的美人，是我老汉提亲她老汉答应了的。对他拱手，朋友之托重如山啊，你老兄绝对不能水我！

前日晚上，他与宁孝原、柳成三人在"涂哑巴冷酒馆"喝酒，三人都喝高了，说起小时候的趣事儿，说起看话剧《屈原》的震撼和女演员的美貌，说起抗战的现实和前途。说到空军时，柳成的话就多，说了我国空军的来之不易，说了日本空军的强大。激动说，我空军是英勇的，无奈实力太弱了。日军轰炸机群搞空中猎杀，今年的8月30号，居然飞到了重庆南岸的黄山。宁孝原说，那是委员长所在地。柳成点头，日本那远藤三郎少将亲率27架轰炸机，飞到了黄山官邸"云岫楼"的上空。他说，好危险的，当时委员长正主持开一个重要的军事会议，各战区的长官都在。柳成说，日军是想搞定点清除，这得低空飞行，却遇我埋伏在黄山官邸附近的德式75毫米高炮的猛烈射击，那里有我军的高炮阵地群，炮弹的火网迫使日机不敢低飞，我也跟战友驾机驱敌，打乱了日机包围轰炸的计划，投下的炸弹只有一颗炸坏了云岫楼的一角。宁孝原说，委员长是国家元首，岂是他小日本可以炸得到的。我炮兵还是可以，听说至今为止，已经击落击伤敌机一百多架了。他点头，我跟你们说，前年8月，日机对重庆地狱式轰炸，委员长在黄

山远眺火海感叹，徒凭满腔热忱与血肉，而与倭寇高度之爆炸弹与炮火相周旋，于今三年，若非中华民族，其谁能之？宁孝原挥拳，对头，我中华民族数千年不灭，小日本休想侵吞！他点头，我陪都脉搏跳动的是全民族抗战的力量，我们有数百万军队，打了台儿庄、徐州、武汉、南昌、枣宜、长沙等大小会战，是不虚小日本的。宁孝原吼唱："精神总动员，民族复兴。抗战必胜，建国必成……"他和柳成跟了吼唱。宁孝原激动，老子明天就回战场打倭寇！柳成说，你明天真要回战场？宁孝原说，是的，明天。柳成笑，孝原兄，你运气好，明日午后我有任务，驾机运送军用物资去鄂西战场。宁孝原说真的？柳成说真的。宁孝原说，太好了，我搭你飞机去，我老部队就在鄂西战场。说了"枣宜会战"的惨烈，说了他万般思念的战友和救了他命的小老乡曹钢蛋。分别前，宁孝原给他和柳成说了他与赵雯的事情，匆匆写了信，托他务必交到赵雯手里。

"来，请喝茶。"赵工端茶水给袁哲弘。

袁哲弘喝茶："嗯，好茶！呃，赵工，您在这十八梯住了好多年了吧？"

赵宇生喝茶："有些年辰了。"

"呃，我一路走，远不止十八梯，啷个会取名叫十八梯？"

"是这么的，明朝时这里没有这么多住户，少有的几户住民吃水是靠一口水井，水井离他们住处正好有十八道梯坎，就把这里称作十八梯了。"

"这样啊。"

"说来也巧，我老家万灵镇农村也有个十八梯，镇上那河街的一段坡路也正好是十八道梯坎。"

"呵呵，真巧。"

赵宇生笑："这个十八梯呢，有人就说是城里的村子，说城市是高楼林立的都邮街商业区，村子是这户不避雨的十八梯杂居区。也倒是。要说呢，是先有十八梯后有都邮街的，是先有村子后有城市的。我这个搞土木工程的人这样看的，重庆城是因江而生倚山而立的，好比一棵大树，繁茂的枝叶是来自树根的。"

袁哲弘点头。

赵宇生说："这十八梯就是树根，尽管是陡坡陋巷，却是价值连城。天佑我十八梯，日寇的飞机也没能将其炸毁。"

袁哲弘笑："赵工对十八梯的感情好深。"

赵宇生点首，喝口茶："这沱茶是家父留下来的，存放有好多年了，今天你这个大军官登门，拿出来请你品尝，原汁原味……"

门影闪动，赵雯风风火火进屋，端起赵宇生跟前茶水就喝："还渴了。"

赵宇生乜女儿："这女子，也不看有客人。"对袁哲弘，"这是我女儿赵雯。"对女儿介绍袁哲弘。

赵雯笑："我们家还是头一回有军官来……"盯袁哲弘怔住，两眼蓦然水湿，"啊，是你，少校军官，大恩人，谢谢您，谢谢您救了我妈妈的命！"

袁哲弘一时想不起来。

赵雯急切说："今年6月5号，较场坝那大隧道……"

袁哲弘想起来。

那日黄昏，雨后初晴。

忙完公务的袁哲弘路过较场坝的磁器街，见路边的担担面挑子嘴馋，买了碗面吃，刚吃几口，传来短促尖厉的警报声，街上人乱了，争先恐后往附近的大隧道防空洞跑。袁哲弘随了人流跑，还没进洞，敌机已经临空，轮番俯冲轰炸扫射。四面跑来的惊惶的人们潮水般往大隧道防空洞里涌。袁哲弘身边的一位老妇人被挤得喘不过气来，面色青紫。他护住她说：

"您老先莫进去，我扶你在洞口缓口气，里面空气不好。"

老妇人喘吁说："要得，反正是听天由命了。"

待老妇人缓过气来，袁哲弘才护她进洞，洞里人挤人，无立足之地，只好贴洞门坐下。袁哲弘随视察团来过这大隧道，这是重庆最大最坚实的防空洞，有多个洞口，有的洞口直通郊外。通风口也多，用鼓风机调节空气。洞内高宽均约两米，有木条凳供避难人歇息。墙上凿有凹洞，置煤油灯照明。

狡猾的敌机像长有眼睛，总在这防空洞四围轰炸。

袁哲弘知道，就有汉奸为日机指引轰炸目标。这防空洞牢固安全，怕的是通风不好。他担心的事情发生了，多个通风口被炸塌了，洞内本来就差的空气更差。一声巨响，一枚炸弹在洞顶爆炸，洞内剧烈震动，煤油灯灭了，抽风机毁了。洞内一片漆黑，娃儿哭大人叫。洞内深处的呼吸困难的人们拼命朝洞口涌，歇斯底里推拥抓扯撕咬。

袁哲弘身边的老妇人呼吸急促，栽倒在他身上。他紧护老人。

防护团的人关死了洞门，洞门的缝隙进来有空气。洞里深处的人嘶声喊叫，防护团，开门，快开门，我们情愿死在外面，不甘心闷死在洞里！防护团的人高声回话，同胞们，大家一定要守洞规，日本鬼子正在我们头上扔炸弹，如果开了洞门，大家都涌出来，会死得更快，请等等，警报一解除就开

门……

　　四处的爆炸声不断，还有枪声。

　　又累又饿又困的他只好护着老妇人依坐在洞口。洞内的人声渐渐弱了，他半睡半醒熬到深夜。爆炸声停了，长鸣的解除警报声响了，洞门开了。他看手表，敌机竟轮番轰炸了六个多小时。

　　他抱了老妇人出防空洞，一身泥污的他俩都人不像人鬼不像鬼。

　　他背了奄奄一息的老妇人去宽仁医院急诊室，医生护士赶紧抢救。护士为老妇人打吊针时，急匆匆进来个年轻姑娘，看清老妇人后，扑到急救床前哭泣：

　　"妈妈，我的妈妈！我和爸爸满城找你，幸好啊，幸好我找到这里来……"

　　打吊针的护士对她说："是这个军官送老人家来的。"

　　她对袁哲弘作揖道谢："谢谢您，恩人，谢谢您救了我妈妈……"她妈妈一阵咳嗽，她取了床头柜上的水瓶倒开水喂她。

　　老人的女儿来了，袁哲弘放下心来，又累又饿冒虚汗的他赶紧去找吃食。

　　第二天清晨，天色昏暗，行人极少。

　　执行任务的他去到市区。都邮街、米花街的房屋大多被炸毁，一片废墟。有许多因躲避不及被炸死的人的尸体，有的被炸成了碎块，烧焦的尸体冒着黑烟。陆续从大隧道防空洞里拉出来好多的尸体，收尸队的人往卡车上搬运，尸体堆得太高，汽车开动时有尸体滑落。这些因窒息而亡的尸体大多衣不蔽体，用芦席简单包裹。有具尸体滑落下来，芦席散开，露出张男童的痛苦扭曲的乌黑的脸。他赶紧过去，心揪痛，下细地为他裹好芦席，哀伤悲愤。一位老人拉了收尸的板板车过来停下，俯身抱起男童的尸体放到车上，默默地拉车走去。

　　他看着，怒目圆瞪，这是日本鬼子制造的血案惨案，是对中国人民犯下的滔天大罪！

　　在街上，他遇见了父亲的上司卢作孚，长他十多岁的卢作孚是国民政府交通部的次长，是民生公司的总经理，他父亲曾是卢作孚经营的"民俗轮"上的二管轮，卢作孚自小便认识他。

　　"是小袁啊。"卢作孚主动跟他打招呼，地道的重庆口音。

　　"卢次长好，卢叔叔好！"他挺胸并腿敬礼。

　　卢作孚与他握手："你父亲牺牲得英勇，敌机轰炸时，他一直坚守在机舱里!"

"谢谢卢叔叔对家父的夸赞,日本鬼子留下的血债要用血来还!"他说。去年夏天,满载伤兵和旅客的"民俗轮"溯江而上返渝,过夔门进入巫山县水域时,七架日机突然来袭,"民俗轮"被炸沉,他父亲被大江吞噬,至今没有寻到尸体,"卢叔叔,您这是要去哪里?"

卢作孚说:"我是来找银行贷款的,好不容易答应给我们贷款的这家银行被炸毁了。咳,民生公司连年亏损,要维持战时运输只有贷款。中国银行、中央银行、交通银行、农民银行都找了,至少得先有800万元贷款才行。"说着,朝停在前面的一辆斯佩蒂克老牙轿车走。

他跟了走:"卢叔叔,你是太难了,这么多事情都要你亲自办。"想到什么,"啊,对了,下半城的白象街有家'大河银行',是我毛庚朋友宁孝原的父亲开的,我领您去试试。"

卢作孚喜道:"好呀,走,去试……"锁眉头,双手捂心。

他知道,卢作孚有脉搏间歇病,定是又发病了。

卢作孚面色发白,头冒虚汗,说不出话。

他赶紧背了卢作孚朝斯佩蒂克老牙轿车跑。

司机打开车门。

他抱了已经昏厥的卢作孚上车,对司机说:"快,快开车去宽仁医院!"

到医院抢救后,卢作孚缓过来:"谢谢你,小袁……"

离开医院后,他赶去"大河银行"找宁道兴总经理为卢总贷款,不想,这银行的主楼也被炸塌了……

"恩人,大恩人!我找到了妈妈好庆幸,不想您却走了,我一直就想找到您,好生谢谢您!"赵雯感动说。

袁哲弘没想到那天在宽仁医院见到的老妇人的女儿就是眼前的赵雯。她穿灰色收腰毛呢大衣,显露出好看的身材,飘逸的长发透露出年轻女子的娇柔,一双含泪的大眼真情地看他。他怦然心动,从未有过的心动!

赵宇生好感动:"啊,袁少校,您就是我们一直苦苦找寻的恩人啊……"

赵宇生的老伴买菜回来了,听女儿和老伴说后,扑通下跪朝袁哲弘作揖道谢,袁哲弘赶紧扶起她来:"赵伯母,那种情况下,我一个军人必须那样做。"

恩人登门，赵雯母女蒸饭炒菜煮老腊肉热情招待。赵宇生开了陈年茅台酒。四个人围了八仙桌子吃饭喝酒。

　　席间，又说到大隧道惨案。

　　"惨，惨绝人寰！上千人闷死在了大隧道里！"赵宇生说，"我那天在成都出差，才躲过一劫……"

　　吃完饭，赵宇生一家人一定要重金酬谢袁哲弘，袁哲弘绝对不收。

　　赵宇生说："铭感五内，就大恩不言谢啰，欢迎你常来！"

　　赵雯送他出门，送他登十八梯。

　　这是转交信的机会。

　　他伸手摸衣兜，却没有立即取出那信，他在犹豫。都说搞特工的人心硬，他还是心软。"呃，朋友之托重如山啊，你老兄绝对不能水我！"孝原是这么说的，还是要讲信义。

　　他把信交给了赵雯。

第七章

　　鄂西大山莽莽苍苍，冬雪下来盖了绿，迤逦千里的白茫似起伏的银龙。有一线弯曲的红，是两道山脉间那一线原本清粼的河水，人血让河水添了颜色。河边高处耐寒的红豆树林俯视河水，寒风吹过，树身抽动，黄叶儿漫天飘洒，飘落到被战火烧焦的坡地上，如同祭祀的纸钱。黄叶儿掩埋不了血战的踪迹，四处躺着还在溢血的尸体。

　　军靴砸在落叶上，砸起让人心碎的声响。

　　1942年的这个冬天，大的战役没有，小的战斗不断。国军独立团中校团长宁孝原率部刚在这里与日军的山田大队打了一场遭遇战，日军扔下六十多具尸体匆匆撤离，独立团付出了伤亡近百人的代价。

　　狗日的山田，竟深入到我军的腹地来。宁孝原恨盯日军尸体骂骂咧咧走。身后有风，有经验的他赶紧低头，一把刺刀捅来擦过他的头顶，他顺势抓住这刺刀末端的枪口，掏出插在军靴里的匕首反身狠刺，刺中身后日军的腰部，未待这日军叫出声来，他已快速用匕首划断他的喉头血管。他跟念过湖北国医学堂的长江大侠吕紫剑学过，知道哪里是一刀断命的颈动脉。这日军喉头鲜血喷涌，倒地身亡，是个少尉军官。妈的，狡猾，装死！他狠踢尸体一脚。幸好没被这家伙刺中，他那12个刀疤枪疤都在身前，他不怕身前负伤，怕身后负伤。他可不愿意让人嘲笑说是逃兵。

　　警卫排长曹钢蛋跑来："团长，你走得好快！"

　　曹钢蛋没有死，他救护当时是营长的宁孝原到野战医院后返回战场，途中迷路，险入敌阵。祸福相依，不想被路过的川军二十一军的一个工兵营收留，还有幸参加了今年夏初的那场战斗。家乡的川军厉害，炸死了日军十五师团的中将师团长酒井直次。那天，酒井部中埋伏踩上了他们布下的地雷群，死伤甚众。酒井下令扫雷。扫雷的日军工兵报告地雷已被清除后，他下令工兵开道，尖兵分队跟进，师团本部随后。一群日军簇拥他走。工兵、尖兵安全通过后，酒井尾随趋马前行，"轰"一声响，酒井连人带马血肉横飞。曹钢蛋每每说起都眉飞色舞，我是参加了那次埋雷的！那里有三条岔路

和一个高地,头头说,敌指挥官会选高地走,好判断地形。就令我们在岔路口通往高地处埋了六十多颗地雷。酒井咋偏就那么倒霉,前面的日军过去都没事儿,他一踩就炸?后来大家分析,酒井骑马,重量大。妈的,老天有眼,酒井罪行累累,该死!曹钢蛋一直牵挂老部队的宁营长,终于打听到他部的所在地,就给工兵营的头头好说歹说,答应他回归了宁孝原部。

跟在曹钢蛋后面走来的是独立团参谋长蔡安平,戴副金丝眼镜:"团座,你腿杆上是不是绑有四个马甲啊,日行八百的飞毛腿神行太保戴宗呢,行走如飞。"呵呵笑,将手中的电报交给宁孝原,"军部送来的密电。"

宁孝原展开密电看:"安平兄,又有仗打。"蔡安平长他几岁。

蔡安平点头,收了笑。

宁孝原抬军帽远看:"军令不可违,走吧,参谋长,集合部队去。"

宁孝原与蔡安平往团部走,曹钢蛋紧随。不时可见打扫战场的独立团的官兵。这封密电不是命令他们去打日军,是命令他们去打汉水两岸的新四军。宁孝原知道去年年初皖南发生的事情,共党的《新华日报》发表了周恩来"千古奇冤,江南一叶;同室操戈,相煎何急!"的题词。

"新四军的番号被取消了,不想又恢复了。"宁孝原说。

"不是恢复是重建,共党狡猾,又斗又合,重建了新四军。陈毅是代军长,刘少奇是政委。粟裕是第一师师长,张云逸是第二师师长,黄克诚是第三师师长,彭雪枫是第四师师长,谭震林是第六师师长,张鼎丞是第七师师长,梁兴初是独立旅旅长。有九万多人。汉水一带的新四军是他们豫鄂纵队组编的第五师,李先念是师长兼政委。"蔡安平说。

宁孝原拍蔡安平肩头:"安平兄不愧为参谋长,对共军了如指掌。"

蔡安平笑:"团座您说过,知己知彼百战不殆。"

宁孝原说:"不是我说过,是孙子兵法早说过。"有独立团的士兵抬了伤兵走过。他拧动眉头,"从一致抗日来讲呢,新四军也算是友军。"

蔡安平点首:"倒是。不过呢,攘外必先安内,这是委员长的既定方针。委员长前年就给我集团军总司令冯治安将军密令,每当日军无暇进攻鄂西时,就调兵进攻远安、当阳和汉水两岸的新四军。"

"你老兄从集团军总部下来,知道的事情多。也倒是,攘外是必须先要安内的……"

夏肥冬瘦的汉水正值枯水期,清瘦的汉水右岸有片湖洼地,散布着形状各异的镜子般的湖泊。宁孝原率部埋伏在临湖的公路边的一片芦苇地里。得知情报，新四军一部移防要路过这里。偏西的月亮要走不走，银辉洒在汉水和大小湖泊上。"钓罢归来不系船，江村月落正堪眠，纵然一夜风吹去，只在芦花浅水边。"湖北人的蔡安平吟起诗来。"参谋长有才。"、"这是唐代诗人司空曙写的。"蔡安平说，"啊，共军狡猾，我们可别空等一场……"

　　曹钢蛋猫腰跑来："报告团长，报告参谋长，敌人的先头部队过来了！"

　　宁孝原用望远镜看，月辉下的公路远处，十来个新四军警惕地快步走来："放他们过去，抓蛇逮七寸，我们不是抓蛇，我们是斩蟒。"

　　蔡安平点头："嗯，我们拦腰截。"

　　"不，我们要全歼。"宁孝原说，"共军的口袋战可以学。他们来的是一个营，我们是一个团，我们有人数和武器上的优势。"

　　新四军的行军速度快，很快，后尾部队进入了宁孝原部的包围圈。"打！"宁孝原下令。曹钢蛋发射信号弹。国军的美式机枪步枪火炮齐鸣。突然的袭击使新四军乱了阵脚，仓皇回击，数十人中弹倒地。很快，新四军鸟兽散，纷纷钻进了芦苇丛里。

　　歼灭战变成了对抗战，明处的新四军隐入了芦苇丛的暗处。双方人影闪动，借月色找目标射击，相遇了就刺刀见红。

　　枪炮声喊杀声此起彼伏。

　　"妈的，是共军神算还是豌豆滚屁眼遇了圆，竟袭击到老子们的团指挥所来！"宁孝原心里喝骂，挥手枪朝袭来的一队新四军还击。火光中，见一四方脸的新四军端机枪怒射，"啾啾啾"一串子弹射来，他身边的曹钢蛋抢步护到他身前，"嘣！"一颗子弹在曹钢蛋的钢盔顶上穿了个洞。宁孝原气得暴跳如雷，妈的，老子与你共军不共戴天！端起美式汤姆逊冲锋枪"哒哒哒"扫射，有新四军倒地。

　　团指挥所有警卫连护卫，集中火力还击。

　　这队新四军不见了踪影。

　　"共军猾，太猾，比泥鳅还猾。"蔡安平吹冒烟的枪口说。

　　"妈的，他们钻进这芦苇丛就如同泥鳅钻进了淤泥里，歼灭就难了。"宁孝原说。

　　枪声喊声弱了，没有了，四围好静。

　　月亮走了，微曦初透。

　　一营长跑来报告，说共军溜了，一些人消失在芦苇丛里，一些人寻漂浮物或是潜水从湖泊里溜走了。

清理战场。共军伤亡五十余人，独立团伤亡三十余人，算是小胜，还抓住了共军的一个头子。宁孝原觉得自己的谋划是周全的，应该全歼的。心里高兴不起来，这他妈的啥子事情，该全歼的应是日本鬼子。是三营长方坤抓住那共军头子的，已经关押在一农户家里。方坤报告说，那共军头子杀红了眼，刀劈了他三个弟兄。宁孝原怒气升腾，喝令蔡安平留守团部，提了佩刀前去审问，非刀劈了那家伙。

宁孝原随方坤一行到那农户家时，天已麻亮。曹钢蛋紧随。这农户是家大户，石头垒砌的围墙一人多高，厚实的木门紧闭。房院四围有独立团的士兵把守，戒备森严。

他们进到这农户家的侧屋里，屋内光线昏暗，那共军头子被五花大绑在太师椅上。宁孝原怒冲冲上前，抓住那共军头子的头发，挥刀架到他脖颈上，真想立马割下他的首级祭奠死去的弟兄。脾气暴躁的他还是得要审问，问明其姓名、官阶，如何处置审问后再说，妈的，不能让这家伙活过今天。看清楚这共军头子后，他一震，说，共军呢，宽待俘虏，我们也以礼相待。方坤，给他把绳子解了。三营长方坤和看守的士兵就为共军头子解开绳子。你们都出去吧。他说。方坤等人就出门去。曹钢蛋没动。他说，钢蛋，你也出去。曹钢蛋不情愿，说，保护团座是我的职责。他取下曹钢蛋背的军用水壶，推他出门，放心，他奈何不了我。关死屋门。

宁孝原认出来，这共军头子不是别人，是他自小就服气的毛庚朋友黎江大哥，他脸上虽然满布战火的痕迹，他那熟悉的四方脸使他一下子就认出他来。黎哥是个孤儿，吃百家饭长大，从小就勇敢，打仗虎狼一般，那端机枪袭击他们团部的新四军就是他了。

"黎哥！"宁孝原拉凳子坐到他身边，递给他军用水壶。

黎江接过军用水壶咕嘟嘟喝水，抹嘴巴："狗日的小崽儿宁孝原，都中校了。"

宁孝原挠头笑："身上有伤没得？"

黎江摇头，搓发麻的手："捆得好紧。"

"黎哥，你一走就没得音信，不想我们在这里见面。"

"我也没有想到我们会在这里见面，没提防你们会对我们下如此狠手。"

"军令不得不从，上司说你们抢占地盘。"

"我们在敌后打日本鬼子，何谓抢占地盘？"

"这……黎哥，你是新四军的营长？"

黎江摇头。

"是副营长？"

黎江摇头。

"团参谋长？"

黎江摇头。

"团长？"

黎江点头："我们是友军，用不着瞒你。"

宁孝原佩服："团长率部打头阵，是我黎哥的性格，你自小就是我们的娃儿头，是大哥。"

"你还认我这个娃儿头不，认我这个大哥不？"

"认，你晓得的，我从小就服你，是你的跟屁虫。"

"好吧，跟屁虫……"

黎江中等个头，宽肩，典型的嘉陵江边长大的重庆崽儿。他那新四军的军装破旧，肩头有补丁。军帽被抓他的三营长怒扔野外，露出一头蓬乱浓黑的头发。胡子刮得不匀，留下深浅不均的痕迹。四方脸上前额突起。嘴唇干裂，说话挥动双手，像是要合抱什么，话声低沉，像是在呼唤什么。深陷眼窝的眼珠子露着诚恳，有种自信。这一切使他与国军军官不同。他目视宁孝原，像小时候训导他那样说话，说今年元旦世界反法西斯同盟成立，说国共合作的来之不易，说中国人不打中国人，说团结抗日的重要，说当前抗日战争相持阶段的好与不好的形势。要是其他人，宁孝原早骂人打人走人了。而他是黎江大哥。

宁孝原7岁时随父母去和尚庙烧香，一个小和尚端托盘走过，扑来诱人的油香味儿。他好奇地看，那托盘里放有十多块豆腐干大小的红油粑粑，嘴馋，尾随了去。那小和尚端托盘登和尚庙后山的陡峭石梯，直登到山顶。山顶不宽，竖有个木架，木架上有固定的木盘。小和尚将红油粑粑一块块放到那木盘上，一群麻雀叽叽喳喳飞来。小和尚虔诚地合掌祷告，之后，拿了空托盘沿路返回。他藏在路边的丛林里，等小和尚走远后蹦出来，"噔噔噔"跑到木架前。麻雀扑吃红油粑粑，他跳脚抓红油粑粑。他跳了几次都够不着，狠实一跳，惊飞麻雀，落地时脚踩滑了，翻下山岩，滚落到一棵黄葛树的树枝上。这支出的树枝是悬空的，下面深不见底，雾气缭绕，掉下去就活不成了。胆儿大的他也害怕极了，紧抱树枝哇哇哭喊。山顶上冒出四个娃儿，其中那大娃儿抓荆棘梭到那黄葛树下，四肢抱树，猴子般敏捷地上树，贴了树身对他说，小崽儿，莫哭，那树枝承不起两个人，你各人抓紧树枝往下梭，看我，莫看下面。他就看大娃儿，呜哇哭着往下梭。大娃儿抓住了他

的脚,对头,再梭,莫扳啊!朝他咧嘴巴笑。他不哭了,往下梭,靠近大娃儿了,大娃儿搂紧他,抱他下树,费力地拉他到山顶。山顶的三个娃儿都庆幸,有个说,黎哥好得行。有个说,崽儿捡得条命。最小那娃儿咿哩哇啦比画。大娃儿是黎江,小娃儿是涂哑巴,另外两个是袁哲弘和柳成。他才晓得,小和尚端的是和尚粑粑,是敬供老天爷的。黎江说,啥子老天爷啊,还不是让麻雀吃了。他们都是来偷和尚粑粑的,是老手了。黎江抹四方脸,严肃地训导他,你狗日的胆儿大要得,却是不能大意,命是第一的。说偷吃老天爷不吃麻雀吃的和尚粑粑没得错,当然,也不能贪心,不能全都偷走,那小和尚是希望老天爷能够看见这些供品的……宁孝原哭脸点头,说谢谢黎哥,说他爸爸晓得他摔岩会打死他。黎江拍胸口说,这事就天知地知你知我们几个崽儿知。盯袁哲弘、柳成,你们几个都不许说。朝涂哑巴比手势。袁哲弘、柳成都说不说。涂哑巴点头。至今,他父母包括涂姐都不晓得他摔下山岩的事。倒是他自己对袍泽兄弟们炫耀过,当然,他没说他害怕得哭,说的是他自小就胆儿大,感谢黎江大哥的救命之恩,夸赞黎江大哥勇敢讲义气。

此时里,对于黎江大哥的训导,宁孝原似点头非点头,还是说了自己的想法,说共产不如共和。黎江说,共和是中山先生的遗愿,可蒋委员长未必会真搞共和?他也说不清楚,说国军在主战场抗击日寇是顽强的,付出的牺牲是巨大的,说中国抗战的最终胜利靠主战场。黎江佩服国军将士的誓死抗战,说蒋委员长说的全民抗战对头,这就离不开广大的农村众多的农民,离不开中国共产党领导的八路军、新四军,主战场重要,敌后战场也重要。说中国的大山大水大田大土多,人多,日本鬼子不可能都去占领都去奴化。说敌人现在是顾了脑壳顾不了屁股,中国抗战的最后胜利是人民的胜利。宁孝原听着,心里遗憾,八路军、新四军不过是草莽流寇,黎江大哥这样的勇将到国军来就好。把话直说了。黎江笑,说他如愿意,欢迎他到他们那里去走走看看,希望他兄弟两个并肩抗战到最后胜利。说到涂姐被追捕之事,黎江担心,希望他保护好涂姐。他说,黎哥你放心,涂姐就是我亲姐姐。

"黎哥,你还没吃饭吧,吃饱了再说。"

两军交战不斩来使,也不杀俘虏。宁孝原这样想,叫了三营长方坤进来,让他酒菜招待友军的黎团长,说他可是海量。对方坤一番耳语。方坤是重庆人,是跟他很铁的袍泽兄弟,挺胸并腿说是。

一身戎装的宁孝原飞马赶到第三十三集团军总部，滚鞍下马，将马鞭扔给身后的曹钢蛋，抬皮靴"橐橐橐"朝总司令官邸走。

集团军总司令冯治安将军传他，秘书引他进门。

宁孝原是第二次见冯司令了，第一次是冯司令为他授一等二级勋章。冯司令是抗战功臣，得的勋章比他多得多。日军在卢沟桥发动了举世震惊的"七七事变"后，时任国民革命军第二十九军三十七师师长兼河北省政府主席的冯将军，毅然率部顽强抵抗。

"报告冯司令，独立团宁孝原奉命前来，请司令训示！"

宁孝原挺胸靠靴敬礼，笔挺站立，狼脸严肃，心里有猫儿在抓。是他让三营长方坤放走新四军团长黎江的。他没有说如何放走，方坤自会有办法。方坤报告他说，那共军团长狡猾，夜里出门屙尿，打晕卫兵跑了。他觉得这理由编得不妥，就不会在屋里屙尿？方坤说，已经这样报告蔡参谋长了，说袍哥话，剽刀、碰钉、三刀六个眼，小弟我都滚案受刑为团座你顶了。他拍方坤肩头，上司不追究就算尿了，追究起来自然是我顶。担心团参谋长蔡安平会打小报告，这家伙阴阳怪气的，晓得他去提审过黎江，他当时很快返回团部，就是为了避免蔡安平的怀疑。不想这么快冯司令就知道了，怒令停他的职关禁闭思过，等待严厉处理。代理团长蔡安平为他端水送饭。他以为蔡安平要探问他私放黎江之事，蔡安平没有问，反为他叫屈，说黎江实在狡猾，说黎江的逃跑他这个参谋长也有责任。他说，是你向上面报告的吧？蔡安平点首，说战地记者消息灵通，我们抓获共军团长的事儿立即就大事宣扬报道了，不想这共匪跑了，如不及时报告会很被动。说由他向上面报告比由团长你出面好，可有周旋的余地。他欲言又止，狗日的蔡安平是从总部下来的，眼睛早就盯着他这团座的位置了。这家伙笑面虎，肯定是将他去提审黎江的事打小报告了。私放共军团长一旦查实确非小事，掉脑袋、坐牢房、一撸到底脱军装都有可能，那就惨了，他可是一心从戎效国发誓抗战到底的。关禁闭的日子他度日如年，焦躁、恐惧，等待严厉处理。又想，老子咬死说黎江是逃跑的，方坤是不会卖他的，怕个锤子。心里安然。看来，团长是当不成了，不脱军装就好，老子再杀鬼子再立战功。就吃饱喝足，还哼唱川戏："三国纷纷，屡起战争，何日里干戈宁静，军民安定……"蔡安平端了酒菜来与他一起吃喝，说是冯司令传他。妈耶，这难熬的日子终于结束了，管他妈的啥子结果，见了冯司令总有分晓。

佩中将军衔的冯治安端坐在牛皮沙发上，他长条脸，浓黑的卧蚕眉，高鼻梁，大嘴唇，不大的眼睛死盯宁孝原："你，咋会让新四军那团长跑了？"

河北口音。

宁孝原哆嗦了一下,横了心,狼脸拖长:"是卑职无能,听从司令处罚。"

冯治安起身走到宁孝原跟前,摸自己的脸,捏宁孝原的脸:"我呢,是温和的狼脸,你呢,是暴烈的狼脸。坐,我们的功臣。"

"谢谢司令!"宁孝原敬礼,笔挺坐下。云里雾里,不明就里。司令说他自己温和,温和的反面是严酷,不知道他这次能否保住项上人头。

冯治安对秘书说:"上茶。"

秘书泡了茶来,放到宁孝原身前的茶几上。

"你出去吧。"冯治安对秘书说。

秘书出门,带过屋门。

冯治安对了宁孝原坐:"你大老远骑马来,口渴了吧,先喝茶。"他长宁孝原十多岁。

宁孝原还真是渴了,端起茶杯喝茶。

"喝出是啥茶没有?"

"报告司令,这茶颜色酡红,有点儿糯香,像是我们家乡的老鹰茶。"

"就是你家乡的老鹰茶,重庆来人送给我的,说是喝这茶可以醒目提神、生津润肺。"

"是的,喝这茶水有益,谢谢司令关爱。"

"这茶的茶叶地是在山坡上的吧?"

"报告司令,这茶不是长在茶叶地里的,是长在山崖上的老鹰树的树子上的,是用老鹰树的嫩枝嫩叶焙制的。"

"是树的枝叶啊,难怪这么便宜。听友军的人说,当年他们红四军驻扎巴山一带,总部那徐向前、王树声一干人,熬了夜就靠这茶提神。说他们个个都是茶瘾大于饭瘾,一天不吃饭谁也不会吭声,可茶缸里片刻少了这茶水便要竖鼻子瞪眼拍桌子。说他们政治部那张琴秋主任,还专门抽调了十多名女兵制作这种茶叶,以保证军、师和总部头脑的茶叶供给。"

"这,卑职没听说过。"宁孝原心里打鼓,司令此时提到共军,定是在探他。

冯治安喝茶,看茶水:"你是抗日英雄,你可知道,跑掉的那个新四军团长黎江,他也是令敌丧胆闻名鄂西的抗日英雄。"

宁孝原还真不知道黎江大哥是闻名鄂西的抗日英雄:"卑职归队不久,还没有听说过,这次倒是领教了,厉害。"不知道司令葫芦里卖的是什么药。"

冯治安蹙眉看他："是你小子放走他的吧？"

"报告司令，我去提审过他，之后就赶回团部了，共党分子死硬……"

"你在解释。好吧，就算不是你放走他的，或者不是你授意放走他的。其实，放走他呢，抗日战场就多一个抗日英雄。"

"多一个抗日英雄也好。"

"哈，露馅了吧，紧张了吧。我告诉你，你那个上司何基沣军长，刚才还给我来电话保你，我晓得，你跟何军长私交甚密。"

"报告司令，何军长待卑职恩重如山。"

"我知道，他很器重你，你从营长直接提任独立团团长，就是他向我力荐的。"冯治安起身踱步，"你们那何军长派部队到日占区打游击，私下里就跟新四军联系，还送武器、弹药和药品给新四军，回来写假战报搪塞。"

宁孝原笔挺起身，额头冒汗："这，司令，不会有这种事。"担心自己惹的事情会牵连到军座。

冯治安呵呵笑："你小子确实是你们军座的老铁。好吧，人既然不是你放的，也不是你授意放的，就没有你的事儿了，官复原职，你回去吧。"

宁孝原没敢动。

"走吧，回去吧。"冯治安挥手。

宁孝原敬礼："谢谢司令，谢谢司令信任！"笔挺转身，迈步出门。

曹钢蛋迎上来："团长，啷个样？"

"没啷个样。"

宁孝原快步走，心里不踏实，冯司令刚才是拿话套他？让他走是放线钓鱼？想起他归队任独立团团长不久，参谋长蔡安平请他喝酒，两人喝红了脸，说到国共合作的事情。蔡安平打酒嗝说，孝原老弟，想听个秘密不？他说，安平兄，你讲。蔡安平神秘说，冯治安总司令曾经给何基沣军长有过三条密示。他问，哪三条？蔡安平说，一是不作蒋家的牺牲品；二是搞好和友军的团结；三是要适时写战报应付老头子。你知道的，老头子是指委员长。他吃惊，你老兄可别乱说。蔡安平呵呵笑，听说，我也是听说。这个蔡安平，脸上笑心似潭，吐出的话可听不可信。管他妈的，黎江是我大哥，人已经放走了，要杀要剐听便。

"团座，你的信。"曹钢蛋递给宁孝原一封信，"刚才总部的人给我的，说是见你来了，直接给你，免得转送耽误。"

宁孝原接过信看，狼脸舒展，"叭"地咂嘴亲吻信皮上那清秀流利的字。

冯治安呵呵笑:"你小子确实是你们军座的老铁。好吧,人既然不是你放的,也不是你授意放的,就没有你的事儿了,官复原职,你回去吧。"

第八章

　　水上人家的女儿倪红坐木船早已习以为常，她找了父亲的船帮朋友侯大爷，给他钱，请他划船送她去广阳坝一趟。侯大爷说，你老汉跟我是至交，你妈老汉都死得惨，我不要你的钱，顺便打鱼就把你送去了。问她去广阳坝做哈子，说那里是军用飞机场。她说，就是想去看看飞机。还是硬塞给侯大爷300元法币，孝原留给她不少的法币。由中央银行、中国银行、交通银行和中国农民银行发行的法币不值钱，她听孝原的父亲说过，抗战以来，资金吃紧，政府采取通货膨胀之策，法币急剧贬值。抗战以前，法币的发行总额不过14亿元，抗战以来，法币的发行额已接近5千亿元了。侯大爷推辞一番，还是接了钱，划了渔船送她去。

　　侯大爷的渔船在长江里如同一片落叶，随水浪颠簸。广阳坝机场离重庆市区三十来里，顺水轻舟，倪红看见了远处江心的广阳坝，心扑扑跳。不是害怕水浪，她可是自幼在船上长大的，是希望能够立即见到孝原的毛庚朋友柳成。孝原跟她说过，广阳坝设有航空司令部，柳成是那里的飞行大队长。

　　五月末的重庆好热，天气阴晴不定。倪红希望老天爷来场雷暴雨，就会凉快些，军机就不会起飞了，就好找到柳成。太阳火球般罩在头顶，天上没有一丝儿云花。赤胸露腿撑船的侯大爷全身水湿，倪红穿的绿色绸衣绸裤早已汗透。

　　倪红是找柳成打听孝原消息的。个死孝原，连冲好的蛋花汤都没喝一口就走了，出门前留下一句英语，也不晓得说的是啥子意思。一别一年多了，没有半点子音信。分别那天晚上，孝原跟她说，部队在前线打仗，说开拔就开拔，没有固定的住所，写信也收不到，两人心里有对方就行，他若不死自会相见，死了就算尿。她哭着打他，泪水蒙面。她想去找袁哲弘打探孝原的情况，却不晓得他住在哪里在哪里办公，军统的人都神秘兮兮的。就去找涂哑巴，比画问袁哲弘来过冷酒馆没有。涂哑巴伸出两个指头，意思是来过两次，来找她姐姐。她比画说，袁哲弘如果再来，让他找她。涂哑巴晓得她的住处，连连点头。她又去找涂哑巴几次，涂哑巴都比画说袁哲弘再也没有去过。她一筹莫展，想到了柳成，对啊，孝原是搭乘柳成的军机去前线的，柳成会时常飞前线的，他也许会知道孝原的情况。

机场老大，看得见闪亮的十多架飞机，四围是一人多高的铁丝网，门口有卫兵把守。倪红拿出事先带上的她与穿少校军官服的孝原的合影照片，说是来找他男人的朋友柳成大队长。卫兵是个胡子没毛的年轻士兵，笔挺向她敬礼，说，报告嫂子，柳成大队长的营区在机场外面。热心地给她指点。广阳坝再大也就是长江里的一个岛，从小吃苦耐劳的她按照卫兵说的方向走，挥汗如雨，终于寻到了柳成大队长的营区。是排平屋茅草房，营房外是操场，一队穿空军服的飞行员在列队操练，指挥者是个魁梧的肤色黝黑的少校军官。此人怕就是柳成了，孝原说，柳成块头大，长得黑，他们叫他黑娃子。

操练休息时，倪红前去打问，此人正是柳成。

少有女人前来，这些空军们看到绿绸衣裤水湿贴身的倪红，一个个都瞪大了眼。

有人说："哇，仙女耶！"

有人喊："大队长，是嫂子吧，咋从来没听你说过。"

有人怪叫："大队长，今晚上悠着点儿，可别把雨水都下完了。"北方口音。

一阵哄笑。

柳成被倪红的美貌震住，脸红齐耳根："我是柳成，你，找我？"他戴大盖帽，桃形的帽花好大，穿灰色中扣齐膝的翻领空军服，皮带扎得死紧，腰别带枪套的小手枪，蹬皮靴，满脸是汗。

"是，我来找你。"倪红揩汗水，关心说，"你们不热啊。"

"军人嘛。"柳成说。

倪红做了自我介绍，说了来找他的来龙去脉。

柳成的办公室临江，门外有块草坪地，黄葛树的树荫下有张西式白漆铁桌子和几张白漆铁圆凳。勤务兵端来酒菜，菜有回锅肉、卤牛肉、绿豆芽和豆腐干，酒是红葡萄酒和南山黄酒。太阳埋进远山，喷出热力不减的红焰，高天、大江、岛滩一片红蒙。柳成请倪红吃晚饭，两人对坐。勤务兵拿来摇头风扇，风扇嘎吱吱转，有了凉风。

柳成开了瓶红酒："这里不是城头，没有好酒好菜招待，这酒可以，是刘湘军长派我去法国学飞行时买的，是法国红葡萄酒。我们先喝红酒，再喝黄酒，等会儿吃稀饭、凉面。"

倪红无心喝酒吃菜："这么说，你是没有孝原的一点儿消息？"

五月末的重庆好热,天气阴晴不定。倪红希望老天爷来场雷暴雨,就会凉快些,军机就不会起飞了,就好找到柳成。

"没有，我会记住帮你打听的。来，喝酒喝酒。"柳成端酒杯与倪红碰杯，心想，孝原这家伙有艳福，倪红好漂亮，他还脚踩两只船。

"谢谢你啊！"倪红举杯喝酒。

"吃菜吃菜！"柳成热情招呼。

倪红也饿了，喝酒吃菜。

"你刚才问到这机场的事，我跟你说，这广阳坝机场其实不是重庆的第一个机场。"柳成吃菜，抹嘴巴，"刘湘军长跟杨森军长在下川东打仗，刘湘打赢了，就下令王陵基师长在梁平县郊外的北门操场修了个机场。"

"啊，梁平修过机场？"

"修过，1928年夏天开工修的，那才是重庆的第一个机场，我国的、美国的、苏联的军机都在那里起降，抗战可是起了大作用。"

"日本飞机太可恶了，我们多有些机场就好。"

"对头。1929年初，刘湘军长又令王陵基在万县修建了陈家坝机场。遗憾的是，那机场只降落过一架小型战机，落地就撞坏了，费了老大的劲，拆除部件用船拉走了事。之后，就再也没有飞机起降过。"

"白忙了一场。"

"可不是。这广阳坝机场是1929年夏天动工修的，刘湘军长主持了开工仪式。阵仗好大，调了一个团的兵力来修，巴县县政府派了20只木船运送物资。可是，机场修好了却没得飞机起降。"

"为啥？"

"缺人，我们这些被派去法国学开飞机的人还没有回来。再呢，没得飞机，本来是从欧洲买了飞机的，却一架都飞不回来。"

"有机场了，可以飞来呀。"

"咳，从欧洲买的飞机，飞过来要经过一些国家，而那些国家没有可供给我国飞机降落加油的机场，这是外交上的麻烦事儿。"

"搞不懂。"

"弱国无外交，清廷那李鸿章说过。"

"恁大个国家，咋就这么弱。"

"窝里斗，自己把自己搞弱了，否则，那弹丸小国的小日本敢来欺负我们？"

"就是，刘湘跟杨森打就是窝里斗。"

"是呢。现在一致对外了，刘湘也雄起来了，发誓抗战到底，矢志不渝，日寇一日不退出国境，川军则一日誓不还乡。可惜，他已经仙逝了。"

"他修机场对抗日有功。"

"有功。我跟你说，这广阳坝机场修好后，其实是有飞机的。刘湘军长曾派人买了两架美国小飞机，早就运来重庆了。叮叮猫，晓得不？"

"叮叮猫不就是蜻蜓嘛。"

"对，美国那小飞机就是像蜻蜓样的双翅膀飞机，可以坐两个人。就请了个德国飞行员来开，起飞时带了两颗手榴弹，用做投弹表演。他妈的，投下来竟落到了看表演的官兵里，把训练团那个监督的脚杆炸断了。"

"啊！"

"事情出了，总不能不了了之，总得要追责，总得要给被误炸伤者有个说法。"

"对的。"

"追哪个的责？"

"追究那个德国飞行员。"

"他是外国人。"

"外国人也该追究。"

"说不清楚的。后来，还是刘湘军长承担了责任，给了伤者以赔偿了事。"

"这个刘湘，也还要得……"

"其实，还是得要有更多的中国飞行员才行。"柳成喝酒，说。

倪红吃菜："对的，你们就多招收些中国飞行员。"

"招收是一方面，重要的是得培养。啊，你看见两路口那跳伞塔了吧，去年四月修好的。"

"看见了的，老远就看得见，好高！"

"那是亚洲的第一座一流的跳伞塔，就是用来培养中国空军人员的。我参加了那天的开塔典礼。有白崇禧、张治中、谷正纲、于右任等要员和五百多人参加。于右任开的塔门，他振臂喊，塔门已经开了，请全国青年上去吧！"

"嘿嘿！"

"陈立夫首先登顶。首批上去的人，从塔顶的平台上扔下来好多的木制滑翔机模型，扔下来好多五颜六色的小降落伞。滑翔总会干事郝更生第一个做了跳伞表演，我是第三个做跳伞表演的。"

"啊，你好了不起！"

"这对我们飞行员算不得啥子。本来，还要进行少年跳伞表演的，风大了，才临时取消。开塔典礼后的三天内，全市的市民都可以免费上塔参观，都可以尝试跳伞。"

"报纸上说了，有的胆儿大的女子也去试跳了的。"

"有。倪红，当时我不认得你，否则，我一定领你去试跳。"

"那才好呢……"

这餐饭吃得久，吃喝到月亮出来星星满天。柳成的黑脸泛红，倪红的脸蛋像盛开的红牡丹。

倪红去找柳成打探宁孝原的消息之时，独立团长宁孝原正在鄂西的石牌要塞与日军殊死血战。他率部参加的高家岭战斗没有枪炮声，敌我双方扭成一团白刃格斗。参谋长蔡安平和警卫排长曹钢蛋恶脸将杀红了眼的他拖回掩体，警卫排的士兵将他摁住。满面烟尘的他瞠目喝叫："放开，你们放开，老子不虚小日本鬼子！"战前，他写了三封遗书，一封给父母，一封给赵雯，一封给倪红。三营长方坤拎了滴血的砍刀跑来，团长，日军逃尿啰！蔡安平看手表，心惊说："三个小时没有枪炮声，这场肉搏战打了三个小时！"宁孝原推开身边的士兵，拎刀出掩体，阵前层层叠叠躺满了双方的尸体，残存有敌方催泪瓦斯的余气。他挥刀怒骂："妈的，小日本鬼子，我日死你先人板板……"

宁孝原是奉命率部赶来增援陆军第十八军的。他去面见该军第十一师师长胡琏时，料理完自己后事的胡琏将军刚沐浴更衣穿上新军装，跟他握手："宁团长，宁老弟，你们来得好，走，去凤凰山！"他长他三四岁，一口陕西腔。

太阳当顶，凤凰山头设了香案。

留下绝死遗书的胡琏将军面对香案焚香跪拜："列祖列宗苍天在上……"宁孝原也焚香跪拜："列祖列宗大河小河……"胡琏焚香跪拜毕，面对师部人员攥拳宣誓："陆军第十一师师长胡琏，谨以至诚昭告山川神灵，我今率堂堂之师，保卫我祖宗艰苦经营遗留吾人之土地，名正言顺，鬼伏神钦，决心至坚，誓死不渝。汉贼不两立，古有明训。华夷须严辨，春秋存义。生为军人，死为军魂。后人视今，亦犹今人之视昔，吾何惴焉！今贼来犯，决予痛歼，力尽，以身殉之。然吾坚信苍苍者天必佑忠诚，吾人于血战之际胜利即在握。此誓。大中华民国三十二年五月二十七日正午。"

宁孝原听着，热血沸腾。

来的途中，胡师长对他说了，委员长电令，石牌要塞要指定一个师死守。此重任落在了他们师身上。

石牌保卫战的重要宁孝原是知道的。

从湖北进川没有公路，日军攻占陪都重庆的唯一通路是长江水道。距宜昌县城三十余里的石牌要塞巍立于长江西陵峡右岸，大江流水在这里大角度右拐，石牌在其拐弯处的尖端。急弯和两岸石壁形成了长江天险，过不了石牌就进不了四川。石牌要塞方圆七十余里，是历代兵家必争之地，上游的三斗坪是第六战区前进指挥部和江防军总部所在地，下游咫尺之遥的平善坝是其前哨，是国军的补给枢纽。日军侵占宜昌后，石牌这个不足百户的小村子成了重要的战略要塞，是保卫重庆的门户。海军五年前就在这里设置了第一炮台，有十门大炮面江而立，配有川江漂雷队和烟幕队。石牌与宜昌几乎在一条线上，要塞的炮火可以封锁南津关以上的江面。前年初，日军以重兵从宜昌对岸进攻石牌下游的平善坝，以另一路进攻石牌侧翼的曹家畈。两路日军都遭到我守军的沉重打击，铩羽而归。日军这次没有从正面进攻，其大兵团迂回向石牌的背侧进攻，石牌就成为了国军全线扇形阵地的旋转轴，如同徐州会战的台儿庄。蒋委员长对石牌的安危极为关注，多次给第六战区陈诚司令和江防军吴奇伟司令发报，严令确保石牌要塞万无一失。

宁孝原挥刀怒骂时，空中响起隆隆的飞机声。参谋长蔡安平喝叫他卧倒。他没有动，看天。飞来密密麻麻的战机："哈，我们和盟军的战机来了！美国SB轰炸机，法国地瓦丁战机，苏伊16战机，霸道，绝对霸道！"蔡安平搂他肩头看天："我们的空军、海军是精锐尽出了……"

日军的数十架战机迎来，激烈的空战，双方有战机被击伤击落。我方机群向宜昌方向飞去，敌机紧随。

"好，对的，去揾日军的指挥部！妈耶，不把龟儿子小日本赶出中国，老子中国人就不姓中……"

宁孝原脖筋鼓胀指天吼叫。

第九章

　　胸前挂了摆有香烟的扁木匣子的倪红泪眼蒙蒙呆立在"精神堡垒"前，火烈的太阳欲将这高碑融化。高碑俯视她，像是在说，这世上言而有信者多，言而无信者也多。"我，宁孝原，今天对碑发誓，非倪红不娶，返回战场之前就与她完婚！"孝原这话在她耳边嗡响，震得她心口痛。穿蓝花短袖衣裤的她立足不稳，身子后仰，没有了依靠，那小鸟般依到孝原身上的甜蜜没有了。她目视"精神堡垒"，碑啊碑，你可是见证，你要以悲往事么？

　　脚站麻了，泪淌干了，她转身走，无心叫卖香烟。

　　黄亮的日光下，高矮参差不齐的房屋像得了病似的，都垂着头。黄葛树、桉树、杨树、苦楝树的树叶儿打着卷，无精打采的枝条一动也懒得动。或急或缓的行人一个个都像怀揣有心事。马路被太阳晒得冒烟，汽车驶过，扬起发烫的尘土。拉马车的马儿鼻孔翕动，四蹄蹒跚。小贩和叫花儿们都懒得吆喝。整个街区像烧透的砖窑，令人喘不过气。

　　突然听得的话使倪红的心口堵得慌，茶饭不思。

　　那天晚上，她与柳成喝酒吃饭到入夜。柳成的酒量不如她，喝得半醉，要她小住几日，领她看看战机。她笑着婉拒，说侯大爷那渔船还在江边等她，她就住船上，要早些回城去，城里还有事情要办。她没有打听到孝原的消息，好失望，无心久留。她急着回城其实也没有啥子事情。孝原的父亲已吩咐下人不许她踏进宁公馆半步，她总不能坐吃山空，得要自谋生路，就用孝原留给她的钱，找木匠做了个装香烟的有吊带的扁木匣子，去烟草公司买来香烟摆放在里面，将扁木匣子挂在胸前沿街叫卖。重庆是陪都，香烟业兴旺，志义、中原、福新、华成等多家烟草公司涌来山城，这些公司多数来自上海。销售香烟的牌子和包装涉及政经、军事、历史、文化、民俗，可谓名目繁多、洋洋大观。有"玉堂春"、"孟姜女"、"三姐妹"、"哈德门"、"紫金山"、"和平鸽"、"勇士"、"福尔摩斯"、"足球"、"统益"、"大前门"和女人吸的"快乐"等中外牌子的香烟。她记性好，唱得来民歌喊得来川江号子，就背了广告词叫卖："姐在园中采石榴，郎在园外丢砖头；要吃石榴拿个去，要偷私情磕个头。'情人'牌香烟!"、"要得富贵福泽,天主张由不得我;要做贤人君子,我主张由不得天。'明星'牌香烟!"她还自己编了词叫卖。国货"金字塔"牌香烟的烟盒上是东北义勇军重炮轰击日寇的图画。她就喊唱:"全民抗战,不忘国耻,还我河山!'金字塔'牌香烟!"还喊唱:"大刀向鬼子头上砍去!'老刀'牌香烟!"勤快精灵的她把这小生意做得将就,得了温饱。

柳成送她去江边的,那帮飞行员们在他俩身后指点议论,一个个都好遗憾的样儿。

她上船前,喝得半醉的柳成对她说了些话。说那日晚上,他与孝原、哲弘三个毛庚朋友在"涂哑巴冷酒馆"吃夜宵,说孝原交给哲弘一封求婚信,要他尽快交到赵工的女儿赵雯手里。哲弘就说孝原,你老弟有倪红了,还脚踩两只船。孝原说,长官里妻妾成群的多。说赵雯是世间少有的美人儿,是他们两家老人说好了结亲的。柳成打酒嗝,黑脸更黑,倪红,你必须要把孝原这家伙看紧了,他娃可是个花花公子。她听后眉头深锁,将信将疑,柳成是喝高了,说的酒话,孝原为了她可是跟他父亲翻了脸的。在渔船上和回家后,她一直惴惴不安,心事重重,左思右想,疑窦丛生。孝原临别出门前留下句英语,啥子意思?这都一年多了,也不来封信,你的住处难定,可我的住处没有变的呀?他跟她说过,他父亲要他去跟一个姓赵的工程师的女儿相亲,他坚决不去。未必是他屈从他父亲了?未必是他跟那工程师的女儿见面了,对她变心了?否则,他为啥急着让袁哲弘给那赵女子捎求婚信去?柳成说的是酒话?可酒后吐真言。

"我,宁孝原,今天对碑发誓,非倪红不娶……"

倪红耳边响起孝原对碑发誓说的话,当时听着舒心悦耳,现在变了调,变得痛心刺耳。她身挎这叫卖香烟的扁木匣子的盖布,是她用孝原那留有弹孔的旧军装改做的。她捏了这盖布亲吻,鼻酸眼热,泪水湿透盖布。孝原,宁孝原,你是要做陈世美么,你红口白牙齿对碑发誓说的话不算数了么,你给我那信物是废物么……

火炉城市也有阴凉处,"精神堡垒"遥对的大江南岸的"黄葛古道"就阴凉。这是条可过轿队、马队的由不规则的青石板依山势蜿蜒铺就的古道,道旁是齐腰深的荒草和林立的黄葛老树。老树的虬枝粗劲茂叶遮天,挡了毒烈的阳光。

年辰久了,古道的青石板变形破损移位,石峰间冒出顽强的小草。

穿短袖军衬衫的袁哲弘与穿乳白色短袖连衣裙的赵雯沿古道漫步。

赵雯第一次来凉爽的"黄葛古道"，新奇感使她一步两梯，格外快活，蹲到一块棱角圆滑的青石板前，用细白的手指抚摸："八百多年了，这些青石板经受过好多的人踩马踏。"

袁哲弘也蹲下身子，抚摸青石板："见物思古了。"

赵雯点头笑，露出一口雪白的牙："眼见为实，接触生感，这些古老的石板一定藏着好多的故事。"白净的脸上露出两个浅浅的酒窝，清水般的眸子露出遐想，"这是古董呢。"

"是古董。"袁哲弘点头，想着说词，"欣赏这古道，就如同雅致之人欣赏古玩，心情怡然。"

"嘻嘻，你还会说。"赵雯盯他，"嗯，心情怡然。你看，这古老的石板留下有当年打戳的痕迹，留下有路人的印迹呢。"

袁哲弘继续想着说词："古人留下的老物吧，无论它以种形态存在，只要它是真的，总会向靠近它的人诉说些什么。"

"对的，真尤其可贵，走在这沧桑古道上，就会想到它经历的平静或是纷乱的岁月，它承载的欢乐和痛苦。"

"是的。当年这古道是通往黔滇的主要干道，是重庆的丝绸之路，是西南丝绸之路重要的一段。这古道始建于唐、宋，繁盛于明、清。从海棠溪水码头卸载的货物，许多都经这古道运往滇黔和缅甸，从那边运回来的茶叶，又经这古道由川江运往全国。"

"重庆的茶马古道！"

"嗯，马铃声声响，从这里走过的贩茶贩盐的马帮无数。前年，还走过入缅作战的抗日远征军官兵。"

"了不起的古道……"

赵雯挥手，柔臂接触到袁哲弘的肘臂，袁哲弘触电一般，下意识拉开距离。是他约赵雯来"黄葛古道"游玩避暑的。为此，他查阅了有关这古道的历史。他见到赵雯后就心动了，相见恨晚。他把孝原的那封信转交给她就后悔了，这个孝原，不能啊不该啊，家伙脚踩两只船他可以不闻不问，而对于赵雯他不能不问。朋友妻不可欺，是的，不能做对不起朋友的事情，尤其是对正在战场上浴血杀敌的毛庚朋友。可赵雯她还不是孝原的夫人，虽说两家的老人认了亲，还是得要赵雯同意才行，民国了，是自由恋爱。赵雯这性格，倘若她知道孝原已跟倪红睡了，还会答应嫁给他？可美女爱英雄，她如果不计较呢？他陷入了情感的痛苦深渊。那个星期天，他下决心再次往十八梯走时，有股莫名的兴奋，也有内疚，他是去夺朋友之爱？不，去打探一下，打探一下赵雯对孝原求婚的反应。自己既已经心动，就不能也没法放弃，论各方面的条件，他不比孝原差，甚而更好，他与赵雯是般配的。一家女百家提，孝原就这么说过。他提了水果去赵工家的，赵工说过，欢迎他常去坐坐。赵工老两口出门了，就只赵雯在家。赵雯很热情，围上围腰做午饭，剥蒜理葱切肉炒菜，不让他插手，说灶头上的事是女人的活路。做的甑子饭，炒了青椒肉丝、蚂蚁上树、莲花白，煮了菠菜汤，开了陶罐包装的万灵古酒。吃饭喝酒间，他几次话到嘴边又吞回去，想着如何说为好。"来，喝酒，这是我们老家万灵镇产的万灵古酒，还好喝。"赵雯扑闪亮目举杯。他心淌热流，仰头喝酒，张口欲言。"嘻嘻，你那个朋友宁孝原，写信酸不溜丢的。"赵雯说。"他，就那性格。"他说，本想问写的啥，又觉不妥。赵雯笑说："他那字龙飞凤舞张扬跋扈，活像要跳出信纸来。"他说："他从小就那样，写字鬼画桃符。"赵雯说："他这个人呢，看起来吊儿郎当的，不想还是个大英雄，听爸爸说我才晓得，是他爸爸跟我爸爸说的，他获得过国民政府一等二级勋章。"眼里闪出崇拜。他点头："是，他打仗勇敢。"女人崇拜英雄，却并非都是爱，他想。"呃，你俩是毛庚朋友，问你个事情。"赵雯脸上飞红。"啥子事？"、"听说他有个相好叫倪红？"、"他……"他犹豫。看来，她已经知道孝原与倪红的事了，实说呢，对不起朋友，不实说呢，心里憋屈。这时候，赵雯的父母回来了，见他来家好高兴。赵雯添了碗筷，她父母一起坐下吃饭。饭桌上，说起了物价飞涨的事情。饭后，赵雯说报社有事，让父母好生接待他，她先走一步。赵工给他说过，赵雯是《陪都晚报》的记者，记者总是很忙。赵雯走时，挥手跟他说拜拜，留给他甜笑。这笑灼热他的心，他是真爱上她了，爱之越深追之越切，越是得不到的越想得到。他要实话回答赵雯的提问，要大胆地向她求爱。他下决心要对赵雯说时，却奉命去前线完成一桩秘密任务，他是昨天返渝的，今天就迫不及待约了赵雯来这"黄葛古道"。

"呃，你咋不戴胸章？"赵雯笑问。

"啊，没戴。"他说。

"你们这些军统的人，戴了那胸章，看电影、坐公车都不要钱。"

"我没有用过，那样做要受处分。"

"你们就有人戴上胸章招摇撞骗。"

"有这样的人，不好。"

"嘻嘻，你还守规矩。谢你了，袁中校，谢谢你带我来这古道，得了凉爽，长了见识！"赵雯咯咯笑，蹦跳走，衣裙飘摆。

赵雯的衣裙闻得到香气。

是的，真尤其可贵，就把自己真心的想法告诉她。对不起了，孝原老弟，你我现在是拳击场上的对手，我是绝对不会退让的："赵雯……"他与赵雯并肩而行，他要一吐为快。

"叭叭叭……"

林间响起枪声，特工的袁哲弘迅速从裤兜里掏出手枪，拉赵雯钻进林边的草丛里，紧护着她，自己丧命也不能让赵雯受到半点伤害。战时的陪都，汉奸、敌特、浑水炮哥、棒老二啥样的人都有，得弄清楚情况。一个穿短袖斜襟蓝旗袍持手枪的女人飞跑过来。袁哲弘认出是他一直寻找的涂姐，起身将她扑倒，低声说："涂姐，莫怕，我是哲弘。"涂姐挣扎。袁哲弘低声说："涂姐，你莫误会，我会保护你……"这时，两个穿深色制服的男人持枪追来。袁哲弘举枪射击。"中埋伏了，走！"其中一人喊，两人飞速消失在密林里。

"你真是保护我？"涂姐坐起身子，黑眼盯袁哲弘，半信半疑。

"真是。"袁哲弘说。

"那你为啥子不击毙他们？你的枪法我是晓得的。"

"我得搞清楚情况，随便杀人会惹来麻烦……"

"黄葛古道"通往山上的老君洞，过了山腰的幺店子，就看见"老君豆花店"了。涂姐领袁哲弘、赵雯进了豆花店，说这家的豆花好吃。三人落座，窗外可见山下的涨潮的金汤滚滚的长江流水。袁哲弘请客，点了饭菜。店家端来三碗热气腾腾的"河水豆花"，都盛得满满，豆花冒出了碗边。又端来青辣椒佐料、粉蒸肉、卤菜和甑子饭。

三人都饿了，都大口吃。

来的路上，袁哲弘已介绍赵雯与涂姐认识，算是熟人了。

赵雯蘸佐料吃豆花："嗯，是好吃。涂姐，咋叫'河水豆花'？"

涂姐嚼卤猪耳朵："顾名思义，是河水做的豆花。我们重庆有大河长江、小河嘉陵江，河水取之不尽，这豆花是用沉淀的干净河水做的，比用井水、塘水做的好吃。这家的'河水豆花'细嫩绵扎，冒出碗边而不流，味道麻辣浓香、咸鲜酸甜。"

赵雯点头："啷个做的？"

涂姐说："先呢，把干黄豆用河水浸泡三四个小时，捞起来，再加河水，用石磨子磨成浆，用纱布滤渣，倒进锅里煮开，加胆水。加胆水要慢，边加边用勺子搅，轻轻搅，搅到凝成豆花。再用微火煮，沸而不腾，大约5分钟就可以了，铺上纱布稍微加压，就成'河水豆花'了。"

赵雯笑："恁个麻烦。"

涂姐说："世上的事都不容易。吃'河水豆花'呢，佐料很讲究，青椒佐料最好，用油辣子也要得，一定要加葱花和香菜。"

她俩说时，袁哲弘的那碗豆花已吃去多半："小时候，我们最爱吃涂姐做的'河水豆花'。"

涂姐笑："你呢，斯文。那个宁孝原，还有黎江和柳成，猴急，呼呼一大碗豆花就下肚。"

袁哲弘笑："涂姐从小就说我斯文，说我知书达理，今后会有出息。"话带炫耀，说给赵雯听。

"我是说过。"涂姐点头。

"袁中校是个大好人……"赵雯真心夸赞。

涂姐点头。来的路上，赵雯对她说了哲弘救她妈妈的事情。察言观色，她感觉出哲弘是在追求赵雯。她拉哲弘落到赵雯后面，问他是否在跟踪她。袁哲弘说，这次不是，他是约赵雯来这古道游玩。说他确实是一直在找她，不是追捕她，是要保护她，说她的事情他听说过一些。

哲弘是军统的人，听说过她的事情不足为怪。

她是太爱窦世达了，哲弘、孝原这帮她从小看大的娃儿都晓得，窦世达就是当年追求她的窦营长。黄埔生的窦世达能文能武，对她一往情深一百个的好，她嫁给了长她半岁的他。窦世达去前线后，不时给她来信，说他升任副团长了，带领部队抗击日寇，痛击汉奸部队"黄卫军"，叫她放心。前年的那个月黑风高的冬夜，有人敲"涂哑巴冷酒馆"的门，正要睡觉的她去开了门，门口站着穿长棉衫戴瓜皮帽的胡子巴茬的窦世达，她又惊又喜。窦世达搂抱她亲吻，小涂，我的亲亲！边亲吻她边拉她进屋，关死了屋门，叫她赶紧收拾衣物跟他坐船走。她问为啥。窦世达说，三两句话说不清楚，上船后我给你细说。啊，小涂，带上我给你的那把防身用的手枪。她就赶紧收拾衣物带上那把毛瑟手枪跟他出门，又回身，说是叫醒哑巴给他说一声。窦世达说，莫说，晓得的人越少越好，带过房门，拉她快步走。他二人借夜色走至嘉陵江边，有艘小木船候着，窦世达飞身上船，伸手拉她，"叭叭……"响起枪声，三个军人追来："窦世达，举手投降，你跑不脱……"窦世达中枪，滚落江中。她震惊悲愤，从怀里抽出毛瑟手枪回击，一个军人被击倒，另两个军人一个追她，一个去江边追寻窦世达。她差点儿中枪，那冬

大夏小的捶衣石为她挡了子弹,正值冬天枯水期,卧牛般的捶衣石全都露出了水面。这时,那小木船已划离水岸朝江心驶去。她上船已是不能,担心落水的男人,挥泪边射击边逃,留得青山在不怕没柴烧,保住命再寻夫。她逃进江边的灌木林里,躲过一劫。那两个军人抬了被她击倒的那个军人走后,她偷偷摸到江边,浩浩夜空,茫茫流水,江滩上空无一人,没有她男人的踪影,唯有捶衣石默默陪伴她。之后,她多次寻访,都没有她男人的音信。她悲伤至极,不明就里,心想,定是窦世达在军中的仇家在追杀他,她射倒了那个军人,军中有人晓得她是窦世达的太太,是不会放过她的。确实,她发现有军人和穿便衣的人在跟踪她,几次都机智地躲过。冷酒馆是不能住了,就住到舵头郭大姐在黄桷垭袍哥堂口的深宅老院里,不时偷偷回冷酒馆看望哑巴弟弟,叮嘱弟弟莫要乱说她的行踪。刚才追捕她的定是军方的人,她问袁哲弘晓得是啥人不,袁哲弘说不清楚,叮嘱她出门要格外小心,说他会全力保护她。她说,你是军统的人,你帮姐打听一下实情。她没有给哲弘说窦世达来接她走的事情,言多有失,尽管哲弘是她看着长大的。她希望窦世达还活着,一定要找到他,即便他死了,也要寻到他的尸骨安葬。

吃完豆花饭,涂姐对袁哲弘、赵雯说:"我还有事,就此告辞。"她要回舵头郭大姐那袍哥堂口的深宅老院去,她是郭大姐的得力助手,是三排的头儿,堂口里不设二排,不敢逾越关二爷关羽。她是二把手,袍泽姐妹里的事情多。

袁哲弘没问她去哪里,从裤兜里掏出个小本子,撕下一页,写了他的联系方式给涂姐:"涂姐,您多保重,有事随时找我。"他其实知道是军统的人在追捕涂姐,也探得涂姐现在的住处,一直在暗中保护她,犹豫着何时对她讲说窦世达已经投敌叛变之事。涂姐的性情耿直暴烈,他担心她会承受不了,会做出伤害到她自身的事情。他刚去前线完成的一桩秘密任务就是再次去策反窦世达,遗憾窦世达不在,没有打探到他的行踪,失望而归。

赵雯也掏出采访本撕下一页,写了她报社的地址和电话给涂姐:"涂姐,有事尽管找我,我是记者,兴许会帮得上忙。"记者的她一定要弄清楚涂姐被追捕的缘由。来豆花店的路上,她问过袁哲弘和涂姐,他俩都避而不答,只有缓缓再说,会搞清楚的。

涂姐出店门后又回身,盯袁哲弘、赵雯笑:"你两个呢,好生耍,上面是老君洞,去烧把高香拜拜菩萨,求得好事情。"

赵雯点头笑,对的,去给父母祈福。

袁哲弘红脸笑,刚才没对赵雯说出口的话,就到菩萨跟前去说。

第十章

酷暑时节，人困马乏。疲惫的"黄卫军"官兵一个个汗爬流体持枪爬卧在战壕边，等待长官再次进攻的命令。汗湿军装的"黄卫军"上校团长窦世达挺立战壕内举望远镜前望。他没有死，此时正率部与国军的宁孝原部酣战。

双方阵地间的空地上硝烟弥漫，弹壳遍地，躺着数十具双方的尸体。

窦世达眉头深锁，捋络腮胡子，对身边的副团长赵绪生说："宁孝原厉害，他们那工事筑得牢固。妈的，不攻了，老子守株待兔。"

"这，能行？"赵绪生说。

"他娃的性子急，会以为我们不敢进攻了，他会反扑的。"窦世达说。

酷烈的太阳欲将这战火烧焦的战场引爆，激战会随时再度打响。窦世达感到右肩头一阵酸痛，放下望远镜交给赵绪生，转身走，被一个士兵的腿绊了一下，"妈的！"他瞠目喝骂，抬穿黄皮军靴的脚朝那士兵狠踢。那士兵惨叫，他那负伤的腿上包扎的纱布在渗血。窦世达赶紧蹲下身子为他扎紧伤口，喝道：

"卫生兵，抬他下去！"

卫生兵和担架员跑来。

窦世达蹙眉起身，抬步往团部走。

赵绪生跟随。

团指挥所在后山的慢坡处，可见广袤的江汉平原和浩渺的洞庭湖水。回到团部的窦世达举目远望，隐约可见湖水南边的岳阳楼，怅然感叹：

"这地方不错，南临长江，北襟襄水，东跨洪湖，西接江陵，与岳阳楼隔江相望，'衔远山，吞长江，浩浩汤汤，横无际涯……'"

赵绪生接话："范仲淹这《岳阳楼记》写得有气势。据卑职所知，'先天下之忧而忧，后天下之乐而乐'是这里面的名句。"

窦世达点头："'不以物喜，不以己悲。'咳，世人又有多少能够真正做到……"

本是国军副团长的窦世达是在一场战斗中被"黄卫军"的赵绪生俘虏的，赵绪生当时是营长。窦世达所在的部队被打散了，被围捕的他很不服气，竟然败给了汉奸部队"黄卫军"，举枪欲饮弹自尽，被他身后的赵绪生抓住手腕夺了枪。几个"黄卫军"士兵上前摁住他，被赵绪生喝退。赵绪生比他小，是他黄埔军校同寝室的好友，苦口婆心劝他归降。他怒斥赵绪生，国难当头，我黄埔生无一降敌，你是我黄埔军人之耻！赵绪生摇头，此一时彼一时也，识时务者为俊杰，我部参谋处处长邹平凡就是黄埔六期的，当年参加过长城抗战，军衔已至少将，前年就过来了。他说，邹平凡是个败类，他是因失职被撤查而怀恨在心，委员长亲自下令通缉他。赵绪生说，还有跟邹平凡黄埔同期的罗涤瑕、黄埔七期的王翔龙，他们现在一个是我军副官处的处长，一个是我军二团的团长，他们都是你我的学长。说，你一颗子弹死了倒痛快，可窦太太我那嫂子呢，她会痛断肝肠的……这话戳到了窦世达的痛处，他最舍不得的就是他的爱妻。人在屋檐下不得不低头，窦世达想，就是死也得与爱妻再见上一面，且就先"归降"，伺机而动。赵绪生说，你败给我军不是你无能，是你们的武器差，还有诸多的原因。我给你说，这"黄卫军"其实就是一支以原国军的军统人员和黄埔将领组成的军队，是有战斗力的。我军刚一组建，日军那冈村宁次长官就给了八百支三八大盖和二十多挺机关枪，之后，又多方给予了支持。说"黄卫军"倡导的是"大黄种主义"，日本人也是黄种人。窦世达感觉出来，当年热血青年的赵绪生已经被洗脑了。抗战以来，日本人先后扶植了伪满洲国、伪维新政府、汪伪国民政府等叛国政权，扶持了"皇协军"、"华北治安军"、"和平建国军"等伪军。这是众所周知的。他听军统那袁哲弘说过，这些伪军都是投机倒把、浑水摸鱼的"骑墙派"，战斗力差，是军统和共党策反的对象。不想这"黄卫军"还厉害。

赵绪生领窦世达去见"黄卫军"的军长熊剑东，说熊军长虽非黄埔出身，却是念过日本士官学校的。他怒道，所以他投靠了日本人。赵绪生说，熊军长先前也是复兴社的，在戴笠处长手下任职，你知道的，复兴社是军统的前身。淞沪会战时，戴笠在杜月笙的帮助下成立了"苏浙行动委员会别动队"，熊军长出任淞沪特遣支队的司令。上海沦陷后，别动队活动于苏浙皖一带打游击，后来更名为"忠义救国军"……赵绪生说的这些，窦世达有的不知道，而三年前，熊剑东在上海被日军俘虏投敌他是晓得的。

一身戎装佩少将军衔的熊剑东军长接见了他，一口江浙腔："我晓得，你窦世达是参加过'武汉会战'的，是国军的一员猛将，欢迎你加入我

'黄卫军'。'黄卫'，即保卫黄种民族之简义，今国际之纵横捭阖，朝友暮敌，我们立国世界，既已无法孤独自保，就唯有求与同气相通同声相应之同一种族的国家共谋合作……"他听着想，日本侵略者为师出有名，就鼓吹"大东亚共荣圈"、"大黄种主义"，熊剑东这是在迎合讨好日本人。熊剑东说："你听懂我说的了哇，我们如不明此义而自相残杀，则恐'黄种'两字将会成为历史上之名词，世界将无有色人种之存在……"他听着想，这也太危言耸听了。熊剑东接见他时，"黄卫军"参谋长李果堪也在场，窦世达知道，李果堪原是军统汉口站的站长，哀叹，这些个党国的精英竟然都投敌了。

熊剑东接见他后，他被委任为"黄卫军"三团的团长，赵绪生晋升为该团的副团长。

就有人来追杀他，是夜里摸进他住屋的，刚躺到床上的他的脑门被枪口顶住。来人穿黑色长衫，说他是军统的人，是他熟悉的小崽儿袁哲弘。他看清楚确实是袁哲弘，惊骇也释怀，欲言，传来急促的脚步声。袁哲弘收枪飞身从窗口逃走。进屋来的是给他送加急电报的赵绪生，赵绪生掏枪去追袁哲弘，未有追到。窦世达动摇了，唉，汉奸的帽子是已经戴上了，说不清楚了，熊军长又厚爱重用，部队的装备和自身的待遇都比国军好，又有一帮黄埔校友和原军统的人为伍，罢罢罢，且先和平救国曲线救国吧，把太太接来为要。前年的那个月黑风高夜，是赵绪生陪同他去接他太太的，不想还是走漏了风声，军统的人追至嘉陵江边，他右肩中弹落水，是小木船上的赵绪生救他上船才逃离险境。

贼船已经上了，就由不得他窦世达了。

窦世达指挥这"黄卫军"三团既跟共军打，也跟国军打，沾有血债。他没有想到的是，共军那团长黎江和国军那团长宁孝原都是他太太和他的熟人，哀叹自己怀才不遇、遭遇维艰，这两个重庆小崽儿都与他平起平坐当团长了。

久经沙场的人，战火一开，不是你死就是我活，是不怕或顾不上死活的，最难耐的是战前的寂寞恐惧。窦世达等待宁孝原的反扑，而对方却一直没有动静。上司的命令是务必拿下敌方的阵地，务必全歼敌人。妈的，啥敌人，都他妈的是中国人。军令如山，军人的他不得不执行，且日军随时都会出现。他们在前面当炮灰，日军在后面督战。

他在团指挥所里来回走动，不时看手表，汗水湿透衣裤。宁孝原个小崽儿，老子带他去看过厉家班的京戏，带他去吃过"沙利文"的法式面包，

不想此时会在战场上与他铁血拼杀。

一排长挥汗跑来:"报告团座,敌宁团长约您到阵前单独会面。"

赵绪生脸色不好看:"团座,您不能去,宁孝原那家伙掏枪快!"

一排长说:"报告副团长,敌方来人说,谈判双方都不带武器。"

赵绪生欲言,被窦世达止住:"老子去,看他小崽儿耍啥子花样。"掏出手枪交给赵绪生,抬腿朝团指挥所外走。

踩在鄂中南这湖积平原地上的一黄一黑两双高筒军靴缓缓靠拢。穿黄军靴的是窦世达,穿黑军靴的是宁孝原。

两人面对了面。

战地硝烟弥漫,双方未能收回的尸体散发出浓烈的血腥味儿。

"小崽儿,宁团长,我来了。"窦世达冷脸说。

"窦营长窦团长,别来无恙。"宁孝原抱拳说。他参加完石牌保卫战返回第三十三集团军后,奉命与黄卫军作战,不想遇见了窦世达。

窦世达捋络腮胡子:"无恙,老子好得很!"话中带有苦衷、愧疚和傲慢。他知道,宁孝原是来策反他的,他在国军时就知道,对于统称为伪军的汉奸军队都要设法策反,宁孝原那个当年的小伙伴袁哲弘,枪口都顶住他的脑门了也未开枪,定是想策反他。他一直在动摇,内心里还是愿意被策反的,他本来就是国军的军官,可他击毙过国军的人包括一名国军的连长,被策反过去也是个死。

"窦团长,我从小就崇拜黄埔生的你,真的!"宁孝原真诚说,"你带我耍过重庆的不少地方,你教会我好多知识和技能,是你引荐我当兵的。你打仗有勇有谋,'武汉会战'使冈村宁次一部遭到了重创……"

窦世达听着,心血翻涌。当时是国军连长的他率部与冈村宁次属下的一个中队血战,他们营部遭到了日军的突袭,营部长官全都阵亡,群龙无首,是他挺身而出,率领残部对日军那中队来了个反包围,歼敌近半,受到上司嘉奖,直接晋升为营长。

"窦团长,涂姐待我如同亲弟娃,涂姐就是我亲姐姐,你就是我亲姐夫!"宁孝原显得激动,扪心说,"于公于私我都要说,我,还有涂姐,都不希望看见你现在这个样儿。论大道理你比我懂得多,煤炭是黑的雪是白的,我就说大实话,你我都是中国人,中国人不打中国人,要爱国,我们共同的敌人是日本鬼子……"

窦世达听着，愧颜地低下头。宁孝原这小崽儿出息了，是个血性军人，他冒死约自己阵前会面就胆气不小。他这大实话对，老子本来就是无奈诈降的，老子是得要反正，得要率部反正才能重获国军的信任……

"姐夫，窦团长，你不能跟日本人穿一条裤子了，回头是岸，归队吧……"宁孝原振臂说。

"叭！"

一声枪响划破宁静的战场，宁孝原中弹倒地。

子弹是从"黄卫军"阵地射来的，窦世达转身跺脚喝骂："是哪个龟儿子开的枪！"挥手喊，"不许开枪，都不许开枪！……"

国军阵地响起哗啦啦的枪栓声。

两个国军士兵猫腰跑来，抱了负伤的宁孝原回阵地去。窦世达遗憾摇头，骂骂咧咧朝自己的阵地走，刚跳进战壕，赵绪生就喝令部队开火。

国军还击，战斗再度打响。

窦世达拽住赵绪生的胸襟吼叫："是哪个开的枪？"赵绪生说："是我，我见他要对你动手！"他和日本人都担心窦世达是诈降，让宁孝原一枪毙命，就可使他死心塌地归降。"你胡说！"窦世达眼似铜铃，"就是动手，他也不是我的对手。我问你，没有我的命令，你为啥下令开火？"赵绪生说："是山田大队长派人来叫开火的，山田大队就在我们后面……"妈的，老子是跳进黄河也洗不清了，窦世达心里哀凉。

窦世达部有人开冷枪，宁孝原可以认为不是窦世达授意的，可他窦世达刚回到自己的阵地，就立即开火，证明他是死心塌地为日本人卖命了，姐夫，你无情我就无义了。被卫生兵包扎了伤口的他对参谋长蔡安平说："参谋长，你代我指挥，全力反击，灭了这帮混蛋！"怒不可遏的蔡安平领命："是，团长，就等你这命令。我说过，窦世达这家伙不可信！"对身边参谋，"传团长命令，打，痛打这帮汉奸卖国贼……"

独立团官兵士气高涨，呐喊冲出阵地。

蔡安平对卫生兵叮嘱："守护好团长。"抬眼镜拧眉喝骂，"窦世达，你他妈的不讲信义，来而不往非礼也！"掏出手枪朝指挥部外走。"参谋长，你不能上去……"宁孝原有气无力喊。蔡安平已率部队冲出了战壕。

双方肉搏血战。

枪声密集，日军山田大队蜂拥而来。

阵前的窦世达心里发凉，宁孝原，小崽儿，你们完了，完了。宁孝原得知日军山田大队赶来，怒骂，山田，又是你狗日的，老子与你不共戴天！心

想，窦世达这黄埔生是有心计的，可他那心歪了，想要灭了我部，传令部队撤退。"黄卫军"与山田大队合围追击，宁孝原部伤亡不小。躺在担架上的宁孝原心里滴血，恨死了山田和窦世达，不甘心部队就此被歼。这时候，日军的后阵响起了密集的枪炮声呐喊声，日军乱了，"黄卫军"也乱了。是新四军来了。宁孝原大喜，让参谋长蔡安平指挥部队回击。日军、"黄卫军"一时蒙了。骑在马上的蓄小胡子的日军山田大队长气急败坏，挥指挥刀喝令部队两面迎敌。新四军团长黎江飞马驰来，对他"叭叭叭"连开三枪，山田负伤落马，被卫队救起，他不明情况，不敢恋战，指挥部队撤退。

国军与新四军战地相逢。

杀气腾腾的新四军黎江团长来看望负伤的宁孝原，锁眉说："伤得不轻。"担架上的宁孝原面色惨白："万，万不想，螳，螳螂捕蝉，黄雀在后，我，我们是绝处逢生，谢谢你，谢谢黎江大哥……"、"我们是友军，说啥子谢啊！"黎江说，"我们是得到情报赶来的……"

第十一章

　　宁孝原是踩着秋天的脚步回到家乡的,家乡重庆的晚秋倒冷不热。阴云天,他没有穿军服,穿的麦尔登中山装,这粗纺呢面料的服装平整挺实有弹性,使高个头的敦实的他越发地挺拔。

　　他挺胸朝前面的"精神堡垒"走。

　　几个月前,汉奸窦世达部那不讲信义的冷枪子弹钻进了他的胸膛,为他取出那颗三八大盖子弹的军医官是华西协和大学毕业的,技术高超,说幸好没有伤到要命处,子弹若再偏一点儿就会穿破心脏。再次大难不死的他受到集团军总司令冯治安将军的严厉批评,说他一个团指挥官竟然拿个人的性命去赌博去冒险,丢了命谁来指挥部队?他狼脸拖长,委屈不服却还得认错,报告司令,您一直严令担任要职的属下不得擅离岗位的,卑职知错了,听凭司令处罚。冯司令叱他说,处罚,撤你的职脱你的军装都是轻的,哼!他心里打怵。冯司令喝茶,走动几步,说,你呢,是想利用老关系去策反窦世达,动机嘛,还是好的,这次就饶了你,下不为例。他舒口气,是呢,窦世达是他自小就喜爱敬重的良师,是涂姐的男人,是他舍命也想挽救的姐夫,他不希望他成为汉奸成为历史的罪人。他这么想时,冯司令踱步到他跟前,宁孝原听令,我命令你回老家去疗伤,军医说,你吵闹着非要出院,说你那伤还没有好完。确实是他闹着出院的,可他觉得伤口已无大碍,莫非是冯司令要把他赶出战斗部队?拍胸脯说,报告司令,卑职的伤已经全好了,卑职要继续在前线跟您战斗,打败小日本鬼子!冯司令凑到他耳边说了句话。他便眉开眼笑,谢谢司令关爱!冯司令给他说的是嘉奖他半个月假期,回老家去看望太太。他还没有太太,倪红只算是相好。集团军总部有个高官的女儿是机要处的,一心要嫁给他,他不情愿又不想得罪那高官,就编谎话说他在荣昌老家已经有了结发夫人。他倒是急于返渝与他日思夜想的心上人赵雯会面。他让哲弘老弟转交给赵雯的信起了作用,赵雯与他保持了书信来往。嘿嘿,毛庚朋友袁哲弘这家伙还要得。

"No matter whether the ending is perfect or not, you cannot disappear from my world."

他给赵雯写的是英文信，意思是"我的世界不允许你的消失，不管结局是否完美"，落名 Xiaoyuan Ning。信址写的中文：第三十三集团军总部转独立团宁孝原团长收。确实是有卖弄之意。在前线盼待赵雯来信的他度日如年，不想，他很快收到了从集团军总部转来的她的回信：

"You will have it if it belongs to you, whereas you don't kvetch for it if it doesn't appear in your life."

跟他一样，也是英文，意思是："命里有时终需有，命里无时莫强求。"他初看失望，细看兴奋，人家并无拒绝之意。之后，两人开始了书信往来，都中英文夹杂，用毛笔或用钢笔书写。他称呼她赵小姐，她称呼他宁团长。参谋长蔡安平那金丝眼镜镜片后的眼睛眯成一条缝，转给他信时说，这女人的字行云流水，落笔如云烟。他说，安平兄，你咋知道是女人？蔡安平反问，难道是男人？他笑，参谋长火眼金睛。蔡安平说，字如其人，古墨轻磨满几香，砚池新浴灿生光，这字婉转如婀娜窈窕之美人儿，春风拂面繁花来也。他满心高兴，安平兄有文采，你老弟高见！他与赵雯往来的信件多了，蔡安平伸拇指说，好事情，战地情书，为兄等待早日喝你俩的喜酒。他便哈哈哈哈。

他与赵雯往来的书信，开先是相互问候，赵雯很关心前线的战局，说她是记者，希望他利用战斗间隙写信细说。他都照办，军队的机密没有说。赵雯的信里也关心前线官兵的安危，特地叮嘱他这个大英雄千万要注意保护自己，莫要做无谓的牺牲。他感动，急不可耐直奔主题向她求婚。这封信发出后，两月不见回信，他后悔了，后悔自己太心急，看来，她是不情愿。他不放弃，又写了信去，言辞之恳切他自认为可以感天动地。那天，参谋长蔡安平到他的营帐来，要他拿酒喝。他说心情不好，不想喝。蔡安平就从上衣兜里取出封信来，他伸手去夺，蔡安平迅速放入衣兜里。他赶紧寻出瓶茅台酒来，叫曹钢蛋买来卤菜，热情招待蔡安平。酒菜下肚，蔡安平才掏出信给他。熟悉的字体，他将信放入衣兜，让这幸福或是痛苦的时刻来得慢一些。你咋不看信，这不是你的性格。蔡安平盯他说。他与蔡安平碰杯，你说的，战地情书嘛，也就是那些老话，喝酒喝酒。

晚上，他躺到行军床上，慢慢拆信，心跳剧烈。信不长，看信后，他既无幸福感亦无痛苦感。这封信写的中文，称呼从宁团长改为了宁兄：

"宁兄勋鉴：出差回来，见到你的来信。欣赏你的直言不讳，军人的性格。我说过，我崇拜你这个大英雄，真的。有个疑问，我晓得你有个倪红，她应该是个好姑娘。有个问题，我们能活到战争结束吗？书不尽意。秋祺。赵雯。1943年中秋日。"

她称呼我宁兄，亲近了；勋鉴，这是对有功绩者的称谓，当然，老子是有功绩的，却缺少了些温情，用爱鉴是苛求她了，倘用惠鉴就好；纸包不住火，倪红的事情她迟早会知道，自己也打算要给她明说的，虽感突然却并不心惊；战火纷飞的岁月，前线有不断的大仗小仗，后方有敌机的突袭轰炸，谁也不知能否活到战争结束，她问的是大实话；她回信的日期正逢中秋月圆时，吉利之日呢！

他掏出泥鳅般的黑壳金星钢笔回信。

部队随时转战，住宿房院有文案时他用毛笔挥毫，住宿营帐则用钢笔方便。抬头写的赵雯惠鉴，说了打日本鬼子打黄卫军的事情，这是她喜欢的，投其所好嘛。之后，开门见山回答赵雯对倪红的疑问，半点也不隐瞒；对于她提的问题，他挥笔写了"吉人自有天相，我相信我俩都能活到战争结束"，落名孝原。写完，他也不改，让勤务兵即刻寄出。

他收到了赵雯的回信，说他这人还老实，说她愿意跟老实人交往，盼他早日凯旋。

天意呢，他收到她这回信没多久，冯司令就给了他回重庆的机会。他好高兴，冯司令耶，您硬是瞌睡来了遇到个枕头啊，哈哈！回去就可以见到我心爱的赵雯了，当然，还要去那吊脚屋，也好想倪红。想到倪红，心里愧疚，她会吵闹的，得给她赔不是，自己有错。

宁孝原走进了都邮街，他穿那黑白相间的牛皮皮鞋踩在石子马路上嘎吱吱响，与一个人撞了个满怀，是个穿蓝底白花丝绸长衫的金发碧眼的外国人。

他撞了对方，对方反倒抱拳说："对不起对不起，哥儿。"别扭的重庆话。

"斯特恩，我们又见面了！"他哈哈笑。

斯特恩二十多岁，是个犹太人，嗨了重庆袍哥："哈，宁团长，我两个袍泽兄弟又见面了！"

两人相拥，说不完的话。

他穿的这牛皮皮鞋是斯特恩送给他的。

他是从武汉乘民生公司的"民众"轮返渝的，船到宜昌不走了，要换

乘小吨位的轮船。西迁的官员、商贾、伤兵、难民、难童好多，他是找关系花高价才买到可过三峡的"民生"轮的船票的，可"民生"轮临近涪陵县时抛锚了，不知啥时候能够修好。心情急切的他就提了牛皮箱赶夜路，不过是几十里河湾路，到了涪陵码头就可以找到船的。河湾路时而临江时而翻山，夜色昏暗，不时有鸟兽怪叫，令人毛骨悚然。他摸腰间的勃朗宁手枪壮胆。过一片密林时，嗖嗖声响，林间串出七八个围头巾持棍棒的汉子，领首的汉子喝叫他留下买路钱。妈的，遇棒老二了，铁血战场打拼的他迅速掏枪，不想身后有人，夺了他那手枪。领首的汉子喝骂：

"妈的，龟儿子不老实，捶！"

几个汉子乱棍齐下，赤手空拳的他被打晕，醒来发现，他那皮箱、手枪、身上的军装都被抢走了。就剩下了内衣裤。军装里的证件、钱币和那瑞士小三针怀表都没有了。时值黎明，有亮物，是散落在地的几张法币，不知是棒老二有意留给他的还是仓皇离开时遗落的，他赶紧拾起紧捏手中。四下里空无一人，还算幸运，他只是被打晕了，头上起了包，身上有瘀血。他艰难地起身走，半山腰处有户茅屋农户。狗儿的叫唤声惊醒了屋里的人，是一对衣襟褴褛的老年夫妇，听他说后同情地摇头叹气。他用手中法币换了件破旧的长衫穿上，换了两个红苕填肚子。法币也就没有了。恼火的是，他那军靴也被抢走了，光脚板走路脚痛，走走停停，太阳一竿子高了，才走进了清溪镇。

此镇离涪陵城还有二十多里路，有涪陵沿江四大古镇之美称，镇上的商铺不少。得要买双鞋子，就进了一家杂货店，刚进门就被店主呵斥：

"狗日的叫花儿，又来了，滚出去！"

公子哥儿大军官的他从没有被人如此呵斥过，瞪目要骂人又忍了，此一时彼一时，强笑说："老板，我来赊双鞋子，最便宜的，四十二码。我遭棒老二抢了，我一到涪陵就取钱来给你。"他父亲的银行在涪陵设有分行。

"说得撒脱，想来混拿！"店主瞪眼说。

"真的，我加倍给你钱，给十倍！"

店主是个中年男人，怒道："你娃的鬼花招老子晓得，找打的瘟丧，滚出去！"

两个伙计推他出门。

这时候，穿油垢便西服的斯特恩进店来，问明情由，掏钱为他买了店里最贵的黑白相间的牛皮皮鞋，笑说：

"你穿上这皮鞋就白道黑道两道通吃了。"

斯特恩不仅为他买了皮鞋，还请他进馆子吃火锅。他道谢。

斯特恩说："你是国军军官，在前线抗击日寇，是国际反法西斯同盟的有功之人，不是你谢我，是我要谢你，谢谢你们重庆人热心收留了我。再说了，你我都嗨了袍哥，是袍泽兄弟，自当有福同享有难同当。"

摆谈中，他才知道，斯特恩是避难来陪都重庆的犹太人。他经人帮助逃出了德国，先乘火车经莫斯科到阿拉木图，由阿拉木图飞乌鲁木齐，再转飞兰州、成都、重庆。费用是一家犹太人救援机构提供的。

"怎么远啊！"他吃惊。

"这条路线是欧洲到中国最短最快的了，那些外交官、商人都走这条路线。我能飞到重庆，是会说德语的机长网开一面，侥幸混得了机票。"

"你遇见了好人。"

"是的。"斯特恩说，眼圈发湿，"德国纳粹不是人，用绳子捆住我父亲的阴茎，强迫灌水，不许屙尿，活活痛死了。我母亲也惨死在了纳粹的集中营里。"

"法西斯暴行！你咋没有被抓？"

"我也被抓了的，好在当时德国的不少法官是希特勒执政前任命的，司法部头头弗兰茨·居特纳就不是纳粹党人，他的助手多纳尔尼是反纳粹的。那时，德国的司法部与盖世太保是双轨制，司法部的刑事警察放了一些犹太人，我就是其中的一个。"

"德国也有好人。"他说。

"是。"斯特恩点头，感叹说，"好人，重庆的好人多。我刚一到这里就遇到日本飞机轰炸，街上的人惊惶地喊挂球了，挂球了，第二盏红灯笼升起来了，四散躲避。我不知道去哪里躲避，是个老人拉我躲进了防空洞的。"

"重庆的防空洞多。"

"你们重庆的袍泽兄弟很仗义，想方设法帮助我开办了'斯特恩公司'。"

"你的名字取名的公司？"

"嗯，'斯特恩'是你们中文'星辰'的意思。"

"星辰好，繁星满天，生意兴隆。都卖些啥子？"

"猪鬃、皮毛、山药，你们这里的土特产，好销。"

"你精灵，犹太人精灵……"

斯特恩是精灵，自驾了道奇车四处做生意，搭了他回重庆。车到半路没油了。他好着急。斯特恩说，莫急，你们说的，车到山前自有路。叫他看着车，快步朝前面的乡场走。约莫一个小时，斯特恩回来了，身后跟着个挑担

子的农民，挑的两个老重的土坛子。斯特恩说，是在前面乡场餐馆里买的两坛老白干酒。将两坛白酒倒进油箱里，取出后备箱备用的破棉絮，浸白酒包到汽化器上，用打火机点燃加热，"嗡，嗡嗡，轰轰……"汽车发动了。斯特恩笑说，战时的汽油金贵，不是说滴油滴血么，我这还节省了汽油。

途中，每隔二三十公里，斯特恩就停下车，把油箱盖打开，说是释放没蒸发的冷凝水。会开车的宁孝原从没听说过用白酒做燃料开车，斯特恩硬是用这白酒把汽车开回了重庆，自豪说，不是头一回了，我用老白干酒开车，得到了袍哥龙头大爷的夸奖呢。

斯特恩要去卸货，他想早些见到赵雯，两人留下信址、电话，拱手告别，都说是后会有期。他留的是他父亲那宁公馆的地址和电话。

他没有去倪红那吊脚楼屋，去的宁公馆，疲惫的他洗漱吃饱喝足美睡，去见赵雯得要精神些。他睡得太死，三餐饭一起吃，边吃饭边跟母亲说话，母亲慈爱的眼里包满眼泪。父亲的脸色大不一样。赵雯的信上给他说过，她与他通信之事她父亲晓得，她父亲赵工自然会给他父亲过话。吃完饭，他一抹嘴，说要出去一趟。父亲问他去哪里。他说去赵雯家。父亲说快去。

运气不好，赵雯一家人都不在。他就朝"精神堡垒"走，等会儿再去赵雯家，就遇见了斯特恩。

宁孝原与斯特恩说笑着走，他要还斯特恩的皮鞋钱，斯特恩说宁兄你小看人。他说，好吧，容当后报。

西斜的秋阳在厚云里，渗出来灰白色的亮光。没有那碑了，"精神堡垒"所在那基座上竖有根高高的旗杆。

斯特恩看旗杆："这碑先天就不足，战时的建筑，经不得风吹雨淋，日本飞机又连番轰炸震动冲击，修过的，还是不到两年就垮了。说是政府没有经费重建，就立了这根旗杆来代替，人们还是习惯地称呼'精神堡垒'。"

宁孝原遗憾摇头："可惜了！"想起当年他与赵工的交谈，木质的，稳不稳实啊？赵工说，钱少，只能这样。唉，还真是垮了。想起他在碑前对倪红发的誓言，心里愧疚，自我安慰，这碑都没了，我那誓言还算数？倪红，人心难免无邪，原谅我。我见了赵雯后，不论结果如何都要来看你。

蓬头垢面衣襟褴褛的疯子老叫花儿摇晃走过，他手里拿着个肮脏的青花瓷碗，嘴里念念有词："碑垮了，碑没垮，垮不垮都在……"宁孝原喊："疯子，等到，给你钱。"老叫花儿转身伸手。宁孝原给了他一块银元。老叫花儿收了银元走："发财啰……"

"宁兄心善。"斯特恩说。

"跟别个学的，买个心安。"宁孝原说，内疚于倪红。

斯特恩笑，想到什么："嗯，很不错的黄昏，我们为啥不去喝杯咖啡？走，我请客，去'心心咖啡厅'。"

"心心咖啡厅"不远，就在"精神堡垒"前面的会仙桥，举目可见。

天色暗了些，"心心咖啡厅"的霓虹灯亮了，闪闪烁烁。在前线时，宁孝原就听说有个姓田的老板开了这家咖啡店。重庆的茶馆、酒馆、饭馆、鸦片馆多，咖啡店却稀见。说是那田老板在美军招待所当过领班，会煮咖啡，会些应酬的英语。说是不仅卖咖啡，还卖牛奶、红茶、可可和西式点心。他有些饿了，就随了斯特恩走，先去坐一阵再去赵雯家，她晚上会在家的。

他与斯特恩朝"心心咖啡厅"走，听见里面传出来《何日君再来》的歌声，缠缠绵绵，柔肠断肚。

咖啡店门廊里有穿短裙的漂亮女招待恭迎。厅内灯光柔媚，内饰雅致，一律的小茶几、条丝靠背椅，有矮屏风隔成雅座。厢与厢相连，座与座相通。食客、情侣穿着各异，还有美国军人。没有茶馆里那闹哄，人们品咖啡品氛围。他以为是亮臂露腿的歌女在唱歌，却是留声机里播放的歌曲。打领结的男招待彬彬有礼带他俩寻座，斯特恩说坐大厅，大厅热闹。二人落座，斯特恩要了两杯煮咖啡和点心。他衣兜里有钱了，要付钱，斯特恩不要他付钱，说是下次他请。斯特恩喝咖啡是享受，他觉得没有重庆的沱茶好喝。

这时候，走来一个女人，有点面熟，她梳男士大包头，穿银灰色雪花呢西服，打蓝白相间花领带，穿文皮尖头男式皮鞋，牵条怪模怪样的哈叭狗。她寻了他俩的邻桌坐下，从白铜镶金烟盒里取出根"大炮台"香烟，用镀银的打火机点火抽烟，喷吐烟圈。宁孝原就起了烟瘾，掏出"国军牌"香烟，捏燃铜壳打火机点火抽烟。他知道斯特恩不抽烟。灯光下，那女人白净的脸上有少许麻子点儿。想起来，她是孔二小姐，中国银行总裁孔祥熙的二姑娘，蒋委员长的姨侄女，在酒席桌上见过的。对斯特恩低声说。斯特恩笑："我晓得她，有性格，她常来这里喝咖啡。"

有个西装革履的中年男士挺胸走来，左手背在身后，右手端了咖啡、点心，恭敬地放到孔二小姐身前的桌子上。孔二小姐从玲珑小包里掏钱付钱。

斯特恩对宁孝原说："这就是咖啡店的田老板。"

宁孝原说："官家屋里的人就是不一样，老板亲自侍候。"

斯特恩说："你要是穿上佩军衔的军装，田老板也会亲自侍候你。"

"心心咖啡厅"的霓虹灯亮了,闪闪烁烁。在前线时,宁孝原就听说有个姓田的老板开了这家咖啡店。重庆的茶馆、酒馆、饭馆、鸦片馆多,咖啡店却稀见。说是那田老板在美军招待所当过领班,会煮咖啡,会些应酬的英语。说是不仅卖咖啡,还卖牛奶、红茶、可可和西式点心。

宁孝原笑："也许吧。"喝苦涩的咖啡，锁眉头，"委员长提倡新生活运动，不准吃茶只许喝白开水。"

斯特恩挑眉说："可你们委员长并没有说不许喝咖啡，据我所知，你们不少军政官员都有咖啡瘾，对这'心心咖啡厅'可谓是心心相印。"

他俩说时，田老板过来跟斯特恩打招呼："啊，斯特恩先生，您又来照顾我的生意了！"

斯特恩颔首笑，介绍宁孝原。

田老板拱手："失敬失敬，不晓得宁团长大驾光临，您是打日本鬼子的英雄，今天我请客！"

宁孝原笑说："谢谢田老板，你的心意我领了，今天是我袍泽兄弟斯特恩请客。"

"呵呵，那我就得便宜了。"田老板笑道，"你们请便，我就不打扰了。"各自忙去。

斯特恩目送田老板走去："他生意好，麻烦事也多。这捐那税不说，宪兵、警察、丘八、便衣，这个去了那个来，吃了不给钱。"

"妈的，哪里都有这种人。"

"田老板就拿钱求人，去警备司令部、稽查处、警察局活动。花了不少的钱，事儿没有办成，生意反倒好了。"

"为啥？"

"那些得了他钱的人，虽没有帮他办成事，却为他传了名。这咖啡店不但老百姓晓得，重庆城各界的达官显贵都晓得了，来的人好多……"

生意确实好，此时的大厅已经爆满。

过来个穿中山装的男人，见孔二小姐身边有空位，就坐下，掏钱要了杯咖啡。宁孝原又觉面熟，想起来，在报纸上见过。对斯特恩低声说："你说得对，要员都来，你看，警察局的徐局长来了。"斯特恩看徐局长："他穿便装来，还是怕影响，他没吃白食。"宁孝原点头："他是局长嘛。"徐局长喝咖啡，掏出"大前门"烟，没有带火，就拿了孔二小姐放在茶几上的镀银打火机，捏不燃。孔二小姐取过打火机，手指轻轻一弹，打火机燃了。徐局长叼着烟伸头去接火，"啪！"孔二小姐伸出细短的五指扇了他一耳光。徐局长生怒。田老板快步赶来，招呼徐局长，对徐局长介绍了孔二小姐。徐局长摸脸说："不想这里面还有蚊子……"

斯特恩捂嘴笑："她扇他一耳光，他说是有蚊子，哈哈……"

宁孝原哑笑，见一个女人朝咖啡店外走，赶紧起身跟去。

第十二章

入夜时分，下起绵绵细雨。"心心咖啡厅"外的马路如同抹了层油，坑洼处的积水似形状各异的棱镜熠熠放亮，公共汽车、小轿车、货车、马拉车、黄包车穿街而过。人行道上，行色匆忙或是缓步慢走的路人、情侣撑起了颜色花色不同的雨伞，如同一朵朵移动的蘑菇。这些移动的"蘑菇"在高楼矮屋密布的灯火通明的大小商店出出入入。歌舞厅优雅、怪叫的乐声；餐馆茶楼酒肆的说笑声、猜拳声；卖醪糟汤圆、担担面、豆腐脑、芝麻糖、灯草的小贩的吆喝声，闹闹哄哄。

路灯的橙色光焰与光怪陆离的霓虹灯火交融，把白天难看的好看的人和景物弄得迷蒙弄得美妙。

山城不夜。

宁孝原跟了那女人出咖啡店，心撞胸壁，这穿雪青色西服的长发飘逸的女人像是赵雯。进出咖啡店的人多，她出咖啡店后就不见了人影。宁孝原站在霏霏细雨里四望，后悔不该只注意看孔二小姐扇徐局长耳光，否则是可以早些看见她的。斯特恩跟来，不知啥时候买了两把雨伞，递给他一把。

他二人撑了雨伞走。

"那女人过目不忘。"斯特恩说。

"你也看见了？"宁孝原问。

"嗯。能使战地武夫动心的女人一定不凡。"

"斯特恩，我得去找她。"

"去吧，拜！"

"拜！"

宁孝原与斯特恩道别后，犹豫地往十八梯走，赵雯应该是回家了。他走得慢，希望又不希望那女人是赵雯，他分明看见那女人身后跟着个西装革履的男人，看背影是袁哲弘，出咖啡店后，两人都不见了踪影。难道兄弟伙哲弘要横刀夺爱？

他走过"精神堡垒"。人流熙攘，没有那碑了，灯光照射的那旗杆孤立在雨夜里。心生不祥,还恐惧,如同大战前夕的那种难耐的恐惧。袁哲弘、赵雯,孤男寡女,难免不会碰出火花。自己挖坑自己埋,这是袍哥说的话,耶,我让哲弘这家伙转交的那封求爱信,莫非会葬送了自己的爱情?他掏出"国军牌"香烟,用铜壳打火机点燃狠抽。

"妹在山岩看江流,哥去前线打日寇;要采野花早些说,移情别恋难回头。'情人'牌香烟!"一个挂香烟匣子的卖烟女喊唱着走来,声音高了,"全民抗战,不忘国耻,还我河山!'金字塔'牌香烟!大刀向鬼子头上砍去!'老刀'牌香烟!……"

宁孝原听着,热血涌动,与日本鬼子拼杀的情景浮现眼前,这卖烟女要得,照顾下她的生意,迎上去:"都有些啥牌子的烟?"

卖烟女如数家珍:"有'玉堂春'、'老虾'、'三姐妹'、'哈德门'、'勇士',由随先生您挑。"

"买两包'情人'烟。"

宁孝原说,她刚才那唱词有意思,付钱时怔住了,眼前这卖烟女是倪红!倪红也认出他来,泪珠子断了线,拿了手中的"情人"牌香烟照他那狼脸狠击,呜哇号啕:"宁孝原,你个该死的,你个挨千刀的……"

路人围观。

宁孝原不说话,搂她出人群,搂她朝"中山公园"走,搂她下坡上坡,鼻酸眼热。倪红开先又扳又叫,后来只是哭。他二人走到那吊脚屋前,倪红抹泪水开门进门,划火柴点燃菜油灯。

宁孝原进屋关门,这才说话:"倪红,你啷个去街上卖烟,我给你的那些钱够……"

"够啥子,够个铲铲呀!物价飞涨暴涨,涨了几十倍几百倍了,一斗米都涨到七百五了。街上都在传那打油诗:'跑趟茅坑去屙屎,忽然忘记带草纸,袋里掏出百万钞,擦擦屁股正合适。'钞票都当草纸用了,我不精打细算不细水长流不卖烟,我吃河风呀……"倪红跺脚捶打宁孝原,"你个狗日的,你个砍脑壳的,你啷个不死在炮火里!你个陈世美,吃起碗头盯着锅头,一去就没得了音信……"

宁孝原闷声不语,抱了倪红扔到绷子床上,人弹起老高。脱她的衣裤脱自己的衣裤,压到她身上。

豆火晃动。

宁孝原晃动,不得力。倪红哭诉,鸭儿不喜欢我,我晓得,你那心被狐狸精赵雯叼走了!宁孝原岔话,不想都邮街那碑都垮了,我说过的,木头灰浆做的，经不得震动。没有垮，倪红喊叫，都还是喊"精神堡垒"的！是是，没有垮，还是精神。宁孝原如同在嘉陵江里狗刨沙游水，没有力气了要沉水了，又添了力气，老子搞死你！倪红叫唤。他使出浑身解数扳动，要紧时刻出来，弄脏了倪红的肚皮。他用枕巾为她擦抹，跟赵雯的事情还没有定数，不能有娃儿拖累。

风暴过后，宁孝原吻倪红的额头、眉间、鼻梁："倪红，你骂得对，我狗日的该骂，我没有给你写信不对，我确实是陈世美……"没有不透风的墙，她是晓得他跟赵雯的事了，确实对不起她。

倪红怨恨伤感的泪水顺面颊流淌："我问你，你临走前在这屋门口说的那外国话，是啥子意思？"

"'I'll miss you.'我说我会想念你的。"

"你龟儿就没有想，没想！"

"想还是想了的……"

宁孝原心里装着的是赵雯，石头人开口——实（石）话实（石）说，没有隐瞒，他本来就不打算一直对倪红隐瞒。

"人家就没有答应你。"

"她也没有拒绝我，她说崇拜我这个大英雄。"

"崇拜不是爱，是你死皮赖脸追人家！"

"求婚嘛。倪红，你放心，我是不会扔下你的，我，我说了你莫要怄气。"

"有屁就放！"

"No matter whether the ending is perfect or not, you cannot disappear from my world."

"不听，不听你那狗屁外国话！"

"我是用英文给她写的求婚信，意思是，我的世界不允许你的消失，不管结局是否完美。"

"哈儿，扭倒别个费。"

"我要娶她，她本来就是我的，我老汉叫我去相亲的人就是她，是因为有了你我才没有去。可老天却让我在万灵镇老家遇见了她，我后悔了。倪红，这事情是有前因后果的，你得原谅我。我跟你说，如是她答应跟我，我还是要娶你，只是得委屈你做小。"

"屁话，不可能！是你自己要了我的，我只跟你一个人，打死我我也不做小！"

"唉……"宁孝原沉重叹气，急了些，得慢慢来，慢慢说服她，转话说，"倪红，你卖烟喊唱的全民抗战，不忘国耻，还我河山，大刀向鬼子头上砍去。唱得好！"

"你晓得的，我妈老汉都是被日本飞机炸死的。我恨死了日本鬼子！"倪红泪眼汪汪，赌气说，"莫以为你是英雄就了不起，人家，人家也是有英雄追的。"光身子下床，从挂包里取出串钥匙，拉开衣柜开抽屉的锁，取出个黄绸包裹的东西，返身上床，塞给宁孝原，"各人看。"

宁孝原打开黄绸，里面是个精致的小木盒子，打开小木盒子，里面是枚蓝底的有金色五星和两个金色翅膀的国军空军勋章，落有民国二十九年字样。

"哪个的？"

"黑娃子柳成的。"

"没听他说过。"

"别个不表功。"

宁孝原看勋章。

倪红嘤嘤哭："你跟赵雯那女子通信的事情我都晓得，柳成说的。"

"他咋晓得？"

"你兄弟伙袁哲弘给他说的。"

宁孝原明白了，哲弘这家伙在卖他。是哲弘为他传信给赵雯的，可他咋知道他跟赵雯有书信往来？是赵雯给他说的？或者是哲弘向赵雯打探的？这没有啥，他们毛庚朋友之间的事情都不保密的，哲弘跟柳成说他跟赵雯通信的事也属正常。问题是，哲弘这小子的心是否歪了，是否要挖他的墙脚，这问题就严重。这家伙是要借柳成之口传话，挑起倪红跟他闹，把他跟赵雯的好事情除脱？是了，可以肯定，出咖啡店的就是赵雯，跟在她身后的就是哲弘。还没想到的是，柳成这家伙也钻到倪红的屋里来了。心里好难受。

"柳成是上个月来的，叫我帮他保管好这勋章。"

"他搞你了？"

"人家不干。"

宁孝原晓得倪红的心在他身上，而自己的心却去了赵雯那里。就想，倪红不愿意做小，跟了柳成也还是要得。可如是赵雯不愿意跟他好，或者是袁哲弘那家伙把赵雯挖去了，他就两头落空了。倪红从他手里取回柳成那勋章下细地包好，下床放回到衣柜的抽屉里。宁孝原就想到他给她的那信物：

"倪红，我给你那宝贝信物……"

"放心，也锁在这抽屉里的，我说过，那是我的命！"倪红说，锁死抽屉。

宁孝原欲言又止，那信物现在是不好要回的，还是要宽慰说服倪红，赵雯和她两个女人都娶最好。倪红回到床上，依偎到宁孝原怀里，说了她去广阳坝找柳成打听他消息的事情，说了柳成送她走时对她说的那些令她伤感的话。后来，柳成来重庆出差来找过她，是涂哑巴领柳成来她屋里的，三个人在这屋里吃了顿饭。再就是上个月，他一个人来的，说他要飞驼峰航线了，来看看她，说了他从袁哲弘那里听得的他跟赵雯通信的事情。

"驼峰航线，那可是死亡线！"宁孝原说。

"柳成是这么说的。"倪红说，"黑娃子跟我说，上前年的九月间，就是你跟川军去前线的第二年，日本飞机轰炸重庆，开来了三十多架轰炸机，还有驱啥子机。"

"驱逐机。"

"对，还有三十多架驱逐机。那阵，柳成还不是大队长，跟他们郑大队长开飞机去抵挡，开的衣啥子两种飞机。"

"伊15、伊16战机。"

"是，离重庆近，就在璧山县天上打的。他说，日本飞机多他们一倍，性能又好，国军的飞机性能差不说，通讯还不好，郑大队长都受了伤。国军的飞机被打落了十多架，中弹的有十多架，死了十多个兄弟，还有受伤的。"

"听说过，来犯的是日本海军12航空队，轰炸机是日本三菱97式的，驱逐机是零式战机，厉害。"

"柳成说，后来国军得到日军情报，日军说他们大获全胜，无一损失。"

"我们的空军难，千分之一的获胜率。"

"柳成说，其实日机也有三架中弹，其中一架是他打伤的，他打伤那日机在宜昌降落时完蛋了。他的飞机也中了弹，还是平安回来，得了这勋章。"

"他娃要得。"

"黑娃子说，他还参加了那杀得昏天黑地的石牌保卫战的。"

"啊，他也去了！"

"他说，他开的飞机咬住了一架日本飞机的尾巴，那日机狡猾，突然就仰面朝天，想鹞子翻身来打他，他赓即仰面朝天开火，没有打到，那敌机跑，他追，就得到命令返航，说是他们的油料得要保证飞回重庆。我问你，

柳成他是不是英雄？"

"是，绝对是！"

"比你得行！"

"是，比我得行。我参加了石牌保卫战的，是看见开来好多我方的战机，不想柳成也在天上。"

"啊，你也参加了！柳成说，那是保卫陪都重庆的大战，就如同苏俄保卫斯大林的大仗。"

"斯大林格勒保卫战。"

"对头，他是怎么说的。他说，在石牌挡住了日寇，重庆就保得住。"

"对头。"

"他说死了好多的弟兄。"

"死得多。"

倪红搂紧宁孝原："你两个都命大，都是英雄。"

宁孝原拍倪红肩头："我跟你说过，我命大。"佩叹柳成的勇敢，也埋怨柳成，"这个黑娃子也是，不该把我们兄弟间的事情跟你说，也是居心不良。"

"你们男人都居心不良！人家柳成还是比你老实，他想挨我，见我不情愿他就没有挨，他说他调到飞虎队了。"

"飞虎队去年7月4号就解散了。"

"是解散了，人些还是把他们称作飞虎。呃，你咋晓得恁清楚，哪天哪日都晓得。"

"我说过，陆军海军空军的事情我都感兴趣，报纸上登了的，飞虎队解散那天是美国的独立日。"

"是说你记得。柳成说，就在那天，美国空军志愿队还在跟日本人打空战。黑娃子说，美国的那个陈啥子将军……"

"陈纳德将军。"

"对，陈纳德将军，就是那天，政府办了飞虎队解散的宴会，陈将军喊了他一起去吃席。"

"他娃有口福，这样的宴会我一辈子都莫想。"

"黑娃子说，是联勤司令主持的宴会，是个大官。"

"晓得，联勤司令是黄仁霖将军，他也是新生活运动的总干事。"

"柳成跟我说，他开飞机过重庆，看见我在'精神堡垒'卖烟。"

"他乱说，那啷个看得见？"

"他是怎么说的。"

"他是心头有你。"宁孝原捏倪红肩肉,"倪红,若是赵雯答应跟我,你又整死都不愿意做小的话,那,那你就跟了柳成算了,他对你倒是真心的。"

倪红狠踹他一脚。

"唉,倪红,你也犟。我宁孝原是对不起你,从明天起,你就莫去卖烟了,我养你。"宁孝原说,"如是我跟赵雯好了,不论你愿不愿意做小,我都养你。"

"稀罕。我是你的人要你养,不是你的人我两个就不相干。我自己养自己,你给钱我也不要,你非要给,我就扔到长江里去,我说话算数!"倪红说,转身背对了他。

菜油灯火弱了,灯油欲尽,豆火跳动。屋里的土灶、水缸、铁锅、水瓶、洋瓷盆、桌凳、衣柜、藤箱在灯影里晃动。熟悉的物件、身边的女人,引得宁孝原心口痛。

豆火灭了,屋里漆黑,宁孝原打起鼾声。

第十三章

"真的呀,她扇了他一耳光!"赵雯嘻嘻笑。

"我亲眼看见的。"宁孝原认真说,"徐局长说是有蚊子。"

赵雯笑得前仰后合,猛然打住,从手提包里取出笔记本和钢笔,抚裙子下摆坐到石阶上:"给我细说。"

宁孝原就细说。

赵雯边听边记录:"硬是,你昨晚黑给我说就好了,我们《陪都晚报》的号外这阵就出来了。"

宁孝原点头:"倒是,可我昨晚追出'心心咖啡厅'就找不到你了。"

"我回家了,你咋不来家里找我?"赵雯边说边写稿。

"我怕晚了打扰你……"

宁孝原编谎话说,他昨晚在倪红屋里。赵雯露出裙边的膝头上放着翻开的笔记本,握钢笔的手快速移动,钢笔尖跳出他熟悉的字。他那心河激荡。今天雨后大晴,他起了个大早,离开倪红那吊脚屋时,倪红还在睡梦里。他没有去赵工家,直接去了《陪都晚报》社,在报社门口踯躅。重庆的晚秋,一出太阳就热,他脱下麦尔登中山装挽在手里,露出母亲为他找出来的军衬衫,显得洒脱。她来了,穿乳白色短袖连衣裙,拎女士牛皮手提包,蹬带袢的圆口布鞋。她走得急,发丝飘摆。她在思考什么,与他擦肩而过。他叫住她。她回身看,满面惊喜,哇,好帅,你等等,我去告个假。匆匆去匆匆回。他二人边走边说,走到洪崖洞来。

爬坡上坎的重庆城,走路累死人,景色却好。

沧白路山崖下这洪崖洞俯视嘉陵江,陡峭窄小的石梯路蜿蜒伸向江边。晨阳亲吻大江,金波跳跃,宁孝原的心也跳。她一见面就说他好帅,他好惬意。洪崖洞前悬崖千仞,刀劈斧削,城里的溪流汇集于此,夺崖而出,飞珠溅玉。这是他小时候见到的洪崖瀑水。现在不是了,流淌的是垃圾污水。影响了他的心情,后悔不该领赵雯来这里。

赵雯从洪崖洞边的石阶上立起身来,合上笔记本放进手提包里:"写好了，怕不是头条新闻了，那些消息灵通的记者也许早就报道了。"展臂欣赏瀑水，"咳，不是'洪崖滴翠'了。"

宁孝原接话："'洪崖肩许拍，古洞象难求。携得一樽酒，来看五色浮。珠飞高岸落，翠涌大江流。掩映斜阳里，波光点石头。'"他是有心领赵雯来这里的。

赵雯赞道："大学生武夫是不一样，好诗。"

"不是我写的，是当年巴县那县太爷王尔鉴写的。"

"你记得还清楚。"

宁孝原心里安逸："城里那大梁子、大阳沟、会仙桥的溪水涓水都往这里流，早先这瀑水确实美。好些年没有来了，不想成污水瀑布了。"

赵雯说："来陪都的人太多了，树子又几乎被砍光了，瀑水被污染了。"看四围的垃圾，洞口有群叫花儿，"垃圾一多，叫花儿就来了，这里成丐帮窝了。走，我们回去吧。"

二人登梯回返，看见了远处的重庆中学堂，赵雯说，听说那里原先叫书院街。宁孝原点头，那中学堂的校长是同盟会重庆支部的盟主杨沧白先生，那里先前是东川书院。两人边说边气喘吁吁登梯，登上了洪崖门城墙上的炮台。

独有的一门生锈的铁炮仰天默立。

赵雯抚摸铁炮："这铁炮有历史呢。"

"肯定。"宁孝原说，"明朝那戴鼎在重庆修了十七座城门，九开八闭，洪崖门是闭门之一，有城楼没有城门，纯粹用于军事目的。"

"军官说事总离不开军事，讲讲。"

"你看，有这门大炮在，就能控制老长的一段江面，这沧白路以前就叫炮台街。这门大炮本是用来防备张献忠攻城的，可张献忠是从通远门攻进重庆的。"

"真是这样？"

"书上说的。"

"不管是真是假，这大炮是真的。"赵雯说，站到城墙边下看，"呀，从这里看才美！"

宁孝原随她的目光看。崖下那瀑水被阳光弄得五色迷离，瀑水下的突出的沿江山岩上有飞檐翘角的临镇江寺和热闹的纸盐河街，顺坡搭建的吊脚楼层叠错落，绿荫掩映，鸽群翻飞。

赵雯心情大好："'花发媚游客，莺啼欢酒家。春城环二水，野渡艳三

巴。春雨流金碧，清风渡落珈。会当携斗酒，买棹问莺花。'"

"好诗！"

"是清代诗人姜会照写的《莺花渡》。呃，这下面应该是洪崖门码头吧？"

"是。洪崖门码头的下游是千厮门码头，上游是临江门码头，这些吊脚楼里住的多是水上人和棒棒。"

"靠山吃山，靠水吃水。"

太阳升得高了，密布的吊脚楼伸出有好多的竹竿，晾晒有好多衣物。

"这里的洗衣妇也多，每天天不亮，纸盐河街上就充满了皂角和肥皂的气味，江边就响起了洗衣妇捶打衣服的声音和说笑声。"宁孝原说。

"你还晓得清楚。"赵雯笑说。

"我小时候调皮，老汉打我，我就跑出门四处游荡，在纸盐河街的街边过夜。"

"有骨气。"

"人嘛，是得要有骨气。那次，我差点儿被水浪子卷走了。"

"下河洗澡？"

"那是经常的。我说的是，那次我在纸盐河街的屋檐下睡得好死，水浪子来了都不晓得。你知道的，嘉陵江年年涨水，水一上来，纸盐河街就要被淹。"

"啊，危险。"

"是危险，要不是涂姐和涂哑巴找来，我肯定被水浪子卷走了。我妈找不到我，就去找涂姐和涂哑巴，他们晓得我爱去的地处。涂姐那次揪了我的耳朵，说涨水天你也敢往纸盐河街跑，不要命了。"

"涂姐这人好！"

"她就是我亲姐姐。"

"你亲姐姐？"

"我一直把她当成亲姐姐，她也把我当成亲弟娃。"

"那你应该晓得她被追捕的事？"

"晓得。"

二人说起涂姐来。赵雯就说了袁哲弘带她转游"黄葛古道"遇见涂姐被人追捕的事。宁孝原听着，心里不是个味儿，自己的判断没有错，哲弘这小子确实是在挖他的墙脚。又好担心涂姐。

"说起袁哲弘，我之所以来纸盐河街，就跟他有关。"宁孝原说，"哲弘的老汉是水上人，他大爸也是水上人，就住在纸盐河街。我差点被水浪子卷走那次，就是哲弘领我去他大爸家住，不想他大爸一家人都不在，哲弘说，可能是撑船下涪陵了。我两个就在他大爸家的屋檐下睡着了。那次，涂姐也揪了他的耳朵。"

"嘻嘻，你两个有意思。"赵雯脸上飞红，恋爱的兴奋，两个帅男人都在追她。

"袁哲弘昨晚跟你在一起吧？"宁孝原醋意问。

"是在一起，他请我喝咖啡，他还请我吃过小洞天。"赵雯说，抽动鼻子，"嗯，咋恁大的醋味？"

宁孝原晓得她说的意思："我鼻子不好，闻不到。"

赵雯捂嘴笑，正色说："我晓得了，这醋味是从有个人的心里面冒出来的。嘻嘻。"

"赵雯，你是晓得我的心的。"宁孝原诚恳说，军人性格，单刀直入，"你本该就是我的，是老天爷赏给我的！全都怪我，我信上都给你说清楚了的。"

"我说过，你还老实，否则我是不会跟你交往的。"赵雯盯他，目光犀利，"你说，你昨晚上是不是在倪红的屋里？"

"我，是在她屋里……"宁孝原只好实说，"真的，我回来没有去找她，我真的是去你家，万不想在'精神堡垒'遇见了她。"

赵雯说："我见到过倪红，是袁哲弘指给我看的，她在街上卖烟，不错的姑娘。"

"她是不错，比起你就差了。"宁孝原心火升腾，狗日的哲弘，竟然出卖他，是诚心要夺他之爱，欲张口骂又忍住，先试探一下赵雯是否喜欢袁哲弘，"我都说的老实话，你也说老实话，袁哲弘是不是在追你？"

"是，他在老君洞那庙子里向我求婚。"赵雯实说，"他说一家女百家提，他有这个权利。"

"你答应他了？"

"没有。"

"那就好！"宁孝原悬着的石头下落，提劲打靶，"龟儿子哲弘是不错，可我比他强，老子们是真刀真枪跟日本鬼子拼杀……"

"没漱口呀？"

"习惯了，嘿嘿！"来而不往非礼也，宁孝原想，你袁哲弘敢横刀夺爱，我就跟你拼个鱼死网破，挑拨说，"都晓得的，军统的人水深，你要提防

他。"

"我提防他做啥子,我又没有对他承诺啥子。"赵雯笑说。宁孝原确实是男子汉是大英雄,却有个倪红;袁哲弘虽没在前线跟日本鬼子面对面拼杀,也是在战斗,他跟她说了,他去前线执行秘密任务是冒死去劝降窦世达,这是得要有过人的胆气的。这两个男人都不错,"呃,你不会马上回前线吧?"

"我也算是回来疗伤吧,要住两三天。"宁孝原说。

"你又负伤了,伤得重不?"赵雯担心。

宁孝原心里发热,她还是关心他的,说了负伤之事。

"这个窦世达,开冷枪,该死!"赵雯咬牙切齿,"涂姐要是知道了,会好伤心。"

"还不能跟涂姐说。"

"是不能说。"赵雯点头,盯他,"你那勋章来得可真不容易。"

"全靠玩命。"宁孝原说。

"大实话。"赵雯说,看手表,"我请的是一个小时的假,超时了,我得回报社去,找时间我请你吃沙利文。"

第十四章

嘉陵江边的石径弯曲陡峭,陈古八旧的石板被晚秋的落日弄得晃眼。高挽裤管的涂哑巴穿草鞋的脚呈外八字,一步一梯登梯,肩挑的两大桶河水随着身子的晃动而晃动,滴水不外泄。在这石梯道上走,就是隆冬天打空手也要七喘八吁出热汗,涂哑巴是不分春夏秋冬要上下这梯道挑水的。徐悲鸿有幅巴人挑水图便描绘了这情景。其他挑水人是要"吆佐吆佐"喊叫的,涂哑巴的喊叫在心里。躲追捕的姐姐少有回冷酒馆,进货、经营、挑水这些活路都是他一个人干。

挑水登梯的涂哑巴用衣襟擦汗,看见了一双皮鞋,抬眼看,是穿军衬衫的袁哲弘。

"涂哑巴,下河挑水呀,来,我帮你挑。"袁哲弘笑着比画说。

涂哑巴摇头,腾出抓桶绳的手咿咿哇哇比画,意思是道谢了,请他去冷酒馆喝酒。袁哲弘比画说,不了,他去江边转转。涂哑巴就朝他咧嘴巴怪笑,摇晃大拇指头,挑水上登。袁哲弘目送涂哑巴登梯,那天,他跟赵雯坐在捶衣石上说笑,看见了在河边打水的涂哑巴,没有跟他打招呼,他的心思在赵雯身上。哑巴精灵,定是看见他俩了,所以怪笑所以摇晃大拇指头。

他会心地笑,沿石梯往江边走。

有上行木船过来,传来纤夫的号子声:"二四八月天气长,妹儿下河洗衣裳,捶衣石上脚板踩,船哥穿上热肝肠……"从小在这里长大的他太熟悉这川江这石径这号子声了,他父亲早先就是拉船的,喊的号子特别:"说江湖来道江湖,哪州哪县我不熟,买卖要数重庆府,卖不出都卖得出。荣隆二昌出麻布,自流贡井把盐出,温江酱油保宁醋,鬼城出的豆腐乳,长寿饼子灰面做,涪州露酒胜姑苏,大头菜出顺庆府,邻水界牌出包谷……"父亲凭这号子掌握了商业信息,上荣昌下涪州跑自贡进鬼城,竟在都邮街附近租得个小小的门面开起杂货铺来,要不是他划火柴耍引燃了那板屋,现今这黄金地段的生意会好好。父亲又重操了旧业,跟了大好人卢作孚当差。

落日如蛋,石阶似金,袁哲弘一步两梯下行,军用皮鞋踩到银子般的沙

滩上，踩到了卧牛般的捶衣石上。这洗衣妇们喜爱的捶衣石给他留有童年和现今的记忆。

他是赴约来江边的。

他工作的所在地是军统局本部的罗家湾19号花园公馆。今天礼拜一，戴笠局长但凡在渝必来训话，军容严整的戴老板因有其他事情，中午才来，跟大家一起在大礼堂吃午饭，八个人一桌，四个菜，戴老板坐的他那一桌，夸奖他两次深入虎穴去策反窦世达，勉励他别泄气，伺机再去，说策反过来有利于抗日，顽固不化就灭了他。饭后，戴老板就给全体人员训话，讲传统讲形势讲任务讲职责，一讲几个小时，谁也不能离开。他一口江浙话，说他创建军统既运用中国传统的忠义观，也引进孙中山的革命思想。说军统的历史是同志们的血汗和泪水写成的，重要的是死亡临头之时，要甘为事业献出自己的生命。说全民要誓死抗战到底，哀兵必胜，猪吃饱了等人家过年，是等不来独立平等的。说军统是个大家庭，要用传统伦理以德相报，团结特工。说军统的特工、学员在抗战中牺牲有万余之众，要照顾好他们的孤儿寡妻，向他们的父母支付丧葬费抚恤费。说溶共防共限共反共之必要之重要……这些话他听过多次，着急不已，他是约了赵雯下午5点在"精神堡垒"会面的。戴老板呃，你理解属下此刻的心情么，我可是急于要去见我心爱的女人呢。他晓得戴老板好色，晓得他用女人保持精力的事儿。那阵，国民政府还没西迁，戴老板忙了一天，晚上还从上海坐汽车去南京向委员长汇报战况分析情报。南京到上海的铁路已经不通，日军的飞机轮番轰炸扫射，汽车只能熄灯行驶，时时如临鬼门关，戴老板却乐此不疲。他车上有两个漂亮的女特工坐他左右，一路说笑解闷，为他按摩。困了，他就靠在女特工身上打盹。汇报毕，又一起坐车返沪，说笑不眠，次日依旧精力充沛。

戴老板越讲越来劲，讲完话已近黄昏，急不可耐的他快步朝公馆大门走。女特工朱莉莉少尉追来交给他一封信，说她外出办完公事回来，在门口遇见个狼脸模样的男人，托她把这封信交给他。20岁的朱莉莉一直想跟他好，对他的事儿都特别关心。他接过信，道谢。朱莉莉笑，啊，这信没有封，我可是没有看。北方口音。他心热，赵雯是进不了这公馆的，她定是见我没有按时赴约自己找来了，边走边取出信页看："哲弘老兄，我回来了，晓得你忙，晚上7点，捶衣石老地方见。"落名是宁孝原。他好泄气，也欣慰，老朋友从前线平安回来了。

落日挂在嘉陵江上，悠悠江水东流。有船队下行，激起的水浪把倒映的落日融化。袁哲弘坐在捶衣石上看落日看大江，身边仿佛有赵雯特有的馨香。宁孝原给他说过馨香，是呢，赵雯那香气来自他的心底。他在老君洞那菩萨跟前向她求爱，菩萨在上，哲弘真心向赵雯求婚，赵雯乃我唯一之终身伴侣。赵雯脸红，说英语。他听得懂，她说的是命里有时终需有，命里无时莫强求。就说，你我天定，命中注定。赵雯笑而不答，踱步观景。他跟随，心想，赵雯这样的黄花女子是不会随便应承一个男人的，她没拒绝便是有戏。不急，也急不得。数百年历史的老君洞依山造殿，凿壁成像，一步一景，他跟随赵雯走，转游了灵官殿、财神殿、西王母殿、七真殿，登上了最高的玉皇殿。江风阵阵，香烟袅袅，凭殿远眺，双江合抱的山城尽收眼底。赵雯目视被日机轰炸留下的残垣断壁，目视依稀可见的垮塌了的"精神堡垒"那旗杆上飘飞的旗帜，说，精神不倒，日寇必败！他点头，那碑会重建的，胜利指日可待。二人说起抗战之事，都激情满腔。

有民生公司的轮船"突突"上行，扑来的水浪舔咬捶衣石。起风了，晚暮的江风有凉意。

那天，他和她坐在这石板上说大河长江说小河嘉陵江，说船神卢作孚，说到了他的童年。他说，宁孝原那家伙在这里灌过他的沙屁眼。赵雯问为啥。他说，他们一帮小崽儿在这里踢足球，是帽子浸透水后吹胀的"足球"，他跟孝原对踢，黑娃子是他方的守门员，涂哑巴是孝原方的守门员，黎江大哥是裁判员。哑巴精灵，总是扑住他踢的"球"，黑娃子莽子一个，不中用，没守住孝原踢来的"球"。他方输了，按照规定，输方得被赢方灌沙屁眼。赵雯说，攻守攻守，攻在前，主要责任在你，你咋怪人家守门员黑娃子？他挠头笑，说黑娃子柳成认了罚，他不干，就跟孝原打架，说打赢了再说。孝原出手一拳，打得他嘴啃河沙。他依旧不干。裁判员黎江大哥就帮了孝原方的忙，按住他灌了沙屁眼。赵雯笑出眼泪，拍他肩头，你还犟，要得！哈哈，你们好耍耶！他的肩头发酥，她那香气扑面。想着，他快慰地笑。

"笑啥子，还想老子灌你的沙屁眼。"也穿军衬衫的宁孝原走来。

袁哲弘看表，7点整，起身跳下捶衣石，脚坐麻了，蹬了蹬腿，笑道："我们的抗日英雄回来了。"伸出双臂。

宁孝原也伸出双臂："多事之秋，见面是福。"

两人拥抱。

"走，去冷酒馆，我做东！"袁哲弘说。

"等等。"宁孝原盯他，"我两个在这里先把话说清楚了。"

袁哲弘预感有麻烦，这老弟定是见过赵雯了。赵雯率真，怕是将他向她

求婚的事情跟他说了，干脆反守为攻："你是说赵雯？"

"还算有自知之明。"

"明人不做暗事，我是向她求婚了，又啷个。"

"她答应了？"

"她没有拒绝。"

"你借我这老庚朋友重托之机，竟然挖我墙脚夺我所爱，你他妈的小人一个！"

"一家女百家提，这话你说过。你不能吃着碗里盯着锅里，两头吃，她可是赵雯！"

"两头吃是老子的事情，赵雯本来就是我的！"

"她会嫁给你？"

"当然会！"

"她不会！她是我的，是我袁哲弘的！"

"你，我奉劝你就此打住！"

"不得行！"

"铁匠铺子里的料——挨打的货，你狗日的找打！"

"我就是铁匠铺子里的料，我就是找打！"

宁孝原的狼眼瞪圆，袁哲弘的细目瞪大，两人如怒斗的公鸡，振臂攥拳动步，毛发竖立。宁孝原先发制人，对准袁哲弘面门就是一拳，学过武术的他元气迸发，让狗日的嘴啃河沙记得清楚。念过黄埔军校的特工袁哲弘已不是当年的小崽儿，早有提防的他使出天下第一阳神功的有同道称之为的剿匪十八掌，抵挡过他这风驰电掣的一拳，猫腰一个扫腿。宁孝原赶紧腾空，来了个泰山压顶。袁哲弘勾身仙人摘桃。宁孝原护住命根，使出师父教他的绝招八卦掌。袁哲弘闪躲不及挨了一掌，迅速掏枪直指宁孝原脑门，宁孝原的枪口也顶住了他的脑门。

二人都勾着扳机。

白影闪动，一个穿白绸衣裤的老者飘然而至，手中长剑点挑，两人手里的手枪齐飞落老者手里。两人吃惊，看清来人，都恭敬地招呼。

"师父，您来了！"宁孝原拱手施礼。

"不想教官到来，失敬失敬！"袁哲弘挺胸并腿敬礼。

老者将手枪交还给他俩，捻须说："打架可以，动枪不可。"

有人击掌走来："开眼了，一个是战地武夫，一个是特工干将……"

来人是赵雯。

她没对袁哲弘承诺什么,却高兴见他,总觉愉快,还可得到些记者需要的信息。袁哲弘嘴巴紧,一些她想得知的信息他总是委婉搪塞。上午阵,袁哲弘在电话里对她说,下午5点在"精神堡垒"见,她按时去了,左等右等他都没来,心里空落,独自往这江边走。她与袁哲弘在这里快心说笑,听得他儿时与宁孝原在这里发生的趣事,这里给她留下了印象。她不止一次来这里散步观景了,这里的大江落日好美,号子特有意思。她没有想到会在这里听到两个男人的说话看到了两个男人的打斗,没有想到他俩会掏出枪来,还好,这老者来化解了。

晚霞烧天之时,他们三男一女坐到了"涂哑巴冷酒馆"里,涂哑巴紧忙端酒上菜。来的路上,相互做了介绍,赵雯才知道这老者是早闻其名未见其人的长江大侠吕紫剑,是总裁侍从室的少将国术教官。

宁孝原端起满满一坛碗干酒向吕紫剑敬酒:"学生军务在身,刚错过了恩师的五十大寿生日,今天补起,祝您长命百岁!"一口饮尽,抹嘴巴。

吕紫剑面膛赤红,前额微秃,捋胡子端酒碗喝了一小口酒:"你娃晓得的,老夫我酒量不大。"他在江边练剑,看见宁孝原与人打斗,不想二人掏枪,赶紧出手劝架。

袁哲弘也端起满坛碗干酒向吕紫剑敬酒:"吕教官不认识我,我可是早就晓得您了,武林高手,佩服之至,我干了,您请自便。"一口饮尽。

吕紫剑饮了一小口酒:"呵呵,袁中校过奖了。"湖北口音。

"那阵我还小。"袁哲弘说,"听家父说到过您,家父在卢作孚手下当差。"

"啊,卢作孚,民生公司的董事长,交通部的次长,他可是了不起!"吕紫剑伸拇指。

"确实了不起!"袁哲弘说,"家父说,民国十三年,卢作孚跟各国列强争夺川江航权,请您出手与日本浪人头子三井秀夫在宜昌决斗,三井不是您的对手,您黑虎掏心送他一命归西,当时宜昌的报纸登了号外,您被誉为'长江大侠'。"

"好汉不提当年勇。"吕紫剑抚须笑。

宁孝原插话:"我老师早年就在上海抗击过日本黑恶势力。"

袁哲弘说:"家父还说,宜昌二道巷子人称'七十二地煞'的恶势力欺凌百姓,当地一些拳师力推您领首,义结'三十六天罡'行侠仗义,打垮了'七十二地煞'。还说,为抗议国民政府'废止中医案',您被选为中医医疗组的组长。"

吕紫剑笑:"老夫倒是略知些国医。"

袁哲弘问:"吕教官,您是从军来重庆的?"

吕紫剑收了笑:"日本鬼子十恶不赦,我亲历了南京大屠杀,我是逃难来重庆的。"

袁哲弘说:"听说蒋委员长那人称十三太保的护卫都是您的学生。"

吕紫剑捻须道:"我乃民间武士一个,尽些薄力而已……"

赵雯对吕紫剑肃然起敬。

宁孝原与袁哲弘酒碗碰得叮当响,都满坛碗干酒下肚。涂哑巴添酒上菜,咿哩哇啦比大拇指。

"……宁孝原,你这碗酒不喝干就不是男人!"袁哲弘脚踏板凳,倒扣喝干的酒碗,两眼血红。

宁孝原仰头喝完碗中酒:"袁哲弘,老子要不是男人,这天下就没有男人了!"砸了手中酒碗。

赵雯锁眉头:"好了,莫喝了!"

两人继续对饮,袁哲弘也砸了喝干的酒碗。

赵雯苦了脸:"硬是,耍酒疯!"

吕紫剑端坐:"嘿嘿,你两个有一拼。听赵雯女子的,别喝了。"

两人依旧对饮,不把对方喝倒不罢休。

吕紫剑肃了脸:"别喝了,啥事都有个度,喝高兴就好。听老夫的,都坐下。"

两人才坐下。

吕紫剑问到战场上的事情,宁孝原说了抵御日寇的石牌保卫战,说了没有枪炮声的三个小时的肉搏血战……赵雯听着,热血沸腾,钦佩又担心宁孝原的安危。宁孝原的讲说不无自夸,她听得出来,他是借酒话说给她听。女人的心如水,男人的豪勇激起她心中狂澜,自己是少了花木兰、梁红玉的巾帼女英雄气,自己若是男人就好,也上前线去跟日本鬼子拼杀。她察觉袁哲弘的目光有钦佩有妒忌有不屑,几次张口又没有说话。她知道,袁哲弘做的特工的事情是不会在这种场合说的。

吕紫剑抚须点首:"不惧无对手,无畏灭强敌,小日本鬼子的末日来了……"

涂哑巴听不见宁孝原的讲说,却感觉出铁血大战的残酷,倒竖眉头捏紧拳头。吕紫剑因事先走一步,叮嘱赵雯看管好他徒儿和袁中校,说喝酒尽兴就好。宁孝原、袁哲弘送吕紫剑出门,回来后继续喝,叫涂哑巴添酒加菜。

"赵雯，你把心放到肚子里，我兄弟两个是喝不倒的。"又一碗酒下肚后，宁孝原打酒嗝说。

"对头，我两兄弟就没有喝倒过。"袁哲弘也打酒嗝说。

赵雯心淌热流，他俩以兄弟相称就好："那你们慢点喝，少喝点，要得不。"

"要得要得。"宁孝原说。

"对头对头。"袁哲弘说。

赵雯也有酒量，笑举酒碗敬酒，却不知先敬哪个为好，就跟他俩一起碰碗："来，我敬你两兄弟，都只许喝一口，喝多了罚钻桌子。"

两个男人听话，就都只喝了一口。两个男人确实酒量大，都红脸关公了，说话吐词清清楚楚。

赵雯说："喝酒热闹，喝咖啡清静，改天我做东，请你两个去心心咖啡厅吃咖啡。"

两个男人都说要得。就说到徐局长被孔二小姐扇耳光的事情。宁孝原大笑："她扇他一耳光，他说是有蚊子，哈哈哈哈！"袁哲弘笑："这就叫审时度势。"宁孝原说："不，是见风使舵。"赵雯啃鸭脚板："你们晓得徐局长后来的事情不？"宁孝原说："不晓得。"袁哲弘说："不清楚。"赵雯说："事隔三天，《中央日报》头版头条报道了中央社的消息，徐局长荣任四川省警察厅厅长。"、"咳，如此媚骨的官员。"袁哲弘摇首。"他妈的，这家伙会做人！"宁孝原喊叫。赵雯抿嘴笑："田老板那'心心咖啡厅'的生意越发地兴旺了……"

"叭……"

酒馆外响起枪响。

宁孝原、袁哲弘都掏枪护住赵雯，涂哑巴猫儿般蹿出门去。

第十五章

　　坐落在重庆市区东水门的湖广会馆与精神堡垒、朝天门各在其三角形的一个点上，这会馆是湖广填四川时移民们筹资修建的，颇具规模。晚暮时分，穿中校军服装的宁孝原领了赵雯走来。他向参谋总部的人说了遭抢劫的实情，得到了全套新军装。假期短暂，袁哲弘那家伙又来插一杠子，得把赵雯抓稳实了。

　　假期是包括往返时间的，军人的他不得超假，明天必须动身返回部队。昨天，他匆匆回了趟荣昌万灵镇老家。冯司令嘉奖他回老家看望太太，他当然不是，是妈妈说他该回老家一趟，去给从小把他带大的赵妈烧把香，去看望一下待他如亲生儿子的姑妈。他就觉得应该去必须去。他这次回来才晓得，赵妈不久前被日本飞机炸死了。那天，她在河边那捶衣石洗好衣服后，端衣服回宁公馆，她惹着日本人的哪根毫毛了，硬把这大好人的肠子都炸出来了，下河挑水的涂哑巴看见，扔了水桶奔过去。赵妈比画让涂哑巴把她的肠子塞回肚子里去，涂哑巴边塞她那肠子边呜哇哭，抱了她回宁公馆，还没有走到三百梯口，赵妈就断气了。妈妈在那天的日历上写了"血仇"二字。那天是今年的 8 月 23 号。妈妈说，那天之后，日本飞机就没来炸过重庆了，赵妈死得好可惜，死得好冤！他咬牙切齿，小日本没有一点儿人性，无差别轰炸重庆 5 年多，炸死我无辜民众上万人。侵略者必亡，小日本败局已定，日薄西山了！是父母亲护送赵妈的遗体回老家安葬的。他去了赵妈的坟头焚香烧纸跪拜。去看望了姑妈，姑妈伤感说，赵妈是个苦命的孤儿，不想又死得这么惨……镇上正集会献金，河街那湖广会馆里挤满了人。镇长在戏台上呼吁大家爱国献金。他知道，今年是抗日战争最艰苦之际，冯玉祥将军以全国慰劳总会会长的名义发起了爱国献金运动。冯将军不仅自己献金，还去了内江市、自贡市宣传献金抗日，首次动员大会就收到献金 260 万元法币，后来收到的更多，就有大户献金 1500 万元的。政府用自贡市的盐工们捐的钱购买了两架战斗机，其中一架命名为"盐工号"，冯将军欣然挥笔写了"还我河山"四个隶书大字，被自贡民众刻在龙凤山的岩壁上。这里不是自贡市,是乡野小镇,镇长的呼吁没有人响应,镇长拱手呼吁,还是没有人响应。穿军装的他站不住了,欲举手说话,他姑妈上台去了:"我响应,我献金300万元。"对身后的管家说,"你跟镇长交涉。"人们惊叹,一阵议论,却没有人跟进。他身边有人说,你宁家是大户,我等小户人家哪里拿得出这些钱。"诸位静一静!"姑妈的声音高了,"我兄长家的那个老妈子赵妈,我们万灵镇的人,她是个孤儿,好勤快多老实个人,不久之前,被背时砍脑壳的日本人炸死了,肠子都炸出来了……"声音哽咽,"都晓得的,这会馆是移民垦荒的老祖宗宁徙召集移民集资修建的,在场的多数人都是移民的后代,大家拿出点移民的互助互爱的精神来!"扑通下跪,"我宁道盛老婆子跪求诸位了,跪求诸位爱国献金!他日本狗强盗莫要以为我们炮和好欺负,我们众人合力出钱,买好多的飞机大炮,轰走日本鬼子……"台下人感动了,一阵骚动,有人举手喊话了,有喊献6000元的,有喊献3万元的,有喊献8万元的,有喊献数百数十元的……他拉了身边的陈喜登台,扶起姑妈,大声说:"我是移民后代,我献出我名下的'宁家旅馆'!"对镇长拱手,"具体事宜我让二掌柜陈喜跟您交涉。"陈喜愁了脸。

不虚此行,他对姑妈刮目相看,由衷佩叹。

来的路上,他把回老家献金之事一五一十对赵雯说了,还说了移民填川的老祖宗宁徙艰苦垦荒置业发家的事情。他觉得该给她说,她将来会是宁家的儿媳妇的。当然,也有显摆之意。赵雯听了好感动,你这人看起吊儿郎当的,其实很有正义感,你那旅馆可是价值不菲。他得意,爱国献金,匹夫有责嘛。

"呃,咋想起领我来这里吃饭?"赵雯问。

"这里好耍,主要是我家与这里有缘。"宁孝原说。

"有缘?"

"修建这会馆的出资大户是移民女杰宁徙。"

"这样啊,是有缘。"

"我老汉说,老祖宗宁徙在众多晚辈簇拥下参加了这会馆的开馆大典。那天,她头挽高髻,穿镶有粉红色边饰的浅黄色衣袍,着大云头背心,蹬红色弓鞋。"

"恁么复杂。"

"乾隆年间嘛。呃,你要是也那么穿,绝对光彩照人。"

"我又不是古人。"赵雯笑,"我今天穿的跟你老祖宗没法比,老土了。"她上身穿圆口紫黑色紧身秋服,衣袖至肘,白衬衣的袖口挽出来,下身穿深

灰色短裙、黑丝长袜，足蹬带袢的黑皮鞋。长发束辫，随意地在脑后摆动。

"不土，青春校花的样儿。"

"我当年就是校花。"

会馆门前的坝子被生意人、卖艺人、游人弄得喧嚣热闹。坝子四围的黄葛树披金挂绿，有秋叶飘落。他二人费力地挤过人群进到会馆里，但见粉壁彩屏的廊房庭院鳞次栉比，歇山式屋顶的禹王宫极是气派。在戏园子看戏的人好多，边看戏边喝茶嗑瓜子抽烟摆龙门阵。画栋雕梁的高大戏台上锣鼓喧天，正演川戏。赵雯说太吵。宁孝原本就不是领她来看戏的，领她出了戏园子的侧门，登老高的石阶，朝上面的依山修建的挑檐连廊楼阁走。

楼阁里有宴请的包房和住宿的客房。

老掌柜迎来，领他俩进了一间古色古香的包房。还是有唱戏的声音，倒是小声了些。老掌柜拿来菜单。宁孝原对赵雯说，你点菜我点酒。赵雯笑，新生活运动，不搞铺张浪费。点了她喜爱的家常菜。冷菜有卤鸭脚板、夫妻肺片、折耳根，热菜有水煮鱼片、麻婆豆腐。没有要汤，要的河水豆花。宁孝原点茅台酒，赵雯反对。宁孝原说，你我老乡，那就喝家乡的万灵古酒。赵雯点头，要得。宁孝原说，老掌柜也是万灵镇的人，这里的餐饮住宿都归他管。是老乡啊！赵雯起身与老掌柜握手。老掌柜拿了菜单乐颠颠出包房去。

没多久，酒菜上桌，二人喝酒吃菜摆谈。

"呃，你说怪了，前天傍晚，我们在涂哑巴冷酒馆分明听见枪声了的，出门却鬼都不见一个，像啥子事情都没有发生一样。"赵雯吃菜。

"是怪，我还担心吕紫剑师父呢，去看望了他，师父说他没听见枪声。"宁孝原喝酒，"也是，师父当时已经走了一阵了。"他还去找过倪红，倪红不在家。

"事情蹊跷。"

"我仔细想了，跟一个人有关。"

"涂姐的男人窦世达？"

"嗯。"

"袁哲弘也这么分析。"

"他又找你了？"

"找了。"

"龟孙子的。"

"他来电话说的。"

"他龟孙子特工也这么看就很有可能了,如是狗日的窦世达回来了,涂姐恐受牵连,老子们在前线跟他干过仗,他杀过我们的弟兄。"

"没刷牙齿呀,把子连天的。"

"嘿嘿。我好担心涂姐,却找不到……"宁孝原说时,传来的熟悉的川戏唱词,"呃,赵雯,你听,很有意思!"

赵雯听。

传来唱词:"我好比开玉笼飞出鸾凤,又好比扭金锁走脱蛟龙。论二人都算得人才出众,张家女更要算女中英雄。谁不想燕尔新婚朝夕与共,怕误入温柔乡遗恨无穷……"

宁孝原复述了唱词:"这戏叫《鸳鸯绦》,刚才是公子李玉在唱,是不是有意思?"

赵雯说:"不就是一个男人喜欢两个女人嘛。"

"对对!"宁孝原说,"那李玉唱的就是我跟你说的,我给你写信说了的,我的世界不允许你的消失,你只能是我的。"

赵雯乜他:"你把后面的话改了,你原本说的是不管结局是否完美。"

"改了,绝对要改,那是扯尿蛋的屁话。"

"又说怪话。"

"嘿嘿,不说怪话。"宁孝原举杯,"来来来,美酒伴佳人,我两个难得如此相会,今晚黑喝他妈个一醉方休。"

赵雯黑眼盯他。宁孝原挠头,干杯。赵雯喝了口酒,她头一次来这居高临下的餐馆吃饭,环境不错,窗外似一幅画,近水含烟,远山如黛。夕辉辐照依山而建的会馆的亭台楼阁,辐照伸向江边的高低错落的瓦屋茅屋吊脚楼,辐照滔滔长江和水上飞舟。川戏锣鼓声停了,传来悠悠的清音声。吃的是家常菜,喝的是家乡酒,心情大好。

"呃,你不是要采访我么。"宁孝原掏出包"勇士牌"香烟,抽出一根弹弹,划火柴点燃。

"对对,难得遇到你这个刚从前线回来的大英雄。"赵雯从牛皮手提小包里取出笔记本和钢笔,"说你杀鬼子的事情,说你当英雄的事情,说详细点,越详细越好,我要做连续采访报道。"扇打喷来的烟云。

"付费不?"

"报社会支付的。"

宁孝原哑笑,喷出烟云:"算尿,你我是啥子关系,不要报酬。"坏笑,"不过呢,我倒有个条件。"

"啥子条件？"

"你要喝酒。"

赵雯喝口酒："我不是一直在喝么。"

"我是说，我讲到要紧之处，你得要喝满杯，喝了我才往下说。"

"装怪。"

"我陪你喝，你喝一杯，我喝两杯。"

"算数？"

"当然算数。"

"好嘛。"

"一言为定。"

"一言为定。"

说到亲历的打仗之事，宁孝原口若悬河唾星四溅，越说越亢奋越说越激动越说越愤怒，说到他刀劈日本鬼子时打住。赵雯发急，端起酒杯喝干："往下说！"宁孝原笑，陪她喝干两杯酒，抹嘴咂嘴往下说。他经历的打仗的事情太多，说不完，一到要紧处就打住，赵雯就喝酒，他就陪她喝酒。家乡这老酒好喝，喝多了也上头。赵雯开始不停地记录，后来就写不动，再后来头发涨发重，扑到餐桌上。

天全黑。

宁孝原搂抱烂醉如泥的赵雯去客房，将她轻放到雕花大床上，脱下她的皮鞋："还有分量，我的宝贝贵妃醉酒了！"龇牙笑。在屋里迎候的老掌柜捂嘴巴笑，道了声晚安，出门带死了屋门。这房间老大，吊灯妩媚。室内一应的蟑螂色檀木桌椅衣柜，床上摆设是他父亲那"荣昌夏布厂"的苎麻夏布产品，芙蓉帐幔轻薄如蝉翼，大红床单被褥枕套绣有花草和鸳鸯戏水图。他知道，老祖宗宁徙从闽西带来了苎麻种子，荣昌盛产苎麻。预谋好了的，跟他父子俩都熟的老掌柜为他安排的是会馆最好的房间。八仙桌上的两碗盖碗龙井茶泡好了的，他端茶碗先闻其香，再噬其味，咂嘴道："要得。"遗憾没能与赵雯对饮，又坏笑，你龟儿的目的不是与她对饮是要日她，机会只有今天晚黑了。他已买了船票，行李已放到朝天门码头那"民生"轮上了，明天一早开船。他占有倪红时没有想这么多，对于赵雯就用心，如同攻打一座难啃的山头，硬攻不行，得要智取。他担心过后果，怕因一时的快乐而永远失去孤傲的她。母亲当年也孤傲，父亲就是在这里强占她把生米煮成了熟饭，还不是相亲相爱走了过来。老掌柜那时候还是少掌柜。理由绝对是充分的，首要是老子喜欢她，再呢，两家的老人都首肯了的。赵雯，你莫要怪我，只怪你把我的心掏去了，我是绝对不会让哲弘那个不讲信誉的龟孙子把你夺走的。

一碗甘醇的龙井茶喝完，他狠抽了根味重的"勇士牌"香烟，使劲掐灭烟头，坐到大床边。

天热，没有为她盖铺盖，酣睡的她如同一朵睡莲。"倘若时间无法治愈伤痛，那么死亡总是可以的。"《睡莲的传说》里的这话他记得清楚，是父亲不许他跟倪红结婚，倪红拿了这书给他看的，说是死也要跟他在一起。此刻里，这话是他对赵雯在说。对于倪红，他良心受着鞭答，行动却在背叛。赵雯那迷人的醉态、如水的柔体、特有的馨香摄去他三魂七魄，裤裆好硬。活像都邮街那碑。倪红是这么说的。没得法，摁不住，一不做二不休，老子今晚必须把生米煮成熟饭。

急切的他没有猛扑到她身上，试探地小心翼翼地温柔地轻压到她身上。她那身子柔软如棉，眼鼻嘴唇颈项发丝都香。他解自己的军衣扣，解她的衣扣。这一刻，他想到了倪红。倪红才是睡莲，想摘就摘；赵雯是带刺的玫瑰，想摘怕摘。两朵花都摘就好……

宁孝原压到赵雯身上去时，在他邻近客房的大床上，涂姐正与窦世达鱼水交欢。久别胜新婚，这对中年夫妇从雕花大床上折腾到红漆木地板上，又相拥相泣回到床上。军人窦世达如同涨潮的怒水欲将爱妻吞噬，女袍哥二头目涂姐在这怒水里翻腾，把久盼的尖叫声呐喊声压在心底，尽情享受夫妻之爱。

窦世达把身心都倾泻给了爱妻，疲惫入睡。

他是化装成和尚偷偷潜回重庆的，络腮胡子剃得精光。前天傍晚，穿和尚服的他走近"涂哑巴冷酒馆"时，发现有人跟踪，就步态神态不变地转身向江边走，一个穿对襟衫的汉子迎面登梯而来。与这汉子擦肩而过时，警惕的他突然回身，这汉子的手枪已顶住了他的面额。他弯眉笑，双掌合十，阿弥陀佛……说时迟那时快，躬身用头狠撞这汉子的肚腹，这汉子被撞到。"叭！"刚才跟踪他的那人开枪了，他迅速掏枪还击。身前那倒地的汉子举枪欲朝他射击，他快枪将他击毙，侧身翻滚进梯道边的灌木林。"叭叭叭！"跟踪那人射来的子弹嗖嗖嗖擦身而过。

他在灌木林里连滚带爬跑了老远。

夜的幕帐黑了天地，疲惫不堪的他在草丛地里入睡。"嚓！"一声响，他惊醒，见一只白头花斑鸠扑翅飞走。天已亮了，他揉眼摸出灌木林，没敢再去冷酒馆。肚子饿了，寻到山弯里一家鸡毛小店住下，要了碗面条呼呼下肚。得要见到爱妻。他那副手副团长赵绪生派人来打探过，探得他夫人正被军统的人追捕。人生莫测，好端端的一个家被拆散了，都怪自己当了汉奸，可不当汉奸自己已是丰都鬼城里游荡的孤魂了。归途是没有的了，手上已沾了血债。搅得他寝食难安的是，无论如何要接了爱妻与她在一起。他与她在捶衣石边发过誓的，生死与共，白头偕老。趁去黄卫军上海总部开会返回之机，他化装潜回重庆来。他妈的，军统的人真是无处不在，还是被他们盯上了。熬到夜深，他又摸回冷酒馆，没人跟踪，闪身进门。烛火下，涂哑巴正收拾餐桌，见一个和尚进来，摇头比画关门了。他比画说是他姐夫。涂哑巴认出他来，好高兴。他比画问他姐姐呢？涂哑巴比画说，姐姐很好，可不知她住在哪里，说姐姐有时候会回来。他好希望她今晚会回来。他住在了冷酒馆里，夜里梦见他在这里与爱妻相识，梦见他俩在嘉陵江边漫步，梦见他俩在捶衣石上亲吻……黎明时分，他醒了，起身出门，警惕地沿石梯往江边走，遥望见了那熟悉的卧牛般的捶衣石，心撞胸壁。在那里，他初吻爱妻定下终身；也是在那里，他中弹落水接爱妻的事儿落空。

嘉陵江水东流，传来浪潮的叹息。

他抬步朝捶衣石走，爱妻的音容笑貌浮现眼前，小涂，你在哪里……晨雾中，见捶衣石边有个人在走动，定睛看，是个女人，啊，正是他日夜思念的爱妻！他快步走跑步走。她是他的心肝他的命！小涂，你是常来这捶衣石边等我吧，我窦世达又来接你了！

捶衣石见证了他俩的热恋与分离，见证了他俩的久别重逢。爱妻见到他认出他时，泪奔，几乎哭晕在他怀里。

客房的屋灯被泪水蒙住。

涂姐躺在窦世达身边无声落泪，听他那鼾声心浪翻腾。那见证了他俩爱情的捶衣石她去过多次，是夜深人静时去的，期盼见到他又不抱太大的希望，见物思情也是一种慰藉。袍泽姐妹里有言语了，说窦世达叛变了，当了汉奸卖国贼了。她那火烈性格，揪住那传话的妹儿就是两耳光："放你妈的屁，你再乱说我扒了你的皮抽了你的筋！我男人是国军的军官，是打日本鬼子的英雄，他就是死也不会当汉奸！"那妹儿不是吃素的，回了她两耳光："莫绷劲仗，你个汉奸的臭婆娘，跩啥子，不得怕你！"二人扭住死打。郭大姐来劝架，呵斥那妹儿："把你那破嘴皮子缝好了，再乱说老娘不认黄！"拉了她到里屋说话："我那妹夫世达绝对不会是那种下作人，大姐我相信他。可话又说回来，倘若他真要是当了汉奸，你要是不敢动手不好动手，老娘替你宰了他！大敌当前国难当头，是绝对不能投敌与自家人为敌的。日本鬼子丧尽了天良，血债累累，杀了我们好多的同胞，连细娃儿都不放过。只要是中国人，就绝对要灭了日本鬼子，灭了汉奸卖国贼！"她痛苦至极，对了郭大姐号啕，心里留下厚重的阴霾。昨天晚上，穿便服的袁哲弘来找她了，是郭大姐领他来她住屋的。郭大姐对她说："老二，老娘我把这耗儿给你带来了，你们各自说。"黑眼盯袁哲弘，"硬是，比耗儿的鼻子还灵，找到老娘这里来。"说完走了。她见袁哲弘找来，吃惊也不吃惊，这些个军统的人总是无孔不入的："哲弘，你找我有啥子事情？"有种不祥的预感。袁哲弘说口渴了。她就从水瓶里给他倒了杯开水："喝嘛。"袁哲弘噻噻喝开水，抹嘴说："涂姐，我要跟你说件事情，你一定莫要冒火。"她心紧："你说，我不冒火。"袁哲弘说："我其实早就想跟你说了，今天是不得不说了……"说了窦世达叛变他两次去策反的事情，说了窦世达回来了又跑脱了还打死了他们一个弟兄云云，再三说，涂姐，你一定要冷静，他回来是要找你，我们共同设法找到他……她脑子嗡嗡响，眼冒金星，欲喝骂又没有，竭力镇定："要得，我们共同逮他……"袁哲弘走后，她伤伤心心哭，窦世达你个炕蛋，你被抓了也不能投敌啊，不能调转枪口打自己人啊，你忘了你老丈人是咋死的了？她还是抱有希望，希望窦世达是假投降，是迫不得已杀了自己的人，希望他还有回头的机会。她不能让袁哲弘他们把她男人铐走，她要单独见到他，搞清楚事情的来龙去脉。长夜难眠，今天天不亮她就偷偷摸到嘉陵江边，在捶衣石边徘徊，兴许世达会来。不想他真来了，他俩终于见面了。她扑在他怀里哭，哭他们命运多舛，哭他们生死分离，哭自己心爱的男人竟会成了敌人……

　　她没有把袁哲弘给她说的对窦世达说，领他上了江边的一艘渔船，付给船家钱，让船家划船在江里转游。他俩在船上吃早饭吃午饭，直到天黑，她才领他来这会馆开客房住下。她要了酒菜，夫妻二人吃饱喝足。在渔船上，窦世达给她说了实情，说了他的苦衷他的无奈，说了他现在混得还可以，说了冒死来接她走。她明白了，窦世达确实是汉奸卖国贼了，他是甘愿为日本鬼子卖命与国人为敌了。

　　她脸上没有什么心里铁定了想法。

　　"……日本鬼子丧尽天良血债累累杀了我们好多的同胞，连细娃儿都不放过，只要是中国人，就绝对要灭了日本鬼子，灭了汉奸卖国贼！"

　　她目视身边熟睡的窦世达，耳边响着郭大姐的话，父亲被日本飞机炸死

的情景浮现眼前,好惨啊,在朝天门为雇主挑行李的父亲被炸飞,只寻到了父亲被炸烂的脑壳和血肉模糊的残肢。她恨恨咬牙,嘴皮咬出血来,翻身下床,从裤兜里掏出把锋利的短刀来,对准汉奸窦世达的颈项猛刺,刀尖接触到他颈肉时她收住手,是窦世达带领士兵抬了黑漆棺材厚葬了他父亲的。老天爷耶,你作孽啊,咋就让我心爱的男人成了与国人为敌的汉奸,带了血债!她挥泪挥刀狠刺,她要取他人头去交给嫉恶如仇的亲姐姐般待她的郭大姐,让袍泽姐妹们看看,她是有中国人的尊严的,她不是孬蛋,她会大义灭亲的。不想窦世达醒来,抬手挡她那锋刀,刀锋扎进他右手的中指,十指连心,他痛得惨叫,强忍住,挥掌将她击倒:"小涂,你是对的,可我不想死,我离不开你……"又给她一记重拳。

她眼前一黑,不省人事。

第十六章

春天说来就来，重庆的春天来了就热。

倪红锁死竹篾吊脚屋的屋门，背了缀有牡丹图案的花布袋装的月琴快步走。

她提玲珑小包，穿收腰的雪青色暗花短袖旗袍，一身绷得好紧，好在这琵琶襟旗袍的开衩高，下门外陡峭的梯脚步还是迈得开。初穿这旗袍她怕出门，别人看见她这衣着就看见她的身子了。她对了穿衣镜前照后照，丰胸细腰圆屁股全都显露出来。这旗袍她是去"精神女子时装店"定制的，因为定制旗袍，才注意到，从"精神堡垒"到小什字冒出来好多女子时装店。除制售各式旗袍外，还制售各式内衣、晨衣、夜礼服，做工都精细，款式也新潮。发现进出女子时装店的女人好多，这一路成了女人的必游地、扔钱处了。女子时装店多了，其他制售各式服装的商店也多起来。还有下江人开的售卖裘革服装的大小商店，珍贵的毛皮服饰应有尽有，高中低档的皮货一应俱全。关于衣着，报纸上登了的，政府推行新生活运动，严格规定了服务行业者的着装，一是节俭，二是便于识别。规定黄包车夫、板车夫穿蓝色土布对襟衣裤。轮渡工、搬运工穿黑色衣裤，轿夫、马车夫穿蓝色衣裤，驾驶员、售票员穿灰色衣裤。民生公司严格，从总经理卢作孚到练习生，一律穿芝麻色土布制服。就觉得自己这身穿着太打眼了，又想，跟那些阔太太阔小姐比，又算不得啥子。

下到坡脚的临江马路后，她叫了辆黄包车，上车后，穿蓝色土布对襟衣裤的车夫就小跑。她头一次坐黄包车是宁孝原带她坐的，两人挤坐一起，她又喜又怕，生怕会撞着路人或是掉下车去。宁孝原说，你怕个尿呀，没得事情。说这黄包车先前叫人力车，宣统元年，重庆府举行"赛宝会"，盛况空前，省府成都在上海买了12辆人力车，途经重庆，刚好是会期，就在会场显摆，人些都说好稀奇。

习惯了，上工前她总要去朝天门的"码头小面摊"吃碗重庆小面，心里才安逸。

太阳落到山后，天色紫蓝，朝天门码头依旧人头攒动。倪红晓得，这水运枢纽的位置绝好，大河长江小河嘉陵江在这里汇合，直通下游的宜昌、武汉、南京、上海，走水路的人员和物资都在这里进出。从这里渡长江可去玄坛庙，渡嘉陵江可去江北县城，经陕西街可去下半城的金融、商业街，经小什字可去上半城繁华的都邮街、"精神堡垒"。宁孝原跟她说过，朝天门是战国时秦将张仪筑巴郡城时修的，后来，明朝那个戴鼎又扩建过，有两道老厚的城墙两道搜实的城门。说朝北边那城门上有"朝天门"三个大字，是朝向天子的意思；朝东边的正门上有"古渝雄关"四个大字，可见之威武。可惜了，民国十六年重庆设市，日他妈，被龟儿子当官的拆除了。

她常去的那"码头小面摊"在通往江边趸船的石梯道边。梯道好宽，道旁是挨一接二的高高矮矮的茅屋、瓦屋、吊脚楼、店铺、摊子。

天色暗了，路灯亮了。

客栈挂出"未晚先投宿，鸡鸣早看天"的长方灯来，迎客的柜台上亮着纸糊的三角灯，是鸡毛小店的标志。杂货铺、布庄、餐馆燃起了气灯或是电灯，麻糖摊、卤肉摊、鞋袜摊、算命摊点燃了高脚菜油灯或是蜡烛。乘船的、下船的、跑船的、扛棒棒的上上下下，有匆忙者、喘吁者、打望者。就有人不住地朝她打望。

她视而不见，坐到"码头小面摊"的条凳上，取下背的月琴放到身边。这面摊比其他面摊讲究，搭有棚子遮阳避雨。还从挨临的杂货铺拉来有电线，燃有电灯。灯光下，各式面条、姜葱蒜辣椒花椒胡椒等佐料、沸腾的汤锅，看着就流口水。跟多数重庆人一样，她对重庆小面的喜爱不亚于重庆火锅。在小面摊吃面的人是不顾及啥子淑女、绅士形象的，吃得那个香哦。无论白领、棒棒、学生、商人、军人、官员、洋人客，为的就是一碗麻辣爽口的重庆小面。外出返渝的重庆人，如果不能先吃顿火锅，一定要整碗麻辣小面解馋。不用她说话，光头摊主就给她煮了碗韭菜叶麻辣细面条。她原本是大口吃面的，可嘴上涂抹有口红，只能是细嘴抿吃。

安逸，是解饿也是一种享受。

她在这面摊认识了犹太人斯特恩。是个清晨，她在这里吃小面，走来个提老重皮箱的西装革履的洋人，他放下皮箱，坐了她身边的空位："老板，来碗小面。"做手势，"干熘，提黄，加青，重辣，宽面。"光头老板应承："要得，少汤，偏生硬，多加菜叶子，油辣子要重，不要细面和韭菜叶面，要宽面。"这洋人的重庆话地道，吃小面比她在行，她盯他一笑。洋人朝她回笑："小姐，您好！"她回道："您好！"、"我叫斯特恩，是犹太人。"宁孝原跟他说到过一个犹太人,好像就叫斯特恩,说这老外仗义,是他袍泽兄弟。"啊,您是,是那有星星意思的公司的老板吧?"她想确认一下。"对对,我是'斯特恩公司'的老板,'斯特恩'就是你们中文'星辰'的意思。呃,您咋晓得?"、"在重庆的犹太人不多,听我一个朋友说起过,您大老板噻,名声远播。"她没有说宁孝原,宁孝原在她心中已经死了。斯特恩笑道:"说不上大老板,得贵国人的好,得重庆人的好,做点儿猪鬃、皮毛、山药生意。"倪红说:"我朋友说您很会做生意,说您仗义。"、"哦,我很高兴,请问,您朋友是谁?"、"他死了,不说也罢。"、"哦,对不起,让您伤心了。您朋友……哦,能告诉我您的名字吗?"、"我叫倪红,人旁倪,红颜色的红。"、"倪红,嗯,这名字要得。能告诉您在哪里做事吗?我是说,如果您不反对的话,我抽空去找你,朋友的朋友就是朋友呢。"她吃面条,没有回答,她不想说自己的上工处。斯特恩耸肩摇头,没再问,三下五除二面条下肚:"对不起,倪红小姐,轮船要开了,希望还能见到您!"提皮箱两步三梯朝江边走。

酒好不怕巷子深,她舍近求远来这面摊,为的就是吃碗这里的好吃的麻辣小面。吃完付钱后,她背上月琴,拎包登梯。

天更黑,昏暗的路灯把她的身影拉得老长。

她登上石梯后,右拐,过花巷子,朝前面的她上工的"弦琴堂子"走。

"弦琴堂子"黑墙绿瓦,条石拱门,霓虹灯招牌闪烁。拱门不大,挂有木刻的楹联,上联是"满街人都是那话",下联是"唯有我清白传家",横联是"独不傲众"。她就是看了这楹联才来这里上工的。

门口立有两个青春旗袍女,有个旗袍女右脚的布鞋开了口子。见她走来,两个旗袍女齐向她抱手哈腰微笑,那布鞋开了口子的旗袍女把右脚收到了左脚后面。她佯装未见,朝她俩颔首笑,抬脚进门。

门内是老大的厅堂,雨滴状吊灯的灯光明丽,有旋梯通向二楼,楼上楼下房间不少。厅堂内的摆设是中西合璧式的,有中式桌椅,有西式沙发,有中国山水画,有西洋美女图。端坐有一群丝光绸气的旗袍女,齐向她微笑招呼。她知道,她们都是下江人,分得有扬州帮、苏州帮、沙市帮。五十多岁的妈妈笑迎过来:"红女子,等你的客人来了。"领她上楼。妈妈也是下江人,是从杭州逃难来重庆的。妈妈待她不错,点她的客人多了,妈妈待她更好。

她是去年晚秋在"精神堡垒"附近卖烟时认识妈妈的,那天,她伤心透了。

她不想会在"精神堡垒"遇见她盼待、愤怨的宁孝原,她打他骂他,还是跟他上床。次日,雨后大晴,醒来的她发现他已经走了,泪眼汪汪。狗日的定是找赵雯那个狐狸精去了。唉,他俩真要是好了她也没有办法,当然,也许赵雯看不上他,那最好,她太爱他了。不论啥子情形,总得要有个结果有个了断。她去了宁公馆找他,新来的何妈说少爷不在家。她去了"涂哑巴冷酒馆"找他,涂哑巴摆手摇头。他龟儿子跑哪里去了?去那狐狸精家了?可她不晓得赵雯的住处。她挂了烟匣子卖烟,心口堵得慌,叫卖香烟有气无力,或许会在街上遇到他或他俩。老天有眼,那天,她看见他俩了,是在湖广会馆门口远远看见的。她紧跟慢跟他俩去到那餐馆的包房门口,欲进去,被餐馆的伙计拦住,说不许在这里卖烟。她说,她认得包房里的人。从包房出来个老头,带死了房门,说他是这里的老掌柜,说你认得也不行。她急了,说那男的是我男人。老掌柜怒了脸,说她疯了,打胡乱说,喝叫两个伙计把她架出会馆,不许她再进入。她又气又急,不死心,围了依山修建的老大的会馆的高墙走,见有棵大树紧挨高墙。水上人家女儿的她,从小就敢下河洗澡敢上树掏鸟窝,把烟匣子藏在附近的草丛里,爬树翻墙进了会馆。天黑了,夜幕掩护她摸到那陡峭的石梯前,上面就是会馆那餐饮住宿的挑檐楼阁,她趁黑警惕地登上去,走进回廊时,看见宁孝原抱着赵雯进了一间客房,心冷,完了,他两个是说成了。那客房门口站着个膀大腰圆的伙计,门缝透出蛋黄色灯光。她跃出回廊,沿树丛轻脚轻手朝那客房走,宁孝原,我倪红爱你是因为你也爱我,我是绝不死皮赖脸求你的,绝不做小的,我们当了赵雯的面把话说清楚了。她接近那客房时,门开了,老掌柜出门来,带死房门,对那膀大腰圆的伙计说:"守好了。"膀大腰圆的伙计笑:"放心。"老掌柜说:"你狗日的离远点,人家两口子做事情,莫要去偷听……"她听了好难受好愤怒,抓树杈的手划出血来,"咔嚓!"树杈断了。老掌柜和那膀大腰圆的伙计发现了她,不由她分说,揪她出了会馆。

她蔫了气,取了烟匣子悻悻回家,一夜难眠,他两个是睡到一张床上了。伤心落泪,昏昏入睡,醒来已是次日的上午。

她胡乱吃了剩饭、泡菜,挂了烟匣子去街上卖烟。物价一涨再涨,如同夏天的洪水暴涨,得挣钱过日子。水上人家女儿的她有水上人的硬气,是绝不要抛弃了她的人的任何施舍的。

"看报,看报,英雄宁孝原怒杀日寇,卖陪都晚报……"报童叫卖晚报。

听见他的名字,她赶紧买了张报纸看,急找那文章。报纸老厚,密密麻麻的文字五颜六色的广告好多。"物价容易把人抛，薄了烧饼瘦了油条"、"公教人员不是东西，是东西也应当涨价"，看这些标题，她苦笑，日子都不好过。"赵局长去南山扫他妈的墓"，看文章，原来是赵局长为他母亲扫墓的事情。有幅丰子恺画的"村学校的音乐课"的漫画，画上那男老师的脸只见鼻子尖，标题是"丰子恺画画不要脸"。她那苦脸也笑。"砸了烟枪操步枪，英雄宁孝原怒杀日寇"，找到了，是采访报道的连载之一，说的是宁孝原杀日本鬼子的事情，落名是本报记者赵雯。是了，他两个是走到一起了，她那心掉进了冰窟窿里。

　　心冷透了，就没有了眼泪，为负心人落泪不值得。

　　有则驼峰航线的报道吸引了她，但凡驼峰航线的消息她都特别关心，黑娃子柳成在飞那条航线。柳成临走前给她说过，说"驼峰"是喜马拉雅山南边一个像骆驼背凹的山口，是美国运输机最大的爬行高度。那是中国飞印度的必经航线，是重要的运输线。向印度运去对日作战的远征军官兵，从印度运回来汽油、物资、武器。她收到过柳成的两封来信，说他一切都好。说他不怕那里糟糕的天气，怕的是手无寸铁的运输机遭到日机的袭击。说他们任务重，有时一天要起飞三四次。她好担心，祈盼他平安归来。柳成第一封信落尾写的"爱你！"第二封信落尾写的"等我！"她一气看完这篇"驼峰航线托国人重托，勃朗宁枪搏日寇战机"的晚报赴前线记者的报道："……高山作证，蓝天讴歌，我英勇的空军不畏强敌。重庆籍飞行员柳成中校驾驶DC-46运输机运送抗战物资途中，突遭日军战机袭击，飞机被日机击伤。他没有放弃，用勃朗宁自动步枪击毙了日机飞行员，喝令机组人员跳伞逃生。机组人员跳伞后，他没有跳伞，驾机朝另一架日机撞去，那日机赶紧躲避。英雄柳成，柳成英雄，他驾驶那飞机的尾翼冒了浓烟，摇晃飞向雪山，肃穆的雪山搂抱了他。悲哉惜哉壮哉！血洒长空的英雄柳成只是中美空军的英雄之一，记者了解到，我在驼峰航线牺牲的人数已经逾千，有时每月损失飞机的总数占我所有飞机的百分之五十，可我们的英雄们依然在长空浴血奋战！同胞们，朋友们，大家在大后方平安地生活、工作、学习、爱恋时，可曾想到过我们那些终日在驼峰线上生死搏击的中美空军们，为他们祈福、加油吧！学他们忘我牺牲的精神吧！……"

　　读完，她热泪盈眶，柳成，黑娃子，你咋就走了，你不是说要我等你么！倪红耶，你该把身子给了他的，他是带着遗憾走的。这篇报道也是赵雯写的，她写得还确实好。

　　祸不单行，她成了泪人，嘶声喊唱："全民抗战，不忘国耻，还我河山！'金字塔'牌香烟！"、"大刀向鬼子头上砍去！'老刀'牌香烟！"……路人为她的激情真情感动，买烟的人不少。她喊唱着卖烟，看见了"精神堡垒"，宁孝原对碑发誓的情景浮现眼前，挥泪喊唱："滔滔东流一江水，做人莫做陈世美！'香莲'牌香烟！"

就遇见了妈妈。

妈妈五十多岁，微胖，慈眉善目："姑娘，我买两包'香莲'牌烟，还没有抽过。"下江人口音。她拿了两包"玉堂春"香烟给她，妈妈说，姑娘，你拿错了。她说，对不起，我喊错了。妈妈笑笑，接了烟付了钱："姑娘，你嗓子好呢……"妈妈请了她去沙利文吃西餐，带了她到"弦琴堂子"喝茶，说她是逃难来重庆的下江人，有些儿家底，办了这堂子。说她的嗓子很好，希望她来这里卖唱，说这里是卖艺不卖身的。领她去看了门口那楹联。妈妈给她说的工钱她一年也挣不到。妈妈说，你叫卖"香莲"牌烟，说是喊错了，你怕是遇到啥难事儿了吧。妈妈的话触到她的痛处，伤伤心心一五一十说了自己苦难的身世。妈妈很同情，点纸烟抽，叹气说，这里的姑娘都有不同的苦难遭遇，都是这可恶的战争闹的。妈妈说，这年月做女人难，女人的青春日子不多，会越来越少，你就当没有遇到过那个男人，自家好生过日子。

她犹豫几天，同意了。

宁孝原在她心里已经死了，柳成在驼峰航线牺牲了，就她孤苦一人了。她对妈妈说，她绝不跟客人上床。妈妈说，那一定的。她嗓子好悟性好，哼唱过清音喊唱过川江号子。妈妈就找人教她弹月琴唱清音。四川清音本是要有琴师伴奏，演唱人右手击竹鼓左手击檀板自击自唱的。妈妈说，你如情愿的话，也可以不要琴师伴奏，你就自弹自唱，客人还是喜欢跟姑娘单独相处的。

"口含着哇野灵芝才把我的夫度过哦，小青儿他为你呀煎汤就熬过药哇啊。将将我才度活耶你就不认我，夫哇不该你到金山寺去把那个和尚来学哇啊……"

她自弹自唱的《断桥》绝了，又唱《思凡》《昭君出塞》《秋海棠》《花木兰》，还自编自唱《黄葛树》《打鱼郎》《大后方》，名声传开来，点名要她的客人多，妈妈很高兴。

妈妈领她进了楼上的包席房，对客人笑笑，各自出门带上了房门。这包席房临江，锦缎窗帘垂有漂亮的流苏，随了江风飘摆，溢出古典婉约的韵味。透过窗帘的缝隙，可见江上的点点灯火。室内的摆设也是中西式的，有柚木做的沙发茶几，有英国安妮女王风格的棋牌桌椅，有亭台样的自鸣钟，有檀木做的八仙大桌，有雕工精细的红漆大床。玻璃吊灯的蛋黄色的光焰柔和。她刚来时对妈妈说，这堂子里的摆设是不是太阔气了，花费了你好多的钱财，客人不过是听听歌听听戏而已。妈妈笑说，有得出才有得入。后来她才晓得，这里确实不是客人来就脱衣上床的场所，按照妈妈的说法，要讲究高逼格，要有文艺范儿。客人进来是要做"花头"的，点几个姑娘唱几曲歌子或几曲戏曲，可点越剧、昆曲、江南小曲、四川清音，再又去包席房点一桌精致的席面，边吃喝边听歌听戏，完后打牌，顺便调调情。还可以点折子戏。客人点哪个姑娘哪个姑娘就来侍候，也讲求你情我愿。花钱多的客人并非当天就可以点到喜欢的姑娘。那个苏州来的梅姑娘，把那个客人弄得颠三倒四，最后连她那苏杭美女细白的小手也没有摸到一下。妈妈给她说，我这里就是要个格调，不是那种打肉搏战的风月场所。妈妈给她说了老实话，说她这里的收入主要是做"花头"，一桌上好的席面就是几十上百大洋，一台折子戏也是几十大洋。重庆最贵的度夜之资不过才二三十大洋。妈妈说，青楼也罢小姐也罢，聪明人从来不是靠皮肉挣大钱，是靠情怀挣大钱。那梅姑娘对她说，这里的姑娘是不会开口留客的，欲擒故纵，欲拒还迎。说那个被她弄得颠三倒四的客人是个大军官，贪财，他说他是小贪，大贪者防空的钱都敢贪，巨贪者敢贪国家财政的钱。她就给梅姑娘说柳成牺牲的事情，说宁孝原杀日本鬼子的事情，当然，他没有提宁孝原的名字。梅姑娘就比出大拇指头，说真情就该献给这样的男人。

等她的客人是斯特恩，见到她后好高兴："哈，倪红小姐，真是您，坐，我已经把点唱的钱付给您妈妈了。"他那次吃小面认识倪红后，就对她留下了印象。他当时就想，要不是忙着赶船，可真得跟漂亮的倪红小姐多说说话。她说她的朋友认识他，她的朋友是哪个？咋死的？他交的中国朋友多，在前线打仗的有宁孝原，没听说他阵亡；大后方的大重庆遭大轰炸，他的中国朋友被炸死了好些个，是哪个？他想搞清楚。今晚，他在朝天门码头安排好装货后，找饭馆吃饭，路过"弦琴堂子"，见挂的牌子上有倪红姑娘的名字，会不会就是他吃小面见到的那个倪红姑娘？就进来打问。姑娘们见洋人进来，嘻嘻笑，叫了妈妈来。妈妈说，我说不来洋话。他说，您就说重庆话。妈妈笑，我重庆话不地道。他说，您就说下江话。妈妈哧哧笑，您这洋人的重庆话不错，您要点哪个姑娘？他说，倪红。妈妈说，倪红啊，可以的，这里的规矩是得做"花头"，如此这般说了。他花得起钱，说要得。心想，不是他认识的倪红也没有关系，就当玩玩，不想还真是他要找的倪红。

倪红见是斯特恩，惊诧也不惊诧，宁孝原就喜欢这种场合，他的朋友也是一路的货。妈妈说了，来者不拒。梅姑娘说了，欲拒还迎。

席面丰盛、精致，小碟子小碗盛了名贵的川菜、江浙菜，酒是茅台酒，陶瓷茶壶里泡的龙井茶。

她没有坐，站到一边："您是客人，先侍候您一曲清音。"取出花布袋里的月琴嘣嘣嘣弹，启齿唱："初一对十五，十五月儿高，香风吹动杨柳梢。年年常在外，初一你都没有归来，丢下了想你的妹挂心怀。三月桃花开，吾哥你带信来，情郎哥带信你要个荷包袋。既要荷包袋，就该要亲自来……"

斯特恩听她脆悠悠唱完，情不自禁鼓掌："Very good！"

倪红就想到宁孝原："听不懂您那外国话。"

斯特恩笑："您唱得太好了，真不可思议！请坐，您现在可以入座了。"起身恭请。

倪红放下月琴，入座："您随时可以点唱。"

斯特恩说："要得要得，趁菜热，我们先喝酒吃菜，摆摆龙门阵……"

第十七章

　　起风了，冬日清晨的浓雾从洪泽湖浩淼的湖面弥散过来，如同巨大炸弹爆炸后的滚滚浓烟，很快罩住了临湖的蜿蜒的公路。公路边的林子里和湖边的芦苇荡里埋伏有新四军的重兵。旅指挥所里，旅长黎江看着望远镜喊叫："哈哈，格老子的，天助我也！"

　　日军疯狂扫荡，新四军寻机反扫荡。

　　机会来了，日军南边战场吃紧，抽调苏北地区的日军南下增援，探得情报，南下增援的山田联队今天要路过这里。"山田，老对手了，挨过老子的子弹。"黎江对身边的参谋长说，"记得不，就是那一仗，助了小崽儿宁孝原。"参谋长点头："记得，宁孝原是国军那独立团的团长。"

　　战斗打响。

　　岸边林子里和湖边芦苇荡里的新四军枪炮齐发，山田联队乱了，摩托车、汽车中弹燃烧，官兵纷纷中弹倒地。山田联队在人数上本就少于黎江旅，又遭突袭，损失过半。但其武器装备好，单兵素质强，很快分散反击。新四军不容日军喘息，吹响冲锋号，岸边湖边的新四军呐喊冲上公路，与日军白刃格斗。

　　日军拼死抵抗。

　　双方都有伤亡。

　　日军终被全歼，没有俘虏。打扫战场未见联队长山田的尸体。"龟儿子的，未必他还跑得脱？"黎江怒脸指挥部队搜寻。在一个炮弹坑里，下跪的山田旁若无人，抚了抚小胡子，露出肚腹，双手紧抓佩刀，刀尖对准肚腹，哇地嚎叫，剖腹自杀。

　　黎江眼疾手快，挥枪击落他手中佩刀。

　　参谋长带兵将他摁住。

　　此役获胜，抓住了山田，师部来电嘉奖，说三旅已把赶来增援的黄卫军击退了。黎江知道，这些黄卫军是来接替山田联队的，师里早有防范，否则他们会屁股挨打，很感谢师里。

回到旅部，黎江端大茶缸与参谋长碰杯："来，我两个以水代酒，庆贺一下！"两人咕嘟嘟喝冷开水。黎江抹嘴说："这黄卫军是为日军效力最卖命的，是有战斗力的，少不得要跟他们干仗。"参谋长点头："不可小觑……"作战参谋进来报告，说那个商人宁老板被友军抓了。黎江一惊，宁老板是宁道兴，是宁孝原的父亲，一直私下里跟新四军做生意："宁老板是重庆的大商人，为我军提供了不少急需的药材，尤其那'盘尼西林'，救了我们好多伤员的命，此人得救。"踱步说，"友军说是友军，却一直在脚下使绊子，如果晓得宁老板为我军提供药材，是不会放过他的。他们那军统的人无处不在，整不好会把他当成间谍给毙了。"、"我马上去友军一趟。"参谋长说。黎江摆手："我去。友军那一团长方坤，原先是宁孝原手下的三营长，此人仗义，就是他遵宁孝原的命令放了我的。他打日本鬼子不要命，被他现今的师长看中，要过来升任了团长。我跟他是有交往的……"

　　黎江穿新四军军服去找友军的一团长方坤，方坤不在团部，从家里赶来。方坤得知被抓的商人是长官宁孝原的父亲，好着急，立即查问。查到了，是他团三连一排五班在关卡处抓到的，搜出他身上有枪，正在排里受审。他即令一排长好生侍候，立马亲自护送来团部。

　　黎江松了口气。

　　从一排过来是临湖的山弯公路，乘军车过来要近一个小时。

　　方坤领黎江去他家，说参谋长宁孝原正在他家里，说他父亲之事暂时不要说，等一排长护送来后再说不迟，免得参谋长着急。黎江点头，小崽儿宁孝原也在，好久不见了，正好聚聚。

　　方坤的家是个挑檐房院，室内一应的中式家具，堂屋的八仙桌上摆有酒菜，勤务兵侍候着坐上席的佩上校军衔的宁孝原。

　　"参谋长，我给你带了个人来，你绝对喜欢！"方坤跨门槛，呵呵笑，"不是女人，是男人！"

　　宁孝原举目看，方坤身后有个人："是哪个？"

　　方坤闪开。

　　黎江笑着走来。

　　"啊呀，是黎哥！"宁孝原赶紧起身相迎，"好久不见，大哥别来无恙！"

　　黎江笑："我好得很！"

　　两个握手。

　　"正好有酒有菜，大哥，你请坐！"宁孝原拉黎江坐上席。

　　黎江推让："又不是我请客。"

"作算是你请客，方坤办招待，要得不。我的好大哥，你是一定要坐上席的，小弟娃哪敢在大哥面前显摆。"宁孝原拉黎江坐。

黎江坐下："好嘛，这屋里我年岁最大，我就不推辞了。"盯宁孝原，"小崽儿宁孝原，你狗日的是上校参谋长了，再往上就是少将啰。"

宁孝原笑，坐到黎江右边："我才调过来不久，有老部下方坤一起共事，高兴。不想遇到大哥，好高兴！"上司已经给他说了，授予他少将的事情已经定了，很快就会宣布，他话到嘴边没说，不能在黎江大哥面前显摆。

方坤坐到黎江左边，叫勤务兵去门外候着。

三个重庆人喝酒吃菜说话，桌上酒菜苏北风味。酒是"双沟白酒"，菜是一碗把子肉，三盘小菜，一碟花生米，汤是白菜豆腐汤。方坤说，钞票不值钱，供应又紧张，招待参谋长可是费力气花本钱了。宁孝原对黎江说，方坤说的是实话，我跟他是不讲究的，就是怠慢大哥你了。黎江说，有酒有肉有菜有汤，这就够丰盛的了，我是口福不浅。

宁孝原呵呵笑，举杯与黎江碰杯："黎哥，你是两次救我命的大恩人，弟娃我先敬你！"喝干杯中酒。

黎江说："你娃也放过我嘛，还有方坤老弟，彼此彼此，我谢谢你们。"干杯。

方坤起身斟酒。

黎江问："方老弟，你堂客呢？"担心隔墙有耳，这两个与他有缘的国军军官是可以为我所用的。

方坤说："回娘家去了，她弟娃结婚……"

宁孝原没想到会在苏北战场见到黎江大哥，他更没想到的是，竟会在烽火战场见到父亲。

他父子俩在方坤的卧室里相见。

父亲皱巴的脸上胡子巴茬，一身苏北老农穿着，老厚的脏兮兮的蓝布棉衣棉裤棉鞋，戴顶老旧的灰色棉帽。他心里难受，去年晚秋他回家休假时，父亲还是西装背带裤的阔老板穿着。黎江、方坤已给他说了他父亲的事情，好危险，若是被军统的人抓到，父亲的命休矣。

"爸，你吃饭没得？"宁孝原端盖碗茶给父亲。

宁道兴接过盖碗茶喝："那个排长要得，一路上招待得周到。"

"爸，你是反对我当兵上前线的，可你咋又跑到前线来，这里随时都会

死人！"

"你以为就你不怕死，老子也是不怕死的。"宁道兴说，"儿子，我当初不让你当兵，是要你继承宁家的产业。你倒好，一走了之，你又没有兄弟姐妹，啥事只有你老汉我一个人承担。咳，我是一直没有跟你说，生意难做，太难做了！"

"生意再难做你也不该跟共匪做生意，你还做日本人的生意。"

"我是生意人，是商人。非利不动，唯利是图，取之有道。你爷爷是这么说的。那日本人侵略掠夺我们，我们为啥子不可以也赚他们的钱？至于共匪，不，新四军，我跟他们做生意也是为了赚钱。跟他们做生意不用行贿，他们不像国府的那些官员，不行贿就难以做成生意。新四军不富裕，却诚信，一分一文都不少给。"

"爸，你被赤化了？"宁孝原担心问。

宁道兴脖筋鼓胀："跟你说了，我是商人，商人就为了赚钱。跟你实说，这次卖给新四军的是他们急需的抗生素和麻药。"

宁孝原晓得，父亲那药厂在上海设得有办事处："这些药品可是严控的！"

宁道兴说："我晓得，可人家新四军也在打日本鬼子，卖给他们又有啥子错？美国的那个史迪威将军，前年就把对延安来说比黄金还珍贵的医疗设备空运了去。"

"你咋晓得？"

"晓得的不止我一个，是宋庆龄先生找他打的援手。现而今，不仅国内的爱国人士，连海外的爱国华侨都给他们提供药品器材，还提供枪支弹药。"

"爸，你做这些事是要掉脑壳的！"

"不是说么，脑壳掉了碗大个疤，怕啥子。那个现今住在重庆南山的杜月笙，中国红十字会的副会长、恒社总社的社长，他不仅在大后方发展势力，还遥控上海，办得有中华贸易信托公司、通济公司。他就与苏北的新四军建立有秘密的地下通道，直通他家乡上海的高桥。他不仅为新四军采购物资，还跟他们做军火生意，帮他们转送人员。他也大发其财。"

"你咋跟他比？"

"咋不可以比，他黑白两道通吃，我也可以。"

"爸，你胆儿也大。"宁孝原更是担心。

宁道兴说："这年头不胆大不行。儿子，我跟你说，人家新四军没有那

125

些乱七八糟的这门子那门子的中间环节，我赚的是纯利，人家给的是金条。盛世珠宝，乱世黄金，金子保险。"

"金条，就你一个人，危险！"

"做这种生意不能人多，放心，你老汉过的桥比你走的路多。"宁道兴拍打棉衣棉裤棉鞋，"都缝在这里面的。手枪不能缝进去，防身用，就被他们查到了。"

"爸，你呀你，你就是赚得金山银山又哪个，丢了命啥子都没有了，你糊涂！"

"儿呃，爸不糊涂。我跟你说，我们宁家的家业就要败在你我的手头了。看起恁大个家，说没得就没得了，也许你下次回去，我们那祖传的宁公馆就易主了。"

"怎么严重？"

"严重，严重得很！你应该晓得，我们的生意，银行是大头，主要是银行来钱，可现今是难以为继。国行、合资行、官行好多，都有权有钱有门路。我'大河银行'现在是亏本经营，欠了一屁股的债，靠重庆的药厂，还有荣昌老家的夏布厂、陶器厂填补亏欠，也是于事无补。万灵镇老家的旅馆被你一股豪气献出去了。你姑妈也是老祖宗宁徙那性格，一股豪气就献金300万，她那点儿家底我晓得，我本还想找她借钱的，也不好开口了。儿子，'大河银行'一旦倒闭，就啥子都没有了。我和你妈就只有去当叫花儿讨口要饭了。我倒是不怕，可你妈她吃得了那苦？"

宁孝原锁了眉头，第一次为父母为家业犯了愁。

宁道兴喝口茶："遇到个好官，认识没得好久，他说是你的生死战友。"

"哪个？"宁孝原问。

"蔡安平，他说当过你的参谋长。"

"他是我的生死战友，为掩护我负伤住院，去年冬天出院后就调重庆了。"

"他来'大河银行'找了我，说你跟他说了，有事情可以找我。"

"他找你有事？"

"他来存了笔钱，跟我说有啥事尽管找他。我银行吃紧，就说，方便的话，希望能帮忙找些客户。他还真帮忙，不仅把他分管部门的账款存了来，还给我介绍了不少客户。给他佣金他一分都不要。"

"他当过我部下，咋好要你的钱。"

"倒是。儿子，我事情多，马上要赶回重庆去。"

宁孝原点头："爸，你是得赶快离开这里，我已经安排了，派人护送你

回重庆。"

宁道兴说："有人护送自然好，没人护送也没得啥子，我走南闯北几十年，国军、新四军、袍哥、青洪帮，黑白两道都有朋友。"盯宁孝原，"儿子，你晓得的，我和你妈都盼望早抱孙娃，你跟赵雯的事情到底啷个样？要抓紧！你妈一说起这事就抹眼泪。"老眼发潮。

宁孝原心疼起父母来："爸，你回去跟妈说，叫她放心，我和赵雯的事情谈得成，我会抓紧……"

他没有对父亲说在湖广会馆把生米做成熟饭的事，那晚的生米没能煮成熟饭。挨临那房间里的惨叫声惊醒了赵雯，她愤然推开压在她身上的他，扣衣扣，警惕地听声响。门外有脚步声。她低声说："战乱时期，地痞流氓、叛徒日特，啥子人都有，啥子事都会发生，你个军人还呆起做啥子！"他急扣军衣扣，掏手枪下床，轻开门轻出门。相隔一个房间的房门开着，露出灯光。他警惕地过去，轻步进门，见一个膀大腰圆的穿伙计服的人在里面。膀大腰圆的伙计见他进来，攥紧了拳头，又松开："宁长官，我是这会馆值夜班的伙计，您看！"屋里的床铺凌乱，床单上有血迹，窗户洞开。"人跑了！"他说。赵雯跟进来，对那膀大腰圆的伙计说："赶快查清住的是啥子人，叫你们掌柜快报案！"膀大腰圆的伙计点头，快步出门。赵雯拉他到那洞开的窗户前："翻窗子跑的！"说着，越窗跳出。他紧跟越窗跳出。手电光亮了，是赵雯打手电筒四处照。窗外是后院，有片灌木，四围漆黑。两人搜寻，灌木好大一片，挨了围墙，围墙边间或有树。找了一圈，没发现有人。"翻墙跑了。"赵雯说。宁孝原点头。个赵雯，好镇定好机灵，军人的他想到的她都想到了，还取了房间里备用的手电筒来。夜半三更搜查，累人。老掌柜和膀大腰圆的伙计领了警察局的人走来，电筒多了。警察局的人请他俩协助沿灌木再次搜查，去那房间查找证据，向他俩细问了情况，做了笔录，走了。有伙计端来稀饭馒头咸菜卤肉放到桌上。老掌柜再三道歉，说对不起二位，惊动二位了。赵雯对老掌柜说，这不怪您，也惊动您了，谢谢您啊！老掌柜和膀大腰圆的伙计走后，他俩吃送来的早饭。已黎明时分。他心里打鼓，等待赵雯的责骂。赵雯没有责骂，看手表："上得船了。"他也看手表，赶紧去会馆接待室结了账。赵雯提醒："行李呢。"他说："已经放到船上了。"他往朝天门码头走，她跟了走，两人一路无话。轮船要开了，他盯她说："赵雯，嫁给我！"声音发颤，要打要骂随她了。"呜！"轮船一声长鸣，启动。赵雯推他上了跳板。趸船上的船工青筋鼓胀对他吼叫："耶，军官，你是想下河洗澡呀，快跑！"他跑，飞身上船。轮船与跳板分离。他站到船栏边向她挥手，赵雯向他挥手。他喊："嫁给我，赵雯！"赵雯跟到趸船的边沿，踮脚朝他挥手，直到他看不见了她。他回到前线后，给赵雯和倪红都分别写过一封信，都没收到回信。赵雯是拒绝他了？可她没有责骂他，还送他上船，还踮脚朝他挥手，说明她还是喜欢他的。倪红呢，是刺痛她的心了。当然，战争年代，邮件被炸被抢被弄丢了都有可能。他随时转战随时变更驻地，就没有再给她俩写信了……

"报告！"卧室门外有人喊。

"进来。"他说。

上尉曹钢蛋推门进来："参谋长，遵你指示，一切都安排妥当了。"

他点头："钢蛋，你是我的副官，是我老乡，我放心，家父的安全就靠你了。"

曹钢蛋敬礼："参谋长放心，钢蛋定尽全力！"

他说："啊，回去带我问候你老汉好，他见到你会好高兴。"

曹钢蛋笑圆了脸："谢谢参谋长给我这个探家的机会！"

他叮嘱："记到起，对你老汉只说是让你回家探亲，绝对不能说我老汉的这些事情！"

曹钢蛋点头，帮他父亲收拾行李。

黎江、方坤进屋来，与宁道兴寒暄道别。

"解放区的天是明朗的天，解放区的人民好喜欢……"宁孝原听过这歌，是在方坤卧室那四方匣子的收音机里听到的。方坤"吱吱吱"调一阵收音机，就听到了延安的广播。他扇打方坤，你狗日的收听敌台。方坤笑，知己知彼，百战不殆。参谋长，这可是你强调的。他就点燃烟抽，仔细听。发现鲁莽的方坤比先前沉稳机灵了。

此刻里，他又听到了这首歌，不是广播，是扛枪拿刀的共军的民兵列队边走边唱。觉得这歌还好听。苏北的冬天冷风飕飕，这些高矮不齐、服装不整的民兵，一个个倒雄赳赳的。

"冷不冷？"他身边的穿新四军服的黎江问。

宁孝原没穿军服，拉紧母亲为他备的呢子大衣的衣领："黎大哥，说实话，苏北这风，刀儿样割人。"看四周的矮坡、路道、湖泊、芦苇荡，"苏北的地势、位置不错。"

"喜欢苏北？"黎江问。

"喜欢也不喜欢。喜欢呢，这里的水路好。京杭运河通扬州、淮安、徐州，通山东；有洪泽湖、骆马湖、高邮湖、宝应湖好多的湖泊；东临黄海。小日本在这里跟我们斗，得费些力气。"

"有战略眼光。不喜欢呢？"

"这里不如一个地方。"

"哪里？"

"大山大水大城的重庆。"

"大后方啊。"

"你我的故乡。"

"对头，还是家乡好。"

宁孝原来黎江这里，开先犹豫。黎江大哥在方坤那卧室里对他说，想带他去看个老朋友。他问是哪个？黎江说，是你我的老对手山田，他被我们活捉了。狗日的山田，宁孝原咬牙切齿，他杀了我好多的弟兄！怒气升腾，答应了。叮嘱方坤保密。

黎江大哥带他进入他们的防区后，领他四处转了转，一路摆谈。眼见为实，他心境复杂。这里设了共军的地方政权，倡导民主自由，他们的政府把富人的财产、土地分给了农民，千百年来拥有私有财产、土地的富人不高兴了，农民们高兴。在乡场上，遇见一个二十来岁的共军的县长，他向黎江敬礼说，请老领导放心，部队过冬的粮食都征集齐了。还遇见个老大爷和小伙子，老大爷见到黎江好高兴，是黎同志呀，你还认得我不？黎江说，认得认得，张大爷嘛，我在您屋头住过。张大爷呵呵笑，遇见了就求你个事儿，我这孙儿吃十七岁的饭了，成天闹着要参加新四军，你帮忙收下他。他孙儿挺胸口。黎江笑，抚摸他孙儿的头，还小了点，过两年吧。张大爷不高兴了，拉了孙儿就走。黎江摇头笑。他也笑，心想，黎大哥他们有人供应粮食，有人要求当兵。看来，确实与他们倡导的自由民主有关，与分得了财产、土地的农民有关。这意思方坤给他说过。方坤还说，国民政府也说民主自由，可又是一个主义，一个政党，一个领袖，要把富人的财产、土地分给农民，想都莫想。也是，如果让父亲把宁家的资产分给别人，父亲是绝对不会干的，自己也心痛，那是祖传的。咳，而今的国军是粮食、兵源都困难，他所在的师就粮食紧缺，多次找上面要，不是拖欠就是克扣，士兵一天吃一两顿加有米糠的稀饭。兵源也缺，川军出征那阵是不愁的，几十万川军呐喊上前线杀敌。现在是派壮丁，实际是抓壮丁。

"到了。"黎江指一座房院说。

是座农家小院，这就是黎江大哥的旅部，寒酸了。宁孝原想。看黎江穿的补巴土布棉军服遗憾，黎大哥这功勋卓著的抗日名将在国军就好。院子门口有两个新四军士兵把守，齐向黎江和他敬礼。

　　进到堂屋后，黎江为他泡茶，他说我自己来。黎江说，你是客，坐。黎江泡了两大茶缸茶水，我们这里也有龙井茶。两人坐在桌前喝茶摆谈。说到了粮食与兵源；正面战场与敌后游击战；全面抗战与片面抗战。黎江说，兵民是胜利之本，毛泽东主席是这么说的。打仗呢，一半靠前线，一半靠后勤，我们的后勤就是老百姓。中国农村广大，小鬼子占不了农村就占不了中国。他听着点头。黎江说，小日本再厉害再猖獗，能战胜我们国共合作浴血奋战的百万大军？能战胜我四万万同胞构筑的铁壁铜墙？他说，不能，绝对不能……两人说时，黎江的参谋长和两个新四军士兵押了山田进来。

　　胡子巴茬的山田没有被绑，帽徽领章被摘了，右手缠有绷带，视若无人。仇人相见分外眼红，宁孝原腾地起身，攥住山田胸襟挥拳，他挥拳的手被黎江抓住："他现在是俘虏。"拉宁孝原回去坐下，对山田说，"晓得你是中国通，坐。"山田昂着头，参谋长摁他坐到侧边的木椅上。山田端坐。宁孝原瞠目怒视山田，胸脯起伏，他原先那独立团的一营长就是被山田射杀的。黎江问山田："认得他不？"指宁孝原。山田看宁孝原，不说话。黎江说："他也是你的老对手，国民革命军的宁孝原将军。"山田看穿便服的宁孝原，认出来，目露佩服与不屑："降敌。"宁孝原瞪眼。黎江说："错。他不是降敌，我们是友军往来。山田，你还是不认输？"山田说："你们偷袭。"宁孝原气愤："以其人之道还治其人之身，1942年冬天，在鄂西，你不也偷袭我军！"山田犟脖颈不说话。黎江说："不管你认输不认输，你是败了，彻底败了，你的联队被我们全歼了。山田，你剖腹，我没让你如愿；你绝食，我们为你输液。知道为啥不？因为你是俘虏，我新四军宽待俘虏。"宁孝原想到一营长等被山田杀害的弟兄，怒从心起："山田，你要是被我抓住，老子一枪就崩了你，为我一营长等牺牲的弟兄报仇！"心想，黎江对山田也太仁慈了，山田就是个杀人魔王。黎江说："山田，你想死，不过是要为你们的天皇尽忠，尽忠者，古今有之，可得为正义尽忠。你们是侵略者，是非正义的……"山田依旧端坐，铁黑一张脸。

　　宁孝原想，山田是顽固不化的，有他们那武士道精神撑着。就想到"精神堡垒"，想到浴血奋战的国军和眼前的新四军，想到国内外奋起抗日的中华儿女，我大中华民国我大中华民族是不畏强敌的，是誓死抗战到底的，我民族精神民族魂是不倒的。

第十八章

宁孝原去《陪都晚报》社找赵雯，报社的人认出穿军服的他来。哇，您不就是赵雯写的那个宁大军官吗，报上登了您的照片的，抗日大英雄啊！他呵呵笑，说不上大英雄，为抗战尽力而已。啊，赵雯她……赵雯是名记者，找她写稿的人好多，她去万县了，过些天回来……

男女记者们争相与他照相。

他是今天下午回重庆的。顺路先去的"涂哑巴冷酒馆"，送给涂哑巴一包苏北特产"淮猪"，问涂姐在不。涂哑巴比画道谢，说姐姐好久都没有回来了，又找不到她。他很担心涂姐。又去了曹大爷那杂货店，送给曹大爷一包苏北的海产品，曹大爷谢谢他栽培他儿子钢蛋当了官，谢谢他专门让儿子回来看望他。

他回到宁公馆后，母亲高兴得落泪，庆幸儿子平安回来。下厨与何妈一起炖了仔鸡汤，做了他喜欢吃的回锅肉、炒腰花、莲花白、魔芋片、绿豆芽，蒸了甑子饭，开了茅台酒。他最喜欢吃母亲做的饭菜，饱餐一顿。父亲不在家，忙"大河银行"的事去了。吃完饭，母亲拿了几张《陪都晚报》的报纸来，说这上面有赵女子写的文章，连登了五天。说家里订得有这报纸，是他爸爸专门挑出来给他留着的。说不想赵女子写得怎么好，不想我儿这么勇敢，看得她流眼泪。他拿起报纸翻阅："砸了烟枪操步枪，英雄宁孝原怒杀日寇"；"无川不成军，英雄朝天门迈征程"；"子弹跟他亲热，夺得去鲜血夺不了英雄志"；"沙场单刀赴会，英雄怒斥叛徒"；"万灵古镇，英雄姑侄豪气献金"。看标题就吸引人，她文笔好，写得确实感人。

他这次回来，没有向赵雯炫耀的资本了。

他去黎江大哥防区后没多久，子弹再次跟他亲热，舔了他的屁股，伤了骨盆，在军医院那石膏床上躺了几个月，人都快散架了。他担心身后中枪偏就身后中枪了，会被人嘲笑是逃兵的。连倪红也不能让她看他屁股上的伤疤了。

想到倪红，他想，去找她吧。他原本是要先找到赵雯，之后，再视情况去找倪红的。

离开报社后，他往倪红那吊脚屋走，路过大什字中心的"精神堡垒"那旗杆了，仰脸看，旗杆顶上那旗帜在春日的暮风里飘摆，像是在摇头埋怨，埋怨他发过誓又违背誓言。他怅然一叹，四处看，也许会遇见卖烟的倪红。他周围的人不少，有来去匆匆的路人，有参观"精神堡垒"的民众和军人，其中不乏伤兵。没有看见倪红。他抬步走，上慢斜坡的邹容路，下"中山公园"老长的梯坎，到底后，再上坡，登蜿蜒陡峭的泥巴小路和石梯。

他看见熟悉的竹篾吊脚屋时，天色已暗。

咳，跟赵雯的事情还没有定数，哪个跟倪红说呢？就实说，对倪红是啥话都可以说的。她也是，在这件事上死个舅子犟。到吊脚屋门前了，屋门关着，上了锁。她定是还在街上卖烟，掏钥匙开门，才发现门锁已经换了，不是那把老式铜锁了，是把黑色的结实的挂锁。伸手推门，推而不动，屋门和门框也换了。以前那门是一推就吱呀响的。借助夜色看，竹篾墙壁涂抹了石灰，茅屋顶换成瓦屋顶了。以前那茅屋顶是防不住雨水的。倪红还有志气，卖烟卖得房子都变样了。掏出烟，捏燃打火机点烟抽，坐到檐下的石板上。等吧，她总会回来的。

还真是想她了。

他在这屋檐下抽完半包烟了，她还没有回来。他上眼皮打下眼皮了，好困，靠在门边睡着了。

他醒来时已是黎明。

云层老厚，晨辉费力地透出云层，他眼前的陡坡、马路、大江和江对岸的山峦影影绰绰。她咋还没回来，咋一夜不归？心生不祥。未必她干那种事去了？不会，她不会。那她去哪里了？嫁人了？嫁给哪个了？他早已知道黑娃子柳成牺牲的事情，她要是跟了柳成也好，可柳成走了。他心里乱。倘若赵雯只是崇拜他而不愿意嫁给他的话，而倪红又嫁人了，自己可真是两头空了。

他起身怏怏走。

他屁股中枪不是逃跑，是遭了日军的突袭。山田联队被新四军黎江旅全歼，疯狂报复黎江旅的是黄卫军的第二师，其中就有窦世达的第三团。情况紧急，新四军黎江旅长请求国军方坤团长支援，方坤向师参谋长的他请示咋办，他反问方坤，你说咋办？方坤说，人家新四军支援过我们，我们必须立马支援。他想请示师长又没有，师长不会同意。就想，新四军黎江旅能打，

我方坤团也能打，双方配合，吃不了黄卫军第二师也让其重创，仗打赢了就啥都好说。黎江大哥的事情得办，还可趁机抓住汉奸窦世达，以报他暗藏杀机打他黑枪之仇。

他同意了，还亲自指挥战斗。

他与方坤率领一团赶去临湖的战场时，黄卫军正与黎江旅激战。他让方坤指挥一团猛攻黄卫军侧翼。黄卫军遭到国军攻击，立即分兵抵抗。战斗激烈。黄卫军顶不住了，节节败退。国军与新四军呐喊追击。战场情况瞬息万变，不想他部身后突遭日军袭击，他屁股就挨了日军的流弹。败退的黄卫军调头反击，他们腹背受敌，损失不小。新四军的民兵赶来，日军撤出了战斗。后来得知，日军南边吃紧，这是支派去增援南边的日军部队，是路过这里投入战斗的。黄卫军不过是日军的马前卒、替死鬼，路过的日军本就无心恋战，又不明新四军民兵的情况，就撤出战斗赶去南边了。日军撤走后，黄卫军也跑了。

他遗憾没有抓住窦世达。

师长到军医院他的病床前大发雷霆怒骂，说是要毙了他。他没有申辩，苦着张脸，屁股上的伤口好痛。他和方坤受到了严惩，他被降职为一团的团长，方坤降职为一团的副团长，因为他俩抗战有功，才这样从轻发落。黎江大哥那次说，他再往上就是少将啰。他还真想当少将，那可就是将军了，当师长、军长大有希望，见到赵雯也会好体面。不想美梦破裂，降职还降衔，眼看到手的少将除脱了，反而从上校降为了中校，方坤从中校降为了少校。

伤口疼痛难忍，躺在石膏床上动弹不得，受处分，他委屈沮丧郁闷窝火极了。

重庆劳军团的人来军医院慰劳伤员了，带了鲜花、水果来。领首者是大名鼎鼎的陆军一级上将、军事委员会副委员长冯玉祥，冯将军眉毛浓黑，菩萨脸，微笑坐到他的病床前："宁孝原，我知道你，我们的抗日英雄。"河北口音。他听过冯将军激情的抗日讲演，对他很敬重："报告冯将军，我……"冯将军伸手止住："你有伤，少说话。当时的事情紧急，你当机立断支援友军，没有错。"遗憾说，"对你的处分也重了。年轻人，想开些，人生的坡坡坎坎多。"他心淌热流："谢谢冯将军！"冯将军说："我得谢谢你，你不仅是前线的抗日英雄，也是大后方的献金楷模。我在《陪都晚报》上看到那个记者赵雯写的文章了，你跟你姑妈在荣昌万灵镇豪气献金的事儿了不起……"哦，冯将军看到赵雯夸他的文章了，他还没有看到呢，心扑扑跳，证明赵雯没生他的气。"宁孝原，你是第三次负伤了，你是身前身后都有伤呢……"冯将军说他身后有伤，他心里咯噔一下，得郑重申明他不是逃兵，脸涨血红："报告冯将军，卑职不是……"冯将军笑："你没有不是，你杀敌有功，你辛苦了。到后方去吧，既可以疗伤也可以工作。"、"报告冯将军，日寇还没有赶走……"、"对的，日寇还没有赶走，前方后方都可抗日，你的任务还重。我已经给你上司说了，调你当我的副官，兼任全国慰劳总会办公室副主任，协助我这个会长做些事儿。"、"冯将军，我……"、"你有伤，少说话。你是军人，军令如山。好生养伤，出院后即刻来'抗倭庐'报到，记住，带上行李。"说完笑笑，起身走了。

　　他一时矛盾。

　　降职降衔他只有认了，他怕的是不让他在前线杀敌。小日本侵我国土杀我同胞，不灭倭寇誓不还乡。这话他多次对属下官兵说过。抗战出川那年，他跟川军一起同声诵读过司令长官刘湘的遗嘱："抗战到底，始终不渝，即敌军一日不退出国境，川军则一日誓不还乡！"可他敬重的冯将军说，前方后方都可抗日，还说军令如山。看来，出院后是不得不回大后方重庆了。咳，也罢，回去吧，就可以见到赵雯见到倪红了。

　　"叮叮当当，叮叮当当……"

　　挂铃铛的枣红马不紧不慢小跑，马鬃抖动。坐在车架上的老车夫虚张声势吆喝，扬动马鞭，鞭子不挨马儿的屁股。马儿拉这辆布篷马车，沿了嘉陵江边的石子马路直奔沙坪坝。

　　车厢里坐着军容严整的中校军官宁孝原，他身边放着朱红色的牛皮箱。这个他转战南北随身携带的牛皮箱陈旧掉色了，依旧好用。万县产的，经用。想到万县，他就想到了赵雯，她此时正在万县，要不是冯将军令他即刻报到，他可真想去万县见她。他快快离开倪红那吊脚屋后，回宁公馆洗漱，吃了何妈做的荷包鸡蛋，对父母亲说，我会常来看望你们。提了这塞满衣物的牛皮箱出门，下三百梯，到临江的马路边等车，烧柴油的公共汽车老不来，他就上了这辆马车。

　　"吁——"老车夫扬鞭吆喝。

　　马车停下。

　　"到了。"老车夫说。

　　他提皮箱下车，付钱："不用找了。"

　　老车夫点钱，扬鞭，马车扬尘而去。

云层已经散开。

他看手表，下午三点过了。眼前一棵黄葛大树直插云天，树下是座清代建筑的绿荫掩映的古朴房院，院门的匾额上篆刻有"抗倭庐"三个字。这就是冯将军在沙坪坝陈家桥白鹤村的家了。这里挨临歌乐山。他打听过了，冯将军是五年前从当地乡绅那里买来这房院的，将军与他夫人李德全和子女就在这里居住、办公。

"抗倭庐"是将军取名的，以示抗战之决心。

他提皮箱走到"抗倭庐"门口，一个年轻士兵迎来。他将证件递给年轻士兵，年轻士兵看证件后向他敬礼："报告宁长官，我是冯将军的勤务兵齐贵，请。"重庆口音。他还礼。齐贵接过他提的皮箱，领他进门。

门内是个天井，一簇翠竹，一口水井，三厢穿斗架梁的小青瓦平房。简朴的农家房院。论豪华气派就比父亲的宁公馆差了。他知道，遭排斥的冯将军是手无实权的。而他爱国抗日、刚直不阿的精神是受人尊敬的，他经常四处讲演，大声疾呼抗战到底抗战献金，出售自己的书画为抗日筹资。现在，自己也手无实权了，就跟随冯将军做事吧，冯将军说了，后方也可抗日……

"宁长官，这是您住的屋子。"齐贵说。

他抬脚，跨高高的门槛进屋，放下皮箱。是个十来平方米的侧屋，石板地，木制的床铺桌椅柜子洗脸架水瓶齐备。他也没有啥收拾的，急于向冯将军报到。齐贵就领他去找冯将军，说冯将军在实验保办公室，领他出了"抗倭庐"。

"你说啥，啥保？"他问。

齐贵说："做实验的意思，我们这里是实验保，将军是实验保的保长。"

他不明就里："啥子呢，他可是一级陆军上将，咋会是保长？"

齐贵说："是恁个的，这歌乐山的树子多，就有地方官中央官兵痞子来砍树子，连百年老树都砍，山上寺庙的老和尚忧心得很。"

他恨恨说："这些乌龟王八蛋，破坏森林！"

齐贵说："后来，冯将军晓得了，就跟老和尚说，他来当这个地方的保长，说他大事管不了，就来管管这小事，也算是造福一方。区长听他说要当保长，说副委员长，您这是折煞我耶。冯将军说了来龙去脉，说就把这里改叫实验保，他当保长。区长见他当真，哪敢不从，将军就当了保长。"

他笑："冯将军还真当保长了。"

齐贵点头："真当了。他当保长负责得很，哪个乱砍树子他罚哪个，连孔二小姐都被他关了一天一夜。就没得人敢来砍树子了，社会治安都好了……"

他俩到实验保办公室后,办公室的人说,冯保长刚走,被驻军的人喊去他们连部了。

齐贵就领了他去。

驻军门卫见他是校官,笔挺敬礼,指了连部的位置。连部的门开着,他一眼就认出了坐在条凳上的冯将军。将军穿粗布衣裤,头缠白帕,像个农民。一个上尉军官在他跟前挥手:"……耶,你嫌我这个连长的官小嗦,叫你来听差你不安逸嗦。"冯将军说:"长官,你听我说,你要借房子我应承,要借桌椅我也应承,可你要砍树做家具我不能应承。"连长怒了脸:"这歌乐山满山都是树子,砍几棵树子又啷个,我是拿钱买!"冯将军说:"话不能这么说,这些树可是金贵,不是说青山绿水么。长官,住在这里的官员、文人多了,他们也不能乱砍树,你们在这里只待几天,将就点儿吧。"连长火了:"你个小保长,竟敢教训本连长,该啷个做不该啷个做,我自有个打米碗!"冯将军点头:"那是,那是。只是我当兵时,一向不愿打扰百姓。"连长盯冯将军:"你当过兵?"、"当过。排长、连长、营长、团长都当过。"连长似信非信:"你,当过团长?"冯将军笑:"还当过师长、军长,还勉强当了几天总司令。"连长一震,呼地站直身子:"您是'布衣将军'冯副委员长!早听说您住在这里,卑职有眼不识泰山,该死,该死!"冯将军说:"长官,你坐。在军事委员会我是副委员长,在这实验保我是保长,你叫我冯保长好了。为部队服务是本保的责任,我能办的事儿你尽管吩咐,你们部队是很辛苦的。"连长脸涨血红,敬礼:"报告冯将军,有困难我们自己解决,以后绝不打扰百姓!"

宁孝原眼见为实,感佩不已,"布衣将军"确实名不虚传,迈军人步进门,到冯将军跟前挺胸并腿敬礼:

"报告冯副委员长,宁孝原奉命前来报到!"

冯将军起身与他握手,呵呵笑:"啊,我们的抗日英雄来了,我们的抗日献金模范来了。好好,需要你呢,走,我们去'抗倭庐'说话。"拉了宁孝原走。

连长双腿一靠,朝他俩行注目礼。

第十九章

　　春雨贵如油，这场春雨下得透，磁器口古镇如洗。一江流水的灵气，一条石板路的变迁，使得嘉陵江边这千年古镇名声鹊起。

　　临江的黄葛老树在江风里摇曳，窥视着跟前的"朱家饭馆"。此时里，宁孝原和赵雯正在这饭馆里吃午饭，宁孝原做东。

　　两人吃得高兴，扯东道西。

　　磁器口有毛血旺、千张皮、椒盐花生三绝名特吃食，宁孝原都点了，还点了烧酒。穿军装的他吃得冒汗，解开了风纪扣："到磁器口不吃毛血旺，等于没到磁器口。这毛血旺是民国初年王张氏所创，做法讲究，在一口大锅里倒扣一个大瓦钵，把筒子骨放进锅里，滴丁点儿'聚森茂酱油坊'的老白醋，之后，掺一木桶嘉陵江水，拍几块老姜，加些白豌豆，把汤熬成乳白色，把猪心猪舌猪肺猪大肠等杂碎下锅，再加进做好的糍粑、海椒、花椒和五味调料，盖上锅盖煨煮，要用文火。"、"这么复杂？"赵雯笑。扎双长辫的她穿米白色衬衣，深蓝色背带裤。"是复杂。"宁孝原喝烧酒，觑眼看洋溢青春气息的她。"看我做啥，往下说。"赵雯也喝酒。他抹嘴巴笑："这时候'主角'才出场，才把俗称毛血旺的新鲜猪血用酒和醋去生血味道，用煮沸的骨头汤把毛血旺激熟。这毛血旺呢，怪，越煨越入味，嫩而爽口、油而不腻。白豌豆软和、化渣。尤其是汤，啧啧，香辣热嘴，一碗毛血旺下肚，通体大汗。"赵雯吃毛血旺："嗯，是好吃。"

　　是赵雯找宁孝原的，她从万县回来听报社的人说宁孝原来找过她后，就去了宁公馆。宁孝原的父母好高兴，要请她吃饭，她说不了。宁孝原的父亲宁道兴就把宁孝原的电话告诉了她。她打通电话后，接电话的人说，这里是"抗倭庐"。"抗倭庐"，那可是冯玉祥副委员长的住所，她采访过冯将军的，却没有去过，犹豫说，请帮我找一下宁孝原。对方问她姓名。她说了姓名，说是晚报的记者，问对方贵姓。对方说，免贵姓齐，叫齐贵，说您等哈儿，我去喊。很快，宁孝原就来接电话。她说兑现诺言请他吃沙利文西餐，他说想吃毛血旺，说他做东，两人约好，来这离"抗倭庐"不远的磁器口"朱家饭馆"吃午饭。宁孝原高兴也忐忑，赵雯主动找他不知是福是祸，不会对他兴师问罪吧？见面后赵雯主动跟他握手，说要进一步采访他。他说都说完了。她说，说你返回前线后打小日本的事情。他笑而不答，屁股上那伤不好说。她问他咋到"抗倭庐"了？他说，还不是怪你，你那篇我和姑妈万灵镇献金的文章冯将军看到了，就命令我来他手下当差。她拍手笑，好呀，好事情！夸赞冯将军。他问她收到他写给她的那封信没有，她说没收到。看来，那信是真的被邮局弄丢了。他心里的石头下落：

"见到个大人物。"

"哪个？"

"呃，你对共党咋看？"他的话拐了弯。

"他们不怕死。"她说。

"对的，亡命。"他说，吃椒盐花生，大口喝酒。

"你是国民党？"她吃千张皮。

"我无党无派。"他也吃千张皮。

"不对啊，你是国军的大军官，竟然不入国民党？"

"国军是军队，国民党是党派，人家孙立人将军也没有加入国民党。"

"真的？"

"真的。他今后入不入我不晓得，反正他现在没有入国民党。"

"他可厉害！"

"当然厉害。1937年淞沪会战，敌我双方投入了上百万的兵力。他率领的警总四团跟日本鬼子血战了半个多月，7次打退了强渡苏州河的日军，不幸被迫击炮击中，身上有13处负伤；上前年，他率领我远征军800人连夜驰援，击退了7倍于己的日军，救出了7000多名英军、500多名传教士和记者。英军喊了'中国万岁'。那一仗，英国和美国都给他授了勋章，委员长也给他授了'云麾勋章'。"

"了不起！"

"很了不起！"

"啊，孙将军是清华大学毕业的，你是重庆大学毕业的，都是大学生；孙将军负伤13处，你给我说，你身上也有13道伤疤，好巧！"

"都是大学生不假，伤疤呢，我比他多一道。"

"多一道？未必是我记错了，你也厉害！"

"我不能跟孙将军比，不过呢，我们都是一心一意为国为民效忠的。"

"你高调。"

"是高调。"他涎笑,"我跟你说过,我浪荡公子哥儿一个,当然,从军后改了。我呢,是不想有啥子组织来约束。"

"你真改了?"

"真改了。"

"那你还往人家身上压。"

他心里咯噔一下,她兴师问罪了:"这,那不一样,我是喜欢你,真心爱你。对不起,冒犯你了。"喝干杯中酒,"我自罚一杯赔罪!"

"哼!"她不看他,抿口酒,吃椒盐花生,"宁伯父是哪个党的?"

"他也无党无派。哦,赵伯父是国民党吧?"

"我爸爸是民盟的。"

"晓得,国民参政会的无党派参政员张澜、黄炎培等人在重庆发起的,去年定名为'中国民主同盟'。"

"你还挺关心政治。"

"略知一二。赵雯,你是哪个党的?"

"跟你一样。"赵雯想起什么,"哦,你晓得那晚上隔壁屋子那血案的结果不?"

"不晓得。"

"我去警察局问过几次,他们说,登记住宿的是一对中年男女,用的都是假名字,至今查无结果。"

"警察不中用。"

"就是。呃,你回来的这些天都在忙啥?"

"冯将军叫我跟他去动员献金,叫我上台现身说法,鼓动大家为抗日捐资。"

"你讲了?"

"讲了,献金的人不少,有的大户献金上千万元。"

"恁么多啊,好!你在后方也在抗日。"

"冯将军就这么说,可还是不如跟日本鬼子真刀真枪干痛快。"

她热眼盯他:"英雄就是英雄。呃,你就做动员献金的事情?"

他说:"事情还多,还要帮冯将军磨墨,他写字绘画后,帮他收拾,送去裱糊,寻找买家卖了字画献金。来访的官员、文人也多,帮他接待。要不时跟他摆摆龙门阵,讲些战场上的事情,听他分析战争的形势。"

"可以嘛。"

他喝酒:"婆婆妈妈的事情,还是打仗痛快。"酒色满面。

她也喝酒:"二冯都喜欢你呢。"

"啥二冯?"

"冯玉祥、冯治安两位将军都喜欢你。"

"呵呵,我亡命。"

"亡命是其一,你是为数不多的正牌大学生军官,是文化军人。"

"那倒是。不过,我不是黄埔的,不然的话,我的官也许会更大。"

"官迷心窍。说你刚才说的,你见到哪个大人物了?"

他灌口酒:"我见到共党的周恩来了……"

前天下午,"抗倭庐"的堂屋里来了贵客周恩来。勤务兵齐贵对宁孝原说,周先生是这里的常客。身为冯将军副官的宁孝原为周先生上茶,他在报上见过周先生的照片,第一次见到他本人。四十出头浓眉大眼的周先生穿浅灰色中山装,谦和随意,谈笑风生:

"诗歌如刀枪,字画能抗日。焕章兄的诗歌字画就是抗日的刀枪。"

冯将军笑:"恩来过奖了,我学历不高,丘八一个,胡写乱画而已。"

周恩来喝口茶:"丘八诗为先生所倡,兴会所至,嬉笑怒骂,皆成文章。郭沫若先生就说,焕章先生以名将而能善诗画,诗名妇孺皆知,而画却不轻易动笔。然其画之超脱,实有飘飘欲仙之意。"

冯将军呵呵笑,叫宁孝原把他刚画的一幅画拿来。宁孝原去取了来,画的是茄子,书有小诗:"茄子紫,紫茄子,吃的有了力,可以把日寇打死。"

周恩来看了哈哈笑:"焕章先生这'茄子图'画活了,画茄子也不忘打日寇……"

晚餐就在堂屋吃,厨师老张端来酒菜。冯将军叫宁孝原一起吃,他发现周先生的酒量好大,吃饭间,冯将军突然问:

"恩来老弟,传言说我身边有共产党员?"

周恩来一怔,喝口酒:"是的。有赵力均、周茂藩两位,如不方便,可以调走。"

冯将军吃菜:"不必,他俩都不错,也好为我们做个桥梁。"

周恩来笑:"我听焕章兄的。"

宁孝原晓得,共党的党员明的暗的都有,袁哲弘给他说过,暗的共党多。

周恩来对冯将军说:"我党谢谢您出面营救胡志明先生。"

冯将军说："我一个人不行，我还找了李宗仁副委员长，我们一起去找的蒋委员长。我说的理由有三，其一，胡是否共产党姑且不论，即使是，也是越南共产党，我们有必要有权逮捕外国共产党吗，苏联顾问团成员不也是共产党吗，怎么就不逮捕他们？其二，越南是支持我们抗战的，胡志明应该是朋友，怎么成了罪人？其三，假使把赞同我们抗战的国外友人称罪人，那我们的抗战不就是假的了吗，不就失去国际间一切同情和支持了吗？如果要真抗战，就应尽快释放胡志明！李宗仁也对蒋说，释放胡志明的道理冯先生已经讲了。我问你，为什么要在广西抓胡志明，这不是嫁祸于广西吗？这是下面的意思还是你的命令？蒋委员长就说马上叫人调查。后来就放人了。"

周恩来拍手笑，向冯将军敬酒……

宁孝原、赵雯吃饱喝足，出了"朱家饭馆"，二人都酒色满面，沿了古镇的青石板路走。宁孝原好惬意，有他心爱的女人陪他漫步：

"这古镇有'小重庆'之称，有嘉陵江、清水溪、凤凰溪流过。站在歌乐山上看，活像条隐龙，早先这里就叫龙隐镇。"

"咋又叫磁器口了？"赵雯问。

他说："是因为瓷器，那个江氏家族来开办了碗厂，专门生产瓷碗瓷盘瓷杯，是这古镇瓷器业的开山鼻祖……"想到什么，"啊，赵雯，我刚才喝多了，跟你讲的周恩来和冯将军的事情莫要乱讲哦，千万莫要上报！"

她乜他："我是细娃儿呀，不懂事呀。"

"嘿嘿，提醒一下。"

"说我，冯将军跟周先生说话，你咋偷听？"

"不是偷听，我就坐在餐桌上，未必还把耳朵塞起来。"

"说明冯将军信任你。"

"倒是，我擅自做主援助友军，他就说没得错。"

赵雯就挽了他的手走："春天安逸，不冷不热，头一次来这古镇，硬还不错，谢谢你请我吃饭，我下次补起。"

他高兴："嗯，好香！"

赵雯抽动鼻子："啥子香？"

"你香！"

"我又没抹香水。嘻嘻，袁哲弘也这么说。"

他不高兴了，各自走。

游人好多。

赵雯挤开游人撵上来，挽上他的手："没得香味，只有醋味。"

他笑："赵雯，你真的香。"

她乜他："居心不良。"

他搂她柔肩："赵雯……"

有表演的队伍过来，是古镇流传几百年的"车幺妹"表演。人们都闪开道。赵雯拉他到人群前面观看。扮演车幺妹的是个漂亮妹崽，她细白的两手拎着彩船边舞边唱："雨过天晴艳阳天，妹娃子来坐船，喽嗬喂。金那银儿锁，阳雀叫来锁着鹦哥，啊呵吃喂着，幺妹要过河，吆嗬喂！"前面拉船的年轻崽儿做拉纤状，唱道："等了七百三十天，幺妹你才来坐船，喽嗬喂。金那银儿锁，阳雀叫来锁着鹦哥，啊呵吃喂着，哥把幺妹拉过河，吆嗬喂！"后面的白胡子老艄公抚须眨眼唱："一年三百六十五天，艄翁我划龙船，喽嗬喂。金那银儿锁，阳雀叫来锁着鹦哥，啊呵吃喂着，把妹娃子拉过河，吆嗬喂！"车幺妹、年轻崽儿、白胡子老艄公和船边的几个年轻妹崽齐都唱。

众人鼓掌叫好。

他俩也鼓掌叫好。

他遗憾刚才的话还没有说出来。

赵雯说，这古镇有特色。他点头，古镇不仅吃有特色，房屋也具特色，是"台、吊、挑、梭、靠、错"六为一体的建筑。"台"是顺坡筑台建房；"吊"是干栏式山地吊脚楼；"挑"是房檐挑出去遮阳避雨；"梭"是屋顶顺坡延伸；"靠"是房屋依山修建；"错"是房屋按地形错叠修建，采光通风好。他边走边对赵雯讲说，赵雯啧啧赞叹，说口渴了。

他领她坐茶馆喝茶。

茶馆里有人说"莲花落"，是个慈眉的老先生，他手拿两块系有多色彩布的黄竹板，一挥动，五彩缤纷，响起竹板声，唱腔洪亮："老汉今年七十九，手持连宵四处走，畅说古今天下事，也说本镇磁器口。老街一条石板路，千年古镇情悠悠，白崖作证兴闹市，建文龙隐水码头。江氏父子开磁厂，张家父子造酱油。孙家一门三举子，钟家院子好风头。黄段二人做翰林，老汉潇洒天下游。坐地龙隐观世事，敌机轰炸人心揪。'精神堡垒'立天地，川军出征驱日寇。中华儿女齐奋起，国共合作大业就……"老先生说完，茶客们鼓掌喝彩。

喝完茶，两人继续逛古镇。

赵雯盯宁孝原:"刚才吃饭时,你说去苏北打小日本,当师参谋长了,骗人的吧?"

他说:"没骗你,真的。"

她撇嘴:"师参谋长咋还是个中校,应该是上校或者少将的。"

"咳——"他长长一叹,如实说了被兼职降衔的来龙去脉,说他还犹豫过穿不穿这身中校军服来见她。

她说:"想开些吧。"担心问,"你又负伤了,伤哪里了,重不?"

他尴尬说:"你莫笑哦……"如实说伤到屁股了,说因此比孙将军多了道伤疤,说住院好难受,申明,"我可不是逃兵!"

她捂嘴笑,眼睛湿了:"他们不该这么处罚你,太重了,委屈死你了。"扑闪两眼,"孝原,你这人这点好,说的老实话。放心,我相信你不是逃兵,你从来就不虚小日本,你是顶天立地的抗日英雄!"

他心中的不快减去多半:"想想呢,那些牺牲的弟兄才是英雄。赵雯,谢谢你这么看我!"

她擂他:"说啥子谢哦。"用手指揩眼睛。

两人走着,已是石板街的尽头。她看手表说,船要开了,我下船时买了回城的船票。挽了他回身往码头走。他真想跟她多待一阵,也担心冯将军会有事找他,他是私自出来的,你咋不坐马车,马车快当。她说,坐船安逸,可以欣赏两岸风光……

太阳西斜,流水潺潺。

磁器口水码头的轮船要开了。她挥手跟他告别,登船跳板。他一把拉过她来:"嫁给我。"她笑:"你官高人不大,着啥子急嘛。"他说:"我妈老汉着急。"她抚开他的手:"船要开了。"他说:"赵雯,我跟你讲过石牌保卫战的,可还有没讲的,战前,我给我父母写了绝命遗书,也给你写了绝命遗书。"他没有说给倪红也写了绝命遗书。"给我写了绝命遗书?"赵雯感动。"是,你该明白我的心了!"他说。她眼热:"我相信你说的……"轮船汽笛鸣响。她登上跳板:"拜!"他朝她挥手:"你说了的哦,请我吃沙利文!"她回首:"一定的。"

第二十章

"沙利文西餐厅"喝下午茶时客人多。炎炎夏日，橱窗里满是五颜六色的冰镇汽水、可口可乐、啤酒、香槟、酸梅汤、刨冰、冰淇淋广告，售卖自制的法式圆面包和奶油蛋糕。正餐时间，打领结戴白手套的英俊男招待就送来另外的菜单，有黄油鸡卷、火腿沙拉、鲜烩大虾、双色牛排、奶汁烤鳜鱼、罐焖牛肉、炸猪排、烤鸡等等。老重庆人是吃不来西餐的，觉得洋人就吃点儿面坨坨，喝点儿红水水，嚼点儿生菜叶子，很可怜。抗战期间，大撤退来好多的人，各地名厨也接踵而来，重庆就中西餐争艳，西菜西点大行其道。

赵雯请人在这里吃西餐，跟她对坐的是穿西装的袁哲弘。两人手持刀叉，切割半生不熟的牛肉往嘴里塞，用盛有香槟的高脚杯碰杯喝酒。

"……重庆的西餐，开先是山东来的纪云生在都邮街开了家留俄同学餐厅，承包留俄同学团体聚餐，称为'公司菜'。他的拿手好戏是正宗的俄国'罗宋汤'，用料有牛肉、胡萝卜、土豆、洋葱、番茄、香叶、酸奶油、鲜茴香、猪油炒面粉等17种，又香又酽。他祖父是赴德国的厨师，他的投资很广，重庆的西餐厅几乎都有他的股份，被誉为'西餐大亨'。"袁哲弘兴奋说，喝香槟酒，酒色满面。

"最先是俄国餐厅啊？"赵雯嚼牛肉问。

袁哲弘点头："1941年底，太平洋战争爆发，美国盟军来重庆了，盟军的招待所就吃西餐。宋子文公馆也时常举办西餐宴会，接待各国驻渝使领馆的洋员。这股西洋风一吹，重庆城的时髦男女就以吃西餐为时髦。一些人也出洋相，他们乱握刀叉，用手抓吃，咀嚼声大，把餐巾弄得油不邋叽的。"

"嘻嘻，我开先吃西餐就是这样。"

"嘿嘿，我也是。西餐生意一好，市区就陆续开了留法比瑞同学会西餐厅、中美文协西餐部、卡尔登餐厅、胜利大厦西餐部、皇后餐厅西餐部，这些西餐厅都对外营业。而银行同业公会的西餐厅恕不对外，是私密场合。五四路口嘉陵茶社楼上也有西餐厅，专为宽仁医院的外籍医生服务。"

"你晓得还多。"

"土生土长的重庆人嘛。"

"军统的人,重庆的大小餐厅都被你们吃腻了。"

"不是恁个的。"

赵雯笑,举杯与他碰杯,心里也埋怨自己,说了请宁孝原吃沙利文的,倒请了袁哲弘。今年春天,她与宁孝原在磁器口会面后,时有往来,两人谈古论今说东道西,说到抗战胜利在望都振奋。而他提到他俩的婚事时,她就说急啥子嘛,就转了话题。他就一副无可奈何的可怜相。

"赵雯,我跟你说,重庆这'沙利文西餐厅'跟北平那'莫斯科餐厅'一样的有名气,是唐绍武等十几个袍哥军人袍哥大爷开的。唐绍武当年在熊克武手下当过兵,靠贩卖军火起家……"

赵雯听着,想到跟宁孝原说到的抗战胜利在望,问:"呃,袁哲弘,你跟我说到过的那个缪斌,现在啷个样了?"

袁哲弘就警惕地四瞅,压低声说:"一个多月前,缪斌收到了国民政府'停止关于所谓和平撤兵谈判'的电报,他的活动就此告终。"

赵雯愤愤说:"硬是,小日本的败局已定,还去搞啥子媾和!"

袁哲弘叹道:"委员长也有他的想法。你晓得的,前年11月,美国总统罗斯福、英国首相丘吉尔、我国民政府蒋主席在开罗开会,发表了《开罗宣言》,提出美英中三国联合向小日本作最后的反攻。战争胜利后,把我国的东北、台湾和澎湖列岛归还我国。可是今年2月,美英苏三国头头在雅尔塔举行对日最后作战的会议,却没有请蒋主席参加。蒋主席担心美英苏三国会出卖我国的利益,担心日本与三国进行保留汪伪政府的有条件的投降谈判。"

"不可能啊。"

"难得说。再有,国民政府离华北、东北远,而延安离华北、东北近。哪个先控制日占区,哪个就有可能控制整个中国。蒋主席担心日本崩溃后中共难以控制,想让日本在保留一定实力的情况下投降。"

"就让你们戴老板密办这事儿?"

"戴老板啥事都听蒋主席的,那个缪斌跟国民政府关系甚密,他去做对日媾和的事情合适。"

"他是叛徒。"

"是。他在黄埔军校担任过教官,出任过江苏省政府委员兼民政厅的厅长,因贪污渎职去职,投靠了日本人。汪精卫在南京另立伪政府后,他出任伪政府立法院的副院长。后来，见战事对日不利，他就又跟何应钦、戴笠接头。"

"哼，见风使舵。他个汉奸去跟主子媾和，谈的条件必定于主子有利。"

"我方强调的条件是，日本从我国全面撤军，解散南京汪伪政府，取消满洲国国号。缪斌狡猾，要戴老板提供保证，戴老板向蒋主席请示后，蒋主席给了他一个手令。"

"啥子手令？"

"'特派缪斌为代表同日本政府协商和谈'。"

"卖国和谈！"赵雯说，悟出什么，"哦，明白了，留条路。是说呢，大小报纸，包括《新华日报》，时常有破获来自上海、南京、武汉沦陷区的汉奸案件的报道，却没见一个真正的汉奸落网。你们的监狱不是常闹人满之患么，其实，关押的多是中共的人和民主人士。"

"消息真真假假。"

"你步步高升到少将了，保密嗦。"

"小小区长。"

"军统局渝特区的区长，厉害。"

"为党国尽些薄力。啊，还忘了祝贺你，祝贺你荣升晚报社会部主任！"

"小小主任，呃，你咋晓得？"

"你的事情我都特别关心。你听英国BBC的英文新闻播报，就及时报道了反法西斯和抗日战争的最新战果，得到了上司的青睐。"

"你个密探，间谍！我跟你说，有条消息我抢先报道后，其他报纸都没有出来，主编问我到底听清楚没有，我还担心了，第二天，各大报纸这消息出来了，我才松口气。"赵雯捂嘴笑，想到日特间谍，"哲弘，你说你为党国尽些薄力，你是尽了大力的，没得点儿建树，你能够坐到这个位置？听说，刺杀日特第一女间谍南造云子，你就有头功。"

"你咋晓得？"

"我是记者，眼观六路耳听八方。凭你这发问，就证明你是参加了的。"

袁哲弘不置可否笑。

他确实参与了刺杀南造云子的行动。南造云子生于上海，其父南造次郎是老牌间谍。她精通骑射，能歌善舞，勾引了一批国军的高官，窃取了不少重要的军事情报。上海吴淞司令部给国防部的扩建炮台的报告就被她窃取了，日军进攻上海时很快就将其要塞摧毁。军统局多次派人暗杀她，她都躲过了。她对同伙说，这些支那特工根本不是我日本特工的对手。上前年4月

的那个晚上，疏于防范的她单独驾车去霞飞路百乐门咖啡厅会见要客，刚出租界就被军统的人跟踪。她常去那咖啡厅会客，那里也埋伏有军统的人。穿中式旗袍的她戴大墨镜，观察四周，下车，将车钥匙交给门童，朝咖啡厅的旋转门走。"南造云子！"有人轻喊。她下意识回头，立感上当，迅速向旋转门冲。"叭，叭叭……"几声枪响，她应声倒地，33岁的日本王牌女谍魂飞咖啡厅前。那个轻声喊她的人是袁哲弘，朝她射去了第一颗子弹，击中她胸膛。

赵雯说："佩服你，南造云子就该杀！"

"是该杀！"袁哲弘说。心想，你宁孝原总在赵雯跟前夸赞自己，我做的事情是不能讲的，可消息灵通的赵雯还是晓得了，我袁哲弘也是抗日的英雄，是无名英雄。大口灌香槟，拍打脑门，"咳，这香槟酒喝多了也打头。赵雯，也是你我才说了这些，你可千万要保密啊，绝对不能上报纸！"

赵雯乜他："我是细娃儿呀，不懂事呀。"

袁哲弘挠头笑，喝酒，香槟酒如蜜汁下肚，是赵雯请他来吃沙利文的："赵雯，你还要考验我？"

赵雯点头："终身大事，马虎不得，当然要考验。"

有得空闲的宁孝原去找赵雯，她家的屋门上了锁。左等右等，她和她父母都没有回屋，只好登十八梯回返。天黑下来，昏暗的路灯亮了，他那身影一会儿拉长一会儿缩短。

重庆的夏天，屋里是不能住人的。

十八梯的梯道两边摆满了凉椅凉席凉板，坐着躺着男女老少。男人几乎都只穿一条腰裤，女人穿的少得不能再少，细娃儿一丝不挂，最大面积地露出雪白的铜红的黝黑的肌肤。蒲扇纸扇篾扇摇动，既扇风也驱赶无处不在的蚊虫。火炉重庆的重庆人，酷暑季节在檐下街边过夜早习以为常，见惯不惊。宁孝原穿的军衬衫已是水湿。有小贩叫卖炒米糖开水，叫卖稀饭凉粉凉面，天好热，没有找到赵雯，他没有食欲。

"冰糕冰糕，青鸟牌冰糕，香蕉橘子牛奶豆沙冰糕，冰糕凉快耶冰糕……"

穿腰裤的男童背冰糕箱叫卖，唱歌一般。他叫住男童，买了两块豆沙冰糕，冰糕下肚，稍感凉快。

宁孝原走过较场坝，走到人流熙攘的"精神堡垒"前，那旗杆上的旗帜一动不动。没有风，有风也是热风。他挥汗左拐，先回宁公馆去避避暑热，问候一下父母。走着，看见一张磁器口的彩色广告，古镇被清丽的嘉陵江水和葱郁的歌乐山怀抱，想起件难忘的事情。

"娘，你看见那群鸽子，有几个带响弓/巨大的眼泪忽然滚到我的脸上/乖乖，我的孩子/我看见五十四只鸽子/可惜我没有枪……"

他是在歌乐山巡查路过林庙5号那土墙房子听见这朗诵的，这房子的位置不错，左望云顶山右望狮子山，四围松林环抱。他读过这首诗，是赵雯给他的晚报上刊登的冰心的诗。赵雯给他说，冰心是借母子俩的对话揭露那群"带响弓的鸽子"——日本飞机对重庆的狂轰滥炸；表达慈母渴求扛枪打日寇而又不可能的遗憾心境。他循声轻步进屋，见一个朴素端庄的中年女士在动情朗诵，啊，她莫不就是大作家冰心啊，他听说冰心住在歌乐山上，恭敬地做了自我介绍。中年女士说，我是冰心，您就是英雄宁孝原啊，我在晚报上看到过您的事迹，快请坐。端给他一碗老鹰茶，请喝茶。介绍了屋里的来客。他万没有想到，这些来客是老舍、巴金、郭沫若、臧克家，都是如雷贯耳的大文豪。赵雯给他说过，冰心1939年就来重庆了，是为躲避战火从云南瑞丽过来的。有关部门希望借重她的名气邀她参加全国妇女指导委员会的工作。可冰心觉得这工作除了替当局装点门面外，于抗战并无实际意义，就退还了聘书和薪金，躲到歌乐山上这土墙房子里潜心写作，为这房子起名为"潜庐"。这一向，勤于写作又生活饥馑的冰心病了，这些大文豪是来看望问候她的。郭沫若在屋里踱步吟诗赞她："怪道新词少，病依江上楼。碧帘锁烟霭，红烛映清流。婉婉唱随乐，殷殷家国忧。微怜松石瘦，贞静立山头。"屋里人都拍巴巴掌，老舍的巴掌拍得响。郭沫若笑问老舍，你这位"文协"的领导，深居在北碚林语堂的屋子里笔耕，你的小说写得怎么样了？老舍呵呵笑，感谢我夫人给我带来了百万字的长篇小说。冰心问，啥长篇小说？老舍说，我夫人九死一生从北平来渝，带来了她在北平的所见所闻，触动了我的灵感，我正在写长篇小说《四世同堂》，写了十之有三了。臧克家伸拇指，好，我等翘首以盼！宁孝原听着，感受到浓浓的文学氛围。这时候，进屋来一个要员，都认识，是委员长的御用笔杆陈布雷先生。一番寒暄之后，陈布雷说，想请冰心加入国民党。冰心笑说，谢谢你的好意，我要在国民党受压时加入还有点儿骨头，现在你们当权了，我对国民党也没有什么汗马功劳，就不入了吧。陈布雷显得尴尬，就言说起其他的事情。

"哈，是宁老弟，回来了也不打个照面。"

迎面跟他打招呼的是也穿军衬衫扇纸扇的蔡安平。宁孝原晓得，蔡安平

碑

总部有人，又有战功，现在是联勤总部军运处的少将处长，军衔比他这个中校高，抬手敬礼："报告处座，卑职返渝后登门去拜望过您，向您致谢，说您公务繁忙去朝天门码头了！"

蔡安平擂他一拳："团座，不，师参谋长，你折煞我也，还称呼啥您的，见外呀！"拥抱宁孝原。

二人拥抱。

"活着就好，谢谢你对家父的关照！"宁孝原说，眼圈发热。那次战斗，日军的一颗炮弹飞来，他身边的蔡安平猛将他扑倒，护到他身上，他安然无事，蔡安平的右肩被炸伤。他好感谢，为他请功，蔡安平获得了舍身救长官的"忠贞奖章"。自那，他对蔡安平的看法有改变，以前总觉得他神秘兮兮的，还暗地里告他黑状，其实对他忠诚。

"说啥谢哦，你我是生死兄弟，你的父母就是我的父母，我们有福同享有难同当。"蔡安平说。

宁孝原搂他肩头："蔡兄，对的，我们有福同享有难同当。"去年秋天，蔡安平的父母和两个弟弟一个妹妹都被去他老家扫荡的日本鬼子杀害了，就他孤身一人了。

蔡安平叹道："宁老弟，你的事情我都知道了，咳，有的底线你不该去碰。说实话，早先我是想取代你那团座的位置，可相处后发现你这人不错。你的人品、干才都在我之上，少将、中将你都当之无愧。不想把你降为了中校，过了，太过了。"

宁孝原苦笑："不说这些，走，去我家喝两杯！"

"去你父亲那宁公馆？"

"对，去坐坐，谢谢你对家父银行生意的关照。"

"宁老板请我去你家吃过饭的，你家可真阔气。不过，今晚不去，下次去。"蔡安平说，拉了宁孝原往朝天门方向走，"我领你去一个地处，你这公子哥儿一定喜欢。"

夜山城的大江是墨黑色的，倒映的灯火金光点点；远处起伏的山峦和近处错落的楼房似奔跑的野兽俯视的怪物；路灯与闪烁的霓虹灯辉映，弯拐的街巷变换着颜色；似有似无的歌声有如天籁之音。站在"弦琴堂子"楼上包席房窗前的宁孝原迷醉了，久违的那种躁动膨胀。对于进风月场所，倪红责骂过他，赵雯告诫过他。克制的宁孝原与放纵的宁孝原在打架。

实话说，蔡安平领他来这里他是快慰的。来的路上，蔡兄说了他与梅姑娘的事情。他真难相信，那个苏州来的梅姑娘竟会把对女人挑剔的蔡兄弄得颠三倒四，至今才只让蔡兄摸了摸她那细白的小手。蔡兄说，这里的妈妈说了，就是要个格调。

侍女送来酒菜，席面就热闹。

精致的小碟子小碗盛了名贵的苏州菜肴，酒是茅台酒。陶瓷壶泡的西湖龙井，侍女为宁孝原、蔡安平掺了茶水，躬身笑笑，出门去。

宁孝原渴了，端了小茶杯喝茶，一口饮尽，欣赏精致的陶瓷茶壶、茶杯，茶杯的底部印有"荣昌陶器厂"字样，杯薄如纸，他用手指弹，声如云磬："哈，我们老家的货。蔡兄，这茶壶、茶杯是家父那'荣昌陶器厂'产的。"

"哦，是荣昌陶！"蔡安平也喝干杯中茶水，用手指弹，听声响，"果然名不虚传！我早听说荣昌陶了，不想在这里看见，还是你家的产品。"

宁孝原笑，自掺茶水喝："这茶壶、茶杯是素烧的'泥精货'，古朴而淡雅；还有着色的'釉子货'，那可是晶莹剔透。"

蔡安平笑："有讲究。"

"荣昌陶是四大名陶之一，高手做的陶器被不少收藏家收藏了。荣昌在康熙年间就产缸、钵、罐等粗陶，后来又产杯、碗、瓶等细陶，销往了滇黔藏陇陕等地，销往了东南亚。"

"你行家呢。"

"听家父说的。"

"你父亲有眼光，期待你家的陶器厂发达，期待你家的银行业发达。宁老弟，不是我说你，你就该跟你父亲做大生意的，你父亲跟我说，你整死都不干……"

两人说时，一个美女子快步进来，搂蔡安平亲了一口，贴他身子嗔道："妈妈说你来了，真是，好久都不来！"蔡安平周身发热发怵："事情多，这不来了么！"镜片后的两眼眯成一条缝，对宁孝原介绍，"宁老弟，这是梅姑娘。"又对梅姑娘介绍，"这是我给你说过的抗日英雄宁孝原。"梅姑娘向宁孝原颔首笑："早闻大名，晚报上连载您的事迹好多天！"

蔡安平招呼入座，他坐首席，宁孝原坐他右侧的主宾席，梅姑娘坐他左侧的陪席。梅姑娘起身开酒瓶时，宁孝原凑到蔡安平耳边："你扯谎嘛，说是只摸过她的小手，她可是一进屋就亲了你一口，贴了你好紧。"蔡安平凑到宁孝原耳边："她是第一次亲我，真的，信不信由你。"

宁孝原认出倪红来,两个女人一比,青春靓丽的倪红就把梅姑娘比下去了,他被斯特恩紧紧搂抱,眼见倪红抚泪出门去。

梅姑娘为他俩斟酒，酒香人香。

她穿薄如蝉翼的嫩绿色夏布花衣裙，足蹬柔软的绣花布鞋，鲜丽不张扬，时兴又素雅。斟酒毕，她并不敬酒，去到茶桌边取了琵琶怀抱，抚裙端坐，蹦蹦蹦弹唱："虎丘山麓遇婵娟，疑是姮娥出广寒，展齿一笑含丰羞，淑女窈窕君子逑……"吴侬软语，娓娓动听。唱毕，放下琵琶，这才过来向他俩敬酒，讲说席面的菜肴："都是苏州的名菜，这是'苏州鳜鱼'，本该用太湖野生鳜鱼的，这不，逃难过来了，就用的长江野生鳜鱼，'西塞山前白鹭飞，桃花流水鳜鱼肥。'乾隆皇帝六下江南都品尝了这道菜的。是把鳜鱼改刀后，洗干净油炸，加番茄上色，味儿咸鲜酸甜；这是'雪花蟹斗'，不知情的，粗眼只见雪白发蛋，殊不知其下的蟹斗才最为精妙……"

宁孝原暗叹，难怪蔡兄被她迷住，眼耳口鼻心都是美的受用。

三个人喝酒吃菜说话，宁孝原方才的那种躁动弱了，那妈妈说得对，就是要他妈个格调。掏出根纸烟捏打火机点燃，跷二郎腿吞云吐雾，悠然自得。

"……为然何传书又把信带？两脚跨绣房，打开龙凤箱，龙凤纸儿取一张……"

方才那似有似无的天籁之音清晰悦耳了，隔壁包席房里传来妙曼的四川清音，跟梅姑娘唱的苏州评弹又是另外的韵味。宁孝原更喜欢家乡这悠脆的清音，此曲只应天上有，人间难得几回闻。

蔡安平竖起耳朵听。

梅姑娘笑道："看来二位都喜欢，我去叫了红姑娘过来唱，聚在一起更好玩。"蔡安平说好，宁孝原说要得。梅姑娘就去叫了隔壁包席房的红姑娘过来，红姑娘穿绣有莲花的粉红色短袖旗袍，怀抱月琴弹唱："丝线抽一根，花针摸一苗，针线穿好绣荷包……"认出宁孝原来，"一绣一条龙，太阳一点红，再绣一个满天的星，明月照当空……"声音哽咽。斯特恩跟来，抚红姑娘肩头："倪红，你今天唱得好动情……"看见宁孝原，"哇，是孝原兄，好久不见！"伸臂搂抱宁孝原。

宁孝原认出倪红来，两个女人一比，青春靓丽的倪红就把梅姑娘比下去了，他被斯特恩紧紧搂抱，眼见倪红抚泪出门去。

第二十一章

　　高阔天空与远山远水的衔接处游荡着雾霭烟岚，晨风习习，雾霭烟岚渐渐化去。大气澄清，天地山水透露出秋天特有的收获的兴奋。

　　太阳一丈多高时，"精神堡垒"附近的较场坝人山人海，10万民众齐聚，欢呼声震天，如同夏天涨潮的喧嚣欢腾的滚滚洪流。日本投降了，"陪都庆祝胜利大会"今天在这里隆重举行。会场上悬挂有同盟国四领袖罗斯福、丘吉尔、斯大林、蒋介石的巨幅画像，摆设有大型的地球仪和松枝点缀的一座座高大牌坊。

　　人们相互恭贺，为胜利狂欢。

　　军容严整的宁孝原也在人群里，有要求，武官着戎装，文官穿长袍马褂。高个头的他注目看主席台，肩头被人拍了一下。

　　"宁老弟，你也来了。恭贺抗战胜利，恭贺你这个抗日英雄！"

　　来人是军容严整的佩少将军衔的袁哲弘。

　　宁孝原就敬礼："报告袁长官，本中校宁孝原是跟随冯玉祥将军来的。互贺互贺，你也是抗日有功之臣，向你道贺！"

　　袁哲弘擂他一拳："你我兄弟，假惺惺的。"

　　"条例规定，下级见到上级必须敬礼。"

　　"你少来，呃，你作古正经看啥子？"

　　"委员长咋没有来？"

　　袁哲弘凑到他耳边："我刚从国民政府花园过来，政府要员一早就在那里候着，八点半，盟军中国战区总司令蒋委员长准时到的，跟大家互致恭贺。委员长穿特级上将服，带领文武百官面朝南京中山陵方向垂首，举行了遥祭国父孙中山的仪式。委员长宣读了祭文，驰念国父在天之灵，能不黯然。我们追随国父的革命精神坚持抗战，今后将恪遵国父的遗教以建国。"

　　"遥祭国父，对的。"

　　"这庆祝会委员长不来，中午阵，委员长要巡视庆贺。"

　　"军统的人就是吃得开，见得到高层。"

"职责所在。"

"你到这里来，也是职责所在吧？"

"可以这么说，这盛会我也不想放过……"

两人说时，庆祝大会开始，宁孝原看表，九时正。

大会宣读了蒋介石署名的《胜利日文告》："日本已向我们联合国家正式签订降书，世界反侵略战争至今已经完全结束了。我们中国八年来艰辛的抗战，到今天，总算是达到了最后胜利的目的。我全国军民经过这八年来无比的痛苦和牺牲，才始结成今日光荣的果实。这一个光荣的果实，是全国同胞每一个人所应该十分尊重和保持的，只可使之发扬光大，不可使之有所损害，以至于丧失！"文告最后陈述了三条最重要最具体的内政方针，一是减轻农工负担，实施民生主义；二是实施民主宪政，希望国民大会早开，各党领袖皆能参加政府；三是完成国家统一，军队国家化。宣读毕，国民政府秘书长吴铁城、国民参政会主席莫德惠先后在会上致词。大会通过了给英美苏中四大盟国领袖、抗战将士、太平洋盟军、抗属和收复区同胞的致敬电。宣布举国庆祝三天。决定将每年的9月3日定为抗战胜利纪念日。

"草拟这文告少不了大笔杆子陈布雷先生。"袁哲弘说。

"他有才，不熟悉，见过一次。"宁孝原说。

"我跟他熟，刚才见到他了，他说委员长昨晚写了日记，大意是，雪耻之日记不下十五年，今日，我国最大的敌国日本，已经在横滨港口向我们联合国家无条件地投降了。五十年来最大之国耻与余个人历年所受之逼迫与侮辱，至此自可湔雪净尽。"

"委员长还写日记？"

"写，每天都写，这日记写的是昨天的事，同盟国在东京湾那'密苏里号'战舰上正式举行了日本投降仪式。日本代表签署投降书后，我国代表徐永昌郑重地在投降书上签了字，标志着世界反法西斯战争的结束。"

宁孝原就想到死去的战友，痛惜说："为了这场战争的结束，我们的伤亡巨大。"

袁哲弘点头："抗战爆发后两年，国民政府就颁布了《抗战损失查报须知》，要求除伤亡将士由军政部督同各部队调查外，余概由各市县政府派员督促警察和各保甲长逐户查实上报。我了解到的是，我国军民伤亡在3500万以上。"

"浴血奋战，顽强奋战，我们总算胜了！"

"胜了，自鸦片战争以来，一百多年的反侵略战争，我们这是第一次获得全胜!"

"对,全胜……"

大会结束,掌声欢呼声雷动,人群沿马路散开。他俩看见了人群里的赵雯,跟去。赵雯走得急,消失在人海里。他俩找寻一阵,没有找到。

宁孝原说:"记者这阵最忙。"

袁哲弘点头:"就是,尤其她这个晚报社会部的主任。"

"啥,赵雯当主任了。"宁孝原为她高兴,"还不晓得呢,你听哪个说的?"

"你消息不灵通。"袁哲弘气他说,"赵雯亲口给我说的。"

宁孝原瞪眼:"你非要跟我争女人?"

袁哲弘也瞪眼:"我是不得打让手的……"

这时候,传来军乐声,鞭炮"噼里啪啦"鸣响。袁哲弘拉宁孝原走,说巡视的车队过来了,到路口去看。两个军官挤过人群到了较场坝的路口,巡视的车队缓缓驶来,两人好激动。军乐声大作,仪仗队持枪致敬,人们鼓掌欢呼。他俩看得清楚,三辆摩托车开道,跟着的吉普车上,掌旗官挥动书有"军事委员会委员长"的大旗。之后是蒋委员长所乘的敞篷座车,委员长向人群频频挥手,军委会副总参谋长程潜与他同车。后面是一长串车辆,载有各院部的长官。宁孝原认识一些,袁哲弘都认识。有居正、戴传贤、于右任、吴铁城、冯玉祥、白崇禧、吴鼎昌、吕超、陈立夫、陈诚、张治中、吴国桢、谷正纲、王缵绪、莫德惠、贺国光、方治、贺耀祖、康心如等等。

"巡视车队是从曾家岩官邸出发的。"袁哲弘说,"先去的军委会重庆行营广场,再是中兴路、胜利门和较场坝,之后去'精神堡垒'、民权路、过街楼、林森路,再回曾家岩。"

宁孝原听着:"沿途会有好多的人!"见四周万头攒动,沿街住户的大人细娃儿站在桌子板凳上引颈观看。

"预计有120万人。"袁哲弘说,"为保安,沿途二楼以上的窗户一律要关闭,不允许凭窗观望。抗战以来,委员长是第一次在公开场合露面。"

巡视车队过去之后,地上满是鞭炮的碎纸屑。他俩跟随车队往"精神堡垒"走,路边电线杆上的高音喇叭播放着军乐和盟军在日本受降的号外,播放着国民政府颁布的四条法令:"褒恤殉难军民;褒奖全体将士;废止一切限制人民生活、经济行为及集会结社言论自由之战时法令;豁免陷敌各省本年度田赋,后方各省田赋明年豁免,全国兵役缓征一年,减租轻息限本年内实施。"报童高声叫卖报纸。

他俩走到"精神堡垒"时，各界民众大游行开始了。四围张灯结彩，人流如潮，万人拱手，横幅道道，彩旗飘飘，到处是狂欢到处是泪水。驻渝美军开了吉普车参加游行，车上的美军激动地展臂欢呼。

袁哲弘看着感叹："这'精神堡垒'的位置好，是集会的绝佳场所。1942年元旦那天，世界反法西斯同盟成立的庆祝会就是在这里举行的，碑周围也是张灯结彩，拥满了人。那是迁都重庆以来过得最踏实最有希望的一个新年！"

宁孝原说："那阵我在鄂西前线，在掩体里从收音机听到了的。"

袁哲弘拍宁孝原肩头："那阵你在浴血奋战，保卫大后方的安宁。"

宁孝原说："彼此彼此……"

欢呼胜利的游行队伍涌来，裹挟他俩进入人海。胜利来之不易，他俩都跟了人群振臂欢呼。跟日本鬼子真刀真枪拼杀过的宁孝原振双臂欢呼。冯玉祥将军参加的上层活动他不能参加，冯将军让他参加庆祝胜利大会，会后顺便回家看看，他好高兴。走着，他看见游行队伍里振臂欢呼的穿长袍马褂的师父吕紫剑，他俩都挤上前去向他恭贺。吕紫剑面膛红润，神采奕奕，也向他两道贺，呵呵笑，你两个莫要再打架啊。宁孝原挠头，袁哲弘点头。人生沉浮，宁孝原晓得，师父吕紫剑也被降职了，比他还惨。四年前，蒋总统与美国马歇尔将军进行一轮谈判后，马歇尔提出美中双方各出一个人比拳术。马歇尔派出保镖汤姆·纽汉，中方派出吕紫剑。汤姆称所有的中国人都不是他的对手。擂台设在重庆南岸黄山的委座公馆前，吕紫剑以八卦掌一掌即将汤姆打死，为国人扬了威。蒋总统怒了，当场宣布吕紫剑撤职反省，从少将降职为少校。他很为师父鸣不平。吕紫剑朝他俩抚须笑笑，跟随武术队的游行队伍走去。这时候，另一支游行队伍涌来，宁孝原看见一个熟悉的面孔，是穿西装的老对手山田，尽管他胡子刮得干净，还是认出来。射杀了他袍泽兄弟一营长并指挥杀害他不少弟兄的狗日的山田，竟然混到了游行的队伍里来，怒从心起，上前揪住山田："山田，你认得老子不？"山田认出他来，笑道："啊，是宁参谋长！"宁孝原二目喷火，挥拳头照山田的面门狠击，被袁哲弘伸臂当开："莫打山田，他现在是在华日人反战同盟总部的成员。"拉他到身边说，"他们这总部就在重庆，山田也过来了。"宁孝原说："啥子呃，刽子手山田也会反战？"袁哲弘点头："这家伙是被黎江大哥感化的，调转枪口参加了黎江那新四军。"、"是黎江大哥感化的嗦！"、"他们重庆这总部一直想跟华北的反战同盟联系，国民政府未能让其如愿。"、"你啷个会认识山田？"、"职责所在，听说他近期就要回日本了……"

他俩说时，山田已随人流走去，踮脚朝他俩挥手。宁孝原才发现，山田跟随的那队伍挥舞有"在华日人反战同盟"的旗帜。

他俩随人流走。

宁孝原是听冯将军说过，日军俘虏被共党感化后，在华北成立了在华日人反战同盟，后又在重庆成立了在华日人反战同盟总部，是在周恩来、郭沫若支持下成立的。他感佩的是，像山田这样顽固不化的日本军官也会被共党感化；不解的是，国民政府咋会阻挠重庆反战同盟与华北反战同盟的联系。

袁哲弘看表，拍宁孝原肩头："宁老弟，我还有事情，回头见。"拱手告辞。

"是去找赵雯吧。"宁孝原杵他说。

"放心，赵雯我肯定找。"袁哲弘边走边说。

宁孝原心里不是个味道。

胜利日，重庆天主教的约瑟堂、基督教的福音堂里感恩声喃喃；伊斯兰教的清真寺、佛教的罗汉寺里钟磬齐鸣。教徒和僧众们虔诚祷告诵经。信奉天主教的斯特恩领倪红在七星岗的约瑟堂祷告感恩后出门来，看紧挨的被日机轰炸留下残垣断壁的学校感叹：

"主说，世上的人有好人有坏人，好人会进入天国获得永生，坏人会被抛入地狱受永罪。德意日法西斯作恶多端，是罪有应得。"

"他们就该入地狱永远遭罪！"倪红含愤说，看斯特恩，"斯特恩，你说说，我是不是好人？"

斯特恩深情看她："倪红，你当然是好人，是大好人。"

"宁孝原呢？"

"宁兄，他也是好人，他是抗日英雄。"

"他不讲信用抛弃了我，他是坏人。"

"话不能这么说，在这事儿上他有不是，却不是坏人。主所说的好人坏人，是从大善大恶来讲的。"

"是你讲的。"

"真是主的意思。宁兄是因为爱情，因为他爱赵雯，所以……"

"所以就抛弃我。"

"不不不，宁兄跟我说过，他爱你。"

"他是想让我当二房，你信的那个教不是讲一夫一妻么？"

快下午四点了，大什字这"精神堡垒"还聚集着许多余兴未尽的欢乐的人。电线杆上的高音喇叭播放着新闻："……抗战之陪都，显已变成一个狂欢之都市。街头巷尾，人群拥挤，交通为之断绝六小时。百万市民陶醉于千载难逢之欢乐中。对于抗战中身受之苦难，似已忘怀……"

"是的，可是他没有信我们的教，不能苛求。"

"你菜刀切豆腐——两面光，都不得罪。哼，你们男人总为男人说话。"

"我说了，宁兄有不是。倪红，我可是爱你的……"

一群美国大兵走过来，一个个喝得醉醺醺的，手里拎了大包小包。斯特恩说："他们定是买了不少重庆的土特产，胜利了，他们要回美国去过圣诞节了。"一个美国兵凑到倪红身边邪笑："Ah，beautiful!"倪红吓得躲到斯特恩身后。斯特恩说："倪红，别怕，他说你好美，你真的好美……"

他俩说着，到了"精神堡垒"。

快下午四点了，大什字这"精神堡垒"还聚集着许多余兴未尽的欢乐的人。电线杆上的高音喇叭播放着新闻："……抗战之陪都，显已变成一个狂欢之都市。街头巷尾，人群拥挤，交通为之断绝六小时。百万市民陶醉于千载难逢之欢乐中。对于抗战中身受之苦难，似已忘怀……"

有人尾随倪红和斯特恩。

尾随者是宁孝原。他一直随游行队伍走，又随游行队伍回到"精神堡垒"。兴奋的人们陆续散去，他朝宁公馆走，就看见了倪红和斯特恩。他俩有说有笑好亲热。一个多月前，他在"弦琴堂子"楼上那包席房眼见倪红抚泪出门后，跟出门去，却没有找到倪红。堂子那妈妈对他说，红姑娘说了，不情愿见你，叫你再不要来找她。斯特恩跟来，拉他到一边说话，说宁兄你与倪红扯皮的事我都晓得。说了他与倪红相识的经过，很遗憾，对不起宁兄了，我要夺你所爱，这是上帝的安排，我斯特恩爱上倪红了，我已向她求婚了。他心里难受，自己是有愧于倪红的，柳成牺牲了，倪红有袍泽兄弟斯特恩护着也并非不好，可斯特恩却是个洋人。倪红，我爱你，只是想玫瑰、睡莲都采。他问斯特恩，倪红爱你不？斯特恩说，她喜欢跟我在一起，她还没有答复是否嫁给我。那之后，他去找过倪红，去她家，她整死都不开门；去"弦琴堂子"，她拒之不见。斯特恩为她代言，倪红说了，你要见她也可以，但是，必须答应只是娶她。

"倪红，斯特恩，"宁孝原快步到他俩跟前，"你们也来参加游行啊!"

斯特恩回身搂他："宁兄，我们胜利了!"

倪红不看他，看"精神堡垒"那旗杆，泪水滑落，强忍不哭出声，拉了斯特恩朝后伺坡的方向走。

斯特恩回身说："宁兄，拜拜，回头见!"

宁孝原看着他俩走，鼻子发酸，倪红，不想你会恁之犟，看也不看我一眼。是，对碑发誓又失信的人是我宁孝原，可你晓得我的心不，石牌保卫战时，我是给你写了绝命遗书的。我是没得法，如像斯特恩所说，是老天爷的安排，我爱上赵雯了。

　　赵雯，你可晓得我此时此刻的心境么……

第二十二章

　　幽静的特园康庄坐落在嘉陵江畔，是位于上清寺的四幢三层的西式楼房，今日里热闹。冯玉祥将军要在这里接待毛泽东先生。冯将军为在城里办事方便，长期租用这里的2号楼为办事处。

　　这是庆祝胜利大会后的第三天。

　　副官宁孝原警惕地四处巡查，冯将军叮嘱特别要注意安全。在特园康庄石梯下门外的绿荫处，他看见了穿中山装别胸徽的袁哲弘和他身后的两个便衣，疾步过去：

　　"哲弘，你们鬼鬼祟祟的，想做啥子？"

　　袁哲弘说："跟你一样，职责所在。"

　　宁孝原瞪眼说："你娃莫做蠢事，小心老子扭断你的脑袋！"

　　袁哲弘说："傻瓜才做蠢事。"补充说，"宁兄，你放宽心，我见到过毛泽东了。"确实有人扬言，愿以自身的性命去换毛泽东的命。

　　"你好久见到的？"

　　"几天前，中苏友协举行的酒会。"

　　"你去了？"

　　"去了。"

　　"咋没看见你。"

　　"你目中无我。"

　　"特务勾当。"

　　"特别任务。"

　　宁孝原那天跟随冯玉祥将军去的，是中苏友协举行的盛大酒会，庆祝《中苏友好同盟条约》签订生效，举办了图片展览。参加酒会的有国民党的党政要员和各民主党派人士，特邀了来重庆谈判的毛泽东、周恩来、王若飞等中共代表。席间，冯将军举酒杯向毛泽东祝酒："毛先生这次来重庆，足见其和平诚意，吾辈愿鼎力促成。我们在这激动人心欢欣鼓舞的时刻，一定要加强团结，提高警惕，严防有人要从中破坏！来来来，为孙中山总理

'联俄、联共、扶助农工'三大政策的实践干杯！"酒会后，冯将军同毛泽东边谈边观看展览图片，盛邀毛泽东到特园康庄一聚，为他设宴洗尘。

宁孝原想，哲弘这个军统的家伙莫非就是要从中破坏者，正色说："哲弘，我跟你说，你们今天绝对不能踏进特园康庄半步！"为毛泽东先生的绝对安全，今天担任康庄保卫工作的全是冯将军的贴身侍卫。

袁哲弘说："放心，没有冯将军的许可，我们绝对不会踏进特园康庄半步。"戴老板对他的交代是，监视保卫，不可妄动。

宁孝原对守门的齐贵等人好一番叮嘱。

宁孝原清楚，冯将军对这次接待十分重视。毛先生一行抵达重庆九龙坡机场时，冯将军因环境所限不便前往迎接，特地让夫人李德全代表他到机场欢迎。这次，他亲自写了请帖派人送往桂园毛泽东的住所，叫了"抗倭庐"的厨师老张过来做菜，吩咐要多弄几道湖南菜。

傍晚六点，毛先生准时到来，同来的有周恩来、王若飞、张治中等冯玉祥的老相识。冯玉祥和夫人李德全满面春风迎接客人。毛泽东对冯夫人去机场接他表示感谢，转达了朱德的问候，说了中共和平、民主、团结的政治主张和延安等解放区的情况。

宁孝原等贴身卫士紧护左右。

张治中将军与冯玉祥是多年的朋友，知道他从不置酒待客，发现新大陆般叫喊："呵，有酒呀，焕公这可是开天辟地头一回哟！"冯玉祥呵呵笑，与客人们握手，安排就座，大嗓门的他首先向毛泽东敬酒："各位，毛先生为国为民，只身飞来重庆，不顾个人安危，玉祥万分钦佩，这第一杯酒敬毛先生。"毛泽东笑着举杯，对大家说："这第一杯酒还是让我们共同庆祝抗战胜利吧！"大家碰杯。张治中发现冯玉祥端的是空杯，明知他不会喝酒，却故意说："焕公，你杯中无物，是不是要我们敬你一杯？"冯玉祥就对宁孝原说："把我的酒拿来。"

宁孝原就端了满杯的"酒"来，是冷开水，细心的他早就准备好了的。

冯将军接过酒杯朝他笑，举杯一饮而尽。

冯夫人李德全敬了第二杯酒。

毛泽东站起身来祝酒："这第三杯酒，预祝国共两党谈判成功。"大家喝酒吃菜，气氛热烈。冯玉祥看毛泽东穿的浅蓝色中山服："毛先生这身衣服不错。"毛泽东说："自己动手，丰衣足食，布料是延安产的，衣服是延安做的，土布衣裳。"周恩来插话："焕章先生就常穿土布衣裳，'布衣将军'嘛。"冯玉祥笑："土布衣裳穿起舒服，今天宴请毛先生一行，按照重

庆话说，我得穿周正些。"

大家都笑。

宁孝原听他们说话，看毛泽东的朴素穿着，由衷笑。

毛泽东说："焕章先生为反对投降、坚持抗战、呼吁团结、反对分裂作了不懈的努力，先生是置身民主，功在国家。"周恩来接话："焕章兄为人所不敢为，说人所不敢说，一直为正义的事业操劳奔波。"冯玉祥笑："你们过奖了。"他深知蒋介石的为人，担心说，"我看蒋这次设的是鸿门宴，谈判是幌子，目的是要吃掉共产党。东北军、西北军就是这样被吃掉的，小心不要上当！"、"谢谢焕章先生的提醒。"毛泽东吃红烧肉，风趣说，"有人认为国共两党的姻缘难结，说老头子和青年难成婚姻。我是诚心来求婚的，老头子把胡子刮一刮不就行了嘛。"大家笑。毛泽东接着说："中国今天只有一条路，就是和为贵，其他一切打算都是错误的。"冯玉祥点头，想到什么："毛先生还见了陈立夫，他可是反共的顽固派。"毛泽东举筷子拣菜："国民党现在是右派当权，见见他有助于解决问题。我跟他说，我们上山打游击是国民党剿共逼出来的，是逼上梁山。就像孙悟空大闹天宫，玉皇大帝封他为弼马温，孙悟空不服气，自己鉴定是齐天大圣。可是，你们却连弼马温也不给我们做，我们只好扛枪上山了。"拈了根辣椒吃。冯玉祥笑，伸拇指："'弥天大勇诚能格，遍地劳民战尚休'。"王若飞接话："焕章先生记性真好，柳亚子先生刚写的诗就记住了。"冯玉祥说："他是为毛先生涉险来重庆写的，写得好。听说毛先生回了他一首诗。"毛泽东说："事情多，一时没有想好，回他的是我九年前写的《沁园春·雪》。"周恩来吟道："'北国风光，千里冰封，万里雪飘……'"大家鼓掌。

宁孝原鼓掌，佩叹毛泽东诗词的大气。

周恩来又吟道："'方才是六十岁的小伙子，怎么能说是寿？应当尽快努力，去报答主人们，使他们有了好的吃穿住用，那方才算尽了抗日公仆的身份！'"冯玉祥哈哈笑："这是我四年前六十岁生日时胡乱写的，找恩来修改过。"毛泽东说："焕章先生时刻不忘民众，你这六十岁的'小伙子'的自寿诗说的主人是全国的老百姓。"张治中接话："《新华日报》登了整版庆贺焕公的六十大寿，毛先生、朱德、彭德怀、叶剑英、邓颖超、董必武、郭沫若发了对联、祝寿诗，恩来写了祝寿文。"冯玉祥点头："道谢啊！"张治中说："我等为你张罗祝寿却不见人影，你那谱弟蒋委员长登你家门也未晤面。你说是国难当头，概不受贺，悄悄跑到璧山丁家坳'同文中学'避寿去了。请那里的300多名师生吃了顿'过桥面'，大桶的水叶子面，大桶的臊子，说是自助寿面。"周恩来说："听说焕章兄当时勉励大家读好书做好人，即兴唱了中原小调。"张治中说："焕公，快唱来听听。"冯玉祥呵呵笑，清清喉咙，用醇厚的嗓音唱："我辈哟呵呵，读书哟呵呵，怎敢懈怠哟嗬嘿……"

大家都鼓掌叫好。

宁孝原鼓掌叫好，更佩服张将军。

宾主饮酒吃菜，说过去讲现在谈中国的前途，畅所欲言。

散席时，毛泽东拉了冯玉祥的手，两人高高把盏，再次预祝国共两党和谈成功，为国为民造福。

宁孝原耳濡目染，知道了不少事情，明白了一些道理，想到与黎江大哥的相处，觉得国共合作实属必须，方能共同兴国。他跟随冯将军夫妇送客人们出饭厅，路过草木葳蕤的庭园时，看见了穿乳白色衣裙的赵雯。月辉和路灯光下，她正边走边采访周恩来。他高兴也犯疑，跟在后面，待赵雯采访毕，拉她到路边的黄葛老树下：

"赵雯，你咋个进来的？"

赵雯合上笔记本："沾你的光呀。"

"沾我的光？"

"是，我说是你叫我来采访的，守门的那个齐贵就放我进来了。"

宁孝原对赵雯是放心的："赵雯，祝贺你荣升晚报社会部主任！"

赵雯高兴地笑："谢谢，你也晓得了。"

"听哲弘说的。"

"他嘴巴快。"

"他说是你亲口对他说的。"

"我没有主动对他说，是消息灵通的他晓得了，他问我的。"

"是怎个的嗦，他扯谎。"宁孝原心中释然，"赵雯，今晚的事情你要报道？"

赵雯点头："也不晓得能不能上报纸。毛泽东到重庆后，《中央日报》的编辑部就好紧张。"

"他们拿不准咋个报道？"

"是。你给我说过的那个陈布雷，他是中央宣传部的副部长，他发了话，对于毛泽东来重庆的事情，不发社论，不写专访，新闻一律采用中央通讯社的通稿。有关谈判的报道，要登得少登得小，版面不要太突出，标题不要太大。总之一句话，不要替共产党制造声势。"

"可毛泽东到重庆的第二天,《大公报》就发表了《毛泽东先生来了》的社论。我看了的,是他们总编王芸生写的。说现在毛泽东先生来到重庆了,他与蒋主席有十九年的阔别,经长期内争,抗战,多少离合悲欢,今于国家大胜利之日,一旦重行握手,真是一幕空前的大团圆!认真地演这幕大团圆的喜剧吧,要知道这是中国人民所最嗜好的!"

"你记性好。"

"大事情嘛。"

"赵雯,庆祝胜利大会那天我看见你了的,人多,没有找到你。"

"我忙着采访,有好多的名人……"

月辉灯辉下,枝叶繁茂的黄葛老树俯身听他俩说话,像个和善可亲的老人;树边岩下的嘉陵江水静静流淌,江灯闪烁;庭园里的桂花、凤尾兰、芙蓉、康乃馨、栀子花开了,芳香扑鼻。美妙的夜晚,多好的时机,宁孝原真想跟赵雯说说知心话,可护卫任务在身,懈怠不得:"赵雯,我护送客人们走后就转来,你等我,等会儿我送你回十八梯。"匆匆走,"等我哦!"

赵雯目送他走去,迈步花前月下,心不安宁。

想想呢,宁孝原、袁哲弘这两个男人还都跟她有缘。宁孝原的父亲找她的父亲提亲,他俩认识了;宁孝原找袁哲弘给她传书,他俩也认识了。自己是个女人,也不小了,是需要男人呵护的。生理上的难受就常使她有近乎崩溃之感。

却有无奈。

就想今晚冯将军为毛泽东设宴洗尘之事,一阵兴奋。这次"重庆谈判",能像《大公报》那社论期望的有一个"大团圆"的结局吗?坐在谈判桌前的蒋公是否真正乐观?他怕是没有想到毛泽东会单刀赴会的吧?刚才餐桌上人们的担心不无道理,国共合作实乃大势所趋……想着,她心情急切,不能等孝原了,腹稿有了,得马上动笔。她抬步走,想着如何写才会有报道的价值,才能得到主编的认同明天见报。孝原,下次见。

赵雯走到特园康庄石梯下的门口时,铁门已经锁了,守门的齐贵热情地为她开门,说是贵客们都已送走了。她道谢,匆匆走,身后有汽车喇叭鸣响,一辆黑轿车驶来停下,独自驾车的袁哲弘从车上下来:

"赵雯主任,请上车。"

她盯他:"你在跟踪我!"

他笑:"我咋会跟踪你,我是在尽职责。"

"来这里监视?"

"来这里保卫。"

"我要去报社。"

"我开车送你去。"

"要得嘛，我正好赶时间。"

袁哲弘赶紧拉开副驾驶车门，赵雯上车。袁哲弘过去进到驾驶室里，开车，心里淌蜜。今晚这任务苦累却值了。他看见赵雯进特园康庄的，来的客人和送客的人都走了，却没见她出来，心里不快，未必她被孝原那家伙留住了？他这么想时，见赵雯下石梯来，就支走了两个随从。

运气好，高兴，赵雯还没有坐过他开的车呢。

第二十三章

晚秋时节，洪水过去的大河长江小河嘉陵江又归平静。而朝天门水码头却人声鼎沸、汽笛高鸣，梯道、河滩、趸船都拥满了乘船的民众和军人，大有当年川军出川的阵仗。抗战胜利来之不易，胜利的激动和欢乐任何人都克制不住。而激动欢乐之后，接着而来的便是百万民众的急于回归故里，去恢复家园，去寻找失散的亲人；是众多的机关、军队、工厂、学校、科研单位的尽快回迁。

大撤退后的大回返。

长江黄金水道的船运压力特大。

联勤总部军运处长蔡安平的船运压力也大，回迁南京的和调去东北、华北等地的部队都急需要船只。秋阳冒顶时，送他的轿车停在了朝天门码头路口，穿军服提皮箱的他下车来，他乘船去南京。胜利了，军政部门要回迁南京，各部门先有人去打前站，他就叫副处长主持军运处的工作，自己去打前站，重要的是去看梅姑娘。梅姑娘一直闹着要回苏州老家，他为她赎了身，给了她金条，说等他忙完这一阵就送她回去，两人约定在苏州完婚。不想，梅姑娘自己乘船走了，是他去"弦琴堂子"找她时，红姑娘给他说的。他原本是安排副处长去南京打前站，现在他公私兼顾了。

蔡安平看手表，离开船还有一阵，就从皮箱里取出张报纸翻阅。他在皮箱里放了摞报纸，打算途中消磨时光，事情多，顾不上每天看报纸。这是张上个月7号的《陪都晚报》，其中记者赵雯写的"冯玉祥为毛泽东设宴洗尘"的报道吸引了他，文中提到了大团圆、乐观与否、大势所趋等等，还提到了副官宁孝原。呵呵，宁老弟，你可是报纸上的明星呢。

"是蔡兄啊！"

穿中山装提公文包的袁哲弘笑着走来。那次，他母亲生重病住进宽仁医院，毛庚朋友宁孝原得知后，提了果篮到医院探望，一口一声伯母一口一声老师喊得好巴实。他母亲是嘉陵小学的国文老师，教过他们那帮毛庚朋友。蔡安平当时跟宁孝原在一起办事，也提了糕点到他母亲的病床前恭敬问候。

经宁孝原介绍，他认识了蔡安平。后来，他三人还在"涂哑巴冷酒馆"喝过酒。

"啊，袁老弟早，你也来赶船？"蔡安平笑道。

袁哲弘拱手："蔡兄早，我去南京参加一个会议，你这是要去哪里？"

"也去南京，去打前站。"

"未雨绸缪，对的。"

袁哲弘看见蔡安平手里拿的《陪都晚报》，就想到了赵雯。那天晚上，他开车送她去报社，坐副驾驶座的穿乳白色衣裙的她好妩媚，她那露出裙摆的大腿诱惑着他，他真想伸手抚摸。她目视前窗蹙眉思索。他问她在想啥。她说在打腹稿。车到报社后，她匆匆下车，朝他拜拜，说是下次见。次日下午，她写的报道就见报了，还附了毛泽东与柳亚子唱和的诗词。

"'阔别羊城十九秋，重逢握手喜渝州。弥天大勇诚能格，遍地劳民战尚休。霖雨苍生新建国，云雷青史旧同舟。中山卡尔双源合，一笑昆仑顶上头。'"蔡安平看报纸吟诵。

"蔡兄吟的是柳亚子写给毛泽东的诗。"袁哲弘说，取过他手里的报纸，"'《沁园春·雪》，北国风光，千里冰封，万里雪飘……'"

蔡安平不无妒意："实话说，柳、毛二位唱和这诗词不错，共党领袖毛确实有才华。"

袁哲弘点首。赵雯的报道和这两首诗词发表后，在山城引起了不小的轰动，许多人传诵毛泽东这诗词，感佩毛泽东的胸襟。为此，戴老板也挨了委员长的训斥。他很为赵雯担心，又想，赵雯不过是握笔操刀，不过是一个部门的主任，上头有批准发表的主编顶着的，记者嘛，总是想写出有影响的文章。还好，这事情没有深究，庆祝抗战胜利日后不久，重庆谈判结束，达成了国共合作的"双十协定"。他清楚，这"合作"不过是杀戮的前奏。

喇叭声响，一辆斯佩蒂克老牙轿车开来停住，下车者其貌不扬，清瘦，穿芝麻布中山装，蓄平头，是民生公司的总经理卢作孚。跟随他下车的有周、朱两位秘书。

蔡安平看见，赶紧上前朝卢作孚敬礼："卢总好！"

疲惫的卢作孚朝他笑："是蔡处长嗦，"锁眉头，"你可莫要跟我说船的事情。"

蔡安平顺势说："卑职是为船的事情。"

卢作孚摇头："难，太难了！"

袁哲弘也上前朝卢作孚敬礼："卢叔叔好！"

秋阳露出脸来，云层厚，顽强的阳光穿透云层洒向滔滔东流水，洒向喧嚣的朝天门大码头。疲惫不堪的"民联"轮强打精神鸣笛启航，负重喘息下行，留下长长的呻吟的浪花。

卢作孚看袁哲弘:"呵呵,是小袁哦,听说你是少将了。谢谢你,我那次发病,你背我上车,又护送我去宽仁医院;后来,你又带我去找了宁道兴宁老板,帮我解了贷款的燃眉之急。"

袁哲弘笑:"应该的。"

卢作孚说:"小袁,你不会找我说船的事情吧?"

袁哲弘朝蔡安平笑,说:"卢叔叔,您就帮帮蔡处长嘛,军运任务重要。"

卢作孚看蔡安平摇头:"小袁也帮你说话,行了行了,你们联勤部的头头也给我打过电话的,没得法,只能给你们再添加一艘驳船。"对送他来码头的周秘书说,"你负责安排,从机动船里调派。"

蔡安平连声道谢。他认识周秘书,掏出笔记本写了电话号码给他,说他要去南京出差,请他打这个电话找他的副处长办理。周秘书说要得。他好高兴,不想讨得艘驳船,这公私兼顾值了。他还高兴的是,他与卢作孚、袁哲弘乘坐的都是民生公司的大轮船"民联"轮,卢作孚在涪陵下船。

秋阳露出脸来,云层厚,顽强的阳光穿透云层洒向滔滔东流水,洒向喧嚣的朝天门大码头。疲惫不堪的"民联"轮强打精神鸣笛启航,负重喘息下行,留下长长的呻吟的浪花。

双江合抱的山城重庆渐渐远了。

几双脚在人缝里艰难地行走,不时引来怒骂。是卢作孚、朱秘书在巡查船舱,蔡安平、袁哲弘跟随。

"民联"轮离渝东下已半日多了。

如同7年前的宜昌大撤退,船上爆满。所有的客舱都住满了乘客,过道、餐厅、货舱也都住满了乘客。地上是人和行李,餐桌上下也是人和行李。

几无插足之地。

蔡安平、袁哲弘与朱秘书的交谈得知,卢总是随船东下视察指导各埠办事处工作的。这船上坐有国民政府派遣到各收复区的接收人员,尤其以接收东北和台湾的人员为多。如何保证完成好复员运输任务,满足历尽战争苦难的人们及早返乡的愿望,是卢总面临的头等大事难事。庆祝胜利日那天,卢总也和大家一样激动高兴,拉了大家一起上街游行欢庆,跟着,他便加班加点制订恢复长江航运的计划。那些天里,卢总的办公室外欢声震天,办公室里却通宵达旦忙碌。会议一个接一个，人们来去匆匆。卢总亲自分配人员、调遣船只、下达命令。电报、文件雪片般送来发出。整个复员运输工作在人们还没有来得及想到时，卢总就已全盘谋划了。

蔡安平、袁哲弘听了，都感佩不已。

四人终于挤回到卢作孚、朱秘书乘坐的舱室里，船就要到宜昌了。疲惫的卢作孚坐到木床边端大茶缸喝茶，掐太阳穴。

朱秘书担心问："卢总，头又痛了？"

卢作孚说："有点发胀，莫关系。"

蔡安平关心说："卢总，您太劳累了。"

"就是。"袁哲弘说，"卢叔叔，你事无巨细，操心的事情太多。"

朱秘书叹曰："卢总一直因心有余而力不足忧虑，这次的复员运输任务跟战时的大撤退一样的难。"

蔡安平点头："是难。"

袁哲弘说："两三百万人、上千个单位都急待东下，卢叔叔的压力好大。"

朱秘书接话："经过这场战争，民生公司的运力锐减，政府又征用了些船只，剩下的轮船要运送这么多的人员、物质，困难重重。"

"我想了，还是用宜昌大撤退那办法。"卢作孚展眉说，"缩短航程，分段航行，加速周转。小轮船航行重庆至宜昌段，较大的轮船航行宜昌至武汉段，大轮船直航南京、上海。"

朱秘书点头："不过，也还是难以保证这么多人员、物资的需要。"

袁哲弘提醒："征用木船。"

蔡安平摇头："木船平时可以，限人数坐船。现在不行，人们见船就上，总是满载超载。川江滩多水险，满载乘客的木船，差不多三分之一都葬身了鱼腹。"

朱秘书说："就是，重庆的报纸几乎天天都有这惨痛消息的报道。卢总早就通过报纸、广播宣传川江的水情了，劝阻人们不要冒险乘坐木船。"

卢作孚锁眉，想起什么："啊，朱秘书，还有件事情火烧眉毛，我们得尽快抽调大批管理骨干和技术人员东下……"

轮船汽笛鸣响，船靠涪陵码头。

秋阳晃眼。

蔡安平、袁哲弘恭送卢作孚下船，卢作孚、朱秘书与他俩握别。"民联"轮要有一阵才开船。袁哲弘说，船上人多，空气差，就在趸船上透透

气。蔡安平赞同。两人闲聊。蔡安平想到什么：

"啊，袁老弟，听说重庆市参议会和市工务局提了四项建议？"

"听说了。"袁哲弘点头。

"说是他们建议，一是在都邮街广场塑蒋委员长的全身铜像；二是在佛图关建抗战纪功碑；三是把南岸的黄山改为'中正山'；四是在朝天门修两江铁桥。"

"听说委员长都做了批示。"

"哦，这我倒没有听说，是咋个批示的？"

"铜像之事，委员长批示'不可行'；抗战纪功碑之事，批示'可办'；'中正山'之事，批示'不必'；修两江铁桥之事，批示'以林森命名为宜'。"

"呵呵，你老弟知道得清楚，特工就是特工。不过呢，以愚兄之见，我觉得抗战纪功碑修在佛图关欠妥，不如就修在'精神堡垒'处。"

"好主意，我也是这么想的……"

水手解缆，要开船了。

两人上船，都感累乏，各自回舱室休息。走过袁哲弘住的舱室时，蔡安平才发现他住的是十六人的舱室，皱眉说：

"袁老弟，你咋住这舱室？"

袁哲弘笑："蔡兄是军运处长，我咋能跟你比，这舱室比统舱和过道好多了。"

蔡安平歉疚："船上的人太多，都没来关心你老弟。恁么，以后坐船你打个招呼，买张好舱位的船票我还是有办法的。"

袁哲弘点头："那小弟我就先道谢了。"

蔡安平说："要说谢，我得谢你，谢谢你帮我说话，卢总给我们增加了一艘驳船。"

袁哲弘摆手："我不过随便一说，主要是军运任务重要。"

蔡安平回到他住的头等舱后，和衣倒床便睡，梦见与梅姑娘温存……一阵喊叫声惊了他的美梦。他起身下床走出舱室，船舷边的人们齐都看着江水大呼小叫。

他挤到船舷边下看。

这一段川江水流湍急，一只木船翻扣水面，数十名落水者被卷入浪涛。"民联"轮已放下救生船，十多名穿了救生衣的水手已扑入急流。他水性好，迅速脱去军服，翻船栏扎入江中。

船上人啧啧赞叹。

扎入江水的蔡安平一个鲤鱼打挺冒出江面,划水拉住一个落水的老人,推他到救生船边,船上水手拽了老人上船。他继续划水救人,见一女子在江面扑打,沉入江水。他翻身潜入水里,抓住那女子。那女子拼命抓他,他避开,从背后抱住她,浮出水面,划水接近救生船,船上水手拽了那女子上船。

木船上的乘客有7人获救。

挤坐餐厅的乘客们主动让出位子,船医组织抢救,全都脱险。

那女子跪到蔡安平跟前叩头,连呼救命大恩人!穿蓝色土布衣裤的她全身水湿,像个村姑。有人拿了蔡安平的军服来为他披上,他搀扶女子起身,说他是军人,不能见死不救……看清她那惨白的脸时,震惊呆了,竟是他日思夜想的梅姑娘!鼻酸眼热心口痛,搂她到怀里给她温暖,梅,我的梅……他抱她去了他住的头等舱室,将她轻放到床上,说是去给她找套干衣服来。

梅姑娘拉住他哇地哭:"安平,我的安平,也是老天有眼啊,让你救了我……"扪小腹。

蔡安平担心:"梅,你肚子受伤了?"

梅姑娘的脸色好些,摇头说:"我没有受伤。"解开湿透的蓝布裤子的裤腰带,褪裤子到大腿处,"安平,这个时候,我也顾不了这么多了。"又解湿透的内裤的裤腰带。

蔡安平第一次看见她那雪白的小腹,看见她穿的内裤,是条土布白内裤:"梅,你,你刚缓过来,你不能……"

"安平,你真是个大好人!"梅姑娘感动,解开打了几道结的内裤的裤腰带,露出下腹捆绑的似弹夹带的湿透的青色布条,揾布条,凄然庆幸地笑,"在,还在!"

蔡安平的心扑扑跳,他看见了黄布条下的水湿的黑毛,颤声说:"啥,啥还在?"

"大黄鱼,你给我的!"梅姑娘说,解下黄布条,一根一根取,取出十二根金条来。

"啊,谢天谢地!"蔡安平心惊,所幸都没有被水浪卷走,这是他给她的结婚聘礼。大黄鱼是十两一根的金条,这年头只有金子保值。

梅姑娘的脸上有了红晕,系好内裤的裤腰带,拉上蓝布裤子:"坐的木船,我没敢显福,穿了这身农家土布衣裳。"

"梅,你咋去坐木船!"蔡安平埋怨,"我俩说好了的,等我忙完这一阵

就送你回苏州。"

梅姑娘说："你事情多，不知道啥时候能够忙完，我离家多年，归家心切，轮船等不及了，就坐了随到随走的木船。对不起哦，安平。"

"坐木船好危险。"

"行李箱没有了。"

"人在，金条还在……"

骤然枪响。

军人蔡安平条件反射掏手枪冲出舱室。舱外人们议论纷纷，说枪声是从船尾传来的，他挤开人群赶去。

是涂姐开的枪。

袁哲弘在拥塞的餐厅吃饭，认出在邻桌吃饭的涂姐来。高兴又犯疑，涂姐咋会在这船上？穿黑色翻领衣服黑色长裤的涂姐也认出了他，扔下餐盒拔腿便跑。"涂姐，你莫跑……"袁哲弘扔下餐盒起身紧追。涂姐很快挤出人群，跑向船尾，掏手枪朝天连开两枪。人群大乱。涂姐趁乱消失在人群里。

袁哲弘推开惊惧的人群，持枪追赶。

前年晚秋，窦世达化装成和尚潜回重庆，打死了军统的一个弟兄，后来得知，窦世达又回到他那"黄卫军"三团任团长，死心塌地为日本人卖命。自那之后，就没有了涂姐的消息。特工的他此时发现了涂姐，就必须抓住她。她是被窦世达接走了？她也叛变了？她为啥会在这船上？他持枪追赶她并不想伤害她，是想弄清楚情况，也许涂姐是另有隐情。

船上到处都是乘客，拥挤喧闹。他到餐厅、客舱、底舱、驾驶舱四处搜寻，都没有找到她。

想到机房，他立即赶去，警惕地下铁梯。

机房里，满脸油垢的赤胸亮臂的工人们忙碌着，响声雷动，烟气蒸汽弥漫。

袁哲弘持枪搜寻，眼目的余光发现涂姐正快步登铁梯，转身举枪喊："涂姐，站住，你莫要开枪，我……"涂姐挥枪朝他射击，他赶紧躲到铁柱子后。涂姐一步踩虚，摔下铁梯，手枪滚落远处："小崽儿袁哲弘，你莫要逼老娘！"起身去抓枪。

袁哲弘举枪奔去。

"叭！"一声枪响。

袁哲弘的右腿被击中，跪到甲板上，鲜血流淌。他大惊，不知是何人朝他开枪，忍痛举枪。一群船上的安保人员冲下铁梯，蜂拥而上，将他死死摁住。

袁哲弘挣扎看涂姐，她已不见踪影。

第二十四章

袁哲弘在宽仁医院外科病房里躺着，打了石膏的右腿被钢丝牵引悬吊。有生以来，他第一次住医院。那颗不知何人射来的子弹击伤他的右腿骨。他在这病床上躺了四个多月了，真切体会到宁孝原说的负伤躺在病床上的难受。宁孝原是打日本鬼子负的伤，可以炫耀，这家伙曾在赵雯跟前炫耀。自己呢，受伤原因至今不明，即便是搞清楚了，也许还不能说。

戴老板来看望过他，分析是涂姐一伙的人朝他开的枪。可涂姐现在是啥身份？藏到哪里去了？她难道是共党？他真想出院去查明真相。可大夫说急不得。可不，确实是急不得，伤筋动骨一百天，又遇伤口严重感染，他至今也出不了院。好在这里的条件不错，床褥桌柜窗帘尽皆白色，蟑螂色木地板锃光透亮，膳食也好。这是重庆的第一家西医院，是重庆开埠后的第二年洋人开办的。这里的大夫技术一流，对他说，伤口感染与初次包扎处理不当有关，来院后，经抗感染和手术治疗，感染得到控制，骨伤愈合不错。说只要他配合治疗，安心调养，会痊愈出院的。

他最担心的是残废，怕成瘸子，影响公务不说，就不好跟赵雯相处了。

他这病床临窗，可一览嘉陵江水，顺流东望，可见双江交汇处的朝天门码头。此时里，早春的艳阳高照，晴空无云，不时传来轮船的汽笛声和纤夫的号子声，有鸽群飞过，鸽哨鸣响。

他好想站到窗前观赏，却是动弹不得。

他被那群船上的安保人员摁住时，穿少将军服的蔡安平持枪赶来，怒斥了那帮安保人员，上过战场的蔡兄脱下衬衣为他包扎止血，找来木条为他固定伤腿，说是流血过多会死人的，不固定好骨头会长不拢的。安保人员去叫了船医来。他忍着伤痛对蔡兄说了事情的原委，蔡兄即叫安保人员全力追捕凶犯。船到丰都码头后，他被抬下船护送回了重庆。他后来得到的消息是，"民联"轮到南京终点码头，下完乘客卸完货，也没有追查到涂姐和那开枪之人。他后悔自己手软，早该击伤涂姐的。他很感激蔡兄。

祸兮福所依，这老话讲得好。

他住进宽仁医院后的第三天，赵雯就来探望他了，她是去找他时得知他受伤住院的。之后，她又来过几次，买了水果、糕点来，陪他说话，给他读报纸，为他倒尿壶。他这么想时，耳朵直了，听见"噌噌噌"的脚步声，哈，她又来了！

病房的门被推开，屋里一亮，拎了苹果的赵雯进病房来：

"今天是礼拜天，呃，这苹果大，甜惨了。"

他高兴，久躺病床的难受一扫而光："赵雯，坐。"

"当然要坐。"赵雯舒眉笑，坐到他床边。她穿绿色圆口毛衣，白衬衣的翻领露出来，细白的手拿了个苹果一圈一圈削皮，削完，划成几牙，一块块喂他，"是不是很甜？"

"甜。"

"当然甜。"

他大口吃苹果。

赵雯拿毛巾给他擦嘴："吃慢当点嘛。"

他笑："好吃！"

赵雯继续喂他苹果："好吃就多吃。"想到什么，"今天的报纸又有国共摩擦的消息，会不会大打啊。"

他嚼苹果："早迟的事情。"

赵雯叹道："咳，自己人打自己人，惨。你说那上党一战吧，阎锡山的11个师就没有了。"

"共党那刘邓狡猾。"

"阎锡山也是，恁么多的军队，装备比共军好得多，竟然败了。"

"阎老西无能……"

两人谈起国事。

一个苹果吃完，他还要吃，这是难得的享受。赵雯就又拿了个苹果削皮喂他。

他吃苹果，咂嘴说："这个更甜，甜透心子了。"

"心子也能感受甜？"赵雯笑，"晓得你那意思。"

"知我者赵雯也。"

"莫东想西想，来，多吃些，骨头长得快。"

"你听哪个说的，多吃苹果骨头会长得快？"

"我说的，苹果的维生素多嘛。"

"耶，一颗子弹引得美人来呢。"穿上校军服的宁孝原进病房来，将手里的一袋水果放到床头柜上，妒忌说，"有美人喂苹果，老子们挨枪子住医院，就从来没有遇见过这样的好事情。"

赵雯黑眼盯宁孝原。

宁孝原笑："啷个，我说得不对？"

赵雯拉过张凳子给宁孝原："你那嘴巴不干净。"

宁孝原挠头坐下："嘿嘿。"

袁哲弘说："宁老弟，你就再挨一颗子弹，看看会不会遇见这样的好事情。"

宁孝原说："有这样的好事情，我挨十颗八颗子弹都情愿。"

"说些啥子，"赵雯乜宁孝原，"十颗八颗不把你打成筛子了。"

宁孝原哑笑，看袁哲弘："才听说你老兄受伤住院了，我进城来办事，先来看看你。"肃了脸，"你们干特工的也不容易，查到凶手没有？"

袁哲弘摇头。

"可不可以说说过程？"宁孝原说，"我好歹是个老兵了，帮你分析一下案情。"

赵雯说："他不得说，总是那句话，职责所在。"

袁哲弘锁眉头："啊嗬嗬，都十多天了，这伤口还痛。"

宁孝原心想，你娃装嘛，就不再问。

三人闲聊，说起美国在日本广岛投下原子弹、德意日覆灭、第二次世界大战结束、伪满灭亡、台湾光复、联合国成立、中国远征军与中国驻印度军队在芒友会师、越南独立等事情，都兴奋激动。

看护推了治疗车来给袁哲弘打针。

赵雯就起身说，哲弘，走了，下次再来看你。宁孝原也起身说，我也走了。他俩出病房门后，袁哲弘心里不快，倒给了孝原这家伙跟赵雯相处的机会。又想，赵雯三次来看自己，还喂他吃苹果，她心里是有他的。

看护给袁哲弘打完针后不久，一位不速之客进病房来，是窦世达。他穿国军上校军服，络腮胡子刮得精光，提了糕点。戴老板来看望袁哲弘时对他说了，窦世达部已经被军统所属的交警总队收编了，窦世达那副手赵绪生顽抗被击毙，窦世达愿意回归，被任命为交通警察第七总队的上校副总队长。袁哲弘知道，军统所属交警与管理交通的交警决然不同，是戴老板为防止因上层内斗而削弱军统所辖武装采取的措施，目的是保持军统的武装力量，是得到了委员长首肯的。其总部的机构庞大，设有作战训练、情报、经理、军法、副官五个处，处长都是少将。等同于作战部队。

窦世达向他敬礼："报告袁处座,卑职来渝向戴局长述职,来看望您,听您指教。"

"请坐。"袁哲弘说,心里不快,自己冒死去策反他未果,小日本投降了,他倒摇身一变又成了国军的军官。想到小时候自己崇拜过他,加之戴老板说了,为剿共大业,要团结利用好窦世达,这家伙打仗是可以的。笑道,"窦兄,不要您呀您的,当年你喊我小崽儿,就叫老弟吧,亲热。"

窦世达坐下,不自然地笑:"我实在是惭愧,对不起你和你们当年的那帮小伙伴。"

"过去了的事情就不说了。"袁哲弘说。

有看护进来为袁哲弘输液。看护出病房门时,袁哲弘叮嘱看护:"我们说点事情,我没有叫你们,你们不要进来。"

看护点头,出门带上病房的门。

"戴局长已经把你提供的情况给我说了。"袁哲弘说,"你再把你跟涂姐的事情详细说说。"

窦世达长叹:"我是太爱她了!"细说了他前年秋天冒死来接涂姐的事情,说了在湖广会馆那客房里打晕涂姐的事情。

"窦兄,你也下得了手?"

"没得法,她要杀我,可我是不会杀她的,只好打晕她,抱了她逃离。"

"你租用的一艘木船?"

"是,我抱她去江边,租了只木船下行。她醒来后泼天煞地骂我,要跟我拼命。我好说歹说劝她,她总算是平静下来,抱了我哭,答应跟我走。"

"她还是跑了。"

"是,你涂姐刚烈。她说跟我走,其实是计策。船到涪陵时,她说想吃火锅,我就领她下船进城去吃火锅。你涂姐能喝酒,我两个喝了好多酒说了好多话,她说要为我生一堆娃儿。我们在一起的时间少,她还没有怀上娃儿。我当时感动得抹了眼泪。我喝高了。她说去茅房解手,可她一去就没有回来,跑了。"

"找不到了。"

"找不到了,涪陵城那么大,去哪里找嘛。"

"不晓得她现在的情况?"

"不晓得,我亲自并派人查找过,没得她的丁点儿消息。"窦世达两眼发潮,"哲弘老弟,谢谢你,谢谢你没有杀她,你反而倒受了伤。对不起,这一切都是因我而起的。"

袁哲弘钦佩涂姐，也失望："她的线索断了……"

宁孝原跟随赵雯出宽仁医院大门后，跟随她路过"精神堡垒"。春风拂面，人流熙攘，来看这无碑之"碑"的民众和军人不少，还有洋人。

赵雯围了"精神堡垒"走："这碑是该重建了。"

宁孝原点头："对头，该重建，该重建的多。冯将军说，抗日战争，重庆做出的牺牲大贡献大影响也大。他说，美国那中国地图上标记有四个城市，除南京、北平、上海外，就是重庆。现在，政府正在还都南京，打算要实施1940年拟定那陪都建设计划。"

赵雯说："我晓得那计划。"掰手指头，"单是纪念抗战的建设项目就有：在较场坝修建一座'抗日胜利纪念柱'；在民权路口建一座仿照法国巴黎的'凯旋门'和'抗战胜利纪念堂'；在朝天门塑一座'自由女神像'。"

"咳，政府此时只顾还都，这些事不过说说，又缺钱。听说就只做一个项目，把纪念柱修在这'精神堡垒'处，名称改为'抗战胜利纪功碑'。"

"听我爸爸说了，他参加了纪功碑修建方案设计的，设计了好多张图纸。"

"赵工一定有好的设计。"

"我爸爸说，数十万川军从重庆出征抗战，血染沙场；重庆人不惧日寇的狂轰滥炸，积极筹资、生产支援前方。展现了中华民族不惧强敌自强不息的气节，展现了崇勇尚武的巴人的阳刚图腾。他设计的碑体是一个直立的柱子，形同……"

"形同啥子？"宁孝原问。

"形同勃起的阳具。"赵雯脸上飞红。

"晓得了，就是鸡……就是雄起的那个。好，霸道，这个设计要得！听我老汉说，你老汉是留洋过法国的。"

"啥子老汉老汉的，说爸爸。"

"对头，你爸爸这设计好，我举双手赞成。"

"也不晓得会不会采用。"

"会，一定会！这的确体现了我重庆人越炸越强的不屈不挠的民族精神！"

"说是今年下半年动工。"

"应该马上动工。"

"个急性子人。"

宁孝原说："急不可耐，修好后，我要来碑前祭奠牺牲的战友。"

"绝对应该。"赵雯看他，"呃，你不会对碑再发一次誓言吧？"

宁孝原挠头，他给赵雯说过他对碑发誓之事："是，我对倪红发过誓又违背誓言，还不是都因为你。"

"猪八戒吃西瓜，你倒打一钉耙。"赵雯说。

宁孝原严肃脸，大声说："我就是要对碑再发一次誓言，我宁孝原爱赵雯，发誓跟赵雯恩恩爱爱过一辈子！"

"你小声点儿，怎么多的人，啥子恩恩爱爱的。其实，倪红很不错的。"

"她是好，可跟你比就差。"

"你伤别个心了。"

"我给她说了，对不起她。"

"你们男人就是见异思迁……"

两人说着，到了十八梯口。赵雯没有下石梯，走到左边挨临的三合土坝子里。这不宽的坝子四面新绿丛丛，夹竹桃树、黄葛树、榕树、杨树、苦楝树长出来新叶。视野绝佳，凭栏可俯视陡峭的十八梯、蜿蜒的长江流水，可眺望大江对岸迤逦的南山。宁孝原的心情大爽，赵雯不急着回家，是想要跟他多说说话呢。赵雯看他笑：

"看，刚才都搞忘了，没叫你吃苹果，哲弘说很甜的。"

宁孝原的脸就阴了："我看那苹果还带有青，怕是酸的。"

赵雯嘟嘴："是你心头酸。"

宁孝原点头："心头是酸。"

赵雯扑哧笑："饿了吧，去我家吃午饭。"

宁孝原的脸晴朗，看表："啊，时间才快耶，快11点了，我今天是没得这口福了，赵雯，我得先去办事情，下次一定去你家吃饭，去拜望伯父伯母。"

赵雯撇嘴："扯谎嘛，快到吃午饭的时间了，你办啥子事情？你们这些个军官，成天大吃大喝的，晓得，一定是哪个请你去吃席。"

宁孝原挠头笑："啥子事情都瞒不过你，是，我是去吃席。"掏出纸烟点火抽烟。

"是哪个请你？"

"对你我就实话说了，我老上司冯治安司令来重庆了，他今天中午请友人吃饭，派人来喊了我。"

"冯治安，三十三集团军的总司令啊，好大的官，他调来重庆了？"

"他来向蒋委员长述职，从武汉坐客机来，风大，飞机在铜梁机场降落。接到他的电话后，我开车去铜梁接的他，他住罗田湾空军招待所。"

"哦，那你快些去。"赵雯说，"你老上司来了，不定又把你调回战斗部队去。"

"我是一直想回作战部队的，可我是个降职又降衔的落难人。"

"祸福相依，你老上司也许会让你官复原职。"

"那倒好。可冯玉祥将军说，你回作战部队去干啥，去打谁？"

"剿共噻。"

宁孝原拉她到背静处，说："日本正式宣布投降的当天，委员长就叫冯司令率部去清剿花园和安陆一带的新四军。"喷吐烟云。

"打内战？"赵雯扇打他喷出的烟云。

"是。冯司令密令七十七军的何基沣军长，游而不击，打空枪，放空炮，写假战报向上交差。"

"他这是抗命。"

"他装莽噻。冯司令是要保存实力。他亲率总部人马大摇大摆从马良坪东进，路过的南漳城早已是一遍瓦砾。他后来去了汉水东岸宜城县的方家集，去祭奠张自忠将军。"

"张自忠将军了不起，英雄！"

"大英雄！"

"你也是英雄。"

"我算个小英雄。咳，冯司令心头不安逸，叫下属要避免和八路军、新四军打仗，要想办法应付好老头子。"

"老头子？"

"就是蒋委员长。我跟你说，冯司令的下属何基沣、张克侠、吴化文、孙良诚、张岚峰、郝鹏举、刘汝明、曹福林等人，想成立以冯司令为首的反对内战的反战大同盟。"

"成立没得？"

"没搞尿成。"

"嘴巴，嘴巴！"

"呵，又搞忘了。后来因意见不一，冯司令又不表态，事情落空。"

"你刚才说冯司令心头不安逸，为啥子？"

"为受降。委员长亲令冯司令到徐州去接受日本鬼子投降。可冯司令到

徐州时，十九集团军的陈大庆司令早已在那里受降完毕，劫收净光。冯司令气得怒骂，说骗他到徐州去送死，是把他置身于内战的前线，老头子是要灭了他那非嫡系的杂牌军部队，是搞阴谋诡计。"

"恁么复杂。"

"是复杂。妈耶，日本鬼子赶走了又打内战，自己人杀自己人，这啷个要得。"

"那你就莫去部队了，人家还舍不得你走呃。"

"哈，你舍不得我走！"宁孝原激动，灭了烟头，搂赵雯肩头，"冯司令是说让我回集团军去的，可你这么一说，天王老子叫我去我也不去了。"

赵雯抚开他的手："呃，这是公共场所哈，你吃席的时间快到了，去吧，快些去！"

第二十五章

　　川中丘陵与川东岭谷的天然界山华蓥山，浩荡绵延六百余里，山的肩头挨着肩头，山巅或秃或绿，山路崎岖陡峭，山腰老林密布。夏日的太阳像支巨大的画笔，将这神秘的大山世界涂抹，一片褐色，一片翠绿，一片深蓝，一片墨黑。

　　辽阔的天宇从四面俯垂，一乘滑竿在石板山路上蚁行。

　　坐在滑竿上的是穿旗袍的化装成贵妇人的涂姐，她现在是华蓥山游击队的副队长。抬滑竿的是华蓥山游击队的两名队员。

　　三人都浑身汗透。

　　光线暗淡下来，滑竿进入峡谷山道。山道四周的犬牙山峰似狰狞的俯视的怪兽；山巅的树杈伸臂交织，罩住了天穹；山壁上藤萝悬吊，像无数只欲将路人网罗的胳臂。他们三人是运送山上的造纸厂生产的纸张去重庆《新华日报》社的，返回时带了重庆地下党给他们的三把手枪。涂姐将一把手枪装满子弹藏在旗袍里，另两把手枪藏在滑竿的座位下面。"我各人下来走。"她说。"不得行，怕万一遇上探子。"前面的游击队员喘吁说。"马上过丁家坪了，那里有哨卡。"后面的游击队员喘吁说。"劳累你们了。"她说。想到路过大什字那"精神堡垒"时，见正在修建"抗战胜利纪功碑"，快慰也愤怨，国共合作好不容易赶走了日本鬼子，该死的老蒋又挑起内战，实是可恶。她去联络重庆那位隐藏很深的地下党员之后，偷偷回家去看望了孤苦伶仃的哑巴弟娃，弟娃又悲又喜。离别时，她朝弟娃比画，放心，姐会平安回家的！她心里明白，自己的脑袋是别在裤腰带上的，随时都有可能是姐弟永别。

　　滑竿过丁家坪哨卡了，守卡的三个警察持枪前来搜查。坐在滑竿上的涂姐拖长声说："来嘛，就来我的身上搜。"一个警察就上前搜身，摸到她柔腰处时，瞪大了眼睛。涂姐盯他笑："弟兄们缺钱用了吧，给你们大洋吃酒去"。从拎包里取出三块大洋给那警察。那警察收下大洋，擦汗说："您请便。"两个游击队员就抬了涂姐走。涂姐还是紧张，听见身后的警察说话：

"妈耶，摸到硬火了!"、"幸好没有惹她，山上这漂亮女人厉害，枪法了得……"

过了丁家坪就没有哨卡了。

涂姐下滑竿各自走，翻过前面的两座山头就到游击队的驻地了。涂姐和两个游击队员都松了口气。

四年前的那个秋日，涂姐借在涪陵城吃火锅之机逃离了窦世达。在木船上时，她还是想杀窦世达，无奈她那刀被他收了。她是有功夫的，可窦世达的功夫比她强，就想，先逃离再说，迟早要了他的命，必须忍痛惩处这个大汉奸，也好在郭大姐和袍泽姐妹们面前证明自己的清白。她水性好，本想跳江逃离的，可窦世达寸步不离，且他的水性也好。

她是从涪陵城那火锅店的茅房的后窗逃出的，担心窦世达撵来，一口气跑了好远，与一个穿长衫的人撞了个满怀，竟然是曹钢蛋的父亲曹大爷。都是邻居，曹大爷自然认出她来。曹大爷是从"涪江药店"出门时遇见她的，遂领她到药店的阁楼里喝茶摆谈。她问了曹钢蛋的情况，曹大爷说了儿子跟宁孝原在前线英勇杀敌的事情。她击掌叫好，说了自己的不幸遭遇。曹大爷感叹，你回去呢，也不好跟你的那些袍泽姐妹们相处，人家也不会全相信你。我看你是个有血性之人，如果你愿意，不如跟了我们干。她才晓得，中共在华蓥山筹办纸厂，为《新华日报》供应纸张，曹大爷是地下交通员，他的身份连他儿子曹钢蛋都不晓得。她好感动。她早就知道共产党是一心一意为民众的，不想老实巴交的曹大爷也是中共党员。就答应下来。曹大爷领她上了华蓥山。她念过高中，有功夫，那里的中共游击武装的领导很器重她。不久，她加入了中国共产党，党组织派了她去延安学习。她从延安回到华蓥山后，有了两层身份，一是游击武装的领导成员，二是直接与中央联络的地下党员。

前年晚秋，她受党中央指派，去重庆联络了一位隐藏很深的地下党员，之后，乘拥挤不堪的"民联"轮去武汉完成另一项任务。不想，在船上遇见了袁哲弘，险些儿被抓，幸好有人开枪击伤了袁哲弘，她趁乱飞逃出机房，从船尾跳江游向岸边。之后，走山路乘木船轮船辗转到达武汉，完成任务后，又回到华蓥山。去年冬天，中共中央下发了《对南方各省的工作指示》，指出，在目前全面内战的形势下，南方各省乡村工作应采取两种不同的方针：一、南方各省国民党正规军大批调走，征兵征税普遍进行，正是我党发动游击战的好机会；二、凡条件尚未成熟之地区则采取隐蔽待机方针，以等条件之成熟。

他们目前的主要任务是，秘密扩大队伍，增添武器，伺机行动。她清楚，今年年初，游击武装组建的华蓥山游击队，是我党在国统区的武装力量，是插在国民党政权后方的一把锋刀。对于宁孝原、袁哲弘这两个视她为亲姐姐的国军高官，她很想策反他们，她一直把他俩当亲弟娃看待，这两个崽儿本质不错，有机会有可能应该策反过来，都是可用之才。在"民联"轮那机房里，她是没有朝袁哲弘的致命处射击的。

"涂队长，到了！"登上山头的抬着空滑竿前杠的游击队员挥汗说。

"任务总算完成！"登上山头的抬着空滑竿后杠的游击队员呵呵笑。

她快步登上山头，罩目下看，如浪的密林瀑水般漫至山脚，一条踩出来的泥巴小路在林间时隐时现，蜿蜒伸向山腰处的一个洞口。山洞老大，可住数百号人，是他们游击队的驻地。

"走！"

她说，快步下山。

此时里，风尘仆仆的宁孝原正挥鞭策马赶往原三十三集团军现第三"绥靖"区总部，他的副官曹钢蛋策马紧随。

第三"绥靖"区总部设在贾汪。

泉汇成汪，贾姓人多谓贾汪。光绪八年，胡恩燮在贾汪掘井建矿，光绪二十四年，贾汪煤矿公司成立，得煤城之称。这里离徐州不远，地处华北平原鲁南的南缘。有京杭大运河、屯头河、引龙河、潘安湖、南湖、商湖等水网交织，实乃好地方。抗战胜利后，没有几天的平静日子，又炮火再起，遍地狼烟。

宁孝原是不情愿上前线打内战的，可冯玉祥将军去美国了。冯将军是去年9月以"特派考察水利专使"的名义去美国的，同时被强令退役。宁孝原清楚，冯将军是被剥夺了本来就是虚名的军权。他从报纸、广播里得知，冯将军去美国后，公开抨击了国共内战和国民政府的独裁，公开支持国内的民主运动，还写了《我所认识的蒋介石》一书，遗憾他还没有看到此书。赵雯说，二冯都喜欢他，确实，冯治安将军召他回旧部了。他犹豫不决，舍不得离开赵雯，就待在冯玉祥将军那"抗倭庐"里处理遗留的事情。不久前，第三"绥靖"区司令官冯治安将军再次急电召他，任命他为第三"绥靖"区少将副参谋长，还安排军机来渝接他。他不好违抗老上司的命令，就上了前线。小老乡曹钢蛋的嗅觉灵，得知他回老部队了，千方百计调了过

来,当了他的少校副官。

宁孝原赶到第三"绥靖"区总部后,滚鞍下马,让曹钢蛋候着,快步走进总部的指挥部。指挥部里一片忙乱,冯治安将军焦躁地走来回步。

"报告冯司令,我回来了。"宁孝原挺胸并腿说。

冯治安大喜,上前搂抱他:"宁孝原,你没有死!"

"报告冯司令,卑职没有死,也没有负伤。"宁孝原肃穆说。

"好好,这就好!"冯治安说,拉他进办公室,"看你这身脏军服,还有弹孔,就知道你是从战场上下来。电报里我知道些情况,你快细说。"

勤务兵给他二人端来茶水。

宁孝原端茶缸说:"卑职奉总司令您的命令去三十八师督战,咳,唉……"咕嘟嘟喝茶。

"我知道,情况不妙。"冯治安苦脸说,"你在冯玉祥将军那里待过,我急召你这个旧部来,就是想听听你对战局的看法。都怪我没有听从你们的意见,放弃了避战方针。咳,我是经不住委员长的压力,才让翟紫封师长率三十八师开进费县的。"

"全都钻进了共军布置的口袋。"宁孝原放下茶缸,抹嘴说。跟随冯玉祥将军的日子,他耳濡目染,坚定了不打内战的想法,他是苦劝过冯治安将军不要进军费县的。

"五十九军军长是抱怨过我的,说我是把三十八师派去送死。我得到翟紫封呼救的电报后,立即派了吉星文率三十七师去增援。"

"共军在费县以南布置了打援的部队,三十七师遭到了共军的伏击,副师长张席卿和团长刘建勋阵亡,几乎全军覆没。"

"费县完了?"

"完了,被共军攻占了。翟紫封师长被俘,听逃出来的士兵说,他在被押解的途中,被我们的轰炸机炸死了。"

"啊,我的紫封老弟……"

他俩说时,副官领了三十七师师长吉星文和副师长杨干三进来,两人都穿的衣襟褴褛的民服。

"报告冯司令,吉星文回来了。"年轻的赤脚的吉星文敬礼说,"卑职是只身逃回来的,甘愿受罚。"

"报告冯司令,杨干三回来了。"杨干三敬礼说,"卑职是冒充伙夫逃回来的,甘愿受罚"。

"回来就好,回来就好……"冯治安两眼发潮。

宁孝原能够返回集团军，是黎江大哥放了他。他和曹钢蛋是与翟紫封师长一起被俘的。黎江现在是共军的师长，见到被俘的他后，对他单独审问。说，小崽儿宁孝原，你当年放过我，大哥我今天也放你，希望你能够醒悟，站到人民的立场上来。他明白黎江的意思，未置可否，说，啊，黎江大哥，能不能把翟师长也放了？黎江摇头。他说，那能不能把我的副官曹钢蛋放了，大哥你是晓得的，钢蛋是我们邻居曹大爷的儿子。黎江点头。

尽管冯治安总司令信任他，他还是没有把他和曹钢蛋被共军释放的事情如实报告。

华北的夏夜没有重庆热，宁孝原斜躺在木板床上睡不着，郁闷抽烟，为众多死伤的国军兄弟伤感。打日本鬼子牺牲值得，可这算啥，自己人打自己人，尸体如山，血流成河，伤心痛心！总部分给他这住屋是简陋的土墙民房，木格窗外的夜空繁星满天，月亮会说话，宁孝原，我看得见贾汪，也看得见重庆呢。他盯月亮怅然发叹，思念重庆的父母。冯司令催得急，他走那天没有对二老说，担心他们伤感，就到部队后再写信告知吧。他要了辆吉普车去找赵雯，她不在报社也不在家。他就让司机开车去了"弦琴堂子"。堂子那妈妈听说他马上要飞去前线，就拽了倪红来见他，安排他俩在楼上的包席房里说话。

"宁孝原，我恨你！"倪红说，为他泡了盖碗茶。

他心热，喝茶："倪红，我……"

"莫说没得用的话，喝茶。"

"我……"

"喊你喝茶。宁孝原，你，你莫要死了……"倪红说，眼泪水出来。

"我不得死，我命大。"他掏出手帕给她。

她接过手帕揩眼泪："妈妈说，一切都是命中注定了的。妈妈说，男人都是莫要随便相信的。"

"倪红，我是有不对，可我是真心爱你的。"

"假的。"

"真的，我把那么珍贵的信物都给了你。"

"埋了。"

"啥子埋了？"

"那信物，你家祖传那宝物。"

"啊，埋到哪里了？"

"埋到碑底下了。"

"碑，你是说去年底在都邮街开建的'抗战胜利纪功碑'？"

"是。"

"你是骗我的吧？"

"没有骗你。"

"你哪个能埋到那碑下去？"

"我找赵工帮忙埋的。"

"真的？"

"当然是真的，埋到那碑下保险。哦，我要跟斯特恩拜堂。"

"这，啊，祝福你两个。"

"他说去教堂办。"

"他是洋人……"

他得赶去军用机场了，半信半疑、依依不舍跟倪红告别。倪红送他出"弦琴堂子"，送他上吉普车。车开了，倪红抹眼泪朝他挥手，手里拿着他的那张被泪水湿透的蓝方格花案的手帕。

第二十六章

　　隆冬的太阳老大，却像裹了厚实的棉被，热气散发不出来，刺骨的寒风往人的领口袖口裤管里钻。穿军大衣的少将军官宁孝原不感冷寒，他身边有团暖火，赵雯在他身边。

　　赵雯领他参观竣工的"抗战胜利纪功碑"。

　　参观的人好多，有人在碑前留影。蓬头垢面衣襟褴褛的疯子老叫花儿从他俩身边走过，他手里拿着个补了缺角的青花瓷碗，嘴里念念有词："碑垮了，碑好了，好不好都好……"赵雯喊："疯子，等等，给你钱！"老叫花儿转身伸手。赵雯给了他几张法币。老叫花儿收了法币走："吃沙利文……"宁孝原笑："他晓得沙利文。"赵雯说："今天我请你吃沙利文。"宁孝原好高兴。

　　这八面宝塔状盔顶形的高碑雄指天云，比先前也在此处的"精神堡垒"壮观，四围的房屋显得矮小。与碑交会的民权路、民族路、邹容路上人流熙攘，耐热又耐冷的忙工作求生活的重庆人来去匆匆。

　　赵雯穿灰呢大衣，领宁孝原围碑巡看："这碑建好后，我写过一篇报道。你看，这碑是钢筋混凝土的，有碑台、碑座、碑身、碑顶，高27米半，共有八层。"

　　宁孝原仰视："比原先那'精神堡垒'高。"

　　"就碑台、碑座、碑身、碑顶来讲，跟'精神堡垒'差不多高。你觉得高，是因为碑顶安装了灯架，灯架有4米。灯架上有风向标，风向标有3米，总高度是36.1米。"

　　"赵工的女儿就是了解得清楚。"

　　"我还是记者。"

　　"双料。"

　　"当然。"

　　两人说着，随人流登八级青石台阶。

　　赵雯说："这台阶四面都有，方圆有20米宽。"

宁孝原四看，台阶间植有花草："这花圃修剪得好整齐。"

"四面都有花圃，共有8处。"

"安逸。"宁孝原笑，抚摸光洁的石阶，"水磨石的。"拍打伸向碑顶的石柱，"上好的青石。"

赵雯点头："这碑就是靠这8根石柱支撑的，石材是用的北碚的峡石。"

"北碚的峡石啊，可以。"宁孝原围碑转，细看镶嵌于碑座护柱间的石牌，分别镌刻有：国民政府行政院颁布的《明定重庆为陪都令》；国民政府文官长吴鼎昌撰写的《抗战胜利纪功碑铭并序》；国民政府主席兼重庆行辕代主任张群撰写的《抗战胜利纪功碑碑文》；重庆市市长张笃伦的题词；市参议会的题词及未署名的文章，"嗯，有纪念价值，却是不全。"

赵雯笑："是不全，抗日英雄宁孝原的事迹就没有刻上去。"

"就是。"宁孝原笑，收了笑，"正儿八经说，八年抗战是全民的抗战，是国军的正规军、地方军、杂牌军的抗战，是八路军、新四军、游击队的抗战。"

赵雯补充："从九一八算起，有十四年的抗战，是国内外有血性的华人的抗战。"

宁孝原点头："是你爸爸他们那些民主党派民主人士的抗战，是'精神堡垒'和这纪功碑的设计者、建造者的抗战。"

赵雯盯他："嘀，你这武夫还有政治头脑。"

"当然。"

"得意。"

宁孝原哑笑，巡看碑的八面棱柱，欣赏白水泥饰面的碑身，见每间隔的一面都有5个钢筋混凝土的花窗，共有20个。转到碑朝民族路一面，仰视刻在光洁的峡石上的"抗战胜利纪功碑"七个鎏金大字，落款是"中华民国三十五年十月三十一日，重庆市市长张笃伦"：

"这字要得！"

"四川才子赵熙写的，他是晚清翰林院的编修。"

"难怪。"宁孝原点首，仰看碑顶的"四面钟"，看镶嵌于钟之间的海陆空军英勇抗击日寇和后方民众支援前线劳绩的4幅浮雕。

赵雯说："为了这'四面钟'，想了不少的办法。重庆造不出来，又买不到，就去跟民生路那'若瑟堂'的神甫借，别个洋人不给面子。跑去上海也没有办成。后来，通过南京天主教的大主教出面，才在一座法国的天主教堂找到了这钟，是机械钟，已经用了40多年。"

"古董啰。"

"古董钟，四面各行其是，快慢不一，不准时，时不时还停了。"

"听说了，就有了水流沙坝的重庆言子：纪功碑的钟——各走各的；纪功碑的钟——不摆了。"

两人都笑。

碑座的护柱间有进入碑内的两道门，门框门板均是楠木制作。他俩随参观的人群排队进门。宁孝原的眼睛不够用。碑的内壁涂抹有白水泥，各层均有水银灯照明，140步旋梯连接地下室和瞭望台。沿旋梯设有抗战胜利走廊，挂有抗战英雄、伟大战绩、日本投降的油画；壁上镶嵌有1944年5月17日美国罗斯福总统赠给重庆的卷轴译文碑石、各省市赠送的纪念碑石、社会名流题赠的碑石；刻有成千上万阵亡将士的名字；珍藏有名人签名的设计图、书画、报纸、邮票、钞票、照片。他俩随人群登顶，进入可容纳20人的半球状的瞭望台，八面均有瞭望窗口，远山、大江、街景、行人尽收眼底。赵雯说，孝原，你看，碑顶悬挂那警钟是全市集会和报警用的；灯架上那八盏探照灯是照射碑身的；那八根水银太阳灯是环照四方的；每层这水银灯不仅照碑内也透光花窗，晚上看硬是如梦似幻。宁孝原说，今晚就看。

两人随人群回到底层。

"修得还快当！"宁孝原说。

赵雯点头："有钱就快当，耗资2.17亿法币，天府营造厂承建的。去年10月31号奠基，今年8月竣工。听爸爸说，用了20吨钢筋、950桶水泥，坚固得很，可管百年。在碑的10米之内投下500磅的炸弹也炸不垮，16英寸的平射炮也打不穿。"

"牢实！"

"今年的10月10号，市政府组织学生代表和各界民众上万人，在这里举行了揭幕典礼。纪功碑的落成有三重历史意义，其一，凝结中华民族悲壮的抗战历史，纪念抗日民族解放战争的伟大胜利；其二，凝聚与继承抗战精神，鞭策更好更快地建设新家园，是抗战胜利后强国梦想的'精神堡垒'；其三，纪念重庆在抗战中的重要地位重大贡献和牺牲，物化为重庆人民的精神图腾。"

"可惜没能参加。"

"张笃伦市长在典礼致词中说，纪功碑不但说明了抗战胜利的光荣，而且更保证今后建国的成功。打败了日本，有重庆的功劳，更是中国的功劳，所以才建此碑，永垂纪念。纪功碑象征百万重庆市民为建设现代化重庆而努

爸爸给他发电报说他姑妈病危。他对姑妈的感情深，又不愿打内战，就向第三"绥靖"区的何基沣副司令请了假。回到重庆后，他匆匆见过父母就直奔荣昌县万灵镇老家。

力奋斗。"

"对的。"

"我也说了话。"

"啊,你也说了话?"

"我在报道里说的,纪功碑见证了中华民族凤凰涅槃的浴火重生,见证了重庆这座反法西斯战争史上的英雄城市。我国其他城市也有纪念抗战的碑塔,但只是对某个事件、某个战役或殉难烈士的纪念,只有重庆这座纪功碑,是唯一具有伟大历史纪念意义的抗战胜利纪功碑。《申报》的报道跟我写的不谋而合。"

"嗯,见解独到!"

"承蒙夸奖。"

"该奖!"宁孝原笑,盯地下室。

赵雯顺他的目光看:"地下室有5米深,锁死了的,进不去。"

宁孝原好想进去看看:"地下室里绝对有藏品。"

赵雯点头:"听说有缴获的日本鬼子的武器弹药。"

"真是不巧,你父亲调去南京了,他是有办法领我们进去看看的。"宁孝原说。心里遗憾,他本是要问赵工,倪红是否真让他把他家那祖传的宝物埋到这碑下了。

两人走出碑门,走到街上,宁孝原从远处看碑,嗯,硬还是像。赵雯问,像啥子?像你爸爸那设计,活像雄起的鸡……雄起的那个。宁孝原龇牙笑。赵雯捂嘴笑。一群衣服破烂的小叫花儿过来,一个个瞪大眼睛看她俩,伸着脏兮兮的小手。赵雯收了笑,从牛皮手提包里取钱分发给他们,宁孝原也掏出钱分发给他们。小叫花儿们抓了钱跑走。

宁孝原是回来探望他姑妈宁道盛的,他爸爸给他发电报说他姑妈病危。他对姑妈的感情深,又不愿打内战,就向第三"绥靖"区的何基沣副司令请了假。回到重庆后,他匆匆见过父母就直奔荣昌县万灵镇老家。姑妈已脱离了危险,是古镇有数百年历史的"生化堂"那老中医救过来的。他重谢了那老中医。他没有想到的是,赵雯也赶来看望他姑妈,带了慰问的礼品。赵雯说,是他爸爸给她说他姑妈病危的,还说他也回万灵镇来了。说,你们姑侄二人都是献金抗日的模范,她写过报道的,必须来看望。说她也顺便回老家看看。姑妈已经知道了他跟赵雯和倪红的事情,见到赵雯也不好说啥,请他俩吃了顿饭。他跟赵雯转游了万灵镇的山山水水,说了好多话,一说到成婚之事,赵雯就岔开了话。赵雯陪他返回重庆的,又领他来看"抗战胜利纪功碑"。他还是很满足了。

　　冬天的"沙利文西餐厅",喝下午茶的客人不少。橱窗里还是五颜六色的冰镇汽水、可口可乐、啤酒、香槟、酸梅汤、刨冰、冰淇淋广告,售卖自制的法式圆面包、奶油蛋糕和其他菜肴。

　　打领结戴白手套的英俊男招待恭立赵雯跟前,赵雯看菜单点菜,问对坐的宁孝原:

　　"有黄油鸡卷、火腿沙拉、鲜烩大虾、双色牛排、奶汁烤鳜鱼、罐焖牛肉、炸猪排、烤鸡,你想吃啥子?"

　　"随便。"宁孝原说。

　　"吃随便呀,人家这里没得。"赵雯露齿笑,点了火腿沙拉、双色牛排和啤酒。

　　酒菜上桌,两人喝酒吃菜摆谈。

　　"……啊,你们何基沣副司令还夸赞共产党!"赵雯吃惊,"他莫非就是共党?"面挂酒色。

　　宁孝原也面挂酒色,摇头说:"不晓得是不是,他倒是信任我,我从营长直接提任独立团团长,就是他力荐的。他跟我们几个说得来的兄弟伙说话随便,那天喝酒,他说,我是国民党的军官,认为只要文官不爱钱,武官不怕死,人人廉洁奉公,国家就会富强起来。其实不然,我看呐,共产党才是中国的希望。"

　　赵雯瞪大眼睛:"他这么说?你们集团军的冯治安司令怕是要治他。"

　　"冯司令没有治他。三十八师被共军灭了之后,冯司令好后悔好沮丧,从贾汪去了徐州的都天庙,指挥所还设在贾汪,他令何基沣副司令负责指挥所的工作,全权指挥五十九军和七十七军。"

　　"冯司令信任他?"

　　"信任,他俩是兄弟之交。那之后不久,苍山以西的向城一带,共军包围了快速纵队第二十六师马励武部。冯司令电告何副司令,剿总命令我们增援二十六师,请按咱预定的决议妥善行动。何副司令回电说,我明白。"

　　"明白啥子?"

　　"何副司令带我赶去了一三二师。"宁孝原喝口酒,"他悄悄对一三二师的过师长说,你务必要接受三十七师的教训,要机动灵活,把完成任务的战报写好上报。"

冯治安司令得知配备有最现代化的坦克部队的二十六师也完了，就把一三二师调去徐州去搞城防，举荐张克侠副司令任徐州的城防司令。

"写假战报?"赵雯也喝口酒。

"过师长率领全师以每天行军30里的速度推进,走到半路,二十六师已全部完蛋了。"

"过师长躲过了一劫。"

"对头。冯治安司令得知配备有最现代化的坦克部队的二十六师也完了,就把一三二师调去徐州去搞城防,举荐张克侠副司令任徐州的城防司令。指挥部也去了徐州,我跟随冯治安司令巡视了徐州的城防,没见有加固防御工事的动作。"

"张克侠也通共?"

宁孝原啃牛排:"你的判断无误。张克侠副司令叫人把徐州的城防工事、兵力部署、地形地物绘制了详图,送去了共党的解放区,也给冯治安司令和'剿总'各送了一份。"

"徐州完了。"赵雯说,吃沙拉,"你们冯司令就装聋作哑?"

"像是。"宁孝原喝酒,"冯司令叫何副司令买了上好的收音机,他就去何副司令家里听共党的广播。"

"你们的高官也偷听敌台。"

"自从二十六师被歼后,冯司令就完全听从何副司令的避战原则,各自补充兵员和装备。"

"跟你们蒋委员长不一条心。"

"我后来晓得了,张克侠确实是共党,常跟共党有往来。冯司令也早就知道,他还知道部下有一些共党,却不过问。"

"冯司令怕也是共党?"

"他倒不是。"

"你呢?"

"跟你说过,我无党无派。"宁孝原的酒劲上来,拉了赵雯细长的手指捏揉。

"个武夫,轻一点,捏痛人家了。"赵雯也上了酒劲,"你们都身在曹营心在汉。"

"这年月,多个心眼没得错。"宁孝原打酒嗝,双手抚摸捏揉赵雯的手,"赵雯,我明天就要赶回部队去了,答应我嘛,嫁给我。"

赵雯任由他捏手:"孝原,再等等,等这场战争结束再说,好不好?"

"好不好都是你说了算。唉,这场内战不晓得好久打得完。也倒是,打完仗再说,万一我死在战场上呢……"

"不许说死，不许你死！"赵雯说，亮目闪闪。

宁孝原感动："老子命大，死不了……"

他俩走出"沙利文餐厅"已是入夜，赵雯领宁孝原去看纪功碑夜景。

冬日的白天短，街上的路灯亮了，商铺、餐馆、地摊的霓虹灯、窗灯、汽灯闪烁，不时有亮灯的汽车驶过。红灯绿焰照射的路人显得美气，赵雯越发地靓丽。宁孝原伸臂搂了她走。她乜他说，呃，这可是在大街上。他就收回手，我想把你吃了。赵雯抿嘴笑，你还没有吃饱呀……就看见西装革履的袁哲弘走过，一个穿翻毛大衣的漂亮女人紧挽着他的手。

第二十七章

　　九月的山城燥热，却是绿得醉人，主城区的房屋街市绿树密布，城郊的大小群山绿浪翻滚。城绿山绿，大河长江小河嘉陵江便都郁绿。

　　绿色的世界。

　　经历过日机大轰炸的山城重庆城依旧青葱。

　　农妇打扮的提了篮鸡蛋的涂姐挥汗走过宽仁医院，还是留恋地回头看了看"抗战胜利纪念碑"的碑顶。这碑有气势，她刚路过那里。

　　危险无处不在，她不敢在碑前久留。

　　走过宽仁医院，就看见临江门的城门洞了。她快步穿过城门洞，熟悉的慢坡地展现眼前，捆绑房、吊脚楼、茅草屋、小洋楼层叠错落，梯道网布，绿荫掩映，有灵性的鸽子结队飞翔。

　　久违了，生我养我的故地。

　　她走过"涂哑巴冷酒馆"了，目视老旧的木板屋、蓬展的黄葛老树，耳边响起食客们大呼小叫的来个单碗来个双碗的喊叫声，响起哑巴弟娃忙着应酬的咿哩哇啦的声音。"王老五，三十五，衣服破了无人补。"妈妈当年对她姐弟俩唱的这歌谣在她耳边回响，弟娃都三十六岁了，还孤单一人，长姐如母，她没有尽到姐姐的责任，潸然泪下。她真想立马进冷酒馆去，真想立马见到弟娃，却是不能进去。冷酒馆早被敌人监视。她得尽快见到曹大爷。今年四月，重庆党组织办的秘密报纸《挺进报》被敌人破坏，刘国定、冉益智被捕叛变，川东地下党遭到严重的打击，重庆的地下党基本瘫痪。在这危急时刻，中共川东临时工作委员会王璞书记当机立断，游击队不再是隐蔽伺机行动，于上月组织了华蓥山周边多县的武装起义。广安代市、观阁起义；武胜三溪起义；岳池伏龙起义；合川、武胜边境的真静、金子起义先后爆发。华蓥山游击队扩大至数千人，王璞是政委，她是副队长，在国民党政府的老巢捅刀子。游击队所到之处，武装夺取政权，开仓放粮，民众拍手称快。起义惊动了在南京的蒋介石，他给四川省保安司令部发电，严令迅予扑灭。各地的保安团和内二警及国军的两个师对游击队展开了清剿，起义队伍大部受挫。上月底，王璞带领余下的40余人撤至木瓜寨，遭到国民党军警和地方武装500多人的围攻，王璞下令分散突围，他不幸牺牲，年仅31岁，敌人残暴地割下他的头颅，挂在石盘场口的杨槐树上示众。附近群众将他掩埋树下。突出包围的她去了那树下跪拜祭奠。华蓥山游击队没有被消灭，总结经验，改变策略，继续坚持斗争。王璞的牺牲，使她失去了一位可敬的领导，也断了与党组织的联系，她这个直接对中央的地下党员的唯一联络人是王璞；又不清楚中共重庆地下党组织的情况。她决定独自下山，进城摸摸情况。她想去找重庆那位隐藏很深的地下党员，却犹豫，她与对方之间的任务只是传达上级指示、传递情报，现在这个危难时刻，绝对不能暴露了对方。找到曹大爷也许会知道些情况，曹大爷与游击队单线联系，叛徒不会知道他的身份。

她走过宁公馆了，公馆里的小洋楼、草坪地、石榴林她都熟悉，当年，她和哑巴弟娃翻墙去偷吃过石榴，后来，跟小崽儿宁孝原熟了，宁孝原就常喊她去玩耍去吃石榴，少不了有黎江、袁哲弘、柳成、哑巴弟娃一帮小崽儿。有一次，他们站在宁公馆门前的黄葛树下看嘉陵江，宁孝原蹙眉问，涂姐，我妈妈说山青水便绿，为啥子呢？她拍他的头说，傻娃儿，你看，嘉陵江两岸全都是青山，青山是绿的，倒映在江水里，江水就绿了噻。时过境迁，当年的小崽儿们都长大成人，各自走了不同的道路。她庆幸黎江与她在同一战线，遗憾宁孝原、袁哲弘在敌对阵营，痛惜柳成壮烈牺牲，可怜哑巴弟娃孤苦一人。在延安学习时，她见到过去开会的黎江，知道了一些宁孝原的情况，黎江认为，宁孝原是可以争取的。袁哲弘就难说了，军统的人多数顽固不化，还是要想法争取，哲弘这娃儿从小就懂事，知书达理。

她这么想，脚下没有停步，走过宁公馆约莫一里远，看见了曹大爷那吊脚瓦屋的杂货店。杂货店前临石板大路，背靠嘉陵江，来往石板大路的水上人、棒棒、洗衣妇、路人不少。她刚走到店子门口，曹大爷就认出了她，招手示意她进门，自己出门看看，回屋关死了店门，领她进到后屋。

"给你带了些山里的鸡蛋来。"她抹汗水，将装有鸡蛋的篮子放到木桌上。

"道谢啰！"曹大爷笑，拉过木椅子，"坐，看你一身的汗水啊！"递给她一把蒲扇。

她坐下，扇打蒲扇："天好热。"

"秋老虎凶。"曹大爷拎铜茶壶为她倒了碗老鹰茶，"就盼山上有人来！"

她喝老鹰茶，说了情况。

曹大爷切齿骂:"狗日的叛徒!我去涪陵那'涪江药店'的联络点,发现有人在门口转,就没进去。后来,打问隔壁的人才晓得,药店的人都被抓了,从那,失去了跟山里的联系。"

"胜利之日就要到了,现在是黎明前的黑暗,是我们最困难的时候。"她说,问了重庆地下党的情况。

曹大爷叹道:"听说抓了我们不少的同志,其他的情况我还不清楚。"

"也是,你没有跟他们联系的任务。啊,你儿子钢蛋怎么样?"

"来过信,当宁孝原的副官。"曹大爷说了儿子的情况,"咳,我父子俩好久都没有回荣昌老家万灵镇了,等他哪天回来,一起回老家去看看。"

"嗯,回去看看。钢蛋呢,跟在孝原身边可以,黎江正在争取孝原。啊,钢蛋还是不晓得你的身份?"

"他不晓得,组织上有纪律,我没有跟他说……"

"嘭,嘭……"响起敲门声。

曹大爷没有去开门,快步登竹楼梯爬上阁楼,从阁楼的天窗下看,敲门者穿深色衬衫,他认出是袁哲弘,他身边有七八个穿不同颜色衬衫的男人。曹大爷赶紧下竹梯:"不好,军统的人来了,领头的是袁哲弘!"拉涂姐去到临江的支出的竹阳台上,"你赶快顺竹柱子梭下去,下面是乱草,有条少有人走的泥巴小路,你顺小路逃走!"涂姐担心曹大爷:"你呢?"、"我自会应付,我儿子是国军的少校军官,他们不敢把我啷个样,走,快走!"

涂姐点头,飞身翻过竹栏杆,顺竹柱子下梭。乱草中的泥巴小路窄小,坑坑洼洼,不时有水凼,她快步走。小路弯拐伸向石板大路,与石板大路十字交叉,通往宁公馆的后墙。她踏上石板大路,有人喊:"涂姐,站到!"她侧脸看,是从石板大路高处持枪跑来的袁哲弘,他身后跟着一帮人。她飞步越过石板大路,顺小路沿宁公馆的后墙跑。小路绕过宁公馆后墙与另一条石板路相连,石板路易于暴露,她飞速爬树越墙进入宁公馆,是那片石榴林,熟透的石榴果挂满枝头。天热口渴,她好想摘石榴吃,顾不上吃也不能随便吃群众的东西。

她猫腰钻进靠墙的一丛灌木里。

袁哲弘等人持枪翻墙进入宁公馆,其中有窦世达。

"涂姐,我晓得你躲在灌木里的,出来吧。我是你哲弘弟娃,我不会伤害你。"

袁哲弘盯灌木说。小时候,他们一帮小崽儿常在这灌木里躲猫猫。华蓥山游击队聚众起义,惊动了在南京的蒋总统,军统重庆的人不敢怠慢,打探得知，游击队的副队长是个漂亮的中年女人，姓涂，枪法了得。身为军统渝特区区长的他急叫了在交警七总队当副总队长的窦世达来渝，两人分析，应该是涂姐。都遗憾她会参与暴动。军统的眼线传来情报，姓涂的游击队副队长独自下山进城来了。他带人探查了所有涂姐可能去的地方，包括女袍哥头子郭大姐那袍哥堂口的深宅老院、"涂哑巴冷酒馆"等处，都没有她的踪迹，就想到了曹大爷，小时候，他们常到曹大爷的杂货店买吃食，跟曹大爷熟悉。刚才，他敲杂货店的门，曹大爷没有立即开门，且大白天关店门，引起他的怀疑。曹大爷打开店门后，他派去杂货店屋后监视的下属来报，说是见一女人从屋后跑了。他当即下令捆绑了曹大爷，留下两个人看守，其他人与他一起追赶。他晓得杂货店屋后有条小路，那小路通往宁公馆的后墙，持枪顺石板大路追堵。

"小涂，你出来，我是窦世达，我已经回归了。小涂，我无时无刻不在念想你！你放心，袁区长说了，不会伤害你……"

窦世达颤声说。他看清楚是自己的爱妻，心疼如裂，怎么会是这样？自己的无奈叛变，爱妻与他成了仇人；自己回归了，又与爱妻成了敌人。他得要救爱妻，得要说服她脱离共党。袁哲弘说了，要全力说服她走正道，要尽力保护她。

涂姐透过灌木观察，发现自己已被军统的人包围。这丛灌木不大，袁哲弘对这里是太熟悉了，她把枪口对准自己的太阳穴，绝不当俘虏。她勾扳机时，听见了熟悉的话声，定睛看，是蓄络腮胡子的窦世达，怒从心起，窦世达，你狗日的当汉奸没遭严惩，现在又当国民党的走狗，你还有啥子脸面活在这个世上！她是逃不掉的了，此刻是惩处叛徒、走狗的时机，挥枪朝窦世达的脑门射击，子弹飞出枪口时，她心口绞痛，他是她的男人！她枪法准，子弹直穿窦世达面额，他应声倒地。愤怒痛苦的她嘴唇咬出血来，举枪欲饮弹自尽，从她身后扑来的军统的人将她死死摁住，将她五花大绑。

枪声引来宁公馆的何妈，她见状大惊失色，尖声叫着奔进小洋楼。

袁哲弘没想到涂姐会射杀窦世达，心里难受，掏出手帕罩住窦世达血糊的脸，让下属抬了他的遗体押了涂姐往院坝走。

早有下属去开了院门。

"站住！袁哲弘，你竟然带人闯进我公馆闹事！"宁道兴走来喝道，他夫人与何妈紧随。

袁哲弘上前抱拳："宁伯伯，宁伯母，实在对不起，抓捕华蓥山暴乱的一个头子，情况紧急，打扰您二老了，请二老见谅。"宁道兴是他敬重的宁

伯伯，也是新任的重庆总商会的副会长。

宁道兴看清被捆绑的人是涂妹崽，他听说过军统的人一直在追捕她，开先说是因为她男人是叛徒，后来说她杀了人，此刻又说她是华蓥山暴乱的头子。他这么想时，袁哲弘一帮人已出了院门。

人站在朝天门的河滩上显得渺小，大山延绵大河奔流大城屹立，河滩上的人如同一粒河沙。穿白色暗花短袖衬衫蓝色短裤的赵雯赤脚在沙滩上行走，沙粒在她雪白的脚趾缝间流淌。她那白色的短袜和带袢的皮鞋放在江边的牛背石上。

日月如梭，岁月流逝。

转眼自己就而立之年了，还是孤单一人。不是没有男人追，而是追她的两个男人她都还不能接受。在重庆大学读书时，她是个热血青年，经程大姐介绍，她秘密加入了中国共产党，在庄严的党旗下宣了誓，为共产主义奋斗终生，随时准备为党和人民牺牲一切，永不叛党。大学毕业后，她随程大姐去了延安学习政治军事，学习擒拿格斗，成绩优秀，经过组织的严格考查，委她以重任，潜伏回重庆工作，直接与中央联络。她接近国民党的高官宁孝原、袁哲弘是得到组织认可的，她从他们那里得到的情报都及时报告了组织。从个人感情上讲，她是真爱上了这两个男人，尤其是宁孝原，却不能答应他们其中的任何一个人。她的婚姻要经过组织的审查批准。延安的广播时时传来捷报，她兴奋激动，渴盼全国早日解放。

巍巍山城俯饮双江流水，江涛击岸。她步入激流，罩目伫望。

秋阳辐照的双江流水呐喊汇合，灼灼金波映衬着她细小的身影。大河小河，我赵雯实在渺小，我所参与的事业实在伟大。祖国母亲多灾多难，抗日战争、解放战争，牺牲了好多的战友、同胞，一个统一的人民的新中国必须也就要诞生了！水浪击打她的双腿，她心潮翻涌。她清楚，她还不能以胜利者的公开身份迎接解放，也许，她永远也不能以胜利者的公开身份面对同志面对亲朋。程大姐给她说过，这是党的秘密工作的需要，是必须付出的个人牺牲。程大姐说她孤独也不孤独，孤独，是她只能与她单线联系；不孤独，是她不是在孤军作战，像她这样的党的秘密工作者不止她一个。

确实，涂姐在"民联"轮上获救，就是自己人向她通报了危情。

三年前，涂姐受党组织的委派来与她接头，说与她单线联系的程大姐不幸牺牲了，由她接替程大姐与她单线联系。那天，她俩是在南山的"老君豆花店"里联络的，分别之后，她回到报社不久，接到一个电话，对方是个男的，说涂姐在都邮街被内二警的人跟踪了，有危险。挂断了电话。她知道，内二警是国民政府内政部第二警察总队，全副美国机械化装备，是蒋介石的御林军。来电话者定是打入国民党高层的自己人。情况紧急，她立即去了"涂哑巴冷酒馆"，涂哑巴摇头比画，不晓得姐姐在哪里。涂姐给她说过，她次日乘"民联"轮去武汉，她就跟到了"民联"轮上，祈盼涂姐没有被内二警的人抓住。船上的人好多，她没有找到涂姐，听到枪声循声赶去，才在机房里看见涂姐，袁哲弘举枪朝涂姐奔去，她迅速掏枪击伤袁哲弘。为避免暴露自己，她没有与涂姐接触，偷偷跟踪她到船尾，见她跳江游向岸边才放下心来，在附近的码头下了船。她没有击毙袁哲弘有个人感情的因素，更重要的是，组织上有要求，要她尽可能多地从军统高官袁哲弘那里获得情报。

　　昨天，她路过"抗战胜利纪功碑"，遇见了宁孝原的父亲宁道兴伯伯，宁伯伯说她好久都没有去他家了，说是想请她和她父母去他家吃饭。她祝贺宁伯伯从重庆总商会的会董高升为副会长，说她最近的事情多，有空了一定叫上父母亲去拜望。宁伯伯很高兴，问起她和孝原的事情。她说，她跟孝原说好了的，他们的事情等战争结束之后再说。宁伯伯点头又摇头，走开几步又回来，低声说，涂妹崽被抓了，说她是华蓥山暴乱的头儿。她听后大惊，镇定说，宁伯伯，您是说涂姐被抓了？宁道兴点头。宁伯伯，您咋晓得的？宁道兴叹气，我亲眼看见的，是袁哲弘带人来我家抓走她的……听完宁伯伯的讲述她好着急，她知道，因为叛徒的出卖，川东地下党和重庆的地下党遭受到严重的打击；华蓥山游击队的起义给予了国民党反动派有力的回击，却因力量悬殊损失惨重。分析国共双方的情报和报纸广播的信息后，她庆幸涂姐还活着，华蓥山游击队副队长的她和她的战友们依然在坚持斗争。不想她被捕了。她与涂姐常有联络，她将获得的情报通过涂姐都及时报告了中央。

　　得设法救出涂姐，她约了袁哲弘来江边见面。

　　袁哲弘来了，戴墨镜，穿深色短袖衬衫、背带裤，很疲惫的样儿。

　　她走出江水，迎上去，看手表，11点正："嗯，还准时，我还担心你不来呢。"

　　袁哲弘取下墨镜放入衣兜，笑道："赵雯召见，岂敢不来。"

　　"晓得，你有女伴了。"

　　"当然，我的女伴是赵雯。"

　　"不是吧，那个穿翻毛大衣的漂亮女人，紧搂着你在大街上耀武扬威。"

"哈，你还在嫉妒，去年冬天的事情还耿耿于怀。跟你说了，那是我同事朱莉莉。我说过，那是气你的。朱莉莉见你跟宁孝原进了沙利文，就跑来喊我，我们赶到时，你两个已出沙利文走到街上了。她就挽了我的手走，故意让你们看见。"

"哼，雕虫小技。"

袁哲弘笑："走吧，美人，去那牛背石上坐，我给你揩脚，给你穿鞋袜。"挽了她的手走。

她随他走，坐到牛背石上。

他掏出手帕为她揩脚："嗯，香。"拧干手帕，放入裤兜里。

"呃，手帕是湿的。"她说。

"手帕有余香。"他取了她的短袜为她穿上，又为她穿皮鞋扣袢带。

她心里发热，作为追求自己的男人，袁哲弘还真是不错，遗憾他是自己的敌人。袁哲弘挨坐到她的身边，搂她的肩头，目视江水。

"你咋不说话？"她问。

"我在享受。"他说。

她抚下他的手："我看你好疲倦。"

他点头："事情多。"

"抓共党。"

"抓共党。他妈的，就抓他妈不完！"

"你也学宁孝原说粗话。"

"我才不学他。唉，抓了也难。"

"抓了你就立功了，有啥子难的。"

"赵雯，你也是党国喉舌不大不小的头目，是我的知己。"

"嗯，可以这么说。"

"咳，我抓了个烫手的炭圆。"

"啥子意思？"

"你认得涂姐的。"

"认得。"

"我把她抓了，她是华蓥山暴乱的头子之一。"

"真的，好久抓的？"

"三天前。"

"你跟我说过，她一直把你当亲弟娃看待，你也一直把她当亲姐姐看待的。"

"难就难在这里。"

"你拷打她了？"

"还没有，我问她啷个会成了暴民。"

"她咋说？"

"她说，是世道逼的，是混账制度逼的。她说，好的世道和制度可以把坏人变成好人，坏的世道和制度可以逼民造反，说我们党国的末日到了。她这不是在求死么……"

股股水浪拍打石头，江水的大浪散成小浪，小浪汇成洪流。

赵雯看江流，涂姐说得好啊，国民党反动派的大势已去，中国共产党领导的觉醒的人民大众反抗的洪流势不可挡：

"你打算把涂姐啷个办？"

袁哲弘锁眉头："你晓得的，我一直是在保护涂姐的，可这次不一样，不是我打算把她啷个办，是她这样的要犯得要上司说了算。你知道的，戴老板前年在戴山飞机失事遇难了，现在是毛人凤局长主事。"

"你把这烫手的炭圆扔给他。"

"不得行，他特令此要犯由我审问，问出华蓥山游击队其他头目和队员的行踪，要一网打尽。"

"涂姐她说了？"

"没说。"

"你想放了她？"

"关在渣滓洞的，戒备森严。毛局长说了，说我与她姐弟相称，会感化她的，说这是党国对我的考验。唉，你我都是吃党国饭的，咋能做背叛党国的事情。"

"是，你是党国的忠臣。"

"咳……"袁哲弘掐头，"啊，赵雯，我给你说的这些可不能外传！"

"我是细娃儿呀。"赵雯乜他。

袁哲弘笑："哦，你叫我来有事？"

"没事就不能叫你来？"

"说错了，我受罚……"

第二十八章

　　山崖深处这房院不让人有大声，鸟语倒清脆。穿少将军服拎铁壳餐盒的宁孝原闷声跟随一个别手枪的便衣走，军靴、皮鞋踩得落叶沙沙响。石板小路的四围老林密布，黄叶儿飘落。

　　十月末的金秋时节，宁孝原的心情不得爽快。

　　这挨临大江的山崖深处的幽深房院是中统局在重庆的一处监狱。他知道，中统局是"国民党中央执行委员会调查统计局"的简称，去年改名为了"党员通讯局"。为国民党 CC 系头目陈立夫一手创建，现任局长是叶秀峰。中统局的工作重心在党政机关内部，另外的重点是对付反对派政党，尤其是中共。此外，对社会舆情、思想言论也负有监控职责。

　　他万没有想到，他的老搭档蔡安平会被关进这里来，中统局逮捕了他，说他作法自毙，被判处了死刑。

　　他是奉何基沣副司令的命令乘坐军用飞机来渝点验一批军火的。何副司令亲笔写了信叫他直接去找兵工署第 21 兵工厂的李承干厂长。何副司令一口河北口音，说李厂长毕业于日本东京帝国大学，服务兵工事业 30 多年了，是他的好友。熟悉军火的他知道，21 兵工厂是原金陵兵工厂，在李厂长的治理下，不仅完成了该厂的内部整理、艰难的内迁和迅速复工，而且使工厂的规模不断扩大，产品增多，械弹精良，是抗战时期中国最大的兵工企业。传闻李承干是共党，他问了何副司令，何副司令答非所问，严令他速办，三日内务必乘军机返回前线，还有重要的任务。他是昨天飞临重庆广阳坝机场的，立即赶去了在巨大山洞里的 21 兵工厂。"洞里乾坤"撑起抗战军火库。穿深色中山服戴黑框眼镜的相貌憨实的李厂长对他说。李厂长拆看了何副司令密封的亲笔信后，很是热情，立马办理。李厂长一口浓重的湖南口音，有问必答，说由于日机的连番无差别轰炸，重庆的兵工厂多数都建在山洞里，连当地的住民也不知道。抗战期间，在中国对外通道几乎被完全切断的情况下，正是这些内迁重庆的金陵兵工厂、上海炼钢厂、济南兵工厂、巩县兵工厂、汉阳兵工厂等工厂，用自己生产的八成以上的枪炮弹药，支撑起了中华民族的英勇抗战。这些兵工厂规模庞大，技术力量雄厚，品种齐全，有的武器在国际上也属先进。比如以德国毛瑟枪仿造的"中正式"步枪，性能就优于日本的"三八式"和"九九式"步枪。说重庆的兵工厂生产的武器几乎涵盖了常规武器的各个门类，如轻重机枪、迫击炮、步枪、掷弹筒、手榴弹、战车等等。说重庆的17家兵工厂，每月可生产步枪一万多支，轻机枪两百多挺，重机枪五百多挺，各类枪弹两千余万发，各种大炮近四百门，炮弹两万余发，手榴弹二十余万颗，掷榴弹三万余颗，手雷两万余颗。宁孝原听得振奋，为重庆自豪。

忙完公事，他抓紧时间去找赵雯、倪红，都没有见到。报社的人说赵雯外出采访去了，堂子那妈妈说倪红跟洋人斯特恩下湖北宜昌做生意去了。这才回到宁公馆家中。母亲见他平安回来，喜极而泣，叫何妈做了丰盛的晚餐。父亲当市总商会副会长，事情多，很晚才回家。父子两个喝茶摆谈。父亲宁道兴肃脸说，有同道已举家去了台湾，不少同道准备去台湾，他反复想了，为保住这份家业，只好去台湾。他反对，说这份家业是宁徙老祖宗传下来的，有地契官纸为凭，荣昌万灵镇的土地是不能搬去台湾的，老家的房院、厂房是不能搬去台湾的。父亲说，这是没得办法的办法，台湾也是中国的领土，有机会再回来。父子俩都固执，都各执己见。临睡前，父亲说，儿子，官场的风险大，你趁早脱了军装回来承接家业。我跟你说，你那朋友蔡安平栽了，他犯经济罪被中统的人抓了，他在我"大河银行"借的一笔款子也打水漂了……他听后震惊，好为蔡安平担心，今天一早，就去找了蔡安平在总部那熟人，才知道他被关押在这里，说是就要被执行死刑了。他恳请他帮忙救蔡安平，对方摇头叹气，说这个时候难办。他就去找师父吕紫剑，尽管师父被降职了，毕竟在总裁侍从室当过少将国术教官。师父肃脸抚须说，贪腐之事老夫不管，他犯那事儿也管不了。他心往下沉，赶来见生死战友一面。

石板小路的尽头有排黑砖平房，铁门铁窗，有武装人员把守。便衣领宁孝原来到平房的其中一个门前，掏钥匙开了铁门："长官，上司说了，您只有一个小时的探视时间。"宁孝原点头，快步进屋，便衣拉屋门关上。只有小铁窗透光，屋里光线暗淡，一桌一床一凳一个夜壶，有股霉臭味道。蔡安平面墙蜷缩床上，他心里哀凉。

蔡安平懒懒地转过身来："是要送我走了么。"没有军衔的军衣皱巴巴的，胡子巴茬的脸瘦了一圈，透过小铁窗投进来的光线，他看清楚是宁孝原，陡然坐起，"孝原老弟，救我！"

宁孝原鼻子发酸，拉凳子坐到蔡安平跟前，打开铁壳餐盒，从怀里取出瓶茅台酒，全都倒进桌上的大茶缸里："蔡兄，我两个喝酒吃菜。我从纪功碑附近的颐之时餐厅买了脆皮烤鸡、火腿虾仁、家常蹄筋、油炸花生米，都是你喜欢吃的。"递过大茶缸给蔡安平。

蔡安平感动："颐之时是一流的川菜馆啊，主厨罗国荣被郭沫若誉为西南第一把手。真心道谢，我的好兄弟！"端大茶缸喝酒，吃烤鸡，"我晓得，你是帮不了为兄忙的，你能来看我，我也就满足了。"递回大茶缸给宁孝原。

宁孝原接过大茶缸喝酒，吃花生米："你老兄先前跟我说过，搞女人可以，贪腐不可。"

蔡安平拿过大茶缸喝酒："是，我是自食其言了，我是撞在风口浪尖上了……"

宁孝原拿过大茶缸喝酒，蔡兄确实是撞在风口浪尖上了。眼下金融严重失控，物价暴涨，现金当废纸用。大面额的法币流出后，重庆的小面动辄几十万元一碗，小面额的角角钱无法用，就有人收购角角票卖给纸厂化纸浆。十八梯那家卖丧葬用品的纸扎铺新推出了"幽冥卷"，每扎100张，中间加入1万元面值的法币98张，称98万，当做冥钱售卖。人们议论说，现今唯一运转的工业就是印钞机了。两个月前，委座亲自领导了一场对通货膨胀的反击战，国民政府成立了经济管制委员会，直接隶属于行政院。委员会里有两位大员，一位是央行的总裁俞鸿钧，另一位是血气方刚的委座的儿子蒋经国。是场双向出击战，东线要求老百姓交出所有的金银兑换金圆券，币值缩小了三百倍；西线是政府出台法令，禁止物价与工资上涨、严惩聚众闹事。蒋经国说："政府颁布的经济新政策，不仅只是法令，也有心发动社会改革运动，象征着实现民生主义的开端。"有委座的尚方宝剑，他英气逼人，喊出"我们只打老虎，不拍苍蝇"的口号，惩处囤积居奇的奸商和操纵物价的官员。他如搞革命一样毫不留情毫不手软，一批批政商和奸商被当街执法。上海的中英文报纸为"打虎英雄"叫好："过去三个星期的经验，让老百姓觉得现况有了更张，产生相当大的希望。"囤积居奇的奸商和操纵物价的官员，蔡兄也够不上呀。

"你跟梅姑娘拜堂了？"宁孝原问。

蔡安平点头。

"毁在了她的手上？"

"这，也不能这么说，她一个妇道人家，无非就是喜爱钱财。她说，这个乱世，只有黄金值钱。她为我生了一对双，说我们这对儿女要花钱，我们过日子要花钱，家里的大黄鱼在上海买房子用去了不少，余下的细水长流慢慢花。她这么说，我就觉得是要多有钱才行，就想方设法捞钱。"

"你就贪污？"

"贪了。"

"你早就贪了。"

"是，为追梅，我当时是贪了些，那是小贪，这次是贪得多了。我想，委座身边的高官都在大把捞钱，都在贪污巨款。"

"你成了老虎？"

"咋说呢，我觉得我还算不上老虎，就算是，也是个小老虎。梅她太犟，非不去兑换金圆券，非要私藏下几十根大黄鱼，被搜查出来了。是中统局经济调查处的人到我上海的家里搜查的，他们早就盯上我了。我得一人承担，说是我私下藏的，梅全然不知。梅是个好母亲，她会抚养两个幼小的儿女长大成人的……"

宁孝原喝酒，想指责他又忍了。

"想想呢，也算好，我还没有被当街执法。中统局的人押解我到重庆继续调查我贪污受贿的事情，他们查到的都有证据，我都认了。"

完了，蔡兄。宁孝原心里发凉，蔡兄是个大官，有权力，可他算不上高官算不上大佬，他的那点儿权力还不足以保他的命。蔡兄在总部那熟人对他说，经国先生到上海后，在外滩中央银行的二楼办公。跟他最密切的人除了淞沪警备司令宣铁吾外，还有保密局上海站站长、上海市政府参事王新衡。经国先生以中央特派员的身份一再宣称，要镇压奸商，抑平物价。宣铁吾司令即在警备司令部成立了经济缉查机构，专门缉捕奸商。这对于大佬杜月笙无异于是当头一棒，他儿子杜维屏是他那中汇银行的经理。杜维屏见蒋特派员、宣铁吾来势凶猛，就将45万元港币化整为零套汇到了香港。此事被王新衡知道了，悄悄报告了蒋特派员，蒋震怒，下令逮捕了杜维屏，关进了市警察局看守所。王新衡圆滑，他既跟蒋特派员是莫逆之交，又不想得罪杜月笙，给杜月笙通了风。杜维屏被扣押，《时务报》以通栏标题做了报道。杜月笙一度避往香港。初战告捷，蒋特派员高兴，却是"事出有因，查无实据"，找不到杜维屏套汇的罪证，只好雷声大，雨点小，最后将杜维屏交保释放了事。蒋特派员和宣铁吾司令又办了跟杜月笙多少相关的事情，一是严格按金圆券实行限价，一切商品的零售价格全部冻结，商店不得转移不得拒售，必须开门应市。也是治标不治本，奸商囤积居奇无孔不入，查不胜查，

门市商品则被抢购一空。未及一个月，全上海开的几乎全是空店，怨声载道，此限价政策无果而终；二是在扣押杜维屏的同时，对兴风作浪的证券大楼和金钞黑市实行镇压，其中一件是逮捕"杨家将"。所谓"杨家将"，是指控制场外股票金钞黑市交易的杨长和、杨长仙和杨长庚三人，他们的绰号叫做"场外亨鼠牌"，意思是一群机警精明的"大亨老鼠"。"杨家将"也是直接或间接受到杜月笙的控制和影响的，因此，这也可以说是对杜的打击。但不到一个月，随着限价政策的失败，蒋经国自认倒霉，不得不将"杨家将"交保释放。一场大公案不了了之；三是集中力量打击孔氏豪门的"扬子公司"。宣铁吾司令利用他控制的《大众夜报》，以头版头条新闻揭露"扬子公司"私套外汇之大案，刊出了孔令侃的照片。孔令侃可不是杜维屏，蒋特派员只是张声势，未敢下手。本月初，委座夫妇到了上海，孔令侃和孔二小姐就向夫人哭诉告状。委座当时的心情极不好，沈阳被共军占了，廖耀湘和范汉杰兵团在辽西全军覆灭。委座在东平路的官邸大发脾气，命令封闭《大众夜报》，斥责宣铁吾，说他周围有共产党。"扬子公司"案就此作罢。

　　宁孝原没有对蔡兄说这些，说也无用。

　　两人说到了冯玉祥将军。

　　"听说，今年初香港成立了国民党革命委员会，冯将军当选为了主席。"宁孝原说。

　　"啊，他这可是叛党……"蔡安平说。

　　探视时间到了。

　　蔡安平眼睛里有泪花："孝原老弟，实在对不起，借你父亲的那笔钱我只有来世再还了。"

　　宁孝原拍他肩头："不说这，我的命都是你救的。"

　　蔡安平的眼泪蹦出眼眶："拜托老弟，有空去看看梅，看看我那两个幼小的儿女，儿子先出来，叫国栋，女儿后出来，叫国梁……"

　　宁孝原点头，眼睛湿了。

　　歌乐山麓的渣滓洞原是个小煤窑，因渣多煤少而得名，三面是山，一面是沟，极是隐蔽。煤窑现在是军统的监狱，有内外两院，外院是办公室、刑讯室，内院一楼一底的16间房间是男牢房，两间平房是女牢房。房院间有三合土坝子，四围绿荫掩映。门前的蘑菇状的石头碉堡的窗口探着黑森森的枪口，高墙上布满铁丝网。

袁哲弘是熟悉这里的。

去年底，这里改为了"重庆行辕二处第二看守所"，关进来了许多新犯人，主要是六一大逮捕中抓捕的教育界和新闻界的人士，小民革地下武装案的被俘人员，上下川东武装起义的被抓人员，《挺进报》事件的被捕人员，民革川东及川康分会的一些成员，押犯达三百余人。他没有想到他从小就喜爱的涂姐会被自己抓了关进这里来。今天，他是最后一次提审涂姐了，他希望她能幡然悔悟却是依然无果。涂姐是太顽固了，除了承认她是共产党员，是华蓥山游击队的一个头头外，其他的一字不吐。职责所在，他不得不对她动了酷刑，从她嘴里得到情报太重要了。涂姐的毅力惊人，上老虎凳、手指头扎竹签她都一声不吭。毛局长说，她死不开口就没有价值了，毙了这个土匪头子吧。严令他亲自执行。不能毙！他话到嘴边没有说出来，他清楚，毛局长是在考验他的忠诚度，毛局长说他是党国的精英，是中流砥柱，在国家危难的时刻，是会忠于党国忠于领袖的。就挺胸并腿说是。心想，自己是已经尽力了，送涂姐走吧，就都解脱了。

山城的秋夜多雨，今夜却月朗星稀。

他的两个下属押解了戴手铐的涂姐朝渣滓洞后山的丛林走。他持枪跟在后面，月亮盯着他，他就想快些进入丛林。小时候，涂姐常在月亮坝里给他和宁孝原、黎江、柳成、涂哑巴一帮细娃儿讲故事，涂哑巴听不见，涂姐就边讲边比画。涂姐讲岳飞的故事，岳母先在儿子岳飞的背上写了"精忠报国"四个字，之后用绣花针一针一针刺绣。刺绣完，岳母又在字上涂了醋墨，这四个字永远留在了岳飞的背上……涂姐讲的这故事他至今记忆犹新。他审问涂姐时提到涂姐给他们讲的这故事，涂姐点头，话就多了，是要精忠报国，却不是报即将垮台的国民党独裁统治的腐朽黑暗之国。袁哲弘，你应该晓得，中国共产党领导的新中国就要诞生了，涂姐希望你看清形势回头是岸……他身边的下属就用皮鞭结束了涂姐的话。他摇头哀叹，不理解涂姐为啥会被共党洗了脑。他们走进了丛林，月亮看不见了，叶隙间洒下来雨滴般的银辉。毛局长说是击毙土匪头子，还是叮嘱要秘密执行。

他们押解涂姐走到丛林深处的岩坎前，没有路了。"涂嘉英！"袁哲弘验明正身喊了涂姐的大名。涂姐回过身来："我是涂嘉英。"一缕月光照在她布有鞭痕的脸上，"小崽儿袁哲弘，开枪吧。"弹无虚发的他举手枪瞄准了涂嘉英的左胸，得要涂姐一枪毙命，少些痛苦，留个全尸。他举枪的手在发抖，夜里，他身边的两个下属是看不出来的，他两人是可以为他对党国的忠诚作证的。他极力镇定，勾动扳机，"叭！"子弹飞出枪口，涂姐倒下了。

　　这夜里，袁哲弘睡不着，捶打枕头呜咽。小时候待他如亲弟娃的涂姐、他一直跟踪保护的涂姐、他抓捕审讯的涂姐总在他眼前浮现。她参加共党、领头暴乱，死罪是难免的，可咋就偏要死在他的枪口下……涂姐倒下了，他的两个下属前去确认，报告他说，土匪头子涂嘉英已经毙命。他收了枪却不能前去收尸，命令两个下属就地掩埋，自己回身走。他不敢去看涂姐的尸体。那次，嘉陵江发洪水，要不是涂姐和涂哑巴赶来纸盐河街，熟睡在他大爸家屋檐下的他和宁孝原怕是早就被水浪子卷走了。

　　他枪杀了自己的救命恩人！

　　天光大亮时，他才迷糊糊穿便服下床，洗脸漱口。堂屋里的圆桌上放有罩子盖着的稀饭、馒头、泡咸菜，是母亲做的，他恍惚听见母亲说，饭菜摆在桌子上的，说她去大阳沟菜市场买菜去了。他喝稀饭，吃泡咸菜，拿起馒头咬了一口就不吃，没有胃口。他把剩余的馒头咸菜放进厨房的碗柜里，洗干净饭碗，擦干净餐桌。母亲自小便教他要养成整洁卫生的好习惯。

　　他除了住单位的单间公房外，就是住母亲家。这是栋嘉陵江边的白墙黑瓦的吊脚屋，是他那水上人的父亲留下的房产，他花钱翻修过，添置了圆桌、沙发、床柜等西式家具。蔡安平来过这里，说他这个少将军官的老宅也太寒酸了，钱是生不带来的，可生后有得的钱要花，是死不带走的。他说，我翻修这房子、添置这些家具还借了朋友的钱。蔡安平不信，又点头，也是，现今的钱是不值钱的，你那些薪水是不够花的，除非你搞贪占。他摇头，违法乱纪的事情做不得。蔡安平盯他笑，知道，你这人不搞女人不搞贪占。

　　屋窗开着，母亲起床后的第一件事就是打开窗户透气。站在屋窗口可以看见斜上方的草木葳蕤的宁公馆，窗前伸来有黄葛树的树枒，飞来两只黑头黑背黑尾白肚皮的喜鹊，在枝头上扑动紫色的翅膀叽喳鸣叫。喜鹊叫，有客来？

　　"砰，砰砰！"响起敲门声。

　　还真有人来，他去开了门。

　　门口站着穿紫色秋装的赵雯："运气好，你在屋头。"闪身进屋。

　　好久没有见到她了，袁哲弘的心跳："是说有喜鹊叫，喜鹊引了美人来！"愁眉舒开，关门。

　　"莫关，还有个人。"赵雯说。

　　穿少将军服的宁孝原推门进来，关死屋门，满面怒容。袁哲弘舒开的眉头锁拢，招呼他俩到堂屋里坐，为他俩泡了沱茶，心想，他俩定是为了涂姐来的。赵雯是晓得他抓捕了涂姐的，定是跟孝原说了。大家都是吃党国饭的，大是大非的事情他俩该理解的：

"孝原，你不是在前线么，咋回重庆来了？"

"我姑妈病危了……"

宁孝原编话说。他那住在万灵镇的姑妈有心脏病，住医院都是要下病危的。他没说自己回渝点验军火的事情，对这个特务头儿是不能说的。他对赵雯也是说来看望病危的姑妈的。昨天，他去探视蔡安平后，又去找赵雯，没有找到，今天一早就去报社等她，他今下午就要乘军用飞机返回前线了。幸运，见到她了。一见面，赵雯就摇头叹气，说遗憾涂姐参与了暴乱，被袁哲弘抓了，说是听他爸爸说她才晓得的。他心里一震，啊，涂姐被抓了！是说呢，前天晚上，父亲好像有啥子话要跟他说又没有说，父亲定是担心他去搭救涂姐而做出不轨的事情。得要救涂姐！他说。赵雯说，她找过袁哲弘了，哲弘说涂姐犯的是死罪，没办法救。他说，我马上去找哲弘，涂姐就是我俩的亲姐姐，哲弘不会这么狠心的。赵雯就说跟他一起去，他俩就找到袁哲弘的母亲家来。他俩都到过袁哲弘母亲家的。

"我晓得，你姑妈视你为亲生儿子，应该回来看望。她现在啷个样了。"袁哲弘关心说。

"老毛病，吃药打针后，缓过来了。"宁孝原说，盯袁哲弘，"哲弘，你小子是六亲不认呢，竟然抓捕我涂姐！"

袁哲弘说："孝原，你消息还灵通。"看赵雯。

宁孝原说："你小子带人去我家抓捕她的，家父当时就斥责过你！"

袁哲弘叹气："涂姐也是我的涂姐，你我都视她为亲姐姐，我可是一直在保护她，可她，竟然带头暴乱……"

"这些我不清楚。"宁孝原青筋鼓胀，"即便她是共党你也要救她，你我一起救她，要花好多钱我找家父想办法……"

袁哲弘两眼发潮，孝原迟早会晓得的："没得用了，涂姐她已经走了。"

"她自杀了？"赵雯问。

袁哲弘摇头。

"她被枪杀了？"宁孝原心子发紧。

袁哲弘点头。

宁孝原呼地起身，拽起袁哲弘："你为啥不阻止？你是有办法有能力阻止的！"

袁哲弘眼里盈泪："我无能为力，上司还严令我亲自送她上路……"

"你枪杀了她？"宁孝原狼眼瞪圆。

袁哲弘点头："党国的利益、个人的职责，我不得不……"

"砰！"宁孝原一记重拳击向袁哲弘的面门。

袁哲弘一个趔趄，没有躲闪："打吧，你打死我也行。"

宁孝原一连几个重拳，袁哲弘面额淌血。

赵雯止住宁孝原："好了，莫打了。"心里滴血，自己敬重的大姐，自己的战友涂嘉英同志牺牲了，而此时此刻的她却不能流露出半点真情。

男儿有泪不轻弹，宁孝原的泪水飞溅。

这时候，袁哲弘的母亲回来了，手拎的菜篮子里装有萝卜白菜葱子蒜苗猪肉。她是宁孝原、黎江、柳成一帮毛庚朋友十分敬重的嘉陵小学的国文老师。宁孝原抹去泪痕，恭敬说："老师好！"赵雯笑道："袁妈妈好！"袁哲弘掏手帕快速抹去额上的血迹。袁母知道，孝原是哲弘的好友，赵雯是哲弘的女友，很高兴，笑眯了眼："啊，你两个来家，孝原是好久都没有来了，今天都不要走，我刚去大阳沟菜市场割了肉买了菜来，都在家吃饭！"宁孝原自小在老师家多次吃过饭，可这次没时间了，这种情况下，也没有心情留下吃饭："谢谢老师，我得马上去广阳坝机场，今天要飞回前线。"袁母叹气："唉，打不完的仗，内战何时休啊。"对赵雯，"赵女子，你就莫要走了，啊！"袁哲弘没事一般："妈，孝原军务在身，留不住。"看赵雯，"赵雯，你就留家吃饭吧。"赵雯点头。宁孝原告辞出门，余怒难消，袁哲弘，你等着，老子是不会放过你的！遗憾赵雯答应留下，她也许是碍于老人邀请的情面，她给他说过，她是一直没有对袁哲弘承诺过什么的。赵雯是不会跟袁哲弘这个人面兽心的坏蛋好的。他想。

第二十九章

11月初的贾汪，已是寒气袭人，黄昏时刻，更是冷寒，军营里笼罩着令人焦灼不安的紧张气氛。

披军大衣的宁孝原在总部分给他的土墙民房里来回走动，大口吸烟。坐在方桌前的穿蓝布长衫的黎江埋头大茶缸嚯嚯喝茶。是宁孝原的副官曹钢蛋领黎江和也穿蓝布长衫的方坤来他住屋的，他才晓得方坤经黎江介绍已经加入了共党，现在是共军第三野战军第三十四军第二师的副参谋长。黎江已脱军装下地方了，做啥子事情没有说。黎江和方坤是来说服他起义的。他向曹钢蛋瞪狼眼：

"钢蛋，你狗日的胆儿大，大战在即，你竟然把两个共党引到我的屋子里来，是想要掉脑壳呀！"

曹钢蛋说："他们都是你我的老乡，我要是不引来，你怕是要日噘我呃。"

黎江呵呵笑："小崽儿宁孝原，你怕啥子，我和方坤枪都没有带。呃，把你那'勇士牌'烟给一根噻。"

宁孝原就从军上衣口袋里掏出根烟给黎江，捏燃打火机为他点烟。方坤也要了根烟。

三根烟枪让屋里烟雾弥漫。

宁孝原在重庆点验那批军火返回第三绥靖区总部后，何基沣副司令拍他肩头夸奖了他，说之所以派他去是信任他，是必须要把他的亲笔信交到李承干厂长的手里。他说，不晓得那批军火啥时候能运到部队。何副司令说，你放心，李厂长已发来密电，已全数运往指定的地点了。他明白了，李厂长定是共党了。问何副司令，您叫我火速返回，说是还有重要的任务？何副司令点头，很快你就会知道的，你是我信任的下属，我相信你会跟我干的，是不是？他似点头非点头。

宁孝原其实已晓得是啥事了，他一回来，曹钢蛋就跟他说了，说上个月中旬，共军华东野战军的那个杨斯德，是共军的啥子联络部的副部长，他以

共军陈毅司令员代表的身份私下来找了何副司令,要他起义,说战场的形势已经发生了变化,进入了国共决战的关键时刻,叫他在11月8号共军发起淮海战役之际,率领第三绥靖区官兵就地举行起义。宁孝原听后震惊也镇定,从他跟何副司令的相处,他判断何副司令会有大的动作。他问曹钢蛋咋晓得的。曹钢蛋说,是道听途说的。

此刻里,他明白了,曹钢蛋怕是也被黎江赤化了。

明天就是11月8号了,起义在即,他还犹豫,党国的腐败他早就深恶痛绝,党国是无可救药的了。他犹豫是因为他父亲,因为祖传的家业。他这次回重庆,父亲还给他说了些话,父亲说,尽管他也跟新四军做药材生意,那是为了赚钱。父亲说,共党一再声称为天下的劳苦人打天下,共党是要打土豪分田地的,像我这样的共党所说的大资本家是没得好果子吃的,所以只好也必须去台湾,叫他一定要跟随去台湾。台湾他是不会去的,他要跟赵雯结婚,也牵挂倪红。

"方坤,钢蛋,你两个出去一下,我跟孝原说说话。"黎江抽完烟说。

曹钢蛋说:"要得,去弄点酒菜来。"与方坤出门,带过屋门。

"挨我坐,莫小气,再拿根烟来。"黎江说,端大茶缸喝茶。

宁孝原拉木凳坐到黎江身边,递给他一根烟,为他点燃,自己又燃上根烟。

"老子晓得,你娃是怕死。"黎江激他说。

宁孝原就亮出伤疤:"黎哥,你看看这些伤疤,我会怕死?"面红筋胀。

黎江乜他:"那你还犹豫啥子?"

"这,何基沣副司令会听你们的?"

"他听不听是他,你归你……"

黎江现在是隐秘战线的中共中央社会部机要局的副局长,是知道何基沣于1939年就秘密加入了中国共产党的为数极少的人,恩来同志对他说过,何基沣的事情是党的秘密,也许永远是党的秘密。明天的起义,何基沣同志是在执行党交给他的任务,是他期待已久的光荣使命。就是何基沣同志让他来做宁孝原的工作的,让他下最后的决心。

"我,咳,我老汉是大资本家。"宁孝原说,狠劲抽烟。

"我就晓得机关在这里,我跟你说,我党的一些高级将领就是大资本家大地主出身的,有的高层人士本身就是资本家。出身不由人,立场在自己,你只要真心起义,真心跟随共产党闹革命,你就是我们的同志……"

天黑了,宁孝原起身拉燃电灯。

黎江继续说着。

宁孝原心动，想到也是共产党员的涂姐："黎哥，我涂姐，她走了。"声音发颤。

黎江已从内线得知涂姐牺牲的消息："啊，她……"

宁孝原说了涂姐遇难的事情，说得悲愤："妈的，我涂姐怎么好个人，竟然被袁哲弘那个忘恩负义的坏蛋亲手枪毙了，老子要报仇，老子绝对要杀了他！"

黎江一字一句："这个仇一定要报，不仅是为涂姐，还为千千万万为人民解放事业牺牲的烈士们。他袁哲弘坚持与人民为敌，杀他是早迟的事情。"两眼发潮，"我的好涂姐，我党优秀的党员涂嘉英同志死得英勇死得壮烈，她为之奋斗的事业我等要继承。"

宁孝原点头，拍胸脯说："黎哥，我宁孝原自小就听你的，我现在也听你的！"

黎江肃然起身。

宁孝原肃然起身。

两双男人的手紧握在一起。

"欢迎你，宁孝原同志！"

"谢谢黎哥，我宁孝原跟你们干……"

屋门被砰地推开，一个穿国军上尉军服蹬军靴的女军官持枪进门来："都不许动！"

宁孝原呵斥："胆大，你个小小上尉竟敢闯老子的住屋！"

女军官举枪步步逼近："宁孝原，你见过我的，在重庆军统局那花园公馆，你托我给你的朋友袁哲弘捎过信。"

宁孝原想起来，那时候她佩戴的少尉军衔："哼，朱莉莉，你不过是显示你是军统的人，是军统派你来的。"

"你说对了，实话跟你说，是你那毛庚朋友袁哲弘派我来暗中监视你的，你们刚才说的话我都听见了。"朱莉莉没有了温顺，一脸杀气，"都举起手来，跟我走！"

"妈的，莫以为你军统了不起，老子这里是作战部队，老子天王老子也不怕！"宁孝原说，气愤袁哲弘给他暗中使绊子。

"你可以说不怕，我这子弹会让你怕的。"朱莉莉举枪对准黎江，对准他。

"算你狠。"宁孝原说。军统的人是啥事都做得出来的，好汉不吃眼前

亏，他得保护黎江大哥，"老子跟你走，要打要杀随你的便，你不能伤害我老乡！"

朱莉莉笑："你以为可能吗，一个是党国的叛逆，一个是共党的奸细。"

宁孝原欲掏枪，黎江下意识掏枪，却没有带枪。

朱莉莉的枪口直对他俩的脑门："谁动我打死谁！你两个要犯，我还不想让你们死，老实跟我走，也许你们还可以活命……"身后有响动，她眼目的余光看见有人朝她举枪，飞速转身射击。

举枪进来的曹钢蛋应枪声倒地，左手拎的酒菜洒了一地。宁孝原惨叫，掏出手枪。朱莉莉早已调转枪口。两只枪口相对。"叭！"枪声响，子弹穿过朱莉莉的后脑，她栽倒在地。是猫腰进来的方坤取了曹钢蛋的枪射击的。

宁孝原过去扪曹钢蛋的口鼻，已经没有了气息，胸前鲜血流淌："钢蛋，我的小老乡……"心疼如裂。我的钢蛋，你打日本鬼子没有死，却死在了军统的人手里，我要为你报仇！妈耶，老子不反更待何时！

黎江为曹钢蛋合上未闭的眼帘。

方坤号啕："曹钢蛋同志……"

宁孝原掏手帕盖住曹钢蛋发白的脸，泪水下落。方坤叫他曹钢蛋同志，他是中共的人了。啊，我啷个面对他的老父亲曹大爷！袁哲弘也许是没有抓住曹大爷是共产党或通共的把柄，或者是良心未泯，或者是放长线钓大鱼，说曹大爷是军属，把他放了。回重庆时，我咋个对老人家讲，白发人送黑发人，老人家会好伤心……

一身戎装的何基沣副司令闯进门来，他身后跟着副官和一群武装士兵。

宁孝原起身敬礼："报告何副司令，我把朱莉莉击毙了。"他不知道何副司令是中共的秘密党员，指黎江和方坤说，"他两个是我老乡，来看望我的，这个女军统，她一进门就朝我举枪，还竟然把我的副官曹钢蛋打死了……"声音哽咽，他得保护黎江和方坤，他知道何副司令最恨军统的人。

何基沣听宁孝原说时，眼目的余光看黎江，黎江朝他点首。他心中有数了，宁孝原是下决心参加起义了。盯朱莉莉的尸体摇头发叹："死得不值。"到曹钢蛋的遗体前脱帽致哀，进来的军人都脱帽致哀，黎江、方坤含泪致哀，宁孝原脱帽挥泪致哀。致哀毕，何基沣对身边的副官说：

"你带几个人把这里处理一下，曹钢蛋要厚葬。"

"是！"副官答。

"宁孝原！"何基沣喝道。

"在！"宁孝原挺胸。

223

何基沣目光犀利:"你不是问我有啥重要的任务吗,现在我告诉你,我命令你跟随我起义!"

"是!"宁孝原挺胸并腿回答,血往上涌,他人生转折的重要时刻到来了。

第三十章

穿褐色便西服的宁孝原在宁公馆顶楼的屋子里待了好一阵了，他被移民老祖宗宁徙传下来的"宁氏家谱"深深吸引，逐字逐句阅读："宁继富违背父愿，不走仕途倾力经商，悬梁刺股，自强不息，光大家业……"

宁继富是他爷爷，父亲多次跟他说过他爷爷忍辱负重，发家致富的事情。

戎马半生发誓不经商的他回来承接祖业了。

十多天前，何基沣、张克侠两位将军，率领国军第三绥靖区七十七军和五十九军的两万三千余众在贾汪、台儿庄如期起义，联名通电全国。此是内战爆发以来规模最大的国军起义，开创了国军大兵团起义之先河，为解放军胜利进行淮海战役奠定了基础。起义撕开了国军防线的一道大口子，打乱了蒋介石的部署，徐州惶恐，南京震惊，美国哀叹。起义后，何基沣任中国人民解放军第三野战军三十四军军长，率部参加了渡江战役，直捣南京。

宁孝原没能参加这场大战。

决定他人生转折的那天晚上，黎江在他的住屋里跟他进行了长谈。

十五支光的电灯悬吊屋顶，洒下来橘红色的柔光。

他俩挨坐在灯下的方桌前交谈。屋里的半人高的檀木雕花座钟陪伴他俩，铜制的钟摆不急不缓摆动，正点时便鸣响报时。

黎江给他说了许多革命的道理，说蒋家王朝的末日到了。说曹钢蛋同志是不久前加入中国共产党的，参加了解放军，他是为党和人民的事业英勇牺牲的，他的仇要报，千千万万革命烈士的仇要报，新中国就要诞生了。

两人端大茶缸喝茶，抽了好多根烟。

黎江抹四方脸，目光炯炯盯他："小崽儿宁孝原，跟屁虫，你听我的不？"

他说："听，当然听，你是我最崇敬的好大哥，我宁孝原跟你干，誓死跟随你干！"

黎江说："好，那你就跟我干。"神态认真，"交给你一个任务，回重庆去承接你们宁家的家业。"

他瞠目："啥，大战在即，你让我回去承接家业去经商？不去，绝对不去！我的好大哥，你晓得的，我是个军人，军人就是打仗。方坤、钢蛋都是解放军了，我也要加入解放军，我要参加这场大战！"

黎江说："你这任务重要，很重要，还得急办。是另外的一个战场，另外的一场战斗，这任务交给你合适。"

"我合适？"

"你合适。国民党政权垮台在即，重庆的多数工商界人士有顾虑，害怕共产党得了天下要共他们的产，准备把资金和企业转移去台湾。"

"不能转去台湾！"

"是的，不能。我党统战工作的重要任务之一，就是要稳住这些民族资本家，争取他们拥护人民军队解放重庆，支持人民政权建设重庆。"

"嗯。"

"当下紧迫的任务是，让民族资本的资金不外流，工商金融界的人士不外逃。你应该晓得杨灿三的，他是个大资本家，是重庆最有名的聚兴诚银行的老板。"

"晓得。"

"他很固执，拒绝与我党的人士接触，别人向他宣传我党的政策他也不信。他是你父亲的好友，你回去承接家业你父亲一定高兴，你动员你父亲去做做他的工作。跟他说明，我党对资本家是区别对待，对官僚资本要没收，对民族资本是要保护的。"

他挠头："家父也顽固。"

黎江说："这任务难，是没有硝烟的战争。你回去就可拖住你父亲不去台湾，再努力做他的工作，让他去说服杨灿三。孝原呐，我们夺取政权后得要巩固政权，巩固政权必须搞经济建设，搞经济建设就离不开这些民族资本家。"

他深感自己责任的重大，掐灭烟头："黎哥，我明白了，听你的，我努力完成任务！"

黎江拍他肩头："宁孝原同志，你是我们的人了，你虽然还不是中共的党员，但我黎江信得过你。你呢，还有个重要的任务，要全力为解放军接管重庆搜集经济情报……"做了具体的交代。

橐橐的脚步声响,父亲宁道兴进屋来:"儿子,你想好了没得,是打那混账仗当炮灰重要,还是回来承接老祖宗留下的家业重要?"

他点头。

黎江起身走动:"孝原,我相信你会完成好党组织交给你的这一光荣任务,相信你会经受住党组织对你的考验……"

"当,当!"座钟鸣响报时,凌晨两点了。

黎江住步,盯他笑:"嘟个,还当王老五?"

他起身嘿嘿笑:"实不相瞒,我是早就想娶她……"如实说了他跟赵雯、倪红的事情。

"听钢蛋说过,你小子是脚踩两只船呢。"

"大哥,我真心喜欢的是赵雯。"

黎江说:"婚姻有缘,希望你能如愿。"严肃了脸,"宁孝原同志,你今天晚上就动身回重庆。委屈你了,对外,你得说是不愿参加起义,是怒脱军装返回故里的。"

他挺胸点头。

"时间不早了,你赶紧收拾一下。"黎江说,朝屋门走,又返回,"记住,袁哲弘还有利用的价值,你回重庆后,切不可意气用事……"

宁孝原是骑马、乘车、坐船辗转回到重庆的,昨天深夜到家,今晨吃罢早饭就来这顶楼了。橐橐的脚步声响,父亲宁道兴进屋来:

"儿子,你想好了没得,是打那混账仗当炮灰重要,还是回来承接老祖宗留下的家业重要?"

宁孝原没有回答,他在跟父亲耍欲擒故纵之计。他合上家谱,细心地放进香案上的樟木匣子里,搀扶父亲下楼,搀扶父亲到客厅那乳白色的皮沙发上坐下,自己也坐下。何妈就泡了盖碗茶来。母亲也过来坐下。

"爸,老实说,我也厌倦打仗了。"宁孝原端茶碗喝茶,"爸,你要我继承家业也不是不可以,只是……"

"只是啥子?"宁道兴问。

宁孝原说:"爸,妈也在,妈作证,你必须答应我一件事情。"

"啥子事情,儿子,你说,妈作证。"母亲说。

宁孝原说:"爸,你必须答应我,不去台湾,不转走资金。"

"不得行!"宁道兴怒道,"跟你说了,一切一切的事情都已经准备好了!"

"爸,你莫要把话说死了哦。"宁孝原说。

"我就是要把话说死！"宁道兴青筋鼓胀。

"那好嘛，我立马回前线当炮灰去！"宁孝原也青筋鼓胀。

母亲唉唉发叹："老头子，你就听儿子的。"

宁道兴说："我宁氏的家业不能被共了产，我的决心早已下定，他要走就走！恁么多年了，他就没有好生在这屋里待过，他就没有把父母亲把这家放在眼里……"

宁孝原晓得父亲的脾气，犟起来三头牛也拉不回，就如同他自己当年执意去当兵一样，更理解黎江大哥说的做杨灿三这些资本家的工作是困难的。哼，你犟我也犟，看哪个犟得赢。他陡然起身，往自己的住屋走，其架势是立马打点行装返回战场。

"儿子，你坐下！"母亲急了，拉他坐，"老头子呃，你就这么一个儿子，你就忍心让他去当炮灰，去死在那败局已定的战场上……"

宁道兴怒目端坐，不看儿子。他没有想到儿子会突然从前线回来，还来看家谱，心里高兴，儿子心里还是有这个家的。可他刚才的要求是断不能接受的，接受即等于家产被共党共产，等于坐以待毙。他渴望也决计要说服儿子跟随去台湾，留得青山在不怕没柴烧，保住家业才有希望。

宁孝原犟脖颈不坐，双目瞪圆，武夫的他绞脑汁想着说服父亲之法。

父子俩僵持，客厅的空气凝固。

"叮咚，叮咚……"门铃声响。

何妈出客厅去开门。

来人是赵雯。她穿雪青色西服，戴藏蓝色鸭舌帽，蹬褐色皮靴，一身男士打扮，唯额前若有若无的满天星刘海透露出女人的娇俏。是宁孝原当年在万灵镇初识赵雯的穿着。手拎女士牛皮手提包和一包礼品的她随了何妈进客厅来，礼貌笑道：

"宁伯伯、宁伯母，事情多，好久都没有来看望两位老人家了！"盯宁孝原，"嘿，运气好，孝原也在！"将礼品放到茶几上，"带了包上好的云南普洱茶来。"

客厅里添了温柔气。

"啊，赵女子来了，坐。何妈，泡龙井茶！"宁道兴倒竖的眉毛弯曲，巴望这未来的儿媳妇早日过门。

何妈应声去泡茶。

宁孝原母亲喜眯了眼，拉赵雯坐到身边："赵女子是越长越好看了。"对宁孝原，"儿子，还不过来陪赵雯坐。"

宁孝原不想赵雯会来，好高兴，他本是打算下午阵去找她的，藏了怒容坐到她身边："我两个就是有缘，我昨晚黑到家，你今上午就登门！"

赵雯笑，揶揄说："大战的炮声隆隆，你这个大英雄倒回家来，当逃兵了唢。"

何妈端了盖碗茶来，放到赵雯身前的茶几上："赵小姐，请喝茶。"

"谢谢何妈。"赵雯道谢。

宁孝原有了救兵，父母亲都喜欢赵雯，赵雯的话父亲也许会听："我回来是……"他想说是回来说服父亲不去台湾不转移资产的，话到嘴边吞回去，得先跟赵雯说好了，得要统一口径，也想跟她单独相处，嘿嘿笑，"想你了噻。走，去我屋里。"拉赵雯走。

赵雯没有拒绝，跟他走："宁伯伯、宁伯母，我等会儿来陪你们。"

"要得要得。"宁道兴说。儿子跟他说过，他跟赵雯的事情谈得成，巴望他们尽快成亲，之后，举家去台湾。

宁孝原母亲点头笑："我跟何妈去大阳沟菜市场买些肉菜，赵女子中午就在家吃午饭。"

"嗯。"赵雯回身点头。

宁孝原的住屋在二楼，内饰典雅，檀木大床、茶几、衣柜、八仙桌、书桌、国画、立式古钟及原木本色的地板弥散着怀古的气息。是父亲为他精心设计布置的。他却少有在这屋里住。今天一早，何妈来收拾打扫过，很是洁净。

赵雯第一次来他这住屋，惊叹："哇，大户人家的公子哥儿就是阔气。"踱步到阳台上。

阳台宽敞，有花木盆景，摆放有藤条桌椅。宁孝原泡了两杯茶来放到藤条桌上："贵客登门，请坐，请喝重庆沱茶。"

赵雯没有坐，依在阳台的栏杆边四望。这阳台俯临宁公馆院子的大门，大门外的黄葛老树在换树叶子，浓密的绿叶里夹杂了金灿灿的黄叶。老大的慢坡地里草木葳蕤、曲径蜿蜒、房屋鳞次栉比，低远处的嘉陵江水悠悠东流，传来轮船的轰鸣声和纤夫的号子声。在长江边上长大的她，喜欢大河长江的雄浑奔放，喜欢小河嘉陵江的温丽清幽。袁哲弘给她说过，长江乃雄性为父，嘉陵江乃雌性为母，山城半岛是两江的孩儿。她赞同他这话。现在的大河小河正值枯水期，而春的涛声已经鸣响，双江合抱的山城即将迎来挺进大西南的中国人民解放军。她为与人民为敌的顽固不化的袁哲弘惋惜、悲哀，高升至中将的他已是罪行累累，不可救药。当她得知他枪杀了涂姐后，就有了杀他的念头，而他救过她母亲的命，他俩也相爱过。她纠结痛苦。她与现在跟她单线联系的上级黎江在武汉秘密见过面。黎江说，袁哲弘有利用的价值，你得从他那里多获得情报，一切听从组织的安排。她知道，黎江是宁孝原和袁哲弘的毛庚朋友，对他说了自己与宁孝原、袁哲弘的交往和真实情感。黎江说，你的情况组织上都跟我说了，你忍辱负重潜伏敌后获得了许多有重要的情报，辛苦你了。她说，袁哲弘呢，比好人还好，比坏人还坏。黎江不置可否，说，袁哲弘也是他的毛庚朋友，现在是他们共同的敌人，说革命不是请客吃饭，是一个阶级推翻一个阶级的暴烈的行动。是呢，个人的情感与革命事业相比，革命事业至高无上。她这么想，就看宁孝原，对了他一字一句吟诗：

"'骏马登程各出疆，任从随地立纲常。'"

宁孝原听了心里咯噔一下，这是他家先祖宁徙留下那长命锁上的认祖诗的前两句，是那天晚上他与黎江大哥商定的来与他接头的人的联络暗语，心狂跳，啊，竟然是她，赵雯是自己人！一字一句接诵："'年深外地犹吾境，日久他乡即故乡。'"

赵雯激动伸出双手："宁孝原同志！"两目晶莹。她是接到黎江的密电来与宁孝原接头的，好高兴，孝原与她是共同奋战的战友了。

"赵雯……"宁孝原伸双手握住她的手，她是他的同志，是他的心上人，"同志！"展臂拥抱她，鼻酸眼热。

赵雯任他搂抱，第一次在他面前落了泪，孤独奋战的她见到了自己的人，见到了她真心爱恋的人。

两个恋人两个在敌后相认的战友紧紧相拥。

江风吹过，院门外那棵历经日晒雨淋电闪雷击的虬曲鹏展的黄葛老树的树叶儿沙沙响，像是在窃窃私语，为他俩祝福。

他俩坐下喝茶说话，自然是先谈工作。宁孝原说了他这次回来的因由，说了组织上交给他的任务。赵雯说，是组织上安排她来助他一臂之力的。他说了他父亲的固执。她理解，说他父亲的这一关很重要，说通了他老人家才可以通过他去做杨灿三的工作。他说，我父母都喜欢你，你出面说话，我父亲会听的。她笑，严肃了脸，我的身份上级应该给你有所交代。他点头，黎江大哥给他说过，来跟他接头的人的身份连重庆地下党的人也不知道，要绝对保密。就说，赵雯，我相信你的智慧。二人说到了蒋介石的御用笔杆陈布雷。赵雯说，消息灵通者和小报上讲得绘声绘色，那日晚上，陈布雷洗了澡，想死得清白。他换了里外衣衫，穿了棕黑色马裤呢长衫，坐到写字台前

燃起根香烟。其时已近五更。他写了遗书致国民党中央政治委员会副秘书长洪兰友，托其照料中政会之事。写了遗书给张道藩，嘱托移交"宣传小组"账目。留函给蒋君章、金省吾两位秘书，我已无生存人世之必要，故请兄等千万勿再请医生医我。医我我亦决不能活，徒然加长我的痛苦，断不能回生也。函中说，床下新皮箱内尚有金圆券700元，嘱赠陶副官300元。写了他死后如何发表消息，不如直说，从8月以后，患神经极度衰弱症，白天亦常服安眠药，卒因服药过量，不救而逝。交代了文件放在一只小箱里，标明有BSS，内藏有侍从室历年的文件。写了呈委座函，表明，物价日高，务必薄殓薄棺薄埋。天露白时，陈布雷取出两瓶安眠药吞下了一瓶半，和衣躺到床上。蒋介石得知陈布雷的死讯后，面色发白，取消了当天的会议，到陈布雷的遗体前默哀，吩咐好生料理后事。派了军务局长俞济时和政务局长陈方帮助料理。自戴笠死后，蒋介石又一次若有所失，陈布雷这个追随他二十多年，日夜为他起草文稿的忠心耿耿的人走了，提笔写了"当代完人"的横匾。宋美龄在陶希圣的陪同下到场，穿黑丝绒旗袍的她步履沉重，面对陈布雷蜡黄干枯的脸闭上眼睛，两手颤抖合掌胸前，嘴唇嚅动，眼角滴出泪珠。陈布雷的遗体是在南京的中国殡仪馆大殓的，除蒋介石书的横幅外，还有李宗仁的"有笔如椽，谠论雄文惊一代；赤心谋国，渊谟忠荩炳千秋"等挽联。陈布雷的一些遗书几天前公开发表了，自然是蒋介石点了头的。他给蒋介石和亲朋、属下的信中都避免说出真相，他不能给亲属留下后患。他死后，亲属未受牵累。宁孝原说，他是国民党的殉葬人，腐败的国民政府大势去了。

　　两人说了当前的局势，胜利指日可待。

　　"赵雯，嫁给我！"宁孝原伸手拉住赵雯的手，"去年的冬天，在'沙利文餐厅'你对我说过，等这场战争结束再说，这场战争马上就要结束了！"

　　赵雯点头："我说过。"热了眼，"你当时说，也倒是，打完仗再说，万一我死在战场上呢。我说，不许说死，不许你死。"

　　"老子们命大，才不得死，我要讨赵雯做婆娘呢！"

　　"又说脏话。啥子婆娘的，难听……"

　　何妈上楼来喊他俩去吃午饭。

　　饭厅的大圆桌上摆满酒菜。冷菜有夫妻肺片、口水鸡、泡椒凤爪、凉拌毛肚，热菜有鱼香肉丝、宫保鸡丁、水煮鱼、麻辣鳝鱼、青椒牛肉、回锅肉、麻婆豆腐、酸辣土豆丝，汤是白菜豆腐汤，每人跟前摆放有麻辣油碟。看着就流口水。

何妈张罗完后去了厨房。

宁道兴见儿子跟赵雯有说有笑入座，他两个的事情是说好了，少有地亲自开茅台酒为赵雯、夫人和儿子斟酒，再才为自己斟酒，举杯说："难得今日设家宴一聚，来来来，我们一起干杯！"

大家举杯喝酒，相互敬酒。

宁孝原母亲喜得合不拢嘴，不住地为赵雯揽肉夹菜。

赵雯大口吃喝，笑说："宁妈妈做的菜真好吃，换了任何地方都是吃不到的。"

宁道兴笑："她跟何妈一起做的，都是些家乡菜。"

宁孝原吃凉拌毛肚："家乡菜就是好吃。爸，你去了台湾就吃不到了。"

赵雯接话："啊，宁伯伯要去台湾？"

宁道兴点头："唉，我也是时事所迫。"

赵雯问："为啥？"

宁道兴说了因由。

赵雯说："宁伯伯，你这些担心也许是多余的，我听说共产党对民族资本家友好呢，说是还要重用你们这些民族资本家。"

"啊，你听哪个说的？"宁道兴问。

"爸，人家赵雯是报社的，眼观六路耳听八方，各方的消息信息都晓得。"宁孝原说。

宁道兴嚼牛肉，没有说话，心想，赵雯是政府喉舌晚报一个部门的头头，听得的事情多，也许还真是怎么回事情。儿子这次回来说愿意跟他经商，他就犹豫还去不去台湾，也还是担心家产被共产党共了产，很是矛盾。

宁孝原盯父亲："爸，你硬要去台湾我也莫法，那我跟赵雯的婚事啷个办？"

"儿子，你跟赵雯的婚事说好了呀？"母亲急切问。

"说好了。"宁孝原说，看赵雯。

赵雯点头。

宁道兴悬着的石头下落，久盼之事成了，呵呵笑："你两个的婚事好办，好办，为父立马就张罗办！"

赵雯苦了脸："可是，我在南京的爸妈是不会去台湾的，他们也不会同意我去台湾。"

宁道兴锁眉头，赵工那人也犟："赵雯，你写信劝劝他们。"

"说不通的。"赵雯说。

"爸,要说你个人去南京跟赵伯伯说。"宁孝原说。

宁孝原母亲叹气。

宁道兴犯愁,渴盼已久的儿子的婚姻大事摆在眼前,赵雯方才说的不无道理,几天前,有个挚友对他说,中共重庆地下党的人想跟他见面,希望他留下来为新中国的建设出力。他回绝了,怕中共的人会言行不一,怕沾上嫌疑。欲言又止,赵雯和儿子都是党国的人,不能跟他们说中共的人要见他。心想,就私下去见见,倘若共产党能真诚善待他们,就不去台湾了,急切起身:"啊,想起件事情,我去打个电话。"起身去书房给公司的人打电话,交代转款香港之事暂缓,看看形势再说。

第三十一章

　　荣昌县万灵镇的四座古城门保存得完好，主城门是"恒生门"，侧城门是"狮子门"、"太平门"和"日月门"。"日月门"临濑溪河，城门洞狭小，进门洞后是弯曲陡窄的石梯，石梯被高高矮矮的瓦屋茅屋夹持，露出一线弯拐的天空。

　　宁道兴晓得，这些房屋是他老祖宗宁徙一帮移民们修建的，融合有闽西高墙小开窗土楼建筑之风格。均是石头墙基，竹篾墙面涂抹石灰或是木头板墙，有的翻修过，基本样式未变。年陈久了，风化的有苔藓的墙基墙壁布满斑驳的形态怪异的痕迹，像山水人兽似花木田园。宁道兴看着，眼前幻化出想象中的先祖宁徙从闽西一步步走过的穷山恶水、遇到的虎豹豺狼、相处的好人坏人、种植的花木庄家。"宁氏家谱"的记载和先辈们的口口相传，他对前辈们走过的路经历的险吃过的苦记忆深刻。不容易，太不容易了！时至今日，宁氏传下来的家业总算还在他和他孪生妹妹宁道盛的手里。宁氏的创业史发家史，他对儿子孝原说过多次，可他娃只当是耳边风。现在好了，浪子回头了，他总算是回归正道愿意承接家业了。他这次回老家万灵镇来，先去的妹妹宁道盛处，妹妹对侄儿孝原回来承接祖业很高兴，说她早就给孝原说了，她经营的老家的产业全都传给他，说她是绝对不去台湾的。

　　早春二月，春寒料峭。

　　宁道兴裹紧灰色中山服，按照挚友写给他的住址，抬步进了一家没有关门的白墙瓦屋，沿了黑咕隆咚的楼道上登，老旧的发黑的木楼梯嘎吱吱响。

　　三楼的厚实的木门关着，他伸手敲门，门开了，开门者竟是他重庆的邻居曹大爷。

　　"濑溪河咋往西流？"宁道兴说。这是他那挚友跟他说的接头暗语。

　　"沱江在那边等着它。"

　　曹大爷说，拉他进门，关死屋门，与他热情握手，请他坐，为他泡茶。他被袁哲弘释放不久，一个来杂货店买棒棒糖的小叫花儿送来一张字条，上书"马上转移"四个字。他明白，是自己人在保护他。当天深夜，他就从

杂货店的后屋逃走了。先是藏到老友的家里暂住，千方百计联系上了重庆的地下党组织，鉴于他已经暴露，组织上让他回老家开展工作。他老家在万灵镇小荣村，有间破旧的茅草屋，担心有敌特跟踪，没敢去住，住到了这里来。这是他用从杂货店夹壁墙里取出的钱买的这房子，安全，儿子钢蛋回来结婚也可以用做新房。

"老曹，不想竟然是你老兄！"宁道兴嚯嚯喝热茶，环顾这二十来平方的家具齐全的屋子，"嗯，老家这荣昌绿茶就是好喝！"

曹大爷笑："早就想跟你见面，不想，前两次约了在重庆会面都有人跟踪。"

"我那挚友给我说了，后来呢，我的事情也多，就拖到翻了年才来跟你见面。"宁道兴说，"哦，我还是要问清楚了，你到底是不是共产党？"

曹大爷说："你我是老乡是邻居，你的为人我了解，你是帮助过新四军的。"

宁道兴说："抗日责无旁贷，国家有难匹夫有责，何况我是赚了钱的。"

曹大爷笑："我不瞒你，我是中共党员，我是受党组织的委派跟你见面的。"

话奔主题，曹大爷细说了中共对待民族资本家的政策："……你应该晓得的，上个月的15号，天津解放了，重庆那川康银行在天津的分行就没有外逃，享受到了我党的优惠政策。"

"真的假的？"

"我说是真的你也许不会信，我请个人跟你现身说法。"

"哪个？"

"小霍，他回重庆来了，他在我那杂货店里当过伙计，你我都认得的。"

"他哟，听说他发了。"

"他现在是川康银行天津分行的二掌柜，是回重庆来向总行的头头汇报工作的。我跟他在'心心咖啡厅'喝了咖啡，他再三感谢我当年收留他打工。他说，他们天津分行的业务没有受到影响，还有发展。说共产党对民族资本家的政策是言行一致的。分管他们的领导很和气，随时帮助他们解决困难，经常组织他们开座谈会、听报告会，向他们宣传各项政策。这样，我给写封信你带去找他，你亲口问清楚……"

宁道兴听着，心动，他跟新四军做过生意，他们确实讲信誉。他心中的疑云开始化解，这就好，用不着费心费力往香港转移资金往台湾跑了，儿子的婚事也可以办得圆满，自己也不会兄妹分离了。

"拜托你件事情。"曹大爷说。

"你讲。"

"你跟聚兴诚银行的杨灿三老板关系密切,你跟小霍见面后,如果说得好,你对我党对待民族资本家的政策心服口服的话,拜托你做做杨灿三的工作。"

宁道兴点头:"要得,我也是恁个想的,杨灿三有号召力,他不走我们大家也都安心。"儿子孝原也催促他去说服杨灿三别去台湾。

曹大爷高兴,动手炒菜热饭。

二人围坐到红漆圆桌前,喝万灵古酒吃家乡小菜摆龙门阵。

"哦,老曹,你那杂货店一直关门,是不是……"

"那里不安全了,等重庆解放后,我还是要回去开门营业。"

"嗯,晓得了……"宁道兴喝酒,心里难受。那日晚上,他跟儿子孝原摆谈,说杨灿三都要去台湾。儿子说,难怪不得,你就只听他的,我和赵雯说的就听不进去。我晓得,你跟他关系好,其实,你可以跟他分析一下利弊,劝他莫去台湾,你也莫去。他不置可否。说到战场上的事情,儿子说,他厌倦打仗了,不想说,哀叹曹钢蛋死在战场上了。他问咋死的,儿子不说,各自回屋睡觉去了。此时里,他想问曹大爷他儿子的事情,话到嘴边收回去,白发人送黑发人是最为悲伤的事情,问他等于是在他心的伤口上撒盐巴。他是共产党的人,共产党消息灵通,他们组织上也许已经告诉他了。唉,他婆娘被日本飞机炸死了,儿子战死了,就他一个人了,太悲惨,转了话,"我们家乡这濑溪河水往西流,硬还是少有。"

曹大爷说:"是少有,它西流去沱江,沱江收留下它。沱江是汇入长江的,一直流去大海,终归都还是东流的……"

第三十二章

晚暮时分,"涂哑巴冷酒馆"里来了三位不速之客,涂哑巴忙着端酒上菜,来人是宁孝原、袁哲弘和赵雯。

是袁哲弘邀约宁孝原和赵雯一聚的,他说,再难得聚齐了,我们今下午在纪功碑周围好生转转,转饿了我请你两个吃沙利文。宁孝原说,不如去哑巴那酒馆。他说要得。三人转悠之后就来了这里。袁哲弘晓得,从湘鄂西来的共军的二野的主力和四野的一部已经临近重庆了,他已得到了上司的命令,就要飞去台湾了。

酒是清香扑鼻的干酒,菜是卤猪脚、卤猪肝、卤鸭脚板、卤豆腐干和花生米。为冬日的冷酒馆添了热气。

穿军呢大衣佩中将军衔的袁哲弘,举起一坦碗干酒说:"来来来,我三人今天喝个一醉方休。"喝干满碗酒。借酒消愁,他亲手杀了涂姐,至今是个心病,不时来看望资助涂哑巴,弥补其歉疚。他没有对哑巴说他姐姐的事情,遗憾涂姐与党国为敌。

穿驼色呢子大衣的宁孝原和穿雪青色呢子大衣的赵雯都举酒碗饮尽。

涂哑巴又端了卤牛肉来,乐呵呵的。袁哲弘是高官了,还时不时来问长问短,给他送来杂包、银元,他不收银元。袁哲弘比画说,你姐姐不在家,毛庚朋友的我来尽些薄力。他就收下了。他还不知道他姐姐已经不在人世了。他问过袁哲弘,也问过宁孝原和赵雯,问他们晓不晓得他姐姐在哪里,他们都比画说不知道。

宁孝原点燃纸烟抽,心里滴血。回渝后,他来看望资助过涂哑巴,比画说他不想打仗了,回来做生意了。涂哑巴就比大拇指头。他时时都想杀了袁哲弘,为涂姐报仇,可黎江大哥叮嘱他不能意气用事,只好强忍。赵雯撤了块卤牛肉吃,她也来看望资助过涂哑巴。她和孝原都不忍心也不能告诉涂哑巴他姐姐的事情,他们都不能暴露自己的身份。不给哑巴说也好,他还有个盼头,就要解放了,有合适的时候再说。关于惩处袁哲弘,她密电请示过黎江,黎江回电说,听候组织的安排。曹大爷被释放后,她从袁哲弘处探知是放长线钓大鱼,担心重庆的党组织再次受损,给了那小叫花儿钱,叫他把"马上转移"的字条交给了曹大爷。

"孝原老弟,你不与投敌者为伍,怒脱军装回来经商,不愧是党国的忠臣!"袁哲弘朝宁孝原举酒碗,"你老弟是战场商场都要得开,来,为我两兄弟都还活着,喝!"

宁孝原举酒碗与他碰碗,喝酒,抹嘴巴说:"党国的高官不少都去台湾了,你啷个还不走?"

赵雯附和说:"就是。"

袁哲弘灌口酒:"我今天请你们一聚,就是要告个别,职责所在,我得去台湾。"心里哀凉,股股痛,不得不离开生我养我的故乡去那孤岛了,不知道啥时候能够回来。他试探过体弱多病的母亲,母亲说她哪里也不去,她这把老骨头就埋在重庆。母亲时常落泪,他知道,母亲是担心他。

宁孝原也灌口酒,揶揄说:"你是党国的精英,去台湾是有要务的。"

宁孝原的父亲是不去台湾了,他从万灵镇老家回来后不久,对他说,儿子,共产党是真心善待我们这些他们称之为的民族资本家的,我不去台湾了,还是家乡好。父亲几次去找了聚兴诚银行的老板杨灿三,还带了他去过两次。他父子俩都极力劝说杨灿三别去台湾。他们的努力有了效果,杨灿三对共产党的态度有了改变。他们杨家有五大房,第五房在香港的产业做得大,要杨灿三把重庆的资金转移去香港。杨灿三拒绝了,最终决定留在重庆。重庆的其他民族资本家也都决定留在重庆,没有一个到台湾去,没有一分钱资金外流。这期间,宁孝原够忙的,除了做父亲和杨灿三的工作和学习经商外,还千方百计为解放军接管重庆搜集了大量的经济情报。黎江发电报夸他,战场商场都建功勋。他高兴。还高兴的是,就要跟赵雯结婚了,重庆就要解放了,组织上会批准的。

袁哲弘啃卤鸭脚板,孝原说他去台湾有要务,确实是。前年八月,军统局公开的武装人员与军委会军令部二厅合并为国防部第二厅,郑介民任厅长;其秘密的核心部分组成了国防部保密局,毛人凤任局长,他因对党国忠诚、有功,已受命为该局的副局长,去台湾是担负有复兴党国大任的。酒是喝得多了,为免说话有失,他转了话题:

"咳,今年那'九二火灾'实在是损失惨重,大火从东水门烧到了朝天门、陕西街、千厮门冒起来几十处老高的火头,我赶去时已是一片瓦砾。"

赵雯痛惜摇头:"我写了报道,大火吞噬了几条街,烧毁街巷39处,学校7所,机关10处,银行钱庄33家,仓库22所。被烧死的有户口载籍

的2500多人，身份不明者不计其数。"

"惨！"宁孝原蹙眉说，"听说了，天气太大了，是下午阵从陕西街的余家巷不慎起火的。"

袁哲弘矜持说："民间是恁个说的。重庆警备司令部政工处的那个龚克勋副处长，从牢房里提了两个共党犯人，拉到余家巷去枪毙的，暴尸了三天三夜。"

宁孝原瞪眼，这是嫁祸于共产党，见赵雯盯他，转了话："水火硬是不留情。"

袁哲弘看宁孝原："还好，你家先祖宁徙集资修建那湖广会馆还没有被烧，那可是文物！"

赵雯说："是宝贵的文物！"

袁哲弘点头："我们刚才去看过的纪功碑附近的文庙是宋朝修的，抗战时是重庆的文化活动中心，也是文物，可得要保护好。"

"是得要保护好。哦，纪功碑附近那会仙桥也是文物。"赵雯说。

"对的。"宁孝原接话，"我老汉说，早先有个打鱼郎在那桥上见到八个叫花儿，却原来是汉钟离、张果老、韩湘子、铁拐李、吕洞宾、曹国舅、蓝采和、何仙姑八大仙人。"

大家都笑。

"纪功碑附近的国泰大戏院也是文物。"赵雯说，"1937年修的，挨着夫子池，是抗战大后方的文化圣地。那戏院白天放电影，晚上演话剧，场场爆满，霓虹灯才好看。"

宁孝原喝酒："我跟涂姐和窦世达去那戏园子看过京戏，那阵，窦世达是国军的营长，他指给我看，说戏院有上千张铁靠椅，有好几个磨砂大吊灯。说两边的高墙各都安得有排风扇，耗资十多万银元。"

袁哲弘接话："抗战期间，话剧的四大名旦舒绣文、白杨、张瑞芳、秦怡就是在那里演戏出成名的，白杨、吴茵就在那里演出过《卢沟桥之战》、《沈阳之夜》。那里还演出过郭沫若的话剧《棠棣之花》、《虎符》，曹禺的《雷雨》，吴祖光的《牛郎织女》。买票的人挤满了半条街。"

赵雯点头："大轰炸期间，警报一响，国泰大戏院的演出就立即停止，空袭一过，演员和观众又回到剧场，战时的演出一直就没有中断过。"

"是，没有中断过。"袁哲弘说，"哦，还有依仁巷，好狭长的一条巷子，很有特色。还有十八梯……"

涂哑巴听不见，看大家的神情专注，见哪个碗里的酒少了，就捧酒坛斟酒。

赵雯面飞红霞，借酒兴说酒话："听得个消息，也不知是真是假。"

"啥子消息？"袁哲弘酒色满面。

"说是内二警兵变？"赵雯看袁哲弘，套他的话。

袁哲弘喝酒，吃卤豆腐干："假作真时真亦假，无为有处有还无。"他清楚，内二警是支两万余人的美式械化部队，是拱卫重庆护卫蒋委员长的御林军。本月初，共军刘邓部队突破了川黔防线，内二警的头头害怕了，暗中策划兵变，意图抓捕委员长向共军邀功。他知道，委员长对安全格外小心，外出随时改变行走路线，坐车是五部小车同时出动，他从不坐第一或最后一辆车。委员长深知内二警的重要，送了几卡车银元给该部。他参加了那次会议，委员长在会上说，要确保重庆，保不住就退守内江，以沱江为第二道防线。说他已命令胡宗南的百万大军开赴成都，拟从台湾调500架战机，与共党决一死战。说再坚持三个月，第三次世界大战就要爆发，美国会直接出兵援助。说现在发三个月的应变费给你们，你们一定要固守到底，到时候再论功行赏。可内二警还是要兵变。保密局得到情报，他们兵变的因由是：该部的前身是川军刘湘系的，长期受到歧视；再是毛泽东今年四月有个讲话，向党国的军政人员指出，要么所谓继续与人民为敌，与蒋集团同归于尽；要么所谓与蒋决裂，赎罪立功，以求人民的宽恕。共军打到綦江、南川时，委员长急调胡宗南的号称"天下第一军"的部队过来，却在南泉败北。委员长就把林园、白市驿机场等处的守卫换成了嫡系部队，调派内二警去长江南岸抵挡共军，后又调回北岸防守佛图关至朝天门一线。内二警的头头认为是让他们去送死，就策动兵变。

关公脸的宁孝原说："耶，哲弘，你老兄在说曹雪芹那《红楼梦》里的太虚幻境嗦。"

"这话是甄士隐说的。"袁哲弘说。

"晓得了，真事隐。"赵雯笑。

当晚，赵雯住的冷酒馆附近的宁公馆。袁哲弘喝得烂醉，候在冷酒馆门外的两个便衣警卫搀扶他走的。赵雯本要回家的，宁孝原说，天晚了，就住我家。她没有拒绝。

是何妈来开的宁公馆的大门，说老爷太太都已经睡了。

宁孝原领赵雯去了他那二楼的住屋。屋灯光是橙红色的，赵雯越发地妩

委员长在会上说,要确保重庆,保不住就退守内江,以沱江为第二道防线。说他已命令胡宗南的百万大军开赴成都,拟从台湾调500架战机,与共党决一死战。

媚。宁孝原关死了屋门，搂抱她亲吻。阳台外，夜空的星星挤眉眨眼，欲圆的月亮捂嘴巴笑，披了月辉的黄葛老树的树梢晃动，耶，你两个今晚上就圆房了嗦。这话是他心里在说。酒生酒胆，渴盼这一天好久了，他抱了赵雯扔到檀木大床上，她已答应嫁给我了，她就是老子的人了。

气粗的他没有鲁莽，一颗一颗地解她的衣扣。

立式古钟当当响，时针指着晚上十一点。

古钟像是在说，这么长时间都等过来了，急这一会儿做啥，心急吃不了热豆腐。他看立式古钟，想起那天晚上黎江跟他长谈的那屋里的座钟，就看见了黎江那四方脸，宁孝原同志，你是我们的人了……黎江大哥给他交代过党的组织纪律。他就把她的衣扣一颗一颗又扣好，在她柔软的身子上压了压，起身下床，就要办婚礼了，老子在新房里干。

仰躺床上的赵雯胸腹起伏，她也渴盼这一天好久了。前天深夜，她收到黎江发来的密电，情况紧急，中央高层决定，命令她速去台湾，以与袁哲弘"爱恋"和她是《陪都晚报》社会部的主任为由。去后单线联系一个人，完成任务即返回。交代了联络的具体事宜。看完密电，她心剧跳，中央高层的决定可是重任，振奋不已，党的指示必须执行。她惊叹自己的勇气，革命的信念在支撑着她。泪水滑出眼眶，重庆解放在即，她却要离开故土。与孝原的婚礼在即，她却要离别心爱的人。祖国的美丽宝岛她很想去看看，而此却不是去观光是深入虎穴。到台湾后她会尽力完成任务，也难免会有风云突变。她也许会被捕坐牢牺牲，也许会接到新的指示长期潜伏。与孝原的这一别也许是长别是永别。她知道，她与孝原结婚是要经过党组织审查批准的，而此情此时她要全身心接纳他，给他以爱，得到他的爱。

"赵雯，莫怪我，我鲁莽了。"宁孝原坐在床边抽烟。

赵雯起身抱住他，在他宽实的背上落泪："孝原，我不怪你……"拉他转身，亲吻他，吻了他满脸的泪水。

宁孝原的心狂跳，狼眼露出凶光，扔掉烟头，山一般将她压倒。

干柴遇烈火。

激情之后，光身子的二人捂在被窝里说话。

赵雯与黎江与孝原均是单线联系，她想着合适的话："孝原，我没有跟袁哲弘说我要嫁给你哦。"

宁孝原捏他精巧的鼻子："晓得，你给我说过，叫我也莫跟他说，他这个国民党保密局的头儿我们都还要利用。"

"是。"

"他这坏蛋迟早得死，得死在老子的手上！"

"现在他还得活。孝原，我都给了你。"

"老子有福，抱得美人归。"宁孝原说，紧搂赵雯。

"又说脏话。"赵雯亲他那狼脸，眼含热泪，"'骏马登程各出疆，任从随地立纲常。年深外地犹吾境，日久他乡即故乡。'"

"这接头暗语你记得还熟。"

"我在念宁徙老祖宗留下的认祖诗。"

"嗯，好，是我宁家的人。"

"孝原，我是你的人你是我的人，无论我在哪里，无论发生了啥子事情，你都要记住啊。"

"当然，绝对！"

第三十三章

　　重庆白市驿机场彤云密布，戒备森严，探照灯光四射，驶来五辆小车，从车上下来的嫡系护卫和要员们快速分列两厢，其中有穿军装的袁哲弘中将。蒋介石从其中的一辆小车下来，朝大家挥挥手，快步登上一架飞机，有要员、护卫紧跟登机。其余的要员、护卫登上了另外的两架飞机。

　　袁哲弘没有登机，看手表，时针指着12时30分。

　　三架飞机起飞，直插漆黑的夜空。

　　袁哲弘怅然若失，委员长也没顾上跟他握握手说说话。他抬动穿军靴的脚在机场里踱步，焦灼地看手表。

　　一群候机的军政官员、家属蜂拥而来，其中有他渴盼的穿黑花呢大衣的赵雯。他的一个亲信提了两个皮箱跟在她身后。袁哲弘的眉头舒展，亲信提的是他和她的皮箱。他叫赵雯跟他一起去台湾，赵雯担心父母没有人照管，他说他安排留在南京的人帮忙照顾。赵雯还是难决。他说，赵雯，你必须走，大小你也是党国喉舌的一个头目，共党来了你是不会有好果子吃的。跟我走安全，你放心，我会照顾好你的。赵雯含泪点了头。他让赵雯带上行李住到保密局里，说飞台湾的航班十分紧张，随时都要准备赶去机场。赵雯犹豫一阵，答应了。他好高兴，搂抱她亲吻，她用手挡了他的嘴。他没有也不会强求，她答应跟他一起去台湾了，她会是他的人。

　　一架飞机缓缓驶来停住。

　　袁哲弘、赵雯提了皮箱随人群挤上飞机，这架飞机飞往台湾。

　　他俩挨坐。

　　"刚才起飞了三架飞机。"赵雯说。

　　"嗯，委员长飞去成都部署大决战，本来是中午起飞的，提前了12个小时。"袁哲弘说。

　　"警惕？"

　　"嗯。"

　　袁哲弘知道，委员长提前离渝是因驻渝附近的谢增新师起义，共军的一个师正奔白市驿机场而来。他还知道，内二警的四个支队在牛角沱、曾家岩、上清寺、中山路布防，另两个支队进城去抓捕委员长，好在被守城的三六四师罗君彤部击退。是重庆市长兼西南军政长官公署副长官的杨森不放心内二警，命令罗君彤率部阻击的。双方打得激烈。那时，他正带领住来龙巷的侦缉队在纪功碑、较场坝一带巡查，城里混乱至极，好多车辆都往成都开。委员长是下令车辆只许进不准出的。败了，重庆是保不住了。江北传来巨响，城里的灯光骤灭。他心里发痛，江北兵工厂那火药库被炸了，是委员长布置人去爆炸的，这兵工厂抗战、剿共都建有功勋。

"内二警还真是兵变了。"赵雯说。

"没能得逞。委员长还没有跟他们翻脸，命令他部沿川北公路赴成都待命。"

"他们听？"

"他部已向成都开发了，这帮人迟早要反。共党的川东特委、川西地下党用了七条内线策反他们。委员长也有警惕，把内二警那队长彭斌的妻儿已经送去了台湾。"

"他不会反了。"

"难说。他身边人给他说，我们已山穷水尽，不是考虑妻儿老小的时候，要考虑内二警两万多官兵的性命。"

"你了解得好清楚。"

"吃这碗饭的。"袁哲弘说，忍不住伸手搂赵雯的肩头，"赵雯，嫁给我。"

赵雯看机窗外，一片黑蒙，思念故土思念孝原思念组织，回脸说："哲弘，你说了要在台湾帮我忙的。"

"是，我说话算话。"袁哲弘说。

"我不想做成天采访写字的事情了，累人，就想安安稳稳过日子。"

"好呀，你就当我的闲置太太。"

"太闲了也不行，这样，我带得有钱，想开个卖衣服的小铺子，你帮我跑跑租房子和那些麻烦的申办手续。"

"开衣铺啊，要得。"

"我想了，铺名就叫'雯雯衣铺'。"

"嗯，这铺名好。我一定帮你如愿，我在台湾有熟人，军界政界工商界的都有。"

赵雯长长一叹。

袁哲弘抬动穿军靴的脚在机场里踱步,焦灼地看表。一群候机的军政官员、家属人等蜂拥登机,他渴盼的穿黑花呢大衣的赵雯终于来了。

"你不信？"

"哲弘，你说我们背井离乡大老远跑去台湾，那里就安全？"

"你担心共军攻打台湾？"

"宜将剩勇追穷寇，不可沽名学霸王。毛泽东是这么说的。"

"你放心，有台湾海峡阻挡，有军舰飞机保卫，共军打不进台湾。"

"你就这么自信？"

"我跟你说两条最新的好消息，可惜的是，你这个报社记者是没法子在大陆抢先报道了。就在上个月的下旬，共军三野的十兵团攻打金门，三个主力团的九千多名官兵被我军全部歼灭了。"

"真的？"

"真的。打了两天两夜，共军人数不占优势，弹尽粮绝，全军覆没。再就是这个月初，共军三野的七兵团进攻舟山群岛，没能登岛不说，还被我军打死打伤一万四千多人。"

"啊，共军不是能打仗么？"

"能打仗和打胜仗是不能画等号的，战争有诸多的因素，他们的情报失准，他们没有海空优势……"

赵雯听着，心里滴血，发湿的两眼目视机窗，为牺牲的我军指战员痛惜，为他们默默致哀。更深感自己的责任重大。中央高层决定她速去台湾，就是要获得敌人准确的军事情报，一举解放台湾。机窗外一片黑蒙，她的新的战场就在前方，决心越坚，一定要跟敌人斗智斗勇，流血牺牲也在所不惜。

"赵雯，你咋不说话？"袁哲弘搂她问。

赵雯叹气："生我育我的山城远了，再见了，我的重庆！"

"再见，我的故乡……"

袁哲弘叹气，心里难受，他匆匆离家时，母亲已经熟睡。母亲从小把他带大，教他知书识礼。九年前，疯狂的日机炸沉了"民俗轮"，二管轮的父亲被大江吞噬，就他母子相依为命。现在，他不得不离别故土，剩下母亲她老人家孤独一人。孝子的他跪到母亲床前磕头，留下封信，泣不成声。

第三十四章

次日黎明，细雨霏霏，山城的冬雨温柔似细纱曼舞。古人云，甘露降，是太平瑞征。

进入重庆的刘伯承、邓小平指挥的解放军二野第十一军、第十二军和四野第四十七军先头部队的五个营的官兵在上下半城的街头宿营。调任第十二军副参谋长的方坤率领的部队在较场坝宿营，这里可以看见前面的"抗战胜利纪功碑"。疲惫的官兵们沿街头挤睡，冬雨悄无声息地抚柔没有屋檐遮挡的熟睡的官兵们。

走过的路人和陆续增多的穿着各异的民众看着，啧啧赞叹。

责任在身的方坤不敢深睡，不时看表。昨天，在重庆地下党组织的策动下，旧市参议会、商会、工业会、保民军的代表温少鹤、蔡鹤年、周荃柏、任百鹏等人到海棠溪迎接他们，今天要举行入城式。家乡的冬雨缠绵，欢迎他这个大战归来的游子。他起身走出屋檐，仰面迎接久违的乡雨，目视在微曦中耸立的纪功碑，他是头一次看见这碑，好高大雄伟。

"方副参谋长，有情况？"睡在方坤身边的陈喜警惕地起身跟来。少东家宁孝原把万灵镇那"宁家旅馆"抗日献金之后，陈喜就离家出走了，途中遇见了解放军，现在是方坤的警卫员。

方坤拍陈喜的头："小崽儿，回家的感觉啷个样？"

陈喜笑："安逸，巴适！"指纪功碑给方坤讲说，说他少东家宁孝原还钻进碑里面去细看过。

说曹操曹操到。此时里，打雨伞穿深色毛呢大衣的宁孝原走来，看着雨宿街头的解放军感叹，爱民不扰民的军队，正义之师，胜利之师！明里，他是现任"大河银行"的董事长，暗里，他是党的秘密工作者。他看见了方坤，好高兴："哈，方坤，是你耶！"举雨伞为方坤遮雨，"昨天市商会组织去海棠溪迎接你们，我也去了的，就想看见你，却没有看见，今天早晨倒遇见了！"

方坤认出是宁孝原，揶揄说："别来无恙啊。"不知情由的他对老上司

起义时临阵脱逃很是气愤，听宁孝原说到市商会，心想，他怕也是市商会的人，是统战的对象，对他拱了拱手。

陈喜认出老板，喜道："少东家，我是陈喜，是方副参谋长的警卫员！"

"啊，都一直在找你呢……"宁孝原高兴庆幸。

"你，不该逃跑的。"方坤盯宁孝原，目光犀利。

宁孝原不能说实情："其实，主要是父命难违，家父死活要我回来承接家业……"转话说，"呃，方坤，你我都是重庆人，你晓得重庆有好大不？"

方坤说："你莫要转移话题。"

宁孝原笑："我跟你说，我现在才搞清楚，重庆有300多平方公里，有100多万人！小日本不仅没能把重庆炸毁，重庆现在是水陆总汇的大都市。卢作孚那民生公司的轮船还都完好，上去宜宾，下去武汉、南京、上海，一天到晚，人员和物资进进出出……"

方坤有了兴趣，上级说了，进城后要抓经济建设，这比打仗还难。宁孝原这个临阵脱逃的老上司有其家族经商的优势，山不转水转，说不定他两人会走到一条战线上："嗯，重庆的水路自古就发达。"

"陆路也可以。"宁孝原说，"有川黔公路通贵阳，川湘公路连湖南，成渝公路上成都。从成都有公路南下西康，北去陕西。关键是，重庆是水陆要冲，陕甘川康滇黔的商货出入长江，都要经过重庆的水码头转运。哦，重庆本土的商货也多。"

"农作物多。"

"农作物是其一，还有桐油、猪鬃、药材、盐巴、煤炭。重庆是工业重镇，工厂有600多家，有机械制造厂、化工厂、火柴厂、造纸厂、印刷厂、兵工厂等等。规模大的机器工业就有15家，化学工业有12家，纱厂纺织厂有16家。原料要运进来，产品要外销。"

"你搞得还清楚。"

"做银行业了嘛，家父非要我干，干呢，就得好生干。还是那话，知己知彼百战不殆。我跟你说，重庆的学校也多，有重庆大学、女子师范、省立四川教育学院……"

方坤看表。

宁孝原看表："啊，时间快到了，我是来欢迎你们入城的。"

方坤说："好，我们改天再谈。"肃了脸，"陈喜，通知部队集合！"

军令如山，熟睡的官兵们迅速起身，整理军装缠紧绑腿背上背包扛枪集合。

七点正，解放军入城式开始。

天色麻亮。"抗战胜利纪功碑"四围已是人山人海。高碑、商铺、住房的电灯汽灯齐亮，为飘洒的雨丝配上七彩。打雨伞不打雨伞的各界人士和从住屋里跑出来的市民们欢呼雀跃，有的从梦中惊醒的人穿着单薄，冷得打抖。马路两边，里三层外三层挤满了人，掌声欢呼声雷动。"中华人民共和国万岁！"、"毛泽东万岁！"、"人民解放军万岁！"人们发自内心呼喊，感动流泪，有的人喊得声音嘶哑。活了一辈子，从没有见过这样好的队伍！这才是我们人民真正的军队……人们盛赞解放军。纪功碑前大街的街心，艰苦奋战长途跋涉的中国人民解放军指战员们，高举"打到大西南，解放全中国"的横幅和毛泽东戴八角帽的巨幅画像，精神抖擞行进。天光和灯光辉映着他们庄严谦恭的脸，辉映着一面面招展的军旗。

挺胸走在队伍中的方坤好激动，他亲身经历过的全国誓死抗战的情景、解放军百万雄师过大江的情景浮现眼前，步伐坚实。一个卖烟的小男孩跟来，举了支香烟递给他，解放军叔叔辛苦了，抽根烟嘛，歇歇气。方坤拍他花糊的脸蛋笑，不能拿群众的一针一线呢，谢谢你，小朋友！大步前行。

挤站在纪功碑底座台阶上的宁孝原目送方坤，眼羡不已，自己要不是有特殊的任务，这会儿也会像他一样雄赳赳走在队伍里。赵雯也没能参加这盛大的入城式。三天前，他去报社找她，报社已经关门。去十八梯她家找她，房门紧锁，等到深夜她也没有回家。之后，他四处找寻都没有找到。她出事了？给黎江发了急电："赵雯失踪"，黎江回电："知道了"。他没有深问，黎江给他交代过党的秘密工作纪律。想到赵雯给他念了认祖诗，对他说，孝原，我是你的人你是我的人，无论我在哪里，无论发生了啥子事情，你都要记住啊。看来，她是接受了新的秘密任务。啊，她潜伏去台湾了？袁哲弘去台湾了，这大坏蛋跑得快，没能宰了他。今天凌晨，袁哲弘母亲急敲开宁公馆的门找他，泪流满面，把袁哲弘留下的信给他看："母亲大人尊鉴：自古忠孝难以两全，儿子不孝，儿子是党国的人，儿子奉命飞往台湾了。儿子会时时念想母亲大人的，儿子总有一天会回来看望你老人家的，儿子会带了晚辈们来看望你老人家的。言不尽思。福安！儿子百拜。"求他带她去机场送送她儿子。他让何妈为老人泡了茶，陪她在客厅里坐，快步上楼去住屋，掏钥匙打开书桌抽屉，取出手枪。他要去机场怒杀袁哲弘，为涂姐和革命烈士们报仇。他已得到情报，上个月的27号晚上，国民党特务机关对白公馆、渣滓洞等处关押的中共党员和革命人士进行了疯狂大屠杀，三百多名革命志士壮烈牺牲。他出屋门时又止住步子，回身锁好手枪。黎江给他叮嘱过，袁

哲弘还有利用的价值，你回渝后切不可意气用事。就回到客厅里宽慰老人，说他现在不是军人了，没法带她去机场。他父母披衣服来到客厅，竭力宽慰袁哲弘母亲。他想，袁哲弘此时怕是已经飞往台湾了。赵雯会否跟袁哲弘一起飞去台湾？她会利用袁哲弘却是不会跟这个刽子手好的。他担心的是，倘若赵雯真跟袁哲弘去了台湾，袁哲弘会对她不轨以至于狠下毒手，心里好乱。商会通知他今天一早到较场坝集合，参加各界人士欢迎解放军入城，他天不亮就出门赶来，就遇见了方坤。他目送方坤随队伍走远，后续部队不断地走过。赵雯，你可一定要平安无事啊！有群年轻男女拥挤过来，其中有个女子像倪红。啊，倪红，你现在怎么样。他上次去找倪红，堂子那妈妈说倪红跟洋人斯特恩下湖北宜昌做生意去了。得要去宜昌找到他们。

天色大亮。

高耸的纪功碑清晰醒目。

重庆解放了。

两江合抱的山城重庆，迎来了新的纪元。

第三十五章

"雯雯衣铺"开在台北市重庆北路的一条支马路上，生意一般。袁哲弘是有办法，短短几天，就帮赵雯开张了这家衣铺。铺面不大，有个小阁楼，小阁楼是赵雯的卧室。这条支马路和与之相连的大街上，穿着不一神色各异的行人军人伤兵好多，商铺林立，汽车摩托车黄包车自行车往来，有房屋在新建或是拆建，喧嚣杂乱。

赵雯觉得，这有利于掩护。

袁哲弘说，国民政府撤退来台后，众多的单位机关银行工厂学校都陆续撤退过来，撤退来的军民有两百多万。政府带来了资金器材，美国给了援助，这里的道路、机关、工厂、学校、住房都在增修改建。

这条支马路晚上有夜市，卖蚵仔煎、鱼香茄子煲、佛跳墙、脆皮炸鸡、香芋扣肉、沙茶牛肉、烟筒白菜、卤肉饭、牛肉面、担仔面、石头火锅等吃食。袁哲弘笑说，台湾是座名副其实的"饱"岛，饮食主要是受闽粤的影响，也汇集了大陆各地的特色餐饮。赵雯希望台湾兴盛，饱经风霜的台湾有兴有衰，无论兴盛还是衰败，都是中国的宝岛，台湾是一定要解放过来的。

前天晚上，袁哲弘送来日用品，陪她转夜市吃夜宵，她说尝尝担仔面。摊主介绍说，担仔面是台南最有名的小吃，用虾子熬煮的汤头，加上蒜泥香菜提味，更精细的配方只有传人才晓得。赵雯吃之后说，还是想吃重庆的担担面，袁哲弘点头。转完夜市，袁哲弘送她回到衣铺的小阁楼上，好晚了也不走。她说，你想在这里过夜，好嘛，我个人去住旅馆。袁哲弘看表，亲她一口，你早晚是我的人。

今晚，衣铺打烊后，有人敲门。赵雯开了门，是个穿旧大衣的戴眼镜的中年男人，进衣店后四处挑选衣服，随意哼道：

"骏马登程各出疆，任从随地立纲常。"

赵雯的心扑扑跳，盯店外无人，关死店门："年深外地犹吾境，日久他乡即故乡。"

"我是老赵。"来人说。

"你好，老赵同志！我们是家门，我是赵雯。"赵雯激动伸出双手。

"你好，赵雯同志！"老赵与她紧紧握手。

赵雯领他登木梯上到小阁楼里，拉燃电灯。灯光照亮阁楼里的床铺衣柜条桌椅子。赵雯请老赵坐椅子，自己坐到床边。

"就盼你来！"赵雯为老赵泡茶。

"我也盼你来！"老赵端玻璃茶杯喝茶，"我看到了报上登的'雯雯衣铺'开张的消息。"

赵雯笑，这是他们联络的信息，说了解放全国的大好形势，转达了党组织对他的问候。

老赵高兴激动，汇报了中共台湾工委发动群众、组织秘密武装的情况。从怀里取出个小圆铁盒，郑重地交给她："赵雯同志，这盒子里装的是微缩胶卷，有《台湾战区战略防御图》、舟山群岛大小金门的《海防前线阵地兵力火器配置图》、防区《敌我态势图》。有台湾海峡的海流资料和登陆点的情况分析。"

"啊，太好了！"

"还有敌人《关于大陆失陷后组织全国性游击武装的应变计划》，五个戡乱区的负责人和15个重点游击根据地的负责人及其兵力配备。"

"嗯，这很重要，有利于我们肃清残敌。"

"望你以最安全最快捷的方式上报中央。"

赵雯点头："老赵，你放心。"离开重庆前，黎江发来密电，交代了传递情报的联络人和时间地点。她回电，明白，我即飞台。

老赵说："后续搞到的情报，我会及时送来。"

"好。我这里不太安全，我们再次接头改在附近的'安平茶楼'。"

"行，我知道那茶楼。"老赵说，从怀里取出个小照相机和两个胶卷，"是德国蔡司微型照相机，方便你工作。"

赵雯接过相机和胶卷："谢谢你，老赵……"

四天后，台湾岛北端喧闹的基隆港走来一个女人，穿黑色暗花光绸旗袍，披灰色外套，蹬半高跟皮鞋，拎黑色小皮包。她是赵雯。按照黎江密电，她来与传送情报的联络人接头。

她旗袍下摆的内衬里缝有两个微缩胶卷，一个微缩胶卷是老赵交给她的，一个微缩胶卷是她拍摄的敌方情报和她写的情况汇报。

老赵送来的情报至关重要。组织有严格的纪律，她不能深问老赵的情况，老赵或者是其他的同志，一定是战斗在敌人心脏里的，是深藏虎穴九死一生获得的这些绝密情报。感佩不已，为有这些忍辱负重不计名利随时会流血牺牲的隐秘战线的战友自豪。

　　解放台湾在即，得要争分夺秒为党工作。

　　她去找了袁哲弘，她是以他"恋人"的身份与他同机飞来台湾的。门岗检查严格，通电话后说袁副局长外出不在。她接连两天去找，找到了。他的办公室不大，褐色的木质办公桌老大，堆满了文档。袁哲弘高兴也惊骇，关门说："你怎么敢……啊，你来了，说好了我找你的！"她说："想起你就来了，还不能来看看你局座的办公室。"袁哲弘笑："是副局座，我巴不得天天都见到你！"为她泡茶，"这是家乡的沱茶，坐。"她坐到牛皮条沙发上喝茶："没得事我也不会来，有几个地皮崽来敲诈，索要经营铺子的保护费。"确实有几个地皮崽来敲诈。袁哲弘锁眉："这些人最麻烦，他们打你没有？"、"没有，给钱了事，我是担心他们会贪得无厌，会再来。"、"咳，这样，我找人……"电话铃声响，袁哲弘接电话："……是，局座，我马上过来！"对赵雯，"我去去就来。"匆匆出门，带过房门。这是个机会，她起身看桌上摊开的文档，是关于内二警投共的事情，记下了。翻阅其他的文档，门外有脚步声，她将文档放回原处，坐回沙发喝茶。脚步声小了，消失了，她又起身翻阅文档，翻着，眼目一亮，从怀里取出微型照相机，一页一页拍摄。这情报重要，不仅有敌主要军事机关科长以上人员的名册，还有敌团以上军官的名单。做地下工作多年的她使用微型相机熟悉老到，来敌人这保密局时，她就偷拍了周围的环境。拍照完，她平定心绪，继续翻阅文档，传来急走的脚步声，她快速将文档放回原处，坐下喝茶。是袁哲弘回办公室来，坐到她身边，搂她说："'想起你就来了'，你应该说，'想你就来了'。"她笑："咬文嚼字。"袁哲弘说："我还是高兴，说明你心中有我……"

　　袁哲弘请她上馆子，她说去吃石头火锅。是个不大的小店。她问店主咋叫石头火锅。店主说，石头火锅简单原始，早先，石头和各种容器、饮具、汤勺都可以当锅使用，还有用槟榔叶鞘折成的锅具。猎人狩猎，带上一些盐巴，就用这些器具煮食物吃。现在用的陶锅，陶锅是来自土壤的陶土烧铸的，跟石头一样硬。在陶锅里盛水加调料煮沸，放进各种食物，边煮边吃。赵雯吃沸锅里的鱼虾海带，馋涎着重庆的毛肚火锅。

　　晚暮时分，彤云密布，惊涛拍岸。

按约，赵雯在基隆港寻找"平安号"海轮，党的那位特别交通员就在这定期往返香港、基隆的海轮上。今天，这海轮驶来基隆港。

海风吹过，她的发丝飘舞。

她查过资料，位于鸡笼湾内的基隆港是台湾北部的天然良港，是仅次于南部的高雄港的台湾第二大港，早先叫"鸡笼港"。西班牙人占领台湾时，做了部分勘建。光绪十二年，正式开放为商港，是台湾巡抚刘铭传组织制作的建港规划。这里与福建省隔岸相望，她的目光越过大海，思乡之情萦怀。

她看见停靠码头的"平安号"海轮了，振奋也紧张。

联络地点在这海轮上，她是以船上事务部曹副主任侄女的身份登上这海轮的。曹副主任颠动两腿赶来，竟是曹大爷！他身穿的海员服显得窄小，突出的肚腹把衣扣绷得老紧。曹大爷领她去了船上的咖啡厅。从香港过来的乘客都下船了，去香港的乘客还没有登船，咖啡厅里除一个服务生外，就他二人。打领结的服务生热情恭谦地端来两杯拿铁咖啡，笔挺转身回柜台去。

"地占高山。"曹大爷喝咖啡，低声说。

"两江合抱。"赵雯低声说，喝咖啡。

没有握手，两双炽烈的目光相拥。

赵雯看服务生。

曹大爷领会，对服务生："啊，你去给我们弄点酒菜来。"

"好的！"服务生应声而去。

"老曹同志，你好！我叫赵雯。"

"赵雯同志，你好！"

两双手紧握。

赵雯撕开旗袍下摆的内衬，取出两个微缩胶卷交给曹大爷，曹大爷接过放入海员服的内衣口袋里。

"尽快送达中央。"赵雯说。

"放心。"曹大爷说，两目闪闪，"我在重庆已经暴露，上级安排我来了香港，不想送情报的人是你，谢谢你，赵雯同志！跟我联系的同志对我说，送情报来的同志曾经冒险给我送过'马上转移'的字条……"

服务生端了卤菜啤酒来，开啤酒瓶为他俩斟酒。

赵雯从小包里取出件驼色毛背心："二叔，妈妈让我交给你的，海上风大，穿上避寒。"

曹大爷接过毛背心，呵呵笑："你妈总是想得周到……"

喝完咖啡，曹大爷领还没有乘坐过海轮的赵雯在船上看看，老乡加战友的他俩说家乡话。

"这海轮要得，有六七层楼高呢。"

"是有恁么高，还有更大的海轮，如像两江合抱的山城半岛，船头像朝天门……"

赵雯听曹大爷说，依到船栏边远眺。阴天的晚暮的大海是暗灰色的。越海登陆的西北方的远处是她父母现居的南京，再远处就是她的故乡重庆。爸爸妈妈，你们现在一切可好，女儿没能跟你们辞别，不能给你们讲说实情，女儿是无时无刻不在念想你们。孝原，你也不知实情，好想你。

曹大爷领赵雯去了他住的单人间舱室，为她泡了家乡的沱茶。泡的盖碗茶，泡了三碗。赵雯犯疑，还有人来？一阵脚步声响，进来一位穿绿色花旗袍的妇人，赵雯好是惊讶，竟然是袍哥舵头郭大姐：

"是郭大姐，好久不见，你咋在这船上！"

曹大爷笑："她早就是我们的同志，现在是我的婆娘，来香港前，组织上批准我们结婚的。"

郭大姐点头，激动不已："你好，赵雯同志，就盼望见到自己的同志，盼望见到家乡的人！"

两个女人的手紧紧相握，都眼含热泪。

赵雯目视郭大姐。

郭大姐笑："我们是真结婚，我是这海轮的股东，随时可以上船来，对老曹是很好的掩护。"

赵雯明白了："啊，太好了！你们既是同志又是伴侣……"孝原给她说过曹钢蛋牺牲的事情，此时里，她为失去儿子钢蛋的曹大爷欣慰，老年丧子的他不再孤独了，倍思孝原。

三个人喝家乡的茶说家乡的话摆家乡的事。

赵雯不能在船上久留，与曹大爷、郭大姐夫妇告别，目光传递着祝福与希望。

赵雯下船登岸往高处走。

夜幕降临。

天空没有星月。

登高的赵雯回望大海，无边的大海一片墨黑。涛声低吼，海风扑面。人呢，就是沧海一粟；人呢，能耐也大，造了海轮与巨浪搏击；远在孤岛的自己孤单也不孤单，有好多同志与自己一起并肩战斗……

第三十六章

碑，还是这座碑。

这八面宝塔状盔顶形的碑雄指高天，四围的房屋显得矮小。碑的名称变了，面对民族路方向的碑身上是醒目的"人民解放纪念碑"七个隶书鎏金大字，下端落款"一九五零年首届国庆日，刘伯承敬题"。与碑交会的民权路、民族路、邹容路上人流熙攘。1951年的春天，重庆人变得朴素。男人多数穿中山装，上衣的扣子多，四个口袋平平整整。女人多数穿大翻领阴丹蓝上衣，露出雪白的衬衣领子，蓄短发或是扎双长辫。街上很难见到涂脂抹粉穿高跟鞋的女人和西装革履的男人。

宁孝原穿的西服，浅蓝色的，领带是银灰色的，手持驼色皮包，足蹬斯特恩送他的那双黑白相间的牛皮鞋。他那双重脚踩在马路上嘎吱嘎吱响。诸事繁多的他刚从下半城的"大河银行"赶来。原"中山公园"去年七月更名为了"人民公园"，公园那连接上下半城的石头梯坎弯曲陡峭，一步两跨登梯的他身上冒了热汗。

他快步走到面对碑的民族路口的一棵虬曲的黄葛老树下等人，电话约好在这里会面。

一个老头儿乐颠颠从他身后走过，嘴里有词："碑变了，碑没变，变不变都雄……"他认出来，是那个疯子老叫花儿，他理过发了，穿的蓝布制服，手里没有拿碗。他从衣兜里掏钱，老头儿已朝前面的碑走去。

现在，人们称呼这碑为解放碑了。

去年六月，市公安局向市政府呈送了包括更改这碑名的《新拟更改街巷名称一览表》的报告，市长陈锡联、副市长曹荻秋联合签发了这报告，是经过西南军政委员会审定的。随即，对"抗战胜利纪功碑"进行了改建，铲除了原碑文，由西南军政委员会刘伯承主席题写了新的碑名。改建的碑保留了原来的结构，浮雕图案改为了解放军战士的形象和装饰图案。关于碑名，有人建议改为"西南解放纪念碑"，有人建议改为"重庆解放纪念碑"，最终定名为"人民解放纪念碑"。是有寓意的，不仅是指重庆或西南的解放,是指全中国人民的解放,是全国唯一的一座纪念解放的纪念碑。宁孝原还记得,当年的《申报》和赵雯的报道称,纪功碑是"唯一具有伟大历史纪念性的抗战胜利纪功碑"。这说法对的,是在抗日战争胜利之后解放战争胜利之前说的。此一时彼一时了。宁孝原是这么看的,从1931年的九一八事变就开始了的抗日战争,是全中国人民的抗战;中国是世界反法西斯战争的东方主战场,就是全中国人民和全世界人民反法西斯的正义之战;是对中华民族发展和世界文明进步做出贡献的胜利之战。"人民解放纪念碑"是都包含进去了。

走过一队中国人民解放军队伍,列队到碑前观瞻,一个个都兴奋激动。

宁孝原看着,好生羡慕,他没能穿上解放军军装,也没能加入中国共产党。重庆解放之前,他就向单线联系的上级黎江电报申请入党,黎江回电,你留在党外对党的工作更为有利。肩头被人拍了一下,下手好重,他高兴回身,哈,是黎江!

"你好,我们'大河银行'的董事长,市商会的副会长宁孝原先生。"穿中山装的黎江呵呵笑,伸出厚实的双掌。

"黎副局长好,就盼着见到你!"宁孝原伸出大手。

虬曲的黄葛老树下,两双男人的手紧握。久别重逢,敦实男人与魁梧男人拍打拥抱。

"小崽儿孝原,近况如何?"

"我的好大哥,一个字,难。银行的工作难,商会的工作难,家事也难。"

"哪才一个'难'字,都三难了。"

宁孝原直言不讳:"家父一直担心宁家的私产会被公家化了去,母亲也掉眼泪。我说,国家现在困难,就主动捐献给国家。父亲把我痛骂一顿,跺脚说,败家子,你爷爷说的话要应验了。"

"你爷爷说的啥子话?"

"我爷爷说,富不过三代的。"

黎江笑:"这是句老话。看来,你对你父亲宣传我党对待民族资本家的政策还不够。"

"宣传了的,家父老了,顾虑多。"宁孝原锁眉头,"黎江大哥,对你我说实话,其实,我心里也舍不得宁徙老祖宗传下来的家业。"

"这我能理解。"黎江搂他肩头,"孝原,我们刚刚建国,诸事都困难重重,你虽然不是中共党员,却早就是我们出生入死共同战斗的战友了,我们

肝胆相照，共渡难关。"

宁孝原点头："我就一直在党外，一直无党无派？"

黎江点头："无党无派也可以为党工作，你现在的身份是有利于党的统一战线工作的。"

"好嘛，听你的。"

"你现在不归我管了，还是公家的人。我听说了，组织上安排你去市商会工作，你干得不错。至于党的工作，你是无党派人士，是市里的知名人士，市委统战部会跟你联系的。晓得不，方坤调任重庆市委统战部的副部长了。"

"好呀！入城式那天我见到过他的，之后就一直没有见到，我去找他，他们部队参加成都战役去了。"

"他的任命刚下没多久。"

"我这兄弟伙要得，哦，我那天没有跟他说我假装怒脱军装的事情，他一直在误解我。"

"我在成都见到他了，给他说了，他哇哇喊叫，我就说嘛，我以前的长官，现在的孝原同志孝原兄，他从来就不是炮蛋！"

"那是当然。"宁孝原得意，盯黎江，"黎哥，跟你汇报个事情。"

黎江问："啥子事情？"

宁孝原说："我跟赵雯的事情。决定我人生转折的那天晚上，我给你说过，我是真心喜欢她。参加革命了，我晓得，个人的婚姻是要先打报告得到组织同意的，我，我先斩后奏了。"

黎江表情复杂："这个事哦。"

"是怎个的，我两个情投意合，就私定了终身，我现在向组织郑重汇报。"

"你跟她那个了？"

"没得那些事情，赵雯的脾气你是晓得的。"宁孝原编话说，跟赵雯上床的事情他不说，这是严重违反组织纪律的，要受重处。受处分他不怕，男人得敢作敢当，他担心的是赵雯受处分，还担心组织会因此而不批准他俩结婚。

黎江的表情凝重："晓得了。"

"黎哥，你现在可以告诉我了吧。"宁孝原急切想知道赵雯的情况，"赵雯她在哪里，我好想见到她，她，是不是潜伏去台湾了？"

黎江答非所问，喃喃自语："永远的谍战……"拉了宁孝原朝解放碑走，"孝原老弟，我约你来这里会面，就是想好好看看这碑。"

高碑不言，俯视观览的民众、军人和人群里的宁孝原、黎江。

黎江仰看高碑，心如刀剜。

赵雯同志去年六月就牺牲了，老曹同志从香港给他寄来了当时敌人的报纸，刊载有赵雯同志赴台湾马场町刑场的照片，其报道称，赵雯是特大间谍案的女主犯。从照片看，那是个阴云天，她身穿黑棉袄，被五花大绑，戴钢盔的持枪士兵押赴她去刑场。微风吹乱了她的长发，昂首挺胸的她没有惧色。老曹的信上写到，据当地的民众说，赵雯同志就义前高呼：新中国万岁！人民解放万岁！身中了数弹。她的被捕是因为台湾工委有人叛变供出了她。赵雯同志勇敢智慧冒死工作，从台湾陆续传来不少重要的军事情报，有敌海军舰船的部署；有敌空军的机场和飞机的种类架数；有敌各部的番号代号和官兵的人数；有敌火炮坦克装甲车的数量；有敌枪械弹药的库存情况等等。

遗憾痛心，天地同泣！

赵雯同志很好地完成了任务，她已经收到了组织上让她返回的通知，正准备取道香港回来，不想出了叛徒。潜伏敌人心脏的老赵同志也因叛徒的出卖而被捕牺牲。他们获得的情报都及时传递到了中央高层，毛泽东主席看后，提笔挥毫："惊涛拍孤岛，碧波映天晓。虎穴藏忠魂，曙光迎来早。"

永远的谍战，至今，还有我隐秘战线的勇士们深藏虎穴，有的同志要长期潜伏下去。

黎江拉宁孝原登上碑座的八级青石台阶："孝原，这碑你最熟悉不过，给我下细讲讲。"强抑心中的悲痛。

黎江答非所问，宁孝原心里惴惴不安，赵雯受伤了？牺牲了？不会，不会！想到临别前赵雯给他念认祖诗对他说的话，此刻黎江说的永远的谍战。是了，她是潜伏去台湾了。身为中央社会部机要局副局长的黎江是不会也不能对他说的。这样想，他心中释然，赵雯完成任务后会平安回来的：

"黎大哥，我晓得，有的事情你不能说。遵命，我给你好生讲讲这碑。"

宁孝原想领黎江进碑里面去看看，遗憾碑底的两道门都紧锁。碑名改了，里面的布置也会要调整。宁孝原想，领黎江围了碑走，说碑的里里外外、前世今生。说到碑的底层时，想到了倪红。倪红说，他给她的宁家那祖传的宝物埋在这碑底下了。也不知是真是假。利用出差的机会，他去湖北宜昌找过倪红和斯特恩，没有找到，念想他们。

他二人寻看完碑。

黎江说："肚子饿了。"

宁孝原说："我请你下馆子。"

"要得，去哑巴那冷酒馆。"

"好。"

时值中午，"涂哑巴冷酒馆"里打拥堂，坐满了男女食客。看穿着举止，有干部、职员、下力人。涂哑巴认出宁孝原、黎江，高兴得呜哇叫，掀门帘领他二人进到里屋，乐颠颠端了酒菜来，比画说，这是他和他姐姐的住屋，里面清静。宁孝原、黎江都心子发痛，从小就疼爱他们的涂姐早已走了，涂哑巴至今还不知道。涂哑巴掀门帘出去后，宁孝原说：

"黎哥，涂姐的事情……"

黎江喝酒，叹曰："还莫忙，当地民政部门会通知他的，还要给他送光荣烈属的证书和匾框。"

"嗯，你我都不忍心跟他说。"宁孝原喝酒，"狗日的袁哲弘，老子抓住他非剥他的皮抽他的筋！"

黎江点头。情报得知，因为赵雯的事情，敌保密局关押了袁哲弘，审查他是否通共，后续的情况还不清楚："哦，等会儿我们去看望一下袁妈。"

"袁哲弘的母亲？"

"是。"

宁孝原点头："是得去看看她老人家，我们小学的国文老师，袁妈一直对我们很好。"

黎江说："袁哲弘的父亲是抗战牺牲的，也有功。"想得长远，袁妈也是统战的对象，"孝原，你晓得的，我是身不由己，明天必须离渝返回，你以后常去看看她老人家，给予些关照。"

"嗯，你放心。"宁孝原说，"黎哥，你前天才从成都过来，明天就要走啊。咳，晓得你是个大忙人，大哥，还有啥子事情交代我办，你尽管说。"吃菜。

黎江灌酒，心里难受，他来成都、重庆出差一直公务缠身，再忙，也得跟宁孝原见上一面。今天电话相约，见到了，一些情况得给他说："孝原同志，你是革命战士，知道革命是要流血牺牲的。"

"我知道，革命的路还长。"

"纵死侠骨香，不惭世上英。"黎江的两眼发潮，"你刚才问到赵雯，赵雯同志她……"

"她怎么了？"宁孝原的心发紧。

"她，为革命牺牲了。"黎江说，话音颤抖，"孝原，你是坚强的，你要节哀！"

晴天霹雳，五雷轰顶！

宁孝原的脑子轰响，不敢相信是真的："黎江大哥，赵雯她……"

"她走了。"黎江紧搂他肩头，"我不能说更多，到了一定的时候你会知道的。她是女中翘楚，是我党忠诚的优秀党员，她视死如归，走得英勇壮烈，是我们学习的榜样，你应该为她骄傲……"

宁孝原如坠深渊，听不清了黎江说的话，男儿有泪不轻弹，他的泪水夺眶。

第三十七章

荣昌县万灵古镇的山坡田园披金挂红，秋天来了。秋天从来不是萧瑟的季节，秋天充满了躁动的渴望与期盼。

古镇今天热闹。

宁孝原、倪红在这里举办婚礼。

有新婚姻法了，新事得要新办，这是万灵古镇的首次农村新式婚礼。

新郎宁孝原穿深色中山装，新娘倪红穿阴丹蓝大翻领衣服，露出雪白的衬衣领子。他俩都戴大红花，各骑在一匹头系大红花的高头大马上。地方干部紧缺，转业回地方的陈喜当了万灵镇的镇长，他和上级派来镇上的工作组的组长方坤为他俩拉马巡游。为了这新式婚礼办得热烈隆重，工作组组织了周围村子的数十名代表参加婚礼，挑选了数十名中小学生随了娶亲的队伍表演当地传统的缠丝拳。年轻的镇团委书记带领共青团员们跟随队伍走，都手舞三角小旗边走边宣传新婚姻法。

清幽的濑溪河里有彩船巡游，船上人做击鼓、吹奏、唱山歌、扭秧歌表演。

娶亲的队伍巡游了濑溪河两岸，登高拱的大荣古桥，走进镇上蜿蜒陡峭的老街。临近中午，齐拥进古镇中心的湖广会馆里。本是该去宁家大院的，可镇长陈喜说，会馆里宽敞，人多喜庆。宁孝原的姑妈宁道兴说要得，这会馆是宁徙老祖宗集资修建的。会馆里贴满了红绿标语，戏台上拉有"喜事新办"的横幅。会馆内外、墙头树上，参加婚礼的和看热闹的人好多。

拜堂仪式开始。

镇长陈喜主婚，工作组长方坤证婚。新郎宁孝原和新娘倪红先向戏台正中的毛泽东主席的巨幅画像三行礼，再向登台的宁孝原父母行礼，再是夫妻行礼。倪红的父母被日机炸死了，宁孝原母亲说，倪红就是自家的女儿，我们夫妇代表她父母了。之后，证婚人方坤宣传了中华人民共和国新婚姻法，镇团委书记带领全场人员高呼拥护新婚姻法的口号。

婚礼毕，镇里负责招待来宾，新郎新娘招待亲朋。就在会馆的石板铺地的院子里吃坝坝席，二十多桌坐得满满。会馆外的看热闹的人说笑着陆续散去。镇长陈喜说，这是万灵镇空前绝后的婚礼。

　　戏台前的两张主桌是红漆圆桌。

　　市委统战部副部长兼万灵镇工作组组长方坤和镇长陈喜陪同来宾们坐左边的主桌，新郎新娘的亲朋好友坐右边的主桌。

　　宁孝原的父亲宁道兴坐右边主桌的首席，他的两边坐的是他的孪生妹妹宁道盛和他夫人。宁道兴的眉头难以舒展，盼了这么久，上门的儿媳妇还是他不喜欢的倪红。宁道盛说："我开先就看好倪红。那个赵雯吧，好是好，还不是阴悄悄跑了，怕是跑到台湾去了。"宁道兴唉声叹气，他也还担心宁家在重庆和万灵镇的祖传家业。夫人给他夹菜："老头子，今天是儿子的大喜之日，你锁起个眉毛做啥子。"儿子儿媳过来敬酒了，宁道兴的眉头才舒展开。

　　赵雯的父母也坐右边的主桌。经宁孝原的多方努力，两位老人从南京回到了故土，还住十八梯那老屋。宁孝原又找方坤帮忙，为赵宇生在市设计所找到了工作，技术人员紧缺，他还当工程师。赵工好感激。女儿赵雯一直不知下落，想到女儿他夫妇就伤心掉泪。新郎新娘过来敬酒，就都喝喜酒。宁孝原心里难受，赵雯牺牲的事情不好对两位老人说，具体的情况他也说不清楚。黎江大哥说了，到了一定的时候会知道的，到那时再给他们细说。他们是光荣烈属，是英雄的父母。

　　穿长衫戴瓜皮帽的斯特恩也坐右边的主桌。他为两位新人祝福，为自己未能娶到倪红悲哀。怪自己多说了句话。倪红本是答应嫁给他了的，却总是忧郁，他就想方设法让她开心。他知道，倪红时常思念黑娃子柳成，宽慰她说，赵雯当年那报道只是说柳成驾机摇晃飞向雪山，雪山搂抱了他，并没有确切说柳成是否牺牲了，也许他跳伞了呢，空军都是有非凡的跳伞本事的。倪红笑了，谢谢你，斯特恩，你说得对，柳成也许没有死。自那，他俩的婚期就没有了定数。他催问。倪红说，斯特恩，谢谢你对我这么好，黑娃子柳成的生死一天没有搞清楚我就一天心里不安。他后悔了，不该给她说那话。倪红是不跟他上床的，跟他合伙做生意倒是卖力。重庆解放后，成为西南军政委员会的驻地，成为西南大区代管的中央直辖市，生意好做起来，他俩就回了重庆来。那天，他俩去"涂哑巴冷酒馆"喝酒，涂哑巴比画说到了赵雯，说她扔下宁孝原跑了，找不到了。倪红说，她为国民党的报纸卖力，定是逃跑去台湾了。没过多久，倪红叫他一起去宁公馆找了宁孝原，让他证明他俩只是生意伙伴关系。确实也是，他如实对宁孝原说了。之后，倪红去找

宁孝原就不带他去了,现在,他俩结婚了。宁孝原、倪红来敬酒,斯特恩喝了满杯:"祝贺你们喜结良缘!哦,我斯特恩要回德国去了。"倪红说:"斯特恩,你记恨我。"斯特恩摇头:"不,我不记恨你。叶落归根,犹太人的我还是要回老家去的。"锁眉头,"重庆呢,原先外国人多,现在少得很,我走在街上常被人怀疑是特务,还被带去派出所询问过。"宁孝原对斯特恩感恩也内疚,为他和自己斟了满杯:"斯特恩,你对我的好我至今不忘,来,我兄弟两个再喝一杯!"干杯。斯特恩干杯。

涂哑巴不上餐桌,比画说,他是开馆子的,要为新郎新娘出力,帮厨子做菜。新郎新娘就去厨房向涂哑巴敬酒,涂哑巴喝酒,咧嘴笑。

黎江终还是赶上了喜酒,来了就自罚一杯。他是在成都开完会后赶来的。他尤其热情地向赵雯的父母敬酒。赵工夫妇都不认识他,赵工觉得,新社会的干部就是谦恭。

闹喜酒是要闹的,剩下闹酒的都是男人。黎江、方坤、宁孝原坐到了一桌。三个人喝酒说笑,都成了红脸关公。

方坤对宁孝原说:"新郎官,猜个谜语,猜对了我罚酒,猜不到你罚酒。"

宁孝原点头:"你说。"

方坤说:"大白脸,一只眼。"凑到黎江耳边说了谜底,黎江捂嘴笑。

宁孝原问方坤:"是打一物还是打一字?"

方坤说:"打一物。"

宁孝原蹙眉想,这谜语好像在哪里听说过,却想不起来,摇头:"猜不到。"

"罚酒!"黎江说。

宁孝原喝了满杯:"方坤,解密噻。"

方坤神秘说:"你进到洞房里,跟你婆娘上了床,谜底就来了。"耸肩笑。

黎江也笑,笑出了眼泪。

方坤这一说,宁孝原想起来,镇上"一壶春"茶馆那说书人讲到过这谜语,说的是他家老祖宗宁徙的管家老憨让他婆娘桃子猜谜语的故事。说书人讲得绘声绘色:桃子猜谜语说,是白银。老憨抽着叶子烟,你呀,就只想到钱财,钱财是那么容易得到的。桃子想,是桃子,白桃,该是哈!老憨笑,挨着边边了,再猜。桃子使劲想,猜不着。老憨说,谜底就在你那屁股上。桃子骂他怪,想清楚后捂脸笑,老憨,你个骚货。宁徙也笑,老憨,你学坏。老憨呵呵笑,此物人皆有之,她桃子咋就猜不到。想到此,宁孝原哈哈笑:"方坤,我猜到了,谜底就在你狗日的屁股上。"

三个人都笑,笑得前仰后合。

笑闹间,宁孝原想到两个人,一个是师父吕紫剑,他去送请帖,师父下涪陵去了;一个是曹大爷:"咳,遗憾老乡曹大爷没有来喝杯喜酒。"曹大爷不知去哪里了,一直没有见到他,他一直为他儿子钢蛋的牺牲而深深自责,盯黎江,"也不知道曹大爷晓不晓得他儿子钢蛋牺牲的事情?"

黎江喝酒,似点头非点头。曹大爷、郭大姐夫妇还秘密潜伏在香港。他去香港时,对曹大爷说了他儿子入党和牺牲的事情,曹大爷老泪横流,他就这么一个独生儿子,郭大姐哭肿了双眼。黎江心里难受,转话说:"啊,孝原,你不是问过我内二警的事情么,这事情方坤清楚,方坤,你说说。"

方坤吃菜:"内二警前年就在灌县通电起义了,起义的电文发给了北京的毛泽东主席和重庆的刘邓首长,称他们已经觉悟,宣布反对国民党,拥护共产党;反对蒋介石,拥护毛主席。决定通电起义!中央和刘邓首长给他们回了电报,你们率部起义,人民表示欢迎,希原地待命。后来,该部被改编入了遵义军分区,赴桐梓县整训。"

宁孝原喝酒:"蒋介石的御林军都起义了,蒋家王朝不灭亡才怪。"

方坤点头:"蒋介石还龟缩在台湾,还想反攻大陆。"

"妄想!"宁孝原说,想到去台湾潜伏牺牲的赵雯,酒红的两眼盯黎江,"黎江大哥,我们一定要尽快解放台湾!"

黎江点头:"嗯,一定要解放台湾!"

宁孝原还盯着黎江,想从他口中得到赵雯是在哪里牺牲的,想得到更清楚的情况。

黎江知道宁孝原是想了解赵雯牺牲的详情,现在却不能说。有令人振奋期盼的消息,台湾的内线传来情报,一直没有寻找到赵雯的遗体,分析也有可能敌人只是击伤了她,还想利用她得到大陆的情报。说他们在全力打探,如果她还活着,一定要救出她来。赵雯活着就太好了!这也不能说。大口喝酒,感叹:"建立新中国,解放全中国,实在是来之不易!九一八,我东北义勇军以血肉之躯跟日寇拼杀;打老蒋,我军民流血流汗……"血红两眼哼唱:"九一八,九一八,从那个悲惨的时候!脱离了我的家乡……"又唱,"起来,不愿做奴隶的人们!把我们的血肉,筑成我们新的长城!……"

方坤跟了唱。

宁孝原跟了唱……

洞房花烛夜，新郎新娘牵手步入新房，是宁家大院里的宁孝原那古朴雅致的老屋。新事新办，没有揭头巾的那些程序。宁孝原抱了倪红扔到雕花大床上，急不可耐一番久违的亲热，拍打她那白屁股，想到那谜底，嘿嘿嘿笑。

"看你啊，疯起笑。"倪红也笑，从枕头下拿出张公文来，"我要珍藏。"

是他俩的结婚通知书，竖写有工整的毛笔字，有"通知书"和"干结字第013号"字样。市商委筹委会：关于你委宁孝原同志与倪红女士结婚的问题，经我们研究决定，同意结婚。此致敬礼。中共重庆市委组织部。一九五一年九月二十一日。

宁孝原现在是市商委筹委会的副主任，点头说："要得嘛，你珍藏。"黎江给他说了赵雯已经牺牲后，他一直悲伤痛苦。倪红来找他了，说她没有跟斯特恩结婚，斯特恩作了证。后来，倪红常来找他，说她也想通了，不记恨他了，要跟他重归于好，跟他结婚。他心里是一直有倪红的，答应了，"你珍藏呢，可以，有个条件，你得把我给你那宝贝信物拿出来，还是由你珍藏，我就是想看看。"

"想看唢，去碑底下看。"倪红说，"唉，累死人了，我睡觉了……"

两天后，新郎宁孝原新娘倪红双双来到解放碑前观瞻。

"孝原，还记得你原先那誓言不？"倪红问。

宁孝原说："记得。"面对高碑举起右手，"我，宁孝原，今天对碑发誓，非倪红不娶，返回战场之前就与她完婚！"

"你没有兑现。"

"我有错。"

"你牙巴错。"

宁孝原龇牙笑："我现在弥补了噻。"紧搂倪红。

倪红小鸟般依偎到他怀里。

雄立的高碑俯视这对新人，为他俩默默祝福。

宁孝原看倪红："倪红，你是宁家的人了，你讲老实话，我家宁徙老祖宗传下来的宝物到底在哪里？"他问过赵工，赵工锁眉想，说，修纪功碑埋藏东西时，倪红是来找过他，没有找他帮忙埋啥子宝物，当时工地的人多，怕是她自己偷偷放下去的。

倪红看碑："我说了，埋在碑底下了，保险。"

"啊……"

她还是不放心自己，宁孝原想。又想，赵工说有可能是她自己偷偷把那宝物放在碑底下了，如是真的，倒确实保险。仰看经栉风沐雨的高碑，碑啊碑，您承载着历史承载着希望呢。秋阳挂在较场坝上空，透过街边林立大树的叶隙投射来斑驳的光焰。宁孝原想到较场坝那熟悉的十八梯，想到在十八梯居住过的赵雯，想到她的音容笑貌，两眼迷蒙了，仿佛看见赵雯笑着向他走来……

后 记

我的长篇小说《填四川》的主人公宁徙，是我的长篇小说《开埠》的主人公宁承忠的高祖母；宁承忠是我的这部长篇小说《碑》的主人公宁孝原的曾祖父。

移民女杰宁徙及其后代的故事得以延续。

2015 年 1 月至 2016 年 8 月初稿
2016 年 9 月至 2016 年 11 月二稿
2016 年 12 月至 2017 年 3 月三稿